DROEMER✦

Christian
Schulte-Loh

ES GIBT EINEN GOTT, UND IHR IST LANGWEILIG

ROMAN

Die Entstehung dieses Romans wurde gefördert
durch das Bundesprogramm NEUSTART KULTUR
der Beauftragten der Bundesregierung für Kultur
und Medien und der VG WORT.

Besuchen Sie uns im Internet:
www.droemer.de

Aus Verantwortung für die Umwelt hat sich die Verlagsgruppe
Droemer Knaur zu einer nachhaltigen Buchproduktion verpflichtet. Der
bewusste Umgang mit unseren Ressourcen, der Schutz unseres Klimas und
der Natur gehören zu unseren obersten Unternehmenszielen.
Gemeinsam mit unseren Partnern und Lieferanten setzen wir
uns für eine klimaneutrale Buchproduktion ein, die den Erwerb von
Klimazertifikaten zur Kompensation des CO_2-Ausstoßes einschließt.
Weitere Informationen finden Sie unter: www.klimaneutralerverlag.de

MIX
Papier | Fördert
gute Waldnutzung
FSC® C083411

Originalausgabe September 2023
© 2023 Droemer Verlag
Ein Imprint der Verlagsgruppe
Droemer Knaur GmbH & Co. KG, München
Alle Rechte vorbehalten. Das Werk darf – auch teilweise – nur
mit Genehmigung des Verlags wiedergegeben werden.
Redaktion: Angela Kuepper
Covergestaltung: Carola Bambach
Coverabbildung: Carbo Ramon Casas
© Index Fototeca / Bridgeman Images
Satz: Adobe InDesign im Verlag
Druck und Bindung: CPI books GmbH, Leck
ISBN 978-3-426-28412-4

2 4 5 3

»*Was ist das Wort Christi ohne sichtbares Beispiel?*«

Fjodor Dostojewski
Die Brüder Karamasow

PROLOG

Auf einer Parkbank im Londoner Stadtteil Streatham saß der obdachlose Musiker Adam Fein und dachte an den Tod. Unterdessen zog im
Budapester Stadtteil Rózsadomb der Geschäftsmann Imre Potkulcs
im Schwimmbad seiner Villa seelenruhig eine Bahn nach der anderen. Sein Kopf war frei von Sorge, er dachte an nichts.

PHASE EINS: LEUGNEN

1.

Jürgen Prassnik war seit vierunddreißig Jahren tot. Dafür, waren sich alle im Studio einig, sah er blendend aus. Routiniert überprüfte der Techniker die Position des Ansteckmikrofons am Revers des schlichten blauen Overalls. Das Kleidungsstück hatte Prassnik, der enormen Tragweite des Anlasses zum Trotz, selbst wählen dürfen. Er solle etwas anziehen, in dem er sich wohlfühle, hatte die Redakteurin der Sendung ihm geraten. Nur schneeweiß bitte auf keinen Fall, das wirke dann doch zu klischeehaft. Die Vorgabe hatte Prassnik vor keinerlei Schwierigkeiten gestellt. Ohne groß zu überlegen, war seine Wahl auf den blauen Einteiler gefallen, den er sein Leben lang bei der Arbeit getragen hatte und nicht selten auch nach Feierabend. Das war anfangs nur gelegentlich vorgekommen, dann immer häufiger, irgendwann schließlich jeden Tag. Ein Glück, dass er das Leben hinter sich hatte. Es hatte sich, gerade am Ende, ganz schön gezogen. Hätte man ihn nicht jeden Tag aufs Neue bei der Arbeit erwartet, er hätte wohl längst frühzeitig das große Handtuch geworfen. Dann jedoch hatte ihn der tödliche Unfall ereilt und ihm die Entscheidung kurzerhand abgenommen. Manchmal meinte es das Schicksal eben gut.

Rückblickend empfand er seine letzten Jahre als verschwendet. Er hatte mit der ihm zur Verfügung gestellten Lebenszeit schlicht nichts anzufangen gewusst. Diese innere Unordnung ließ sich irgendwann auch außen gut ablesen, an seiner Kleidung, der außer Kontrolle geratenen Frisur, dem struppigen Gesichtshaar. Die Verwahrlosung stellte sich damals eher schleichend ein, was den Vorteil hatte, dass sich seine Arbeitskollegen langsam daran gewöhnen konnten. Nach Feierabend gab es ohnehin nichts zu befürchten. Sein Sozialleben begrenzte sich auf weitestgehend sprachlose Besorgungsgänge im benachbarten Kiosk, bei denen das Schweigen auf Gegenseitigkeit beruhte. Der Kioskbetreiber war dafür bekannt, seine Kundschaft als lästige Störung im Betriebsablauf zu sehen. Wenn Prassnik freihatte und der Kühlschrank gefüllt war, kam es vor, dass er mehrere Tage lang gar nicht sprach. Er räusperte sich dann am Montagmorgen, bevor er in den Bus stieg. Wie lange ein Mensch wohl schweigen musste, bis sich die Stimmbänder zurückbildeten und das Sprachzentrum abgemeldet wurde? Zwei Wochen? Drei? Und was das Gehirn dann wohl mit den überraschend frei gewordenen Kapazitäten anstellte? Einmal, während einer Krankheitsphase, war er nah dran gewesen. Als er damals nach vierzehn Tagen zum ersten Mal wieder das Haus verließ, um einkaufen zu gehen, misslang ihm an der Supermarktkasse der erste gesprochene Satz. Nach einem kurzen Räuspern bekam er gerade noch die Kurve, aber es war knapp gewesen. Um ein Haar wäre ihm die Muttersprache abhandengekommen.

Und ausgerechnet er, ein Schweiger, sollte nun diese Rede halten, die wichtigste Ansprache aller Zeiten. Die Verantwortlichen der Sendung bewiesen Humor, so viel stand fest. Wobei das nicht für alle am Set zu gelten schien.

»Soll ich das Mikrofon festmachen, oder ziehen Sie sich noch um?«, fragte ihn der junge Tontechniker.

»Ist schon gut, das bleibt so.« Die Aufnahmeleiterin sprang ihm zur Seite und lächelte. »Gutes Outfit.«

Prassnik sah kurz von seinen Notizen auf und nickte freundlich zurück. Der Blaumann funktionierte. Wie er jetzt dasaß im Scheinwerferlicht und der große Moment immer näher rückte, empfand er es als gut möglich, dass er sich noch nie so wohlgefühlt hatte wie in diesem Augenblick. In seinem ganzen Leben nicht – und auch nicht als Toter.

Die rotblonde Regisseurin saß vor ihren übergroßen Monitoren und strahlte nicht die geringste Anspannung aus, ein friedliches Schmunzeln lag auf ihrem Gesicht.

»Zehn, neun, acht …«, sprach sie ruhig in ihr dünnes Tischmikrofon.

Vorhin in der Garderobe hatte sie ihm mit genau dieser Gelassenheit ein paar äußerst merkwürdige Dinge gesagt. Nämlich, dass fast zwei Millionen Jahre vergangen seien, seit der Mensch sich aufgerichtet habe. Dass er dann als Homo erectus das Feuer zu beherrschen gelernt habe, aber in diesen zwei Millionen Jahren seinem Namen nur selten gerecht geworden sei. Denn besonders aufrecht habe er sich meist nicht verhalten und mit dem Feuer außerdem ständig das Falsche angestellt. Der Mensch habe sich an vielen Weggabelungen verlässlich für den falschen Pfad entschieden, seit geraumer Zeit schon sei er auf dem Holzweg. Sie hatte vom Homo erratus gesprochen oder so ähnlich. Dann hatte sie klargemacht, dass der Moment gekommen sei, einzugreifen. Eine Korrektur in Form höherer Gewalt. *An act of God.*

»… zwei, eins.«

Das Rotlicht über der Kamera leuchtete auf, Prassnik war auf Sendung. Kaum hörbar schluckte er. Seine Augen waren starr auf den Text gerichtet, der auf dem Teleprompter ungeduldig auf ihn wartete. Jetzt ließ es sich wohl nicht länger hinauszögern. Glücklicherweise entwickelte der erste Satz ein Eigenleben, übernahm die Initiative und sprach sich nach all den Proben wie von selbst: »Es gibt einen Gott, und ihr ist langweilig.«

Mit diesen Worten begann es. Ruhig vorgetragen, aus dem Munde des ehemaligen Hafenarbeiters Jürgen Prassnik, sollten sie die Ordnung unserer Welt auf den Kopf stellen.

2.

Adam Fein sah die Sendung nicht. Er ging stattdessen im Londoner Stadtpark Streatham Common auf eine Holzbank zu. Seine bedächtigen Bewegungen ließen auf eine große innere Ruhe schließen. Der Grund für die Langsamkeit kam tatsächlich aus seinem Inneren, weniger jedoch aus der Seele als vielmehr von den maroden Kniegelenken. Besonders das rechte bremste ihn immer stärker aus. Mittlerweile gab es Tage, an denen wurde jeder Schritt zur Anstrengung. Heute war so ein Tag. Der Weg zur Parkbank hielt wieder mal neue Tiefpunkte bereit, vor ein paar Minuten hatte ihn eine Entenfamilie überholt. Um die Demütigung komplett zu machen, zog nun, vom Wind angeschoben, ein leerer Pizzakarton an ihm vorbei. Die Natur zeigte Adam ein weiteres Mal auf, wo sein Platz in der Nahrungskette war. Als er den über den Boden rutschenden Karton sah, lachte er laut auf. Er schaute ihm nach, wie er unmittelbar vor ihm die Ziellinie erreichte und unter der Parkbank verschwand. Adam stellte seinen Koffer neben die Bank und setzte sich, begleitet von einem Stöhnen, das zwar nicht ganz so laut war wie sein Lachen, aber immer noch gut hörbar. Routiniert zog er die braune Ledermappe unterm Arm hervor und legte sie sich auf den Schoß. Er atmete tief aus, endlich war er in seinem Arbeitszimmer angekommen. Dabei brachte ihn schon der Gedanke an das Wort Arbeitszimmer zum Gähnen, die ewige Müdigkeit wurde zunehmend zum Problem. Seit wann genau er bereits ohne feste Bleibe war, konnte er nicht einmal sagen. Die Straße kannte keine Einzugstermine. Der Übergang war, wie bei den meisten, fließend erfolgt. Es war kein freier Fall, im Gegenteil, Stufe für Stufe war er die Leiter hinabgestiegen. Die meisten Unfälle passierten beim Abstieg, hatte ihm mal ein Bergsteiger gesagt. Alles hatte begonnen mit dem ausbleibenden Erfolg als Jazzmusiker und Comedian, gepaart mit seiner Unfähigkeit, mit Geld umzugehen. Das gesamte soziale Spiel lag ihm einfach nicht. Er verstand nichts von Dingen wie Behördengängen, Rechnungen oder Versicherungen. Diese seltsamen Verpflichtungen des Lebens erschienen Adam wie ein von einem gelangweilten Erwachsenen ausgedachtes Beschäftigungsmodell, bei dem aus irgendeinem unerfindlichen Grund so gut wie alle Menschen widerspruchslos mitspielten. Ohne mich!, hatte er schon früh entschieden. Das System hatte sein Angebot dankend angenommen. Jetzt saß er auf der Straße.

Am verrücktesten daran fand er, dass ihn das in erster Linie amüsierte. Denn noch nie hatte er sein Leben sonderlich ernst genommen, was ja ohnehin der einzig erträgliche Ansatz war. Über das Schicksal anderer zu lachen war verpönt, aber über das eigene? Da war es sogar dringend nötig.

Ein Wendepunkt war der Moment gewesen, als er sich die Miete für seine Wohnung in Brixton nicht mehr hatte leisten können, woraufhin er sich ein winzig kleines, dafür umso lauteres Zimmer im benachbarten Viertel Streatham genommen hatte. Schon nach zwei Monaten war sein Konto leer und kurz darauf auch das Zimmer. Damals begann die vermieterfreie Zeit, in der er sich beunruhigend frei fühlte. Einige Wochen lang schlief er noch in dem über zwanzig Jahre alten Auto, das er nie verkauft hatte. Ob aus Bequemlichkeit oder aus einem seltsamen Wunsch nach Restwürde, wusste er selbst nicht. In jedem Fall war der alte Toyota Starlet nicht die schlechteste Unterkunft. Regelmäßig übernachtete er darin auf dem Kundenparkplatz eines Bioladens im schicken Ortsteil Balham, sodass er morgens seine geliebten Haferriegel frühstücken konnte. Als er noch eine Wohnung gehabt hatte, waren ihm die Riegel immer schnell ausgegangen. Ganz so schlimm war seine Lage also nicht. Er betrachtete es wie Urlaub in einem B&B, denn, immerhin, er war mobil, er hatte ein *Bed,* und er hatte sein *Breakfast.*

Doch sosehr er sich auch selbst zu belügen verstand, einige Realitäten ließen sich nicht ignorieren. Vor allem die Nächte gingen an die Substanz. Ein ständiges Gefühl der Beobachtung und Unsicherheit machte den Schlaf so gut wie unmöglich. Um dem zu entkommen, besuchte er Freunde, oder was von ihnen übrig war, und schlief bei ihnen. Meist holten ihn jedoch nach spätestens zwei Tagen sein chronisch schlechtes Gewissen und die dauerhaften Schuldgefühle ein, die schwere Hypothek einer streng religiösen Kindheit. Wie egoistisch und unreflektiert es doch von seiner Mutter gewesen war, ihm einfach ihre Religion aufzuzwingen. Einem Kind! Und jetzt hing er da drin. Der Glaube war weg, die Schuldgefühle blieben. Kein guter Deal. Zumal er sich nicht daran erinnerte, jemals irgendwo unterschrieben zu haben.

Am Ende stellte er die Besuche bei Freunden ein. Irgendwann dann ließ sich auch das Auto nicht mehr finanzieren, und Adam war *dauerhaft ohne festen Wohnsitz.* So stand es in einem offiziellen Schreiben der Behörden. Das machte natürlich Hoffnung: kaum obdachlos, schon dauerhaft.

»Und dafür musste ich herkommen?«, hatte er bei der Abholung im Bürgeramt gefragt. »Hätten Sie es mir nicht nach Hause schicken können?«

Das Dokument steckte seitdem irgendwo in einem Seitenfach seines achthundert Pfund teuren Rollkoffers. Dieses Gepäckstück beinhaltete alles, was ihm geblieben war, wobei sein Hauptbesitz der Koffer selbst war. Es handelte sich um das teuerste Modell, das am Flughafen Heathrow zu kaufen war. Nichts fasste Adams Talent, wirtschaftliche Entscheidungen zu treffen, so pointiert zusammen wie dieser Koffer. Nach dieser Formel funktionierte das Leben: Die gegenwärtige Situation war die Summe aller bisherigen Fehlentscheidungen. Aber vielleicht war es ja gar nicht so schlecht, denn hier saß er nun, mit leichtem Gepäck unter freiem Himmel. Es war ihm gelungen, allen gegenständlichen Ballast loszuwerden. So geräuschlos war sicher noch niemand zum Buddhismus konvertiert. Namasté.

Jemand mit augenscheinlich besserem Geschäftssinn näherte sich in Gestalt eines jungen Anzugträgers, der zielstrebigen Schrittes auf die Parkbank zusteuerte. Sein Elan wirkte völlig unpassend, er ging wie jemand, der kurz vor dem Jawort noch dringend eine Hochzeit stoppen wollte. Unmittelbar vor der Bank erst blieb er stehen. Von seinen Notizen aufblickend, sah Adam, wie der Mann mit großer Geste einen Fünf-Pfund-Schein in den aufgestellten Kaffeebecher steckte. Großzügig, immerhin. Besser theatralisches Papiergeld als der übliche, scheu eingeworfene Haufen Kupfer. Er nickte dankend, es war die ewige Routine. Doch der Mann in dem teuren Anzug machte keinerlei Anstalten, sich entsprechend irgendeiner Routine zu verhalten. Normalerweise gingen die Menschen weiter, nachdem sie ihr Almosen hinterlassen hatten, er aber blieb wie angewurzelt stehen, ohne auch nur ein Wort zu sagen. Vielleicht wollte er ja einfach mehr Dankbarkeit. Also nickte Adam erneut, diesmal deutlicher, und widmete sich anschließend wieder seinen Notizen. Wenn der Typ wenigstens etwas sagen würde oder eben gehen. Doch er dachte offensichtlich nicht einmal daran, bewegte sich keinen Millimeter und glotzte Adam weiter ungeniert an. Jetzt reichte es.

»Danke für Ihre Hilfe«, sagte Adam.

Der Mann reagierte noch immer nicht.

»Aber die eigentliche Frage lautet doch: Kann *ich Ihnen* helfen?«

»Bitte?«

»Na ja, Sie stehen und starren.«

»Ach so. Ja, der Koffer. Ich meine, ist das … Ist das ein echter Tumi?«, fragte der Fremde.

»Richtig. Gutes Auge.«

Adam zog einen Haferriegel aus der Tasche und las den Text auf der Verpackung, was ohne Brille ein hoffnungsloses Unterfangen war. Aber vielleicht würde sich der ungebetene Gast ja dadurch abwimmeln lassen.

»Die sind doch unglaublich teuer. Ist der denn echt?« Der Mann ließ nicht locker.

»Ja, der ist echt«, antwortete Adam. »Wollen Sie Ihre fünf Pfund zurück?«

»Was, nein, natürlich nicht. Aber falls es Ihnen nichts ausmacht, ich wundere mich nur. Was macht denn ein Obdachloser mit einem so teuren Koffer?«

»Ganz einfach, das ist mein Kapital. Bargeld klauen die einem nachts. Einen Koffer klaut keiner. Außerdem könnte ich ihn im Notfall verkaufen und von dem Geld verreisen.«

Der Mann sah ihn irritiert an.

»Aber dann hätten Sie ja für die Reise gar keinen Koffer mehr.«

Adam lächelte freundlich. »Das war der Witz.«

»Was? Ach so, natürlich. Entschuldigung, damit hab ich's nicht so. Ich arbeite im Bankwesen.«

»Wie Sie sehen«, sagte Adam mit einem Blick auf seine Sitzunterlage, »sind Sie da nicht der Einzige.«

»Den habe ich jetzt verstanden.«

Der Mann lachte bemüht, wie jemand ganz ohne Vorkenntnisse.

»Glauben Sie eigentlich an Gott?«, fragte Adam.

»Bitte? Ist das jetzt auch wieder ein Witz?«

Adam schmunzelte und sprach weniger zu ihm als vielmehr zu sich selbst: »Das lasse ich als Antwort gelten.«

3.

G ott hat die Nase voll von den Menschen«, sagte der Mann im blauen Overall mit ruhiger Stimme. Er sprach direkt in die Kamera. »Es geht ihnen nur um Geld, Geld, Geld. Dann fordern sie nach dem Tod auch noch den Eintritt in eine bessere Welt. Und haben sie dafür im Gegenzug auch nur irgendetwas annähernd Interessantes anzubieten?«

Die nächsten Sätze las er vom Zettel ab, sie schienen ihm besonders wichtig zu sein: »Vergesst das Geld! Schreibt ein Lied, ein Buch, malt etwas, bringt Gott zum Lachen. Sie ist Ästhetin, Gott will keine reuigen Sünder, sie will einfach nur unterhalten werden. Ach so, und sie heißt Singu.«

Von seiner Linken meldete sich eine zweite, den meisten Menschen im Land wohlvertraute Stimme, sie gehörte dem TV-Journalisten und Moderator Alexander Bressa. Wie erwartet reagierte er bierernst. Seine ursprüngliche Lockerheit war ihm abtrainiert worden im Laufe der letzten Sendejahre, die geprägt waren von stetig sinkenden Quoten bei gleichzeitig steigendem Druck. Den Rest erledigte das Leben.

»Wenn es einen Gott gibt«, sagte Bressa. »Oder, wie Sie behaupten, eine Göttin, und diese auch noch, wenn ich Sie richtig verstanden habe, das Schöne liebt, warum lässt sie dann so viel Leid zu?«

»Eben nicht«, erwiderte Prassnik, als hätte er keine andere Frage erwartet. Dabei fasste er sich kurz ans rechte Ohr. »Es ist ja genau andersrum, das Negative ist der natürliche Standard, es ist sozusagen vom Universum vorgegeben. Erst Gott sorgt für die schönen Dinge. Ohne Singu gäbe es nur Elend. Das Leid, das ist die Werkseinstellung.«

Prassnik war offenbar vorbereitet, möglicherweise half ihm auch eine gute Souffleuse. In jedem Fall war er der ideale Botschafter, seine Sprache knapp und verständlich. Die Glaubwürdigkeit der Geschichte steigerte sich zudem durch ihre Platzierung. Ein einfallsloser Gott, der einfach nur plump nach größtmöglicher Aufmerksamkeit strebte, hätte seinen Boten niemals in die Sendung des abgehalfterten TV-Relikts Alexander Bressa gesetzt. Vor zehn Jahren noch ein Quotengigant, war der ehemals größte Talkmaster des Landes durch mehrere unglücklich an die Öffentlichkeit gelangte Eskapaden mittlerweile im Mittagsprogramm des Lokalsenders London Live angekommen. Sein Name wurde seither vor allem mit Koks und Sexpartys in Verbindung gebracht. Sollte die Geschichte stimmen, hatte Singu ihren Propheten ausgerechnet zu einem von der Öffentlichkeit angeprangerten Vollzeit-Hedonisten geschickt.

»Was haben Sie denn beruflich gemacht, bevor Sie, na ja …«, fragte Bressa.

»Sie meinen, bevor ich abgenippelt bin. Können Sie ruhig fragen. Ich habe kein Problem mit dem Tod, ich erlebe ihn ja jeden Tag.«

Prassnik lachte ein rasselndes Raucherlachen.

»Also, ich hab im Containerhafen gearbeitet. Ganz normal«, erklärte er und lehnte sich zurück.

»Wir geben kurz ab an die Nachrichten und sehen uns gleich wieder. Vielleicht hat Herr …«

Hilflos suchte Bressa seine Moderationskarte ab.

»Prassnik.« Sein Gast half ihm.

»Natürlich, Entschuldigung. Vielleicht hat Herr Prassnik ja noch mehr für uns, zum Beispiel ein neues Testament«, sagte Bressa, der mal wieder überhaupt nichts begriffen hatte.

4.

Ein unauffälligerer Auftritt war mit dem sperrigen Ding nicht möglich. Obwohl Adam Übung darin hatte, fühlte es sich ungelenk an wie beim ersten Mal. Es schien eine direkte Korrelation zu geben zwischen kaputten Knien und dem tollpatschigen Betreten eines Cafés, zumal wenn ein schwerer Koffer im Spiel war. Nachdem er sowohl an der Glastür als auch an jeder Seite des Türrahmens mehrfach angeschlagen war, stellte er sein Gepäckstück endlich neben dem Schirmständer ab. Schon von draußen hatte er gesehen, dass die meisten Tische im Café belegt waren. Er sondierte die Lage immer erst durch das Fenster, um dann zielstrebig auf einen freien Platz zuzugehen. Das war das Maß an Logistik, das ein unhandlicher Wegbegleiter erforderte. Jetzt trat er zu dem freien Zweiertisch direkt neben einem der Bücherregale, die gleichzeitig eine Tauschbörse waren. Eine ganz besondere Atmosphäre zeichnete das kleine Café aus, denn der ganze Laden ergab keinen Sinn. Er gehörte zwar zu einer Kette, was schon mal gut war, denn Adam schätzte Verlässlichkeit. Gleichzeitig aber waren die Räumlichkeiten zu klein für die Filiale einer großen Kaffeemarke und noch dazu viel zu liebevoll gestaltet. Dachte man sich die Firmenlogos weg, blieb ein kleiner Nachbarschaftstreff, der nebenbei die öffentliche Bibliothek ersetzte. Der Laden verkörperte die Widersprüchlichkeit des gesamten Stadtteils. Streatham war zwar etwas heruntergekommen, dafür aber bunt gemischt und voller Leben. Die meisten Menschen in dem Südlondoner Viertel hatten nicht viel, aber genau das war das Gute an der Gegend. Sie gab Adam das Gefühl, nicht ganz so arm zu sein, wie er es tatsächlich war.

Nicht aber das Café. Hier drinnen schien nichts so zu sein wie in der Welt da draußen, die Gäste wirkten eindeutig zu wohlhabend und unbeschädigt für die Gegend. Das Café war ein besseres Viertel im schlechten. Es war, als hätte der Laden einen unsichtbaren Türsteher. Wo waren sie denn, all die Normalen, die Kaputten? Während

Adam die Jacke auszog, erblickte er sich im Spiegel hinter dem Tresen. Ach, da waren sie also.

Er legte die Jacke über den einen Stuhl und setzte sich auf den anderen. Das riesige Ding mit seinen vollgestopften Taschen nahm fast genauso viel Platz ein wie er selbst. Er stand noch mal auf und tauchte mit der rechten Hand in den Kleiderhaufen ein, um kurz darauf den zusammengefalteten Pappbecher mit dem Kleingeld hervorzuholen. Seine Bewegungen fühlten sich ungeschickt an und umständlich. Erneut setzte er sich und schnaufte erleichtert, wobei das Seufzen den Startschuss für den Rest des Cafés gab, die Gespräche wieder aufzunehmen. Adam holte einen Kassenbon aus der Tasche und notierte sich: *Wer draußen obdachlos aussieht, wird ignoriert. Sobald man aber irgendwo reinkommt, starren sie einen an.* Er stopfte den Zettel in die vor Ideen überquellende Mappe. Die Idee, diese Loseblattsammlung mal in ein Notizbuch zu übertragen, fand sich sicher auch auf einem der Zettel.

»Schwarz, richtig? Der geht aufs Haus.« Die Bedienung stellte ihm eine Tasse Kaffee hin.

»Oh, danke. Danke.«

»Sie brauchen sich nicht zu bedanken, und schon gar nicht zweimal. Wenn der Laden hier schon keine Steuern zahlt, regeln wir die Abgaben ans Gemeinwohl eben so.«

Sie blickte ihn kurz an, während sie beiläufig den Tisch mit einem Lappen abwischte.

»Alles Verbrecher«, sagte sie. »Wirklich keinen Cent Steuern.«

»Na ja, kann ich nicht verurteilen. Ich zahle auch keine.«

»Wie ist das eigentlich, wenn alles, was man besitzt, in einen Koffer passt?«

»Man hat trotzdem noch zu viel.« Mit ihrer direkten Art gab sie Adam das Gefühl, behandelt zu werden wie ein alter Bekannter. Es war seltsam, an den anderen Tischen im Café saßen ordentlich gekleidete, junge Gäste, allesamt gepflegte Erscheinungen. Doch die Aufmerksamkeit der Bedienung galt ihm, dem einzigen stinkenden Penner weit und breit. Es war schon die letzten Male so gewesen, ganz als bemerkte sie seine mangelnde Körperhygiene nicht. Normalerweise ekelten sich die Leute verlässlich vor ihm und gingen davon aus, dass ein Mensch so aussah, weil ihm der Badezimmerzugang fehlte. Doch in seinem Fall lag die Ursache woanders. Seine Depression hatte ihn schon vor Jahren hygienisch zu lähmen begonnen. Monatelang dieselbe Hose, tagelang nicht rasiert, über Wochen nicht mal regelmäßig die Hände gewaschen. Sein Erscheinungsbild war ein Spiegel seiner Seele. In guten Phasen pflegte er sich, ging ins Schwimmbad, war danach die bürgerliche Version seiner selbst, ein lange verschollener Zwillingsbruder, der an den Weggabelungen des Lebens andere Entscheidungen getroffen hatte, bessere. Doch momentan war keine solche Phase. Er war seit Wochen depressiv, entsprechend ungepflegt und streng riechend, ein Zwillingsbruder nirgends in Sicht. Seine erbärmliche Erscheinung nahm er sehr wohl wahr, hasste sich dafür, war aber gleichzeitig nicht in der Lage, etwas daran zu ändern. Der schmutzige Geist der Depression, gefangen in der schmutzigen Hülle Adam Feins. Wie ein Wachkomapatient saß er handlungsunfähig seine Zeit ab, hoffend auf eine bald eintretende Hochphase.

»Wo schlafen Sie denn eigentlich?«, fragte die freundliche Bedienung, die noch immer vor ihm stand. »Ich frage zu viel, oder? Entschuldigung.«

»Schon gut. Na ja, momentan schlafe ich in einem Hinterhof. Und sonst mal in Bahnhöfen oder Einkaufspassagen, einige davon haben nachts geöffnet. Ja, und tagsüber sitze ich in Cafés.«

Er blickte an ihr vorbei aus dem Fenster.

»Wissen Sie«, sagte er. »Seitdem ich obdachlos bin, komme ich kaum noch an die frische Luft.«

»Sara.« Lächelnd reichte sie ihm die Hand.

»Adam.«

5.

Die grün-schwarz lackierten Fitnessgeräte warteten optimistisch und wetterfest am Rande des Streatham Common auf Benutzer. Meist taten sie dies vergebens. Immerhin Adam war gekommen, wie an fast jedem Abend. Ansonsten hatte er bis auf ein paar biertrinkende Jugendliche noch nie jemanden die Anlage nutzen sehen. Dabei war sie beschildert als »öffentliches Fitnessstudio, von der Kommune für die Kommune« und hatte keine geringere Aufgabe, als die Volksgesundheit zu steigern. Adam seufzte. Das blieb also jetzt an ihm hängen. Dabei scheiterte er schon am Erhalt der eigenen Gesundheit, von Verbesserung ganz zu schweigen. Drei der fünf Geräte ignorierte er, weil er keine Ahnung hatte, wie sie funktionierten.

Die Beinpresse immerhin war in Ordnung, da konnte man nicht viel falsch machen. Doch auch die halbherzig ausgeführten Alibiübungen daran beruhigten eher das Gewissen als die schmerzenden Knie.

Er trainierte immer zu einer Tageszeit, zu der jeder Londoner, der einigermaßen bei Verstand war, dunkle Parks mied. Die vermeintlich großzügigen Öffnungszeiten der Freiluftanlage waren, wenn man genauer hinsah, eine Mogelpackung. Denn wer sich abends in Parks herumtrieb, mochte so einige Dinge tun, doch die allerwenigsten davon dienten der Volksgesundheit.

Überhaupt war der öffentliche Raum voller Widersprüche, die erst erkennbar wurden, wenn man selbst Tag und Nacht in ihm verbrachte. Die Verwaltung stellte gut sichtbar sogenannte öffentliche Einrichtungen zur Verfügung und sorgte gleichzeitig subtil dafür, diese Öffentlichkeit nicht allzu groß werden zu lassen. Ironischerweise gehörten die, deren Zuhause sie war, nicht dazu, denn schlafende Menschen störten das Stadtbild. Und die Maßnahmen dagegen waren vielfältig: Parkbänke wurden mit einer Mittellehne versehen, damit niemand auf die Idee kam, sie als Bett misszuverstehen, in Hauseingängen oder auf Rampen wehrten Metallklammern und Betonzacken unerwünschte Schläfer ab, ähnlich den martialischen Stacheln, die lästige Vögel vom Landen auf Straßenlaternen abhielten. Der Obdachlose war nichts als eine flugunfähige Taube.

Alles erlaubte und vieles verzieh so eine Metropole, nur sollte bitte niemand im öffentlichen Raum liegen. Sitzen hingegen war in Ordnung, jedoch keinesfalls auf dem Boden, denn das erinnerte zu sehr ans Liegen. Des Einkaufszentrums wurde jeder verwiesen, der sich auf den Fußboden setzte. Ein Bekannter hatte die Lücke im System gefunden, indem er sich einen Rollstuhl zulegte, und das, obwohl er bedeutend besser lief als Adam. Es funktionierte, und er saß ab sofort, wo er wollte. Wenn sein Bekannter die Beinteile hochklappte, kam er sogar dem untersagten öffentlichen Liegen nahe.

Mittlerweile war Adam auf den Heimtrainer gewechselt, wobei nicht ersichtlich war, ob der hier draußen auch so hieß. Die Plakette mit der Anleitung zur Benutzung war längst zur Graffiti-Leinwand umfunktioniert worden. Auch auf diesem Gerät konnte man ausschließlich sitzen, sich nicht einmal anlehnen. Woher nur kam diese Abneigung der Großstadt gegenüber schlafenden Menschen? Einmal mehr aus der Angst aller Ängste vermutlich. Liegen bedeutete Tod, und für Gedanken an den Tod war eine Stadt wie London einfach zu lebendig. Hier wurde nicht gestorben, so etwas erledigte man diskret woanders.

Trotz dieser zur Schau getragenen Feindseligkeit bevorzugte Adam grundsätzlich die Nutzung öffentlicher Einrichtungen gegenüber der Beschäftigung im Privaten. Der Besitz fiel weg und mit ihm der Druck. An einem öffentlichen Fitnessgerät *musste* niemand trainieren, am eigenen schon. Bei jedem Vorbeigehen übte das eigene Klavier Druck aus, das öffentliche hingegen schwieg. Als seine Mutter ihm – er war gerade acht – ein Piano gekauft und ihn im gleichen Zug beim besten Klavierlehrer Nordlondons angemeldet hatte, war seine Abneigung dem Instrument gegenüber mit jeder Woche gewachsen. Die Leidenschaft der Mutter hatte sich verwandelt in die Verpflichtung des Kindes. Einzig um sie nicht zu enttäuschen, übte er damals mehrere Stunden täglich. Anfangs noch sagte er seiner Mutter vorsichtig, dass er keine Freude am Üben habe und lieber etwas anderes machen würde. Sie aber antwortete ihm jedes Mal mit dem hohen Anschaffungspreis. Es wäre doch schade um das hart erarbeitete Geld, wenn das schöne Klavier einfach in der Ecke verstaubte. »Eine Schande, Adam!«, das waren ihre Worte. Also übte er fleißig weiter, nie für sich, immer nur für sie. All das hatte Spuren hinterlassen. Jedes Mal wenn ihm heute jemand sagte, er spiele virtuos, musste er an seine Mutter denken – und dass sie gewonnen hatte. Dann erschien ihm ihre Stimme: »Siehst du, Adam, virtuos nennen sie dich. Das Üben hat sich ausgezahlt. Aber immer hast du dich beschwert, Adam. Dabei habe ich es nur gut gemeint.«

Und doch machte ihn das Klavierspiel glücklich. Wobei glücklich ein wenig übertrieben war, es machte ihn glücklich*er*. Vielleicht war das ja von der Natur so eingerichtet. Erst der Zwang der Mutter, der für viele seiner Probleme verantwortlich war, hatte ihm das meisterhafte Klavierspiel ermöglicht, das nun als therapeutisches Mittel diente, genau diese Probleme zu lindern. Er musste an den Mann denken, der sein Zahnarzt gewesen war, als er noch einen gehabt hatte. Adam hatte ihm berichtet, dass er nachts mit den Zähnen knirsche und ob er ihm nicht eine von diesen Bissschienen anfertigen könne. Der Zahnarzt hatte geantwortet, so eine Schiene bringe gar nichts: »Man kann mentale Probleme nicht dental lösen.«

Er hatte wohl recht und auch die Knieprobleme ihren Auslöser sicher irgendwo zwischen den Ohren. Aber solange sich im Park keine öffentlichen Psychotherapeuten herumtrieben, blieb er erst mal bei den Geräten für die Beine.

6.

Imre Potkulcs besaß kein Fernsehgerät, sonst jedoch so gut wie alles. Zum Zeitpunkt der Rede Prassniks saß er am mächtigsten der elf Edelholztische seiner Budapester Villa und fuhr mit dem linken Ringfinger die geschnitzten Insignien ab: IP. Das geschliffene Glas seiner randlosen Designerbrille reflektierte einen scharf umrandeten Lichtpunkt auf die Tischplatte. Die Brille, die in keiner Weise sein Modell war, ließ Potkulcs wie einen Studenten wirken, der sich als Vorstand einer Zentralbank verkleidet hatte. Potkulcs war Logiker, kein Ästhet. Und da das Höchstpreisige unmöglich nicht zum Bestaussehenden gehören konnte, hatte er sich vor Jahren angewöhnt, von allem einfach immer das Teuerste zu kaufen. Nur stellte sich heraus, dass Ästhetik einer anderen Logik folgte. Doch solange Potkulcs' Gegenüber vom Wert seiner Kleidung, seiner Brille und des Autos wüsste, würde der Eindruck schon stimmen. Geld war eine gute Tapete, um optische Mängel zu kaschieren. Wieder und wieder fuhr er mit dem Zeigefinger seine Initialen im Holz ab und zählte dabei langsam bis zehn, dann atmete er ein. Sechs Atemzüge pro Minute. Ein normaler, gesunder Erwachsener atmete doppelt so häufig und erreichte somit eine nur halb so hohe Sauerstoffversorgung seiner Zellen. Potkulcs würde mit halber Geschwindigkeit altern und folglich doppelt so lange leben wie der Durchschnittsmensch. Eine Überlegung, die er bereits im Alter von elf Jahren angestellt hatte, als sein Sportlehrer Herr Kőváry in einem Nebensatz die Atemfrequenz der verschiedenen olympischen Schwimmdisziplinen erwähnt hatte. Noch am selben Tag fing Potkulcs an, seine Atemzüge zu zählen und Schritt für Schritt zu reduzieren. Im Unterricht beobachtete er daraufhin seine Mitschüler und notierte, wie oft sich ihr Brustkorb hob und senkte. Fortan schwebte über dem Kopf jedes seiner Klassenkameraden die Zahl ihrer Atemzüge, wie der Nimbus über einer mittelalterlichen Ikone. Während sich die übrigen elfjährigen Mitglieder des Klassenverbandes mit Dingen wie Popmusik, Fußball oder dem noch unverständlicheren Gebiet des anderen Geschlechts beschäftigten, begann Potkulcs in seiner eigenen Welt zu leben. Ergab auch nichts in diesem Leben einen Sinn für den blassen Jungen, Zahlen verstand er. Im Gegensatz zu seinem Vater, seinem Bruder und den Mitschülern logen sie zudem nicht und wurden so sein treuester Freund. Ein allumfassender Freund, irgendwann bestand die ganze Welt aus nichts anderem mehr.

Für Potkulcs besaß alles eine Zahl. Im Laufe der Jahre kamen pro Mensch immer mehr Werte hinzu. Potkulcs funktionierte wie ein digitaler Scanner, der die Umwelt sah und sie in unendliche Ziffernfolgen wandelte. Sein Gehirn war sein Prozessor, die langsame Atmung dessen Langlebigkeitsgarantie. Und das Ziel war klar, der Prozessor hatte die Aufgabe, die wichtigste Zahlenkette im Leben des Geschäftsmannes zu verlängern: seinen Kontostand. Zwischen zwei Atemzügen machte Potkulcs nicht nur wertvolle Lebenszeit auf jeden Durchschnittsatmer gut, sondern vermehrte in erster Linie sein Vermögen, und zwar um ziemlich genau zehntausend ungarische Forint, umgerechnet rund fünfundzwanzig Euro. Er atmete erneut, wieder fünfundzwanzig Euro. So kam er pro Minute auf einhundertfünfzig Euro, in jeder Minute, sogar im Schlaf. Vielleicht schlief er deswegen so gut. Am Ende des Jahres standen fast achtzig Millionen Euro zu Buche. So viel Geld könne ein Mensch allein doch unmöglich ausgeben, hatte seine Mutter mal gesagt, insbesondere wenn er den ganzen Tag arbeite. Da lag sie natürlich nicht ganz falsch.

»Wie für alles andere auch«, hatte er ihr geantwortet, »habe ich dafür Personal.«

Um den edlen Tisch versammelt saßen vier von ihnen. Potkulcs legte bei der Besetzung seines Topmanagements Wert auf Vielfalt: Die vier weißen Männer kamen aus verschiedenen Teilen Budapests und waren unterschiedlichen Alters. Zur monatlichen Konferenz hatte er diese »zweite Ebene« des Unternehmens wie gewohnt in seine Villa bestellt. Das sparte Zeit und unterstrich die Machtverhältnisse. Das Quartett war pünktlich um 9.30 Uhr vom Hauspersonal in Empfang genommen und zum Tisch geführt worden, auf dem zwei große

Schalen mit frisch gebackenen Pogácsa standen. Wie immer hatte keiner die Gebäckstücke angerührt, bevor nicht der Chef erschien. Als Potkulcs gut zwanzig Minuten später mit nassen und nach Chlor riechenden Haaren dazustieß, starrten sie bereits allesamt in ihre aufgeklappten Laptops, jeweils flankiert von einem Terminkalender, einem Stift und dem Smartphone. Einmal mehr verachtete Potkulcs den Großteil seiner sogenannten Führungsriege als kleingeistig und vasallenhaft. Wie sie dasaßen, einander überbietend in ihrer Gefallsucht. Wie sie miteinander konkurrierten, in der Mühe, ihre vermeintliche Betriebsamkeit zur Schau zu stellen. Dabei bewirkte all das in den Augen des Unternehmers das genaue Gegenteil, er sah nichts als einen Haufen Duckmäuser vor sich. Vier wieselnde Sachbearbeiter in der Probezeit, und das war eine Beleidigung für jedes aufrichtige Wiesel. Die über dem Personal schwebenden goldenen Zahlenketten schrumpften: Gehalt, IQ, Nutzwert für das Unternehmen, allesamt enttäuschende Werte. Potkulcs begrüßte sie entsprechend nüchtern und setzte sich an den Kopf der Tafel.

»So, ich will gleich zur Sache kommen«, sagte er. »Ich habe hier eine hochinteressante Studie der University of California. Sie untersucht das Bezahlverhalten von Kunden in Tabledance-Clubs.«

Die Runde reagierte mit fragenden Blicken.

»Dabei fand die Forschungsgruppe heraus«, erklärte Potkulcs, »dass Stripteasetänzerinnen immer dann gut doppelt so viel Trinkgeld von der männlichen Kundschaft erhielten, wenn sie ihren Eisprung hatten.«

Er lächelte zufrieden, nahm eine Kartoffel-Pogácsa, lehnte sich zurück und biss ab. Die Aussage stand im Raum und suchte nach Abnehmern. Einer der Mitarbeiter versuchte sich halbherzig daran. »Steigt IP jetzt etwa ins Rotlichtgeschäft ein?«

»Die Mehrzahl unseres Verkaufspersonals ist weiblich«, antwortete Potkulcs ernst.

Der Groschen schien gefallen.

»Also, ich weiß nicht«, entgegnete eine andere Führungskraft ungewöhnlich widerspenstig. »Wir können doch nicht ...«

»Wir können sehr wohl. Um genauer zu sein: Wir werden. Unsere weiblichen Mitarbeiter werden ab sofort nach Menstruationskalender eingeteilt.«

»Mit Verlaub, wie sollen wir das denn umsetzen? Soll ich jetzt all meine Mitarbeiterinnen nach ihrem Zyklus fragen? Wie so ein Schwimmlehrer.«

Von den anderen kam nichts als betretenes Schweigen, genau wie es Potkulcs erwartet hatte. Keiner dieser karrieregeilen Anzugträger war auch nur im Geringsten geistsprühend oder erfinderisch, er hatte einen Haufen fleischgewordener BWL-Lehrbücher vor sich sitzen. Schon früh war ihm deshalb klar geworden, dass seine einfältige Führungsriege ein ausgleichendes Element benötigte. Vor knapp zwei Jahren hatte er sich eine Kreativkommission zusammengestellt, die eben nicht aus Privatschülern und Cambridge-Absolventen bestand, sondern aus, wie er es nannte, echten Menschen. Menschen wie seine Kundschaft, aber in klug und – ganz entscheidend – in kreativ.

Dabei gab es ein offensichtliches Problem. Rekrutieren konnte er solche Leute nicht vom freien Jobmarkt, denn wer sich bei IP bewarb, war grundsätzlich unkreativ. Der Firmenname zog Zahlenfreunde an, Karrieristen, Geradeausdenker. Die Kommission musste daher auf anderem Wege besetzt werden, und zwar auf einem höchst konspirativen. Keiner in der Firma kannte ihre Zusammensetzung, denn Potkulcs war klar, dass die Gruppe ansonsten ein Autoritätsproblem erleiden würde, bestand sie doch aus einem schwer zu vermittelnden Querschnitt seiner Telefonbuchkontakte. Neben dem Leiter der ungarischen Staatslotterie, einer erfolgreichen Krimiautorin sowie der Chefredakteurin des größten Erotikmagazins Osteuropas saßen ein Komiker, ein Videospielprogrammierer und Potkulcs' zwölfjährige Nichte Nora in dem Gremium. Die Teamzusammensetzung mochte auf den ersten Blick wahllos wirken, doch genau diese Vielseitigkeit war ihr Erfolgsgeheimnis. Jeden Monat produzierte Potkulcs' »Zeitgeist-Kommission« im Verborgenen zwei Vorschläge für strategische Neuerungen im Unternehmen. Die meisten von ihnen waren in den Augen des Unternehmers nichts Geringeres als Geniestreiche.

»Heißt das, Sie nehmen die Idee unseres Kreativteams nicht

ernst?«, erwiderte er auf die Einwände seines Mitarbeiters. »Lassen Sie es mich anders formulieren. Nehmen Sie zwei Prozent Umsatzwachstum ernst? So viel hat in den letzten zwei Jahren nämlich jeder implementierte ›Zeitgeist‹-Vorschlag erbracht.«

Mittlerweile blickte das gesamte Quartett verlegen auf die Tischplatte, bevor sich schließlich der Jüngste in der Runde positionierte. »Mag ja sein«, sagte er. »Aber das hier ist schon, nun, diskriminierend und unmoralisch.«

Potkulcs lachte lautlos.

»Junger Freund, Sie wollen also mit Moral reich werden? Kein Problem, da habe ich einen Tipp für Sie. Gründen Sie doch einfach eine Kirche.«

7.

Elf Uhr morgens – es gab keine bessere Uhrzeit, um das gesamte Café für sich zu haben und dort in Ruhe zu schreiben. Außer Adam war nur ein weiterer Gast im Laden, um sie herum gut zwanzig leere Stühle. Sara hatte ihm erzählt, dass es ursprünglich mal mehr Plätze gewesen waren, bevor sie ein paar der Stühle zu einer Pausenbank umfunktioniert hatte. Die bildete jetzt ihren Raucherbereich neben der Hintertür. Das Rauchen war natürlich höchst illegal und wurde vom Betreiber der Kaffeehauskette ebenso wenig geduldet wie jeglicher Ruf nach gesellschaftlicher Verantwortung. Sara fiel es daher umso leichter, die harmlosen Regelbrüche zu rechtfertigen. Mit Stolz hatte sie Adam vorhin von ihren kleinen Racheaktionen erzählt, und es war das perfekte Verbrechen. Den Großteil der Umsätze bongte sie einfach ein, als wären es im Café verzehrte Speisen, obwohl in Wahrheit fast all diese Umsätze Pappbecher voller Kaffee zum Mitnehmen waren. Der Steuersatz für einen Außer-Haus-Kaffee war der niedrigste von allen, der höchste hingegen galt für vor Ort verspeiste warme Gerichte. Durch ein paar Tastendrucke auf der Registrierkasse korrigierte Sara so den Beitrag der Kaffeehauskette an die Gesellschaft. Warum sie Adam schon nach derart kurzer Zeit all diese Dinge anvertraute, konnte er sich nicht recht erklären. Jedenfalls schien sie ihn nicht für einen verdeckten Ermittler der Konzernzentrale zu halten.

Hunderte Pappbecher, erzählte sie, schicke sie täglich auf die Reise. Eine Reise, die, kaum hatte sie in der Hand der Kundin begonnen, schon kurz darauf in einem der Mülleimer des Viertels endete. Obwohl es eine Anweisung gab, aus Sicherheitsgründen JEDES!! (so laut brüllte es der laminierte Zettel, der im Hinterzimmer hing, in die Welt) Heißgetränk mit einem Deckel zu versehen, ließ sie die Plastikkappen konsequent weg. Die wenigsten Kunden fragten danach. Neben dem steuerlichen kümmerte sich Sara so auch um den ökologischen Fußabdruck des Betriebs. Adam genoss es, diese kleinen Geschichten der Rebellion zu hören. Es hatte ihn schon immer fasziniert, wenn sich Menschen gegen Obrigkeiten erhoben. Er selbst war viel zu lethargisch dafür.

Vorhin, als sie beide allein gewesen waren im Laden, hatte sie ihm erzählt, wie wenig kommunikativ so ein Café doch sei. Die paar Gäste, die ihren Kaffee nicht im Gehen tranken, sondern Platz nahmen, waren in den seltensten Fällen an sozialer Interaktion interessiert. Die meisten saßen allein an einem der Tische und versteckten sich hinter ihren Laptops. Junge Mütter oder Väter mit Kindern bildeten die laute Ausnahme und wirkten dabei im lärmenden Umgang mit dem Nachwuchs so, als sehnten auch sie sich insgeheim hinter einen der Bildschirme. Nur wenige Kunden suchten das Gespräch mit ihr. Neben Adam, der gerade erst dabei war, sich diesen Status zu erarbeiten, gab es drei Stammgäste. Den Anfang machte John, er kam jeden Tag um Punkt halb elf und trank eine ganze Kanne English Breakfast Tea mit viel Milch. John blieb genau eine Stunde, die er einzig und allein mit der Tätigkeit verbrachte, die gute Teetrinker auszeichnet: Er trank seinen Tee. Sonst passierte bei John nichts.

Wesentlich unregelmäßiger waren die Besuche des zweiten Stammgastes, der geschwätzigen Lehrerin. Wie sie hieß, wusste niemand. Wohl aber, dass sie ihre Pausen und Freistunden in der benachbarten St.-Joseph's-Schule nutzte, um mit ständig wechselnden Kolleginnen und Kollegen auf einen Kaffee aufzutauchen. Dabei erzählte sie jedes Mal dieselben vier oder fünf Anekdoten. Sie konnte froh sein, Lehrerin geworden zu sein, das bescherte ihr alle zwölf Monate ein frisches Publikum. Der dritte Stammgast war Eva, die Friseurin. Evas Zeit war der frühe Nachmittag. Sie betrieb einen kleinen Salon nur fünf Gehminuten entfernt auf der Streatham High Road, Englands längster Einkaufsstraße. Ihr Friseurbetrieb lag im ersten Stock, unmittelbar über einem christlichen Buchladen. Diese Information war vor allem für Evas Neukunden von großer Wichtigkeit, denn auf ein eigenes Schild an der Fassade verzichtete sie, wie sie es formulierte: aus administrativen Gründen, was übersetzt hieß, dass ihr Salon unangemeldet und somit nicht wirklich ein Salon war, sondern ihre Einzimmerwohnung. Doch es ging nicht anders, Abgaben konnte sie sich beim besten Willen nicht leisten. Ursprünglich als Übergangslösung nach ihrem Rauswurf geplant, dauerte der Ausnahmezustand nun schon zwei Jahre an. Quasi über Nacht hatte die Friseurmeisterin, bei der sie seit ihrer Ausbildung fest angestellt gewesen war, sie gefeuert. Zu viele Kunden hatten sich beschwert. Niemals über ihre Fähigkeiten als Friseurin, das war Eva wichtig. Es ging nie um das Getane, immer um das Gesagte. Eva nämlich war davon überzeugt, dass die Erde eine Scheibe sei. Ihren Kunden versuchte sie klarzumachen, dass es eine geheime Weltregierung gab, die hinter allem steckte, Echsenmenschen. Nachdem wiederholt ein Kunde die Betreiberin des Salons darauf aufmerksam gemacht hatte, dass Menschen wie Eva keinen Zugang zu scharfen Gegenständen haben sollten (noch dazu in Kundenkopfhöhe), war sie vor die Tür gesetzt worden. Geblieben waren ihr ein Dutzend wilder Theorien, ein komplett leeres Bankkonto und besagte scharfe Gegenstände, wahrlich keine ungefährliche Mischung. Aber Eva schien die Krise überstanden zu haben, die Heimarbeit tat ihr gut. Und inzwischen freute sich Sara über Evas tägliche, wenn auch ein wenig kurze Besuche, denn im Gegensatz zur Lehrerin gingen ihr die unterhaltsamen Geschichten nicht aus.

»Was sagt die Friseurin dazu?«, murmelte John und starrte dabei auf die Teekanne. Ob seine Frage Sara oder Adam galt, war nicht auszumachen.

»Was sagt sie wozu?«, erwiderte Sara wie automatisch, während sie die Muffins in der Vitrine auffüllte.

Für Adam war das Gespräch der beiden nichts als Rauschen, zu sehr war er ein paar Tische weiter mit seinen Notizen befasst.

»Na, Prassnik. Singu. Neue Weltordnung!« John lieferte die Stichworte, die sein Teleprompter, die Teekanne, ihm anzubieten hatte.

Johns kleine Wohnung, vom Amt bezahlt, lag in Crown Point, zu Fuß keine Viertelstunde vom Café entfernt. Wesentlich länger war seine Diagnoseliste, wobei er sich der Einfachheit halber als Autist bezeichnete. Das verkürzte das Gespräch, und Gespräche konnten John gar nicht kurz genug sein. Seit einigen Monaten immerhin war er medikamentös besser eingestellt und in der Lage, gewissen sozialen Umgang zu pflegen, wenn auch nur mit den Menschen, die er von seinen täglichen Routinen kannte. Sara gehörte dazu.

»Ach so, klar. Keine Ahnung, sie war bisher nicht hier. Aber für Eva ist das Ganze sicher ein ...« Gerade noch rechtzeitig brach sie den Satz ab und spürte, wie ihr Gesicht Temperatur annahm.

John schmunzelte und blickte weiter starr auf die Kanne.

»Ein feuchter Traum«, sagte er, wobei seine Schultern auf und ab bebten und für ihn das Lachen übernahmen.

Sara tat so, als hätte sie seine Bemerkung nicht gehört.

»Adam«, sagte sie stattdessen und ging hinüber zu dessen Tisch.

Beim zweiten Mal reagierte er und blickte auf.

»Mich interessiert ja viel mehr, was du denn eigentlich davon hältst.«

»Wovon?«

»Na, von dieser ganzen Prassnik-Sache.«

»Keine Ahnung.« Er schüttelte den Kopf. »Ich kenne mich weder mit Prominenten aus noch mit Politik.«

Sara hätte sich keine bessere Antwort vorstellen können. Adams Desinteresse an der Welt ließ sie die Ereignisse der letzten Tage so distanziert zusammenfassen, dass der Sache endlich mal die übertriebene Ernsthaftigkeit genommen wurde. Sie erzählte ihm von der Fernsehsendung, all den darin geäußerten schrägen Behauptungen, dem mütterlichen Gott. Spätestens an der Stelle war Adam von der Geschichte angetan und schob Ledermappe, Zettel und Kugelschreiber beiseite.

»Verrückt, oder?«, fragte Sara.

»Verrückt, ja, auch. Aber vor allem mein größter Albtraum. Noch eine Übermutter.«

»Gott bewahre«, erwiderte Sara und hob den Zeigefinger zu einer kreisenden Bewegung. »Die ultimative Helikoptermutti.«

»Adaaaam.« Mit weit aufgerissenen Augen imitierte er eine dem Wahnsinn nahe Frauenstimme. »Ich bin hier oben, und ich sehe alles, Adam. Jetzt, wo du nicht mal mehr ein Dach über dem Kopf hast, sehe ich dich noch viel besser, Adaaaam.«

Sara stellte das Tablett ab und legte den Lappen darauf ab. Sie lehnte sich gegen das Bücherregal, kreuzte die Beine und saß jetzt mehr, als dass sie stand.

»Es wird noch besser«, sagte sie.

Adam sah sie interessiert an. Sie berichtete ihm von Prassniks Versprechen auf ewiges Leben und dass man nichts dafür tun müsse, außer Gott kreativ zu überzeugen, am besten mit einem Lied oder einem Bild. Gott wäre eben eine ganz normale Type, jemand, die gerne Waffeln isst und eine gute Geschichte erzählt bekommt. Aber sie wäre eben äußerst gelangweilt.

»Klar!«, sagte Adam begeistert. »Ein selbst gemaltes Bild von jedem. Hoffentlich hat sie eine große Kühlschranktür.«

Sara berichtete ihm, wie unterhaltsam und fesselnd Prassniks Ansprache gewesen sei, eine Massenkarambolage auf der Autobahn, keine Chance, wegzusehen.

»Übrigens«, sagte sie. »Wie jede übergriffige Mutter hat auch Singu einen Regelkatalog aufgestellt.«

»Singu?«

»Ach so, natürlich. Kleines Detail am Rande: Gott heißt Singu.«

»Natürlich.«

»Und Singu hat, wie gesagt, Regeln im Gepäck. Eine ganze Liste.«

»Oh, das ging schnell. Kaum auf der Bildfläche aufgetaucht, schon stellt die Geiselnehmerin Forderungen.«

8.

DIE SIEBEN GRUNDSÄTZE NACH SINGU

Satz 1: Wer es schafft, Singu zu unterhalten, bekommt die Unsterblichkeit geschenkt. An einem besseren Ort, versteht sich.
Satz 2: Singu liebt Musik, Malerei, Stand-up-Comedy und Romane. Die Präsentation dieser vier Kunstformen wird bevorzugt.
Satz 3: Das vorgestellte Werk muss vom Bewerber persönlich erdacht und kreiert worden sein. Versuche, Urheberrechtsverletzungen zu begehen, sind zwecklos. Singu sieht alles.
Satz 4: Eine Hölle gibt es nicht. Abgelehnte bekommen eine zweite Chance, ein gänzlich neues Leben ohne Erinnerung an den vorherigen Versuch. Der Neuanfang findet auf dem Exoplaneten Sisyphos-2 statt. Die Teilnahme ist verpflichtend.
Satz 5: Die Anzahl der zweiten Chancen ist unbegrenzt; Sisyphos-2 ist groß.
Satz 6: Suizid als Abkürzung zum Vorsprechen ist nicht zulässig und wird mit Sisyphos-2 bestraft.
Satz 7: Mord wird mit Sisyphos-2 bestraft. Das Opfer hingegen bekommt die Unsterblichkeit geschenkt. Auch das an einem besseren Ort.

Sisyphos-2 ist groß; dieser Satz gefiel Adam besonders. Er nahm einen Haferriegel aus der Jackentasche, entfernte die Folie und biss ab. An religiösen Ideen hatte ihm schon immer gefallen, dass sie unbegrenzt verrückt sein durften. Kein künstlerisches Genre war so frei wie die Religion, im Prinzip war Religion nichts anderes als Free Jazz.

Wie so oft wurde auch die Beschäftigung mit diesem Thema schnell zu Adams Obsession. Angenommen, es gab Singu wirklich, was würde das anstellen mit der Welt und den Menschen? So ein Gedankenexperiment würde ihn im schlimmsten Falle tagelang beschäftigen. Was übrigens nicht ausschließlich schlecht wäre, immerhin würde es ihn während dieser Zeit von seinen üblichen Ängsten ablenken. Ärgerlich nur, dass die ganze Geschichte auf seiner größten Sorge von allen basierte, dem Tod. Aber der war ja nun, sollte Prassnik recht haben, für einen Kreativen wie ihn kein Problem mehr. Nur weil man im Diesseits nicht von der Kunst leben konnte, hieß das ja noch lange nichts für danach.

Die gesamte Nacht über konnte er an nichts anderes denken. Müde saß er gegen die ockerfarbene Hauswand gelehnt. Es musste spät sein, wahrscheinlich sogar schon wieder früh, vom Verkehr der Hauptstraße war bereits seit einer Weile nichts mehr zu hören. Wie in jeder Nacht diente ihm seine Jacke als Bettdecke, während er im Licht der surrenden Außenlampe wieder und wieder die Liste mit den Regeln las. Die Mauer gehörte zum einzigen Jazzclub weit und breit und bildete dessen Rückwand. Die Betreiber des Hidey-Hole wussten, wie man einen alten Freund des Hauses behandelte, und ließen nur seinetwegen nachts das Licht brennen. Denn seit Jahren trat er hier auf, sowohl an den normalen Jazzabenden als auch bei der sonntäglichen Comedy Night. In den meisten Fällen floss dabei kein Geld. Der Branche ging es nicht gut, und Streatham war nicht SoHo. Für die Auftritte gab es höchstens mal ein paar Freigetränke. Adam trank nicht, war also noch unbezahlter als die anderen Künstler. Mark, der Pächter des Ladens, betonte unermüdlich, er selbst verdiene an den Shows auch keinen Penny. So ganz schien das nicht der Wahrheit zu entsprechen, vermutete Adam, denn während er hier draußen neben den Mülltonnen schlief, war von Mark nichts zu sehen.

Glücklicherweise bot der Zettel Ablenkung. Sara hatte die Regeln von irgendeiner Internetseite abgeschrieben, extra für ihn. Das ästhetische Schriftbild machte das Geschriebene noch interessanter. Eine Handschrift musste gepflegt werden, Sara schien also oft zu schreiben. Er würde sie bei Gelegenheit danach fragen. Vielleicht war seine Theorie auch Unsinn, denn er selbst schrieb jeden Tag und hatte trotzdem eine Ärzteklaue. Interessanterweise schien es genau dagegen kein Rezept zu geben. Jetzt spielte die Handschrift ohnehin keine entscheidende Rolle mehr, denn die Liste hatte fürs Erste ihre Dienste getan. Adam hatte sie in den letzten Stunden so oft gelesen, dass er sich fühlte wie vor einer Prüfung. Der Stoff saß. Er blickte auf die Mülltonnen neben sich.

»Eine Hölle gibt es nicht«, flüsterte er und lachte laut auf.

Aus den Tonnen roch es nach Sommermüll. Das waren Dinge, die man erst als Obdachloser lernte. Wintermüll roch nicht, doch je wärmer es wurde, umso unerträglicher war der Gestank. Irgendetwas gor darin. »Gott sieht alles« stand auf der Liste. Gut nur, dass Gott nicht alles roch.

Die Fliege, die alle paar Minuten auf Adam landete, unternahm einen erneuten Versuch. Er hörte sie jedes Mal bereits irgendwo in der Dunkelheit, bevor sie kurz darauf im Lichtkegel der Lampe auftauchte. Auch jetzt wieder setzte sie sich auf seine Jacke, zum x-ten Mal, auch jetzt wieder vertrieb er sie. Die Fliege flog davon und hinterließ, zumindest für einen Moment, Stille. Wahrscheinlich landete sie im stinkenden Abfall. Darin lief sie dann umher, bis ihre kleinen Füßchen dreckig waren. Anschließend, nach einem kurzen Flug, würde sie sich genau diese Füßchen an Adams Jacke abtreten. Ihn erheiterte der Gedanke, so weit unten angekommen zu sein, dass ihn eine Fliege als Fußabtreter benutzte. Jedes Mal wurde sie dabei von der Fußmatte unterbrochen und musste das Projekt von vorn beginnen: Abflug, Sommermüll, Rückflug, Fußmatte. Die Fliege war auf Sisyphos-2 angekommen. Wie unkreativ sie wohl in ihrem ersten Leben gewesen sein musste. Adam sah sie in ihrem alten Leben, in Anzug und Krawatte (Fliegen trugen in seiner Vorstellung weiße Krawatten) jeden Tag zu einem langweiligen Behördenjob pendeln. Sie arbeitete im Bürgerbüro und stellte Meldebescheinigungen aus, gelegentlich sogar für Obdachlose. Dabei verwendete sie das Wort »kreativ« nur im Sinne von »inkorrekt«:

»Oh, da haben Sie das Formular aber sehr kreativ ausgefüllt.«

Zu viel Alleinsein bekam niemandem. Spätestens beim Fantasieren über das Vorleben von Stubenfliegen stand für Adam fest, dass ein wenig mehr sozialer Umgang wohl nicht schaden würde. Aber das kleine Tier war eben bloß ein Stellvertreter und er in diesem Moment niemand Geringeres als Singu. Von außen betrachtete er die Welt der

Fliege und hatte nur einen Wunsch: Sie sollte ihn bitte nicht langweilen. Er hatte den Gedanken noch nicht zu Ende gedacht, da krachte das Tier geblendet und orientierungslos mit Höchstgeschwindigkeit gegen die grell leuchtende Außenlampe, fiel auf den Boden neben der Mülltonne, berappelte sich und hob wieder ab.

»Nicht vergessen«, gab Adam ihr mit auf den Weg, »Suizid als Abkürzung ist nicht zulässig.«

9.

Bei Sonnenaufgang war er längst wach. Früher hatte Adam an den meisten Tagen ausgeschlafen, hier draußen aber war daran nicht zu denken. Ständig war er müde. Doch die Situation brachte zugleich Vorteile mit sich. Wer kein Bett hatte, konnte auch keine ganzen Tage mehr darin verschwenden. Er setzte sich hin, stand jedoch schon wenige Sekunden später ganz auf und streckte sich. Die nächsten Minuten folgten einer morgendlichen Routine. Adam ging zwei Schritte vom Schlafzimmer zu seinem Koffer, dem Ankleidezimmer, und wuchtete mit einem selbstverständlichen Handgriff eine Fünf-Liter-Wasserflasche daraus hervor. Sie hatte ein Viertel des ganzen Koffers eingenommen. Er stellte sie auf den Boden, nahm ein kleines, braunes Handtuch und breitete es darüber. Nachdem er den Koffer geschlossen hatte, legte er ihn flach auf den Boden und setzte sich darauf, die Flasche samt Handtuch direkt vor ihm. Er war jetzt im Badezimmer. Während er das Handtuch wässerte, ärgerte er sich, dass es ihm nicht gelang, länger zu schlafen. Es mochte, wenn überhaupt, halb sechs sein, und vor neun Uhr tauchte hier ohnehin nie jemand auf. Vollkommen grundlos also verlängerte das frühe Aufstehen seinen Tag. Dabei war ihm eher an einer Verkürzung gelegen. Während er sich mit dem feuchten Handtuch über Gesicht und Nacken fuhr, tauchten Singus Regeln wieder auf und bescherten Adam großes Unwohlsein. Er legte sich den Lappen in den Nacken und blickte auf. Wie hatte er nur schlafen können! Es gab überhaupt keinen Grund, in diesem Singu-Gedankenspiel sorglos zu sein. Ganz im Gegenteil, bedeutete Kreativität doch die Höchststrafe. Ein ewiges Leben! Wo ihm schon jetzt jeder einzelne Tag zu lang war. Im Prinzip waren beide Szenarien katastrophal, denn ob nun ewiges Probieren auf Sisyphos-2 oder ewiger Ruhestand am nicht näher benannten »besseren Ort«, beides begann mit »ewig«. Vielleicht war das Regelwerk unvollständig, oder Sara hatte einfach nicht alle Punkte notiert. Zumindest war, so wie es aussah, kein erstrebenswertes Szenario dabei.

Er putzte sich die Zähne, wusch anschließend die Zahnbürste vorsichtig unter einem sparsamen Wasserstrahl aus und drehte die Flasche wieder zu. Nachdem er sie abgestellt hatte, beobachtete er, wie sich der Wasserspiegel langsam beruhigte und exakt auf Höhe der obersten Linie einpendelte. Jede der beiden Linien markierte die Ration für einen Tag, so musste er die Flasche nur alle drei Tage auffüllen. Tage wie heute, an denen er die Linie exakt traf, waren etwas Besonderes. Dieser Anblick beruhigte und befriedigte ihn. Ihm war sehr wohl klar, wie dämlich das war, aber andere Leute guckten Golf.

Die Ablenkung hielt nur kurz an, schon waren seine Gedanken wieder bei den Singu-Regeln. Sie waren Adam ein Rätsel, das es zu lösen galt. Es erinnerte ihn an die berühmte Kurzgeschichte von Isaac Asimov: *Runaround*. Damals als Jugendlicher hatten ihn Asimovs Robotikgesetze fasziniert. Die drei Regeln, die dem Schutz des Menschen vor den von ihm erschaffenen Maschinen dienten, hatten ihn wochenlang beschäftigt. Kein Roboter durfte einem Menschen Schaden zufügen, musste zudem immer dem Menschen gehorchen und sollte drittens sich selbst schützen, solange wiederum die ersten beiden Regeln dadurch nicht verletzt würden.

Die Gesetze hatten Adam damals nicht losgelassen, seine Gedankenmaschine war angesprungen. Was, wenn ein Roboter von einem Roboter erschaffen wurde, nicht von einem Menschen? Was, wenn ein Mensch Schmerzen mochte, der Roboter ihm also etwas Gutes tat, indem er ihm Schaden zufügte? Was, wenn ein durch die Zeit reisender Roboter die Chance hätte, den neugeborenen Hitler zu töten? Wie besessen hatte Adam alle Möglichkeiten durchgespielt, jedes Szenario, immer auf der Suche nach einem Fehler im System. So auch jetzt. Wobei, das hier fühlte sich ein wenig anders an. Asimovs Gesetze waren Science-Fiction, also ein Was-wäre-wenn-Blick in die Zukunft, Singus Gesetze hingegen waren kein Blick nach vorn, sondern einer nach oben. Adam musste sich mal wieder selbst daran erinnern, dass Religion mit Logik nicht zu begegnen war. Vielleicht faszinierten ihn die Singu-Gesetze ja deswegen so sehr.

Den Vormittag verbrachte er im Café, das heute rekordverdächtig viele Außer-Haus-Kunden hatte. Nicht dass er viel davon mitbekommen hätte, zu vertieft war er in seine Notizen.

»Na, was machst du?«, fragte Sara ihn schließlich. Es war ein wenig Ruhe eingekehrt. »Arbeitest du an deinem Vorsprechen bei Singu?«

»Indirekt«, sagte Adam.

Sara zog die linke Augenbraue hoch.

»Na ja, ich suche nach einem Schlupfloch im Regelwerk.«

»Ach. Inwiefern?«

»Also die Idee mit dem besseren Ort gefällt mir ganz gut, aber das mit der Ewigkeit. Ewig! Weißt du, wie lang das ist? Also, da muss es doch noch Verhandlungsspielraum geben. Was ist denn mit dem guten alten ›Ruhe in Frieden‹? Nach Ruhe klingt das bei Prassnik jedenfalls nicht.«

»Prassnik ist ja nur der Prophet«, sagte Sara. »Don't kill the messenger! Die Regeln macht immer noch Singu.«

Sie setzte sich zu Adam an den Tisch, etwas anderes war sowieso nicht mehr zu tun. Die Außer-Haus-Welle war abgeklungen, die Muffin-Auslage aufgefüllt, und John hatte seinen Tee. Sara berichtete von dem, was sie im Internet gelesen hatte. Angeblich war Prassnik weltweit zu sehen gewesen, gleichzeitig, mit der exakt selben Rede, jeweils in der Landes- oder Stammessprache.

»Pass auf, in den sozialen Medien macht ein altes Foto die Runde, aus den 1980ern. Man erkennt das an den Automodellen im Bild. Angeblich ist das Prassnik, und ich muss sagen, der Typ sieht genauso aus wie der im Fernsehen. Pass auf, jetzt kommt's.«

Sie ergriff mit beiden Händen die Sitzfläche ihres Stuhls, erhob sich ein wenig und rückte näher an den Tisch.

»Es gab wirklich einen Hafenarbeiter namens Jürgen Prassnik. Der hat vor vierunddreißig Jahren das Zeitliche gesegnet. Bei einem Unfall.«

»Na und? Ich kann ja auch sagen, ich bin David Bowie, Sänger aus Brixton, und ich bin vor ein paar Jahren gestorben. Klar stimmt das dann alles.«

»Ich will dir ja nicht zu nahe treten, aber wie oft wurdest du schon mit Bowie verwechselt?«

»Du wärst überrascht«, sagte Adam. »Vor allem jetzt, wo er tot ist.«

Sara sprang auf und holte ihr Handy. Sie spielte Adam ein knapp fünfminütiges Video vor, in dem drei erfolgreiche – und, wie sie betonte, »absolut unreligiöse« – YouTuber den Fall Prassnik auf Herz und Nieren untersuchten. Zwar hatten Millionen von Menschen die Fernsehansprache gesehen, doch die meisten von ihnen nahmen sie als lokale Erscheinung wahr, in Landessprache, auf einem kleinen Sender. Erst das Internet hob das Ganze auf die große Bühne. Die YouTuber zeigten, wie einfach so etwas wie der Prassnik-Clip zu erzeugen war, digital so manipuliert, dass er in allen Sprachen identisch aussah. Auch die verschiedenen TV-Stars, die in jeder Variante des Videos neben Prassnik saßen und ihm Fragen stellten, waren am Computer erzeugt worden, behaupteten die Macher des Videos. Deepfake nannte sich die Technologie.

Adam war vom hektischen Schnitt des Videos wesentlich faszinierter als von dessen Inhalt. Es war schließlich klar, dass Prassnik nicht wirklich der Prophet Gottes war. Dafür brauchte es keine technische Begründung – vor allem nicht über fünf Minuten.

»Warte!«, sagte Sara. »Der spannende Teil kommt noch.« Sämtliche Interviewer hätten bestätigt, dass der Mann, der sich Jürgen Prassnik nannte, leibhaftig bei ihnen im Fernsehstudio gewesen sei. Ein digitales Hexenwerk schlossen sie aus. Er hatte ihnen gegenübergesessen, da waren sie sich einig, ein Mensch aus Fleisch und Blut. Ob tot oder lebendig, konnte nicht ermittelt werden. Weltweit, so bestätigten alle befragten Fernsehmacher, werde bei Studiogästen nur in Notfällen der Puls gemessen. Eines schien somit sicher: Der Mann im Overall hatte gleichzeitig in Hunderten TV-Studios gesessen. Eine nicht zu erklärende Erscheinung. Auf offiziellen Nachrichtenseiten war nichts von der Sache zu lesen, auch die BBC verschwieg es völlig, doch einige Boulevardblätter berichteten bereits online: »Ein Wunder.«

Die Behauptungen Prassniks fielen bei Internetnutzern in aller Welt auf fruchtbaren Boden. Allen voran in den wohlhabenden, weitgehend postreligiösen Gesellschaften stieß die Geschichte auf Interesse, der jahrzehntelange Kapitalismus schien ihr ein guter Dünger gewesen zu sein.

Adam gefiel es, die Eilmeldungen persönlich zusammengefasst zu bekommen. Aus Saras Mund wirkte alles viel weniger bedrohlich. Gleichzeitig fragte er sich, ob die Nachrichtenlage immer so aufreibend war. Was er wohl alles verpasst hatte in den letzten Jahren?

Indes überraschte es ihn kein bisschen, dass die Singu-Geschichte die Welt so sehr beschäftigte. Die hoch entwickelte Menschheit hatte ja im Prinzip alles, und selbst er, der im Grunde nichts mehr besaß, schleppte noch zu viel Zeug umher. Aber eine Sache fehlte eben allen: nämlich die Antwort auf die große Frage nach dem Sinn. Leben, Lieben, Leiden, Sterben, was sollte der ganze Zirkus? Tja, und dann tauchte wie aus dem Nichts ein Hafenarbeiter im Blaumann auf und hatte genau darauf eine Antwort im Angebot.

»Was für ein Unsinn«, sagte Adam und unterbrach Saras Presseschau. Er merkte sofort, wie unhöflich das geklungen hatte. Irgendwie hatte er das Thema durch den Ton der Nachrichtenseiten auf einmal zu ernst genommen. So etwas geschah ab und an. Dann ging ihm der Nihilismus verloren und entführte seinen Humor gleich mit. Man durfte die Dinge nicht zu ernst nehmen, ermahnte er sich in solchen Momenten, und doch war es ein kaum aufzubrechendes wiederkehrendes Muster. Ihn verließ dann sein hart erarbeiteter lakonischer Blick auf die Welt, nur weil er sich zu sehr mit dem Geschehen in ihr befasste. Genau aus dem Grund hatte er vor Jahren aufgehört, Zeitung zu lesen. Klassische Musik, Jazz und Romane dagegen waren zeitlose Inhalte, die ihm guttaten. Nachrichten aber waren Gift fürs Gemüt, eine Erkenntnis, die ihn Jahre gekostet hatte und die noch dazu fragil war. Es reichten Minuten, ein paar Fernsehnachrichten, eine Zeitungsseite, schon wurde er rückfällig und bemerkte prompt eine Ernsthaftigkeit, ja eine Wut in sich, die ihn von sich selbst entfremdete. So etwas passte schlicht nicht zu ihm, Kinder lasen aus gutem Grund keine Zeitung.

Adam entschuldigte sich bei Sara für den Kommentar und nahm sich vor, diese Prassnik-Sache wieder so zu sehen, wie er es auch gestern Abend getan hatte. Das Ganze war ein Spaß, ein Gedankenexperiment, der Stoff eines Sci-Fi-Romans von Asimov.

»Glaubst du, wir sind vielleicht schon auf Sisyphos-2 und merken es nur nicht?«, fragte er spielerisch.

»Also, bei einigen hier«, flüsterte Sara und deutete mit einer kaum sichtbaren Kopfbewegung auf den unverändert auf seine Teetasse starrenden John, »bin ich mir da nicht so sicher.«

10.

Die folgenden Nächte waren wenig erholsam. Es regnete in einer Tour, noch dazu wie programmiert. Tagsüber, wenn Adam umherlief, im Café saß oder an dem öffentlichen Klavier am Bahnhof Herne Hill spielte, war es trocken und angenehm warm. Kaum verschwand jedoch die Sonne hinter der Häuserzeile der Streatham High Road, ließen die Regenwolken sich nicht lange bitten. Den widrigen äußeren Bedingungen zum Trotz ging es ihm indes viel besser als noch vor wenigen Wochen. Gerade die Cafébesuche taten ihm gut, indem sie seinem Tag Struktur gaben und ihn davor bewahrten, sich nur um sich selbst zu drehen. Zuallererst brachte ihn Sara jeden Morgen auf den neuesten Stand, wobei zu Adams Überraschung das Thema Singu in der Berichterstattung längst abgeebbt war. Die Nachrichtenwelt drehte sich schneller als die reale, hatte Sara gesagt. Adam war sich nicht sicher, ob ihm der Satz einleuchtete, zumal auch die reale Welt ein ganz schönes Tempo vorlegte. Schon wieder bot sie bedeutsame Neuigkeiten. Dem Regen sei Dank hatte Adam seit dem frühen Abend ein festes Dach über dem Kopf. Der verwitterte schwarze Holzunterstand, der bisher den Mülltonnen des Jazzclubs als Zuhause gedient hatte, beherbergte nun ihn, und die Tonnen samt ihrem Sommermüll standen im Freien. Der unerwartete Umzug hatte sich tagsüber ereignet, während Adam unterwegs gewesen war. Alle Zeichen deuteten darauf hin, dass die Aktion ihm galt, denn unter dem Dach stand ein Feldbett und darauf ein unbedruckter Karton, groß wie ein Backofen. Auf diesem Karton wiederum lag ein Briefumschlag, versehen mit einem dunkelblauen Großbuchstaben: A.

Es war eher selten, dass man auf der Straße Post bekam. Außerdem gab es ja viele Namen und überhaupt Wörter, die mit A anfingen. Entsprechend zögerlich öffnete er den Umschlag, in dem sich eine Karte verbarg, darauf die Karikatur einer Schildkröte und der Text »Willkommen im neuen Zuhause!«.

Er widmete sich der Rückseite. »Mein lieber Adam«, stand dort. Die Anzeichen, dass die Karte tatsächlich ihm galt, mehrten sich. »Ich möchte dich buchen für einen Gig am Sonntag, 20 Uhr. Vielleicht erlaubt dein Kalender es ja. Gage 40 Pfund cash. In der Zwischenzeit habe ich dir den Backstagebereich ein bisschen hergerichtet. Mark.«

Das war rührend und irritierend zugleich. Vierzig Pfund – und dann auch noch bar auf die Hand, dazu an einem Sonntag! Ein Betrüger musste sich als Mark ausgeben.

Adam war froh, durch den regelmäßigen sozialen Umgang im Café emotional ein wenig gefestigter zu sein. Hätte ihn die Karte samt Bett und Paket vor zwei Wochen erreicht, es hätte ihn ganz schön aus der Bahn geworfen. Wer lange überhaupt keine Aufmerksamkeit bekam, war schnell von geringsten Dosierungen menschlicher Zuneigung überfordert. Wobei, ganz ohne Sorge ging es möglicherweise dann doch nicht, denn er hatte zwar nun ein Bett, einen Unterschlupf und eine Buchung, erwischte sich aber gleichzeitig dabei, wie doppelte Überraschungen bei ihm nicht so recht funktionierten. Hätte er nur die Schlafstelle bekommen, toll. Oder eben den bezahlten Auftritt. Aber beides auf einmal? Er hatte das als Kind schon an sich festgestellt, seine Freude war nicht multitaskingfähig. Sie war wie er: immer volle Obsession auf eine Sache.

An eine dritte Überraschung war natürlich überhaupt nicht zu denken, der Karton blieb also zu. Er beschloss, ihn zunächst als Nachttisch zu nutzen. Das allein war letztlich schon irre genug: Er hatte jetzt einen Nachttisch. So etwas setzte eben eindeutig die Existenz eines Bettes voraus. Ganz schön was los gerade. Sein Leben deutete offenbar Saras Aussage, was das Tempo der Nachrichtenlage betraf, als Aufforderung zum Mithalten. Umso wichtiger, dass er selbst die Kontrolle behielt. Eine Überraschung pro Tag, nahm er sich vor, höchstens. Mit dem Auspacken des Kartons stand die morgige schon mal fest, hoffentlich käme keine weitere hinzu. Was drin war in der Kiste, ließ sich ohnehin nicht erahnen, und um ehrlich zu sein, war es ihm auch egal. Hauptsache, kein Koffer.

Erschöpft setzte er sich auf das Feldbett und legte sein Notizbuch auf den Karton. Wie lange hatte er nicht mehr auf einem Bett gesessen. Die Sitzfläche kam der Perfektion nahe, sie war weich und doch angenehm fest. So hatte er früher seine Matratzen immer gekauft, gemütlich mussten sie sein und gleichzeitig rückenschonend. Hatte er wirklich mehr als eine Matratze in seinem Leben gekauft? Er wusste es beim besten Willen nicht mehr. Für solch eine Denkanstrengung war auch schlicht die falsche Uhrzeit. Das Verlangen, sich hinzulegen, ließ sich nicht mehr bekämpfen, und nur zu gerne gab er ihm nach, begleitet von einem satten Stöhnen des Wohlbehagens. Nie in den sechs Jahrzehnten seines Lebens hatte er in einem bequemeren Bett gelegen. Wie hatte er es nur ohne ausgehalten! Ein gutes Konzept, so ein Bett, er würde es sich merken.

Alles war perfekt. Der Regen orchestrierte eine sanfte Symphonie, während die sonst viel befahrene High Road direkt vor dem Hidey-Hole verstummt war. Zum ersten Mal seit einer Ewigkeit fühlte sich Adam mitten in der Nacht wieder geborgen, hier in seinem Schlafzimmer konnte ihn niemand stören. Vielleicht würde die Fliege mal vorbeischauen, wenn sie sich irrte und vergaß, dass auch sie umgezogen war. Doch ihr Besuch würde ihm nichts ausmachen, im Gegenteil. Er würde seiner alten Bekannten eine gute Nacht wünschen. Kurz bevor er die Augen schloss, blickte er, auf der Seite liegend, noch einmal hinüber zum neuen Standort der Mülltonnen.

»Ach, sieh an«, flüsterte er. »Die Vormieter.«

11.

Imre Potkulcs saß in seinem Nebenbüro am Franz-Liszt-Flughafen und telefonierte. Den schlicht eingerichteten, verglasten Konferenzraum vor den Toren Budapests hatte er vor einigen Jahren angemietet, in erster Linie, um die Verhandlungsbedingungen mit seinen Gästen zu verbessern. Wenn er selbst geschäftlich in der Welt unterwegs war, ließ auch er sich zu Besprechungen stets am jeweiligen Flughafen empfangen. Er flog hin, konferierte direkt am Terminal und reiste mit dem letzten Flieger zurück nach Ungarn. Der Verkehr vom und zum Flughafen war in so gut wie jeder Metropole dieser Welt eine Zumutung, und den Ausblick auf die verarmten Vororte einer weiteren Stadt ersparte er sich gern. Es sah ohnehin überall gleich aus. Durch die Annehmlichkeiten, die er seinen Gästen bot, fühlten sie sich wertgeschätzt, was ihm wiederum den besseren Gesprächsausgang bescherte. Dass er dafür raus zum Flughafen musste, störte ihn kaum. Denn in den meisten Fällen verkürzte Potkulcs, in der Manier eines Staatschefs, die Fahrtzeit per Blaulicht-Eskorte. Die Budapester Polizei freute sich im Gegenzug über die jährlichen Zuwendungen und genoss eine äußerst wohlwollende Berichterstattung in den vom IP-Imperium kontrollierten Medien. Einmal am Flughafen angekommen, sorgte das Diplomatenkennzeichen für zusätzliche Zeitersparnis. Seine Regelung war einfach: Hochrangige internationale Geschäftspartner empfing er am Flughafen, wichtige ungarische Kontakte im Innenstadtbüro, das eigene Management in der privaten Villa, alle anderen gar nicht.

Die Maschine aus New York landete leicht verfrüht in Budapest, doch die notorisch langsame Abwicklung am Franz-Liszt-Flughafen glich diese Planabweichung wieder aus, sodass sein amerikanischer Gast pünktlich von Potkulcs' Assistentin in Empfang genommen wurde. Montgomery Rudoch war Mitte achtzig, und im Vergleich zu ihm war Potkulcs eine arme Kirchenmaus. Zwölftausend, die Zahl über Rudochs Kopf beeindruckte ihn. Zwölftausend Dollar pro Minute, so viel spülte Rudochs Medienimperium ihm in die Taschen. Nur ein Mensch auf diesem Planeten verdiente mehr, ein Philanthrop, der den Großteil seines immensen Vermögens für wohltätige Zwecke spendete und sich dadurch für Potkulcs uninteressant machte.

Rudoch, der schon mehrfach vom Titel des *Time*-Magazins gelächelt hatte, sah auch jetzt so aus, als stünde ein Fototermin an. Alles an ihm strahlte: seine Bräune, seine Größe, das Hollywoodlächeln und nicht zuletzt die randlose Brille, die wie für ihn gemacht war, obwohl es sich nicht einmal um das teuerste Modell am Markt handelte. Der Händedruck des Amerikaners beseitigte den letzten Zweifel, Potkulcs fühlte sich unterlegen. Immerhin hob und senkte sich der Brustkorb seines Gastes häufiger als sein eigener, sodass die gesundheitliche Überlegenheit das finanzielle Ungleichgewicht für einen Moment vergessen machte. Doch die wesentliche Frage blieb: Warum hatte Rudoch mit Nachdruck auf dieses Treffen gedrängt, noch dazu so kurzfristig? Einmal erst waren sie sich begegnet, vor Jahren in Katar. Ein kurzes Händeschütteln, mehr nicht. Und jetzt das. Er bat Rudoch, Platz zu nehmen, im Sitzen war es besser. Rudochs Augen glänzten trotz seines hohen Alters geradezu kindlich, so begeistert wirkte er vom Wiedersehen mit Potkulcs, ehe er ohne Umschweife zur Sache kam.

»Die größte Story aller Zeiten«, sagte er und setzte eine kurze Pause. »Das Ende der Religion, wir zwei.«

Potkulcs blickte ihn fragend an.

»Nun, wir werden den Vatikan zerschlagen«, fuhr Rudoch fort. »Und den Islam obendrein, alles! Sie und ich!«

Potkulcs schwieg irritiert, während Rudochs Filmstar-Lächeln ihn weiter blendete. Was redete er da nur? Er müsse sich korrigieren, fügte Rudoch hinzu. »Nicht Sie und ich. Nein. Sie, ich und Jürgen Prassnik.«

Potkulcs hatte diese Prassnik-Geschichte innerlich längst zu den Akten gelegt. Einige Tage lang hatten viele im Unternehmen von nichts anderem geredet, wie besessen. Die abgelenkte Belegschaft hatte Potkulcs dazu veranlasst, sich mit dem Thema zu befassen und es schließlich nach kurzer Recherche für die gesamte IP-Gruppe für abgehakt zu erklären. Rudoch war augenscheinlich zu einem anderen Entschluss gekommen und schien jeglichen Zweifel ausgeräumt zu haben, denn der zweitreichste Mensch der Welt flog gewiss nicht über den Atlantik, ohne von seinem Vorhaben überzeugt zu sein.

»Ich werde beweisen, dass Prassnik echt ist. Besser gesagt: *Sie* werden beweisen, dass Prassnik echt ist. Sie, Herr Potkulcs, bringen die Weltreligionen zum Kollabieren.«

Potkulcs hörte ihm aufmerksam zu, wohl wissend, dass ein kluger Verhandler wie Rudoch die entscheidende Information noch zurückhielt.

»Und ich zahle Ihnen dafür …«

Erneut machte Rudoch eine dramatische Pause, lehnte sich zurück und brachte den Satz aufreizend langsam zu Ende: »Zwei Milliarden Dollar.«

Potkulcs empfand nichts. Eine solche Zahl ließ für gewöhnlich seinen Hormonhaushalt und Blutdruck »Hau den Lukas« spielen, nicht jedoch heute. An der Höhe der Summe lag es gewiss nicht, denn die forderte kaum zum Nachverhandeln auf. Es musste der Rest der Geschichte sein. Potkulcs hatte keine Ahnung, wovon Rudoch da sprach, viel zu vage klangen dessen Aussagen.

Doch Rudoch schien mit genau dieser gleichmütigen Reaktion gerechnet zu haben und sagte, er müsse ihm ein Geständnis machen. Er sei, wie er erklärte, »förmlich besessen« von Potkulcs' mysteriösem »Zeitgeist-Gremium«. Die Genialität dieses klandestinen Kreativteams habe sich bis ins Silicon Valley herumgesprochen, wo es als beste Denkfabrik der Welt gelte. Ähnlich der streng abgeschotteten jährlichen Bilderberg-Konferenz habe sie die abenteuerlichsten Verschwörungstheorien ausgelöst. Eine ganze Szene wohlhabender Yuppies war wie elektrisiert von der Ideenwerkstatt, die Potkulcs sich hielt. Im Stille-Post-Prinzip vergrößerten sich die Erfolge jedes Mal, wenn über das Team gesprochen wurde. Der Standort Osteuropa tat sein Übriges. Er ließ das »Zeitgeist-Team« als eine Art Geheimdienst globaler Geschäftsideen leuchten, in sattem Rot. Die geheimnisumwitterte Besetzung, die neben Potkulcs nur das Gremium selbst kannte, war Stoff wildester Theorien, bis hin zu verborgenen Experimenten mit Android-Wesen, die in der Lage wären, durch eine Mensch-Maschine-Schnittstelle algorithmische Zukunftsforschung zu betreiben. Der Mensch mit all seiner Emotionalität, kombiniert mit der kühlen Logik der Maschinen. Wenn jemand zu so etwas fähig war, da war sich die Szene einig, dann ein hochbegabter Mathematiker wie Potkulcs. Mittlerweile war es egal, was die Kommission hervorbrachte, sie war längst ein Mythos, und genau aus dem Grund war Rudoch hier. All seine Hoffnungen ruhten auf Potkulcs' »Zeitgeist-Kommission«.

»Ihr Gremium ist die Spitze der Spitze. Deswegen bin ich hier«, sagte Rudoch. »Ich brauche Hilfe von ganz oben.«

Keine fünf Minuten später schlug Potkulcs ein, es war der lukrativste Händedruck seines Lebens. Dabei ging es ihm weniger um die zwei Milliarden, vielmehr fühlte er sich endlich angekommen im Konzert der ganz Großen. IP war plötzlich nicht mehr nur ein ungarisches Medienunternehmen im 12. Budapester Bezirk, man betrieb jetzt Geopolitik und möglicherweise sogar darüber hinaus.

Noch am selben Abend kam die »Zeitgeist«-Gruppe zum ersten Mal außerplanmäßig zusammen, wobei die Aufgabenstellung der Sondersitzung so konkret war wie absurd: Ein Beweis musste her. Ein Beweis dafür, dass Prassnik, diese Erscheinung im Blaumann, niemand Geringeres war als der Messias höchstselbst. Es gab sicherlich einfachere Aufgaben. Aber es gab auch wesentlich schlechtere Kommissionen und nicht zuletzt bedeutend knappere Budgets.

Ihr Auftraggeber schlief unterdessen in seinem sanft ruckelnden Flugzeugbett, hoch oben über dem Atlantik. Kein Wunder, dass er geruhsam reiste, hatte Potkulcs schließlich sein Angebot angenommen. Außerdem war er trotz der soeben ausgegebenen Milliarden noch immer der zweitreichste Mensch der Welt, was sich im Übrigen schon bald ändern sollte. In Kürze würde er auf Platz eins stehen, wovon er jedoch, und das hatte entgegen der Erwartung nichts mit seinem hohen Alter zu tun, nichts mehr haben sollte. Von alledem aber war zu diesem Zeitpunkt noch nicht das Geringste zu ahnen.

12.

Für einen Sonntag war das Hidey-Hole erstaunlich gut besucht. Vermutlich half der Regen, der sich auch heute wieder tagsüber freigenommen hatte, um erst am Abend seinen Dienst anzutreten. Knapp zwanzig Zuhörer waren gekommen. Es gab Abende in dem Jazzclub, da überstieg die Zahl der Personen auf der Bühne die derer im Saal. Was umso schlimmer war, als auf der Bühne nie mehr als drei Musiker standen. Wobei Adam die Größe des Publikums ohnehin nicht mehr wichtig war, denn mittlerweile bevorzugte er im Gegenteil die kleinen, intimeren Abende, die den Vorteil boten, dass er auf der Bühne kaum Druck verspürte. Dann hatte er das Gefühl, er könne jederzeit einfach abbrechen und gehen, noch dazu gäbe es nur wenige Zeugen und damit eine zu vernachlässigende Anzahl möglicher Beschwerden. Klar, ein großes Publikum bot auch Vorteile, zum Beispiel konnte man an solchen Abenden in der Regel mehr Geld verdienen. Aber mit Geld konnte er ja ohnehin nicht umgehen. Viele Jahre war es mittlerweile her, dass ihm bei seinem bisher größten Solokonzert dieser Gedanke gekommen war. Gut vierhundert Zuschauer mochten es gewesen sein an dem Abend, ein immenses Potenzial an Beschwerden. Er spielte gerade *Stolen Moments,* als er realisierte, wie irrsinnig viel Geld er für den Auftritt bekommen würde. Zehn Pfund pro Zuschauer würden bei ihm ankommen, so lautete die Faustregel. Viertausend Pfund für zwei Stunden am Klavier, es stand in keinem Verhältnis. Da saßen diese Menschen, gut gekleidet, sicherlich gebildet, viel Bürgertum, Jazzpublikum eben. Vermutlich alles Menschen, die ihr Leben im Griff hatten. Sie alle hatten sich hier getroffen, um ihm insgesamt viertausend Pfund zu zahlen. Diese Narren!, dachte er. Was ging nur in ihnen vor, ausgerechnet ihm so viel Kohle zu geben. Eins war doch klar, die viertausend Pfund würden sich nicht lange bei ihm aufhalten. Er würde irgendwelche falschen Entscheidungen treffen, und schon wäre alles wieder futsch. Das schöne Geld, er musste sie warnen. Nach dem Song fasste er sich ein Herz: »Es ist für alle Beteiligten besser, wenn Sie mir das Geld nicht geben. Schauen Sie, es ist doch eindeutig bei Ihnen besser aufgehoben!«

Vielleicht hatte er es ausgesprochen, vielleicht auch nur gedacht. In jedem Fall waren ein paar Tage später viertausend Pfund auf seinem Konto, sie hatten einfach nicht auf ihn gehört.

Zwanzig Zuschauer waren gerade noch okay, war daher sein Gedanke, als er den Saal des Hidey-Hole betrat. Es waren nicht genügend, um die schlechten Gefühle von damals wiederzubeleben, gleichzeitig saßen auch nicht zu wenige im Saal. Bei einem Publikum von zwanzig könnten immer noch drei oder vier, denen der Abend nicht gefiel, vorzeitig aufstehen und hinausgehen, ohne dass es für die anderen Anwesenden allzu unangenehm würde. Wichtig war nur, dass keiner dieser drei oder vier er selbst war.

Die Aufstelltafel versprach einen besonderen Abend. Normalerweise kam sie mit einer schlichten Ankündigung aus: *Tonight Jazz*. Heute jedoch hatte Mark groß darauf schreiben lassen: *An Evening with Adam Fein*. Adam hatte es am Nachmittag bemerkt und für einen kurzen Moment einen Anflug von Stolz verspürt, eine Empfindung, die ihm von Haus aus fremd war. Entsprechend schnell wich der Stolz dem gewohnten selbstironischen Blick, zu skurril war die Situation. Während vorne ein glamouröses Schild den Namen laut in die Welt rief, schlief der dazugehörige Künstler still und heimlich hinten neben den Mülltonnen. There's no business like show business.

Zudem lieferte bei näherer Betrachtung das Schild selbst einen amüsanten Kontrast. Unter dem groß prangenden *An Evening with Adam Fein* stand Kleingedrucktes: *Free. Donations Welcome*. Der eigene Marktwert, und das galt für alle Berufszweige, war stets am Kleingedruckten abzulesen. Immerhin ging Mark ins Risiko, denn mit einer spendenbasierten Show die vierzig Pfund wieder reinholen zu wollen, die er Adam fest zugesagt hatte, zeugte von geradezu behandlungswürdigem Optimismus. Achtzig Minuten lang solle er spielen, hatte Mark ihm gesagt. Die Klassiker, hatte er schnell hinterhergeschoben, aus der nicht ganz unbegründeten Angst heraus, Adam könnte die lange Spieldauer wieder mal nutzen, um zu experimentieren. Das Ergebnis dieser Experimente war in der Regel, dass am Ende niemand mehr da war, um Geld in den Hut zu werfen, was Adam als Allerletzten störte, denn es ging nur eines: Entweder kam man künstlerisch voran oder eben finanziell.

Die großen Jazzstandards also sollten es sein, und er konnte gut damit leben, so fiel wenigstens die mühsame Vorbereitung weg. Außerdem hatte noch niemand abschließend definieren können, was ein Klassiker war und was nicht. Für jeden fünften oder sechsten Standard könnte er also einen, sagen wir, potenziell zukünftigen Klassiker spielen.

Sara saß ganz links allein an einem der Tische. Adam war eigentlich davon ausgegangen, dass sie nicht kommen würde. Wenn er ehrlich war, wäre ihm das sogar lieber gewesen. Denn im Grunde war er überzeugt, dass sie nur aus Höflichkeit da sein konnte oder, noch schlimmer, aus Mitleid. Sie wäre jetzt sicher lieber woanders. Immerhin, so aufrecht, wie sie in seinem Augenwinkel dasaß, überspielte sie es gut. Ihre gesamte Konzentration schien dem Bühnengeschehen zu gelten, das sie mit einem zufriedenen Dauerlächeln begleitete, was natürlich auch an dem Longdrink liegen konnte, der vor ihr stand. Es war seltsam, obwohl Adam sie erst seit so kurzer Zeit kannte, vermittelte sie ihm ein Gefühl von Vertrautheit.

Als Letztes spielte er den Song, den er immer am Ende spielte: *Everything Happens to Me*. Der Liedtext sprach ihm aus der Seele. Zwar sah er sich nicht als Pechvogel, sondern eher als jemand, der nicht in bestehende Gefüge passte. Aber das Ergebnis war dasselbe. Außerdem entsprach der Titel des Stückes seinem Adam-zentrischen Weltbild. Den Schlussakkord ließ er länger als sonst ausklingen und genoss die anschließende Erleichterung, die sich sofort einstellte. Das tägliche Spielen der letzten Wochen zahlte sich aus. Der Flügel machte es ihm aber auch leicht; er befand sich offenbar in einer minimal anderen Preisklasse als das öffentliche Bahnhofsklavier. Adams Gedanken stolperten darüber und schweiften ab. Wer die öffentlichen Pianos wohl stimmte? Und was in dem Karton sein mochte, den er immer noch nicht geöffnet hatte? Während seine Hände nach wie vor den letzten Akkord hielten, war sein Kopf längst nicht mehr im Raum, dann aber ließ er endlich Tasten und Pedal los. Während des lang anhaltenden Beifalls bemerkte er, wie Sara, noch immer kerzengerade sitzend, in kurzen, schnellen Bewegungen klatschte. Sofort war auch sein Fokus wieder da. Er lehnte sich zurück und wandte sich dem Publikum zu.

»Danke, danke«, sagte er, wobei er mehrere leichte Verbeugungen andeutete.

»Viele Künstler sagen: Dieser Club ist mein Wohnzimmer.«

Er visierte einen Punkt weit hinter den Zuschauerreihen an.

»In meinem Falle stimmt das nicht. Der Club ist viel mehr für mich, er ist auch mein Schlafzimmer.«

Von der Seite erklang Saras vertraute Lache. Eine zweite kam tief aus der Dunkelheit, sie gehörte wohl dem Personal.

»Ich bedanke mich daher vor allem bei Mark, dem Betreiber des Hidey-Hole. Er stellt mir nicht nur diese Bühne zur Verfügung, sondern noch diverse andere Bretter, die mir die Welt bedeuten. Danke, euch allen. Der letzte Song des Abends heißt *Prassnik's Dream*.«

Applaus.

Auch die Zugabe kam gut an, und das, obwohl sie kein Klassiker war. Adam hatte sich das Lied, in dem der Prophet Prassnik obdachlos wird und letztlich den Glauben an seine Chefin verliert, über die letzten Tage erarbeitet. Es klang jedes Mal anders, aber stets fröhlich. Auch jetzt spielte er es im Gute-Laune-Stil von *Down by the Riverside*. Obwohl das Prassnik-Thema seit einigen Tagen komplett aus den Nachrichten verschwunden war, waren die Zuschauer sofort an Bord. Und, was noch wichtiger war, sie lachten an den richtigen Stellen. Der Schlussapplaus ließ weit mehr als zwanzig Leute im Saal vermuten, in seiner Intensität überboten wurde er nur vom stechenden Schmerz in Adams Knien. Kurz verzog er das Gesicht, humpelte nach vorn und verbeugte sich mühsam.

»Wie die meisten Jazzer kann ich nicht von der Musik allein leben. Sie müssen wissen«, rief er nun ohne Mikrofon in den Saal und griff sich an die Knie, »hauptberuflich bin ich Tänzer.«

13.

Es wurde Abend, und es wurde Morgen, sechzehn Mal. Am siebzehnten Tage schließlich hatte die Budapester Kommission ihr Werk vollendet und sah, dass es gut war.

Die größte Eilmeldung aller Zeiten stand in den Startlöchern, besser noch: Sie lag in der Schublade. Denn Rudoch kostete diesen Moment maximaler Macht aus. Nie zuvor hatte der vom Erfolg verwöhnte Medienunternehmer einen solchen inneren Frieden empfunden. Es war die Ruhe vor dem Sturm, einem Sturm biblischen Ausmaßes. Niemand anderes würde ihn auslösen als er selbst. Er, die höhere Gewalt.

Der bevorstehende Moment war so groß, die Stellung seines Erschaffers so einmalig in der Geschichte der Menschheit, dass Rudoch sich sicher war, als einziger Mensch jemals in den Genuss dieses Empfindens zu kommen. Viele Staatsmänner und -frauen, die er im Laufe der Jahre kennengelernt hatte, führten sich auf, als verfügten sie über Macht. Diese kleingeistigen Narren! Jetzt würden sie endlich mal sehen, was Macht war. Der Moment war gekommen, Rudoch öffnete den Käfig und ließ die Botschaft fliegen. Wie so viele Großereignisse, die die Weltbühne erschüttern sollten, wurde die Meldung am nachrichtenärmsten Tag der Woche lanciert, dem Dienstag. Wenig zufällig um Punkt 8.30 Uhr New Yorker Zeit, denn so wachte Amerika nach und nach zu der Meldung auf, in Europa und Afrika unterbrach sie das Nachmittagsprogramm, in Indien traf sie pünktlich zu den Vorabendnachrichten ein, und in China dominierte sie die Primetime. Die Reichweite war gigantisch, Rudochs Beraterstab hatte alles perfekt orchestriert. Jetzt war die Nachricht in der Welt, es würde sich zeigen, was diese daraus machen würde. Was wiederum Rudoch reichlich egal war, er hatte seine eigenen Pläne.

14.

Die zahlen gerade alle Kirchensteuer. Und zwar achtzig Prozent«, sagte Adam und blickte weiter auf den Fernseher. In der Stunde des Gottesbeweises, der abstraktesten aller möglichen Großnachrichten, war das Hauptthema der Berichterstattung das klar Messbare. Es war ein Schlachtfest, nicht weniger als der größte Tagesverlust aller Zeiten. Der weltweite Börsenhandel war ausgesetzt, nachdem die Märkte auf einen Restwert von nicht einmal zwanzig Prozent eingebrochen waren. Gott existierte, und die Menschheit machte erst mal Kassensturz.

Adam war überfordert. Ähnlich überreizt musste es sich anfühlen, nach dreißig Jahren aus dem Knast entlassen zu werden. Die Nachrichten ungefiltert zu sehen war nicht annähernd so erträglich wie die von Sara aufbereitete entschärfte Version.

»Sag mal, besitzt du eigentlich Aktien?«, fragte Adam.

»Bitte was?« Sara sah ihn fragend an. »Rate mal!«

»Siehst du, ich auch nicht. Und damit gehören wir zu den großen Tagesgewinnern.«

Sara spreizte Mittel- und Zeigefinger der rechten Hand und ließ sie zuschnappen.

»Zack! Einfach mal die Wohlstandsschere um achtzig Prozent geschlossen.«

»Ich spür's schon«, erwiderte Adam. »Das wohlige Gefühl eines Neureichen, New Money!«

»Ach, wenn das so ist«, sagte Sara grinsend und hielt die Hand auf, »bekomme ich noch das Geld für die Kaffees der letzten Wochen. Und Trinkgeld nicht vergessen, es trifft ja keinen Armen.«

Adams Gedanken schweiften ab, denn die Frage beschäftigte ihn seit Langem. Konnte der Vergleich mit anderen nützlich sein? Musste man selbst etwa gar nichts tun, um die eigene Lage zu verbessern, sondern reichte es vielmehr, wenn es allen anderen schlechter ging? Gab es demnach so etwas wie relatives Glück? Abwegig war es nicht, dass er sich nur deswegen so oft furchtbar schlecht gefühlt hatte im Leben, weil er allzu sehr um sich selbst kreiste. Vielleicht war der Vergleich mit anderen ja heilsam. Gut, man musste sich mit den Richtigen vergleichen, denn geriet man an die Falschen, ging es einem nachher nur noch schlechter. Der jetzige Moment war doch ein gutes Beispiel. Wenn nämlich plötzlich alle gezwungen waren, sich mit dem Tod auseinanderzusetzen, wäre er, verhältnismäßig betrachtet, viel weniger von dem Thema besessen als zuvor. Wenn dann noch …

»Es ist das Ende der Welt.« Sein Gedanke wurde unterbrochen. Dahinter steckte der ewig teetrinkende John, der den Satz außergewöhnlich laut vor sich hin murmelte. Die Lage musste ernst sein, erst wurde der Börsenhandel ausgesetzt, nun sprach auch noch John.

»Im Gegenteil, es ist der Anfang!«, rief Eva euphorisch.

»Am Ende hast du noch recht«, antwortete Sara. »Dann schulden dir aber eine Menge Leute eine Entschuldigung.«

»Und eine Wiederanstellung im Salon!«

Adam schaltete sich ein. »Die Frage ist doch«, sagte er, »ist Sisyphos-2 eine Kugel oder etwa auch eine Scheibe?«

Eva lachte ausgelassen wie selten. Sie war es offensichtlich nicht gewohnt, dass die Menschen ihre Aussagen mal nicht allzu ernst nahmen. Überhaupt hatte das Café eine solch vergnügte Stimmung selten gesehen. Der Laden platzte aus allen Nähten: Stammgäste, Gelegenheitskunden, Nachbarn, alle waren sie da. Die dreiundzwanzig Stühle reichten bei Weitem nicht aus. Sämtliche Augenpaare waren auf den Fernseher gerichtet, der Ton so laut aufgedreht wie sonst nur in Saras Mittagspause oder nach Feierabend. »Wir sind erlöst!«, »Himmlische News!« oder »Das Ende der Weltgeschichte« lauteten die Einblendungen. Sara schaltete zurück auf BBC1. In Krisenzeiten war es unterhaltsam, kurz am hysterischen Boulevard der Privatsender vorbeizuschauen, doch der Ausflug ins Voyeuristische endete immer bei der BBC.

Sara stellte Adam eine Tasse vor die Nase, kniff die Lippen zusammen und nickte ihn an.

»Hier, Medizin!«, sagte sie.

»Ich hatte schon vier Kaffee, das ist dann keine Medizin mehr, sondern das genaue Gegenteil.«

Sara blickte ihn verschwörerisch an und versah auch ihre eigene Tasse mit einem Schuss Sirup aus der einzigen Flasche ohne Etikett. Das war ungewöhnlich, tranken sie doch eigentlich beide ihren Kaffee schwarz. Dann endlich machte es klick, und Adam roch an der Tasse, was seine Vermutung bestätigte. Er nickte Sara zu, stieß mit ihr an und nippte aus Höflichkeit am Getränk, was ihn augenblicklich ärgerte. Wie immer erinnerte ihn der Geschmack des Alkohols an Lampenöl, obwohl er nie Lampenöl getrunken hatte. Entgegen seinem Vorsatz verzog sich sein Gesicht.

»Komm, ich mach dir ’ne heiße Schokolade«, sagte Sara und nahm ihm die Tasse wieder ab.

Von der Seite meldete sich Eva zu Wort, die auf einmal nicht mehr so jovial klang wie vorhin.

»Aber Sorgen mache ich mir schon«, sagte sie. »Wenn meine Erklärungsansätze gar nicht so kreativ und einfallsreich waren, wie wir alle immer dachten, bedeutet das dann etwa …«

Ihr Blick senkte sich.

»… dass ich zu unkreativ bin für Singu? Dann kann ich mir den Himmel ja abschminken!«

Adam war nicht ganz klar, ob Eva den Satz ernst meinte oder im Scherz, wobei diese Unterscheidung bei ihr generell ein ambitioniertes Vorhaben war.

»Nicht zu versichern.«

Es war wieder John, der das Schweigen brach.

»Bitte?« Eva sah ihn fragend an.

»Friseurinnen und Friseure, nicht zu versichern. Berufsunfähigkeit. Die Kombination: Chemikalien, dauerndes Stehen, Scheren, Kreativsein. Maximales Risiko.«

Irgendetwas schien nicht zu stimmen mit seiner Teleprompter-Kanne. Allzu verwunderlich fand Adam das nicht, es gab schließlich eine Menge zu verarbeiten, und für manche war viel eben zu viel. Der Beweis der Existenz Prassniks und somit wohl auch Singus war gerade einmal wenige Stunden alt, und verstanden hatten ihn durch seine Schlichtheit zwar vermutlich die meisten. Aber Verstehen und Begreifen waren eben zwei Paar Schuhe.

Die Beweisführung kam dreigeteilt daher, wobei der erste Teil der mit Abstand am leichtesten zu erbringende war. Er galt der Hintergrundgeschichte Prassniks. Hatte es ihn wirklich gegeben, sah er wirklich so aus, wie er aussah, und stimmte seine Todesgeschichte?

Wie jeder Todesfall in Deutschland, seiner Heimat, war auch das Ende Prassniks gut dokumentiert. Da es sich um ein *Ableben während der Arbeitszeit* handelte, kamen zur Sterbeurkunde diverse Gutachten hinzu. Mochte der Verstorbene auch noch so unreligiös sein, die Versicherungsgesellschaften sorgten für ein Leben nach dem Tod. Wahre ewige Ruhe fand sich eben nur auf Formularen. Im Falle Prassniks sollte sich dieser posthume Papierkrieg tatsächlich mal auszahlen. Sein tödlicher Unfall hatte ihm die Möglichkeit verwehrt, sich am letzten Arbeitstag von den Kollegen zu verabschieden und vorschriftsgemäß seine Papiere abzuholen. Doch mit vierunddreißig Jahren Verspätung holte das die Potkulcs-Kommission für ihn nach. Der Beweis, dass es den Hafenarbeiter Jürgen Prassnik samt Unfall tatsächlich gegeben hatte, war erbracht. Der erste Baustein allein bedeutete jedoch rein gar nichts. Wie hatte es sein können, dass jemand an Hunderten von Orten gleichzeitig zu sehen war und dabei alle Sprachen der Welt beherrschte? Handelte es sich um perfekt maskierte Schauspieler, um Deepfake-Videomanipulation, Hologramme gar oder wirklich um eine – Gott bewahre! – nicht zu erklärende höhere Macht?

Der nächste Teil des Indizienpaketes kam aus Amsterdam, wo das Team um den weltweit führenden niederländischen DNA-Forscher Prof. Jeroen Peene in einer normalen Woche im Schnitt rund sechstausend Erbforschungsfälle bearbeitete. Die Kunden erfuhren dabei, woher ihre Vorfahren stammten, wofür sie eine Art genetische Erbschaftssteuer zahlten. Peenes recht junges Unternehmen PreMe boomte, verzeichnete dennoch über Nacht einen massiven Einbruch der Kundenzahlen. Denn die gesamte Firma befasste sich nunmehr mit dem Erbgut eines einzelnen Menschen, dessen Identität den Auftrag umso lukrativer machte: einhundert Millionen Euro für knapp zwei Wochen Arbeit, eine Summe, größer als der Jahresumsatz der Firma. Obwohl sie nur einen einzigen Kunden betreuten, hatten es die vierzehn Tage in sich. Das Forscherteam arbeitete rund um die Uhr und ließ DNA-Proben aus allen Fernsehstudios, in denen sich Prassnik aufgehalten hatte, einsammeln, 278 Studios insgesamt. Die entsandten Boten stellten dabei das immer gleiche Paket zusammen: Bürsten und Kämme der Maskenbildnerinnen, die Sitzpolster aus dem Studio, Handtücher aus der Garderobe sowie Fusselrollen-Abstriche aller Räumlichkeiten, wobei einige Studiobetreiber zunächst die Herausgabe verweigerten. Doch die Liebe zum Geld, tief in der menschlichen DNA verwurzelt, lieferte letztendlich den Schlüssel.

Noch auf dem Rückweg begannen die Boten sämtliche Proben in mobilen Lesegeräten auszuwerten, während parallel dazu ein dreizehnköpfiges Team die sterblichen Überreste Prassniks exhumierte. Hinzu kam der im Asservatenarchiv der Polizei aufbewahrte Blaumann, den Prassnik bei seinem tödlichen Unfall getragen hatte und dessen verkrustete Blutspuren am Kragen sich nach wie vor nutzen ließen.

All diese Informationen liefen im Amsterdamer Firmensitz zusammen, unter der Aufsicht dreier staatlich anerkannter Notare, einem niederländischen, einem chinesischen und einem US-amerikanischen. Der immense Aufwand sollte sich auszahlen, sodass nach nur vierzehn Tagen des Sammelns und Auswertens auch dieser Teil des Beweises erbracht war. Der genetische Fingerabdruck vom Blaumann Prassniks war mit 99,99-prozentiger Sicherheit identisch mit der DNA seines Leichnams, beziehungsweise dem, was davon übrig war. Mit ähnlich hoher Wahrscheinlichkeit wurde ebendieser genetische Code in 262 der 277 Studioproben nachgewiesen.

Wenn auch fünfzehn der Proben nicht zu gebrauchen waren, die Ergebnisse belegten mit wissenschaftlicher Genauigkeit, dass sich etwas ereignet haben musste, das den bisherigen Regeln von Zeit und Raum widerstrebte. Ein Mensch, der nachweislich vor vierunddreißig Jahren tödlich verunglückt war, hatte vor wenigen Tagen frische DNA-Spuren an Hunderten von Orten gleichzeitig hinterlassen.

Doch was, wenn jemand vorsätzlich in allen Fernsehstudios DNA-

Proben platziert hatte, die zuvor aus den Überresten Prassniks gewonnen worden waren? All das, gepaart mit dem Einsatz digitaler Bildmanipulation, schon wären die Geschehnisse erklärt. An diesem Punkt begann der dritte und abschließende Teil der Beweiskette, der es zur Aufgabe hatte, die Parallelität der Ereignisse nachzuweisen, die weltweite Gleichzeitigkeit Prassniks. Die Ergebnisse hierzu kamen aus Südkorea, wo das halbstaatliche Hochtechnologielabor Video Intelligence Korea (VIK) mit ebenfalls einhundert Millionen Euro zur Mitarbeit motiviert worden war und in der Folge sämtliche TV-Aufnahmen der parallel ausgestrahlten Rede Prassniks auswertete, ergänzt durch die Bilder der Überwachungskameras innerhalb und außerhalb der zahlreichen Studiogebäude. Es war kein Zufall, dass ausgerechnet das südkoreanische Labor vom Potkulcs-Gremium für die Aufgabe ausgewählt worden war, denn VIK war nicht nur halbstaatlich und doppelmoralisch, sondern operierte auch nicht ganz legal. Über Geheimdienstwege war das Institut so in der Lage, Überwachungsvideos aus erstaunlich vielen Nationen zu besorgen, deren Auswertung jeden der siebenundsechzig Mitarbeiter neun Tage lang beschäftigte.

Die entscheidende Arbeit jedoch leistete die achtundsechzigste Mitarbeiterin, *Gemfinder*. Die von den hellsten Köpfen des Labors mit staatlicher Hilfe entwickelte künstliche Intelligenz filterte aus Tausenden von Stunden Filmmaterial das Gesicht Prassniks heraus, die Nadel im Heuhaufen. Der gewaltige Datenberg war reduziert auf die entscheidenden Sequenzen, in denen Prassnik auftauchte.

Eines Nachts um kurz vor fünf schließlich warf der Computer die ersten Ergebnisse aus, woraufhin der diensthabende Techniker auf der Stelle seinen Teamleiter weckte. Er sei untröstlich, das ergebe alles keinen Sinn, denn da war ein und dieselbe Person tatsächlich zur selben Zeit an mindestens zweihundertvierzig Orten weltweit gefilmt worden. Die Bewegungen ähnelten sich, waren dabei aber nicht identisch, es konnte also unmöglich die exakt selbe Sequenz sein, digital kopiert und eingefügt. Ausgeschlossen! Die Zeitachsen des Videomaterials mussten durcheinandergeraten sein, eine andere Erklärung gab es nicht. Er habe versagt, bot der Techniker mit gesenktem Kopf seine Kündigung an. Er solle nach Hause gehen und sich ausruhen, beruhigte ihn sein Chef, dem klar war, dass es sich bei der Katastrophe, die sein Mitarbeiter zu sehen geglaubt hatte, in Wirklichkeit um den Durchbruch handelte. Nun bestand kein Zweifel mehr, der Mann, den die Koreaner in diesem Projekt schlicht den »Fernsehtechniker« nannten, war tatsächlich zur selben Zeit an unzähligen Orten gewesen. Erklären ließ sich so etwas beim besten Willen nicht, aber bewiesen hatten sie es.

»Da!«, rief es unvermittelt.

Eine Cafébesucherin, die Adam noch nie gesehen hatte, zeigte in Richtung des Fernsehers. Ein weißhaariger Kardinal stand bereit zum Interview, und Sara drehte den Ton wieder auf. Das Laufband am unteren Rande des Bildschirms kündigte die Reaktion der großen Weltreligionen an, was Adam sofort mit einer Art Vorfreude erfüllte. Oft hatte er sich in den letzten Wochen gefragt, wie wohl die großen Glaubensgemeinschaften auf Prassniks Behauptungen reagieren würden. Auch Sara hatte er diese Frage beim täglichen Nachrichtengespräch immer mal wieder gestellt. Nichts, lautete stets ihre Antwort, die Weltkirchen schwiegen das Thema schlicht tot. Doch das war nun nicht mehr möglich, die Existenz der Chefin war belegt. Endlich würde sich auch ihr mittleres Management äußern müssen.

Die Größe des Untersuchungsausschusses machte den Kardinal, der live aus dem Vatikan zugeschaltet war, ganz offensichtlich nervös. Adam konnte kaum hinsehen, so unsouverän wirkte der Würdenträger bei seinen Antworten. Immerhin rettete ihn der Simultanübersetzer ein wenig, sodass das Stottern und Räuspern des Kardinals nur leise im Hintergrund zu hören waren. Die katholische Kirche, so die Sprachregelung, ließ Singu an sich abprallen und rückte keinen Millimeter von der eigenen Version der Gottesgeschichte ab.

»Glaubt doch nicht alles, was ihr im Fernsehen seht!« Der Kardinal griff tief in den Werkzeugkasten der Ironie. »Prassnik ist nicht der Messias, er ist ein Hochstapler.«

Adam knibbelte, ohne es zu bemerken, mit dem Daumennagel an der Naht seines Hosenbeins.

»Das ist natürlich herrlich«, sagte Eva, »dass ein Kardinal einen Hafenarbeiter als Hochstapler bezeichnet.«

»Weißt du was?«, sagte Adam zu Sara. Das Hochstapler-Syndrom war ihm wohlvertraut. »Erst seit ich ganz unten – und zwar hinten bei den Mülltonnen – angekommen bin, fühle mich zum ersten Mal nicht mehr als Hochstapler.«

Sara rang sich ein Lächeln ab und streichelte ihm über die Schulter, nahm ihren Irish Coffee und stieß mit seiner nicht mehr ganz so heißen Schokolade an.

Im Hintergrund beendete der Vatikanvertreter seine Aussage mit einem italienischen Ausrufezeichen, das der Dolmetscher unübersetzt stehen ließ: »Basta!«

»Ganz schön kreative Auslegung der Beweislage«, sagte Adam. »Das müsste doch für ein Ticket an den ominösen besseren Ort reichen.«

Nicht bei allen um ihn herum schien sein Spruch gut anzukommen. Er kannte das von seinen Auftritten, bei der eigenen Religion hörte für viele der Spaß auf. Er beschloss, aus Fairnessgründen, im Anschluss an das jeweilige Statement jeder Weltreligion einen blöden Witz zu machen, so würde sich niemand beschweren können. Die Frage war nur, ob auch die anderen Religionen eine derart steile Vorlage liefern würden wie die Katholiken. Es war schon bemerkenswert, da lebte das Geschäftsmodell seit Jahrhunderten vom Versprechen auf die Existenz Gottes, und kaum hatte sich ebendieses Versprechen endlich erfüllt, war von Euphorie aber mal so gar keine Spur. Vermutlich, dachte Adam, schockierte die Kleriker einfach die bittere Erkenntnis, dass in Singus Regeln keine Rede war von einem vorgeschriebenen Zölibat.

Das Judentum reagierte weniger dogmatisch, ein führender Rabbiner äußerte sich sichtlich entspannt. Er sagte, man sei beseelt und amüsiert von der Idee, dass hinter allem eine große weibliche Macht stecken solle. Die Übermutter, das Konzept kannten schließlich die meisten jüdischen Familien. Am Ende ein höchst logischer Ansatz, gleichzeitig ein womöglich anstrengender. Immerhin jedoch bei sicher gutem Essen. Adam musste laut lachen und war nicht der Einzige. Obwohl er es sich vorgenommen hatte, hielt er sich mit einem Kommentar zurück. Die Schlusspointe des Rabbiners war nicht zu toppen.

Vom Islam kamen keine Bewegtbilder, stattdessen wurden Grafiken mit den Zitaten verschiedener Imame eingeblendet, die unisono davon sprachen, dass es nie Zweifel an der Existenz Allahs gegeben habe. Wenn es jetzt einen Gottesbeweis gebe, umso besser. Mit Bezug auf Prassnik wurde klargestellt, dass es einen neuen Propheten nicht geben könne. Die gesamte Berichterstattung sei außerdem verfälscht durch einen Übersetzungsfehler. Das Geschlecht Gottes könne nicht weiblich sein, solche Aussagen seien eher bildlich zu verstehen. Schritt für Schritt würde man sich mit möglichen Mitteilungen Allahs auseinandersetzen, in einer jahrtausendealten Kultur müsse nicht alles am selben Tag geregelt werden.

Nach dem Beitrag herrschte recht abrupt Stille. Adam blickte vorsichtig über die linke Schulter in den Raum, der von einer kollektiven Anspannung erfüllt war.

»Okay, okay«, sagte ein junger Mann im taubenblauen Anzug. »Ihr könnt euch locker machen. Es darf auch über uns Muslime gelacht werden.«

Erleichtert atmete der gesamte Raum kollektiv aus.

»Aber«, ergänzte er, »nur die Männer!«

Seltsamerweise sollte es das gewesen sein. Neben dem Christentum, dem Judentum und dem Islam schienen für die Fernsehmacher keine weiteren Weltreligionen zu existieren, zumindest im engeren Sinne. Man gab wieder ab an die Finanzmärkte.

Sara war jetzt geradezu übermütig, ihre Tasse entsprechend leer. Sie beugte sich ein Stück nach hinten und zog recht ruppig am Sakko des taubenblauen Anzugs, dessen Träger mit einem breiten Grinsen reagierte. Sheraz stellte sich als einer ihrer ältesten Kunden heraus und sie ihn und Adam einander vor. Als er noch nebenan gewohnt hatte, war Sheraz beinahe täglich im Café gewesen, mittlerweile kam er nur noch selten, aber wenn, dann redeten sie lange. Hätte Adam ihn in einer Zeugenbefragung beschreiben müssen, hätte er gesagt:

Der Mann strahlte. Er konnte ihn sich nicht ohne das breite Lächeln vorstellen. Ein Mensch mit so guten Zähnen, dachte Adam, hatte aber auch allen Grund dazu. Mit Small Talk schien sich Sheraz nicht lange aufzuhalten, so waren sie ohne Umwege sofort beim doch eher heiklen Thema Glauben. Sheraz aber redete erstaunlich offen darüber. Fünfmal täglich bete er, außerdem gehe er so oft wie möglich in die Moschee des South London Islamic Centre, gar nicht weit von hier. Der Grund dafür lag, und das war laut Sheraz das Besondere, nicht in der Religion, denn sein Glauben war für ihn eine eher unfreiwillige Familientradition, die er geerbt hatte. Er und der Islam, das war nie eine Liebesheirat gewesen. Da er seine Familie aber nicht enttäuschen wollte, schluckte er die Zweifel herunter. So schlimm sei das alles ohnehin nicht, sagte er, denn selbst der Gemeindeälteste, der jede Woche die Worte »Gott ist groß« ausrief, predigte das Wasser nur. Ansonsten trank er, wenn keiner hinsah, heimlich vom süßen Wein des Lebens. Dass die meisten Gemeindemitglieder Gott ein wenig austricksten, war ein schlecht gehütetes Geheimnis. Sie spielten, liebten und lebten, ungeniert und sehr westlich. Ein Gott, der so groß war, würde schon nicht kleinlich sein.

»Hast du noch so einen Kaffee mit Dublin-Sirup?«, fragte Sheraz.

Sara reagierte mit der fließenden Bewegung eines tausendfach wiederholten Handgriffs. Noch während ihres kurzen Ausfallschritts griff sie nach der letzten sauberen Tasse, ließ einen Schwall Filterkaffee aus der großen Kanne und drückte anschließend zwei Mal mit der flachen Hand auf die Flasche ohne Etikett.

»Jetzt fällt's mir ein, ich kenn dich doch«, sagte Sheraz plötzlich zu Adam und tippte ihm an den Unterarm. Eigentlich war das jetzt nicht unbedingt zwingend nötig, dachte Adam, sie waren ja hier nicht in einem Club oder einem Hubschrauber. Aber es schien eben Sheraz' Art zu sein.

»Nun ja«, erwiderte Adam. »Wir haben uns vor circa drei Minuten über eine gemeinsame Freundin kennengelernt.«

»Sehr gut, aber ich meine etwas anderes«, sagte Sheraz, dessen Miene zum ersten Mal ernster wurde. »Du spielst doch ab und zu am Bahnhof Herne Hill auf dem Klavier, oder?«

Adam presste die Lippen zusammen.

»Schuldig. Tja, ich wusste immer, dass das der Nachteil ist an so einem öffentlichen Klavier. Es ist einfach zu öffentlich.«

Sheraz ging vom Antippen ins Schulterklopfen über.

»Mann, du bist ein Genie!«, rief er und wendete sich an die Umstehenden.

»Adam hier ist ein virtuoser Pianist. Ich bin ein Riesenfan.«

Adam blickte zu Boden. Sheraz schien das zu bemerken. Er nahm die Hand von seiner Schulter.

»Tut mir leid«, sagte er ruhig. »Ich bin ein bisschen hochgefahren, aber ich finde einfach, dass du großartig spielst. Und immer unterschiedliche Songs, nicht wie so ein Straßenmusiker. Bei dir ist es jedes Mal anders.«

»Danke.« Mit diesem Lob konnte Adam tatsächlich etwas anfangen, noch dazu, weil es ganz ohne Antippen ausgekommen war.

»Ich spiele eigentlich nur für mich. Dass ich da andere mit reinziehe, liegt eher daran, dass sich der Klavierstandort mit meiner Wohnsituation überschneidet.«

»O nein, das tut mir leid«, sagte Sheraz. »Ich wusste nicht, dass du draußen lebst.«

»Muss dir nicht leidtun, ist gar nicht schlecht. Glaub mir, Vermieter machen nur Ärger.«

Das Strahlen in Sheraz' Gesicht war zurück.

»Gute Einstellung. Überhaupt, das sind doch Eins-a-Nachrichten für dich, die Sache mit Prassnik, Singu und so. Wie es aussieht, sucht Gott genau solche Leute wie dich. Dein Ticket fürs ewige Leben ist so gut wie gelöst.«

Adam lachte so laut auf, dass sein ganzer Oberkörper bebte. Sheraz wich instinktiv zurück.

»Genau das macht mir ja Sorgen«, erklärte Adam. »Bis vor Kurzem war ich froh, über sechzig zu sein. Endlich ein Ende in Sicht. Und jetzt soll mir auf einmal ein ewiges Leben drohen – was für ein Albtraum. Die Hölle, das sind die anderen, hat Sartre geschrieben. Unsinn, die Hölle, das bin ich selbst. So etwas kann man nur begrenzt lange aushalten. Und, glaub mir, ich hab meine Zeit längst abgesessen.«

Sheraz suchte die Antwort an der Zimmerdecke. Nach einem weiteren Schluck aus der Tasse betonte er, dass ein ewiges Leben doch schön sein könne, wie niemals endende Sommerferien. Er sagte tatsächlich: wie niemals endende Sommerferien. Es wäre Zeit für die wichtigen Dinge, die sonst immer zu kurz kämen, wie Faulenzen, Freunde und natürlich Familie.

»Ja, natürlich«, antwortete Adam und schlug sich gegen die Stirn. »Endlich Zeit mit der Familie!« Er verfiel jetzt in einen schrillen Tonfall: »Adam, mein Junge. Mein lieber Junge. Ich weiß, dass du leidest. Aber ich habe es doch immer nur gut gemeint mit dir.«

Sheraz blickte irritiert umher. So war es immer, wenn Adam seine Mutter verteufelte. Die Menschen reagierten verlegen oder, noch schlimmer, mit Betroffenheit. Mütter durften sich verhalten wie die Axt im Walde, schlecht über sie zu reden wurde deswegen noch lange nicht geduldet. Einen Vater hingegen durfte man hassen, in der Mythologie sogar töten. Nicht aber die heilige Mutter! Dabei waren nur Mütter in der Lage, wirklich großen Schaden anzurichten. Adam konnte ein Lied davon singen, hatte er sich bis heute nicht lösen können von ihrem emotionalen Würgegriff. Sie hingegen war sich noch im Moment ihres Todes keiner Schuld bewusst gewesen. Letztlich war sie mit dem Satz auf den Lippen eingeschlafen, der ihr ein Leben lang als Alibi gedient hatte: »Ich habe es doch nur gut gemeint, Adam.« Dann war sie weg. Doch all seine Ängste und Neurosen, die Beziehungsunfähigkeit, sie blieben. Das war der Segen dieser *Generation der Erben*.

»Ewiges Leben bedeutet eben auch eine Ewigkeit mit meiner Mutter«, erklärte er. »Du siehst: Ich habe keinerlei Interesse daran, dass sich die bisher gültigen Rahmenbedingungen von Leben und Tod ändern.«

Eine sich nur zu besonderen Anlässen zeigende Ader erschien auf Adams Stirn.

»Weißt du, es gibt bestimmt mehr als genug Platz an Singus besserem Ort«, sagte Sheraz. »Sonst wäre er ja nicht besser. Menschen können sich dort sicher aus dem Weg gehen.«

Er stutzte kurz, als hätte ihn eine Eilmeldung unterbrochen.

»Andererseits«, korrigierte er sich selbst, »habe ich auf einer Reise nach Australien mal meine Ex-Freundin getroffen. Mit der hatte ich damals schon lange keinen Kontakt mehr. Plötzlich aber stand sie da, am anderen Ende der Welt. Ungeplant, per Zufall. Auszuschließen ist so was wohl nicht.«

»Na, schönen Dank. Sehr hilfreich.« Adam lächelte milde. Seine Stirn-Ader hatte sich wieder zurückgezogen.

»Es ist nur so: Mein ganzes Leben habe ich gehofft, dass es keinen Gott gibt, und erst recht keinen Himmel oder andere lebensverlängernde Maßnahmen. Und jetzt werden einfach die Regeln geändert. Aber ich bin mir sicher, Singu hat es ...« Er malte mit seinen Fingern Anführungszeichen in die Luft. »... einfach nur gut gemeint.«

Sheraz' Gesicht flackerte bunt. Der Nachrichtensender feuerte eine schnell geschnittene Bildcollage ab, die das gesamte Café wie einen Jahrmarkt beleuchtete. Dabei ließen die Nachrichtenmacher kein Klischee aus und leiteten den Beitrag ein mit dem R.E.M.-Titel *It's the End of the World as We Know It.* Auch die Bilder waren nicht viel origineller, sie zeigten tausendfach im Kino Gesehenes: euphorisierte Menschen auf New Yorker Dächern, die nach oben blickten, während sie Singu beschriftete Pappschilder (»Nimm mich zu dir!«) entgegenhielten; bewaffnete Männer in einem Wüstendorf, die sich Gott näherten, indem sie ihr Blei aus ihren Kalaschnikows zukommen ließen; Massen von Menschen auf dem Petersplatz, die es betend versuchten. Dazu natürlich die Bilder vom britischen Ansatz, mit der Sache umzugehen. Ein Dutzend feuchtfröhlicher Pub-Besucher in Newcastle, alle verkleidet als der ehemalige Hafenarbeiter Jürgen Prassnik, stand am Tresen und sang gemeinsam, vom rotgesichtigen Wirt unterstützt, lauthals in die Kamera:

Always look on the bright side of life.

PHASE ZWEI:
ZORN

15.

Montgomery Rudochs Augen waren fest verschlossen. Er nahm die randlose Brille ab und legte sie behutsam neben sich. Auf der Kante des historischen Brunnens saß es sich überraschend bequem, was möglicherweise weniger an dem makellos verarbeiteten Stein lag als vielmehr an der Besonderheit der Situation. Trotz geschlossener Lider sah er dem Tod ins Auge, denn keine zwanzig Schritte entfernt bildeten vier Männer um ihn herum einen perfekten Halbkreis. Gekleidet in Kelleruniformen, warteten sie mit festem Stand im Kies und beobachteten ihn konzentriert, während ihre Hände die besten Jagdgewehre umklammerten, die Rudochs Sammlung zu bieten hatte. Den Hinterschaft hielten sie quer vor der Brust, exakt, wie es ihnen befohlen war. Anlegen würden sie erst auf das entsprechende Zeichen hin.

Keiner der Männer bewegte sich, und auch der Milliardär saß vollkommen regungslos auf dem Rand des Brunnens. In seinem Innern hingegen sah es anders aus, dort liefen die Vorbereitungen für die große Vorführung. Ganz von selbst würden die Bilder erscheinen, genau im Moment der maximalen Todesnähe. Der Film seines Lebens, spektakuläre sechsundachtzig Jahre, verdichtet auf den Bruchteil einer Sekunde. Die Kindheit in der Armut Baltimores, der frühe Tod des Vaters, die Lehre in der Druckerei seines Onkels, der lange Aufstieg, das glückliche Händchen als Investor, die hilfreiche Nähe zur Politik. Dann das Treffen mit Potkulcs und der anschließende Gottesbeweis, der ihn zum reichsten Menschen der Welt machte. Eine Position, die schon den Bruchteil einer Sekunde später jemand anderes einnehmen würde. Doch das wäre nicht mehr sein Film, während des Abspanns würde er den Saal längst verlassen haben.

Rudoch krempelte die Beine seiner Leinenhose hoch und streifte die Schuhe ab, zog sich dann seelenruhig auch die Socken aus, um zum ersten Mal überhaupt den kühlen Kies an seinen nackten Füßen zu spüren. Wozu eine eigene Parkanlage?, ging es ihm durch den

Kopf, wenn man nie barfuß hindurchgelaufen ist? Jeder einzelne Kieselstein unter seinen Zehen bereitete ihm in diesem Moment mehr Freude, als es das gesamte Anwesen je getan hatte. Das Glück lag im Kleinen.

Mit der rechten Hand griff er sich an die Brust, zog langsam, nur mit den Fingerspitzen, das schneeweiße Einstecktuch hervor. Der Stoff war samtweich, selbst Rudochs zarte Fingerkuppen konnten da nicht mithalten. Sie kratzten rau über den Stoff, dass es knisterte. Erst jetzt, mit geschlossenen Augen und nackten Füßen, war er in der Lage, die hohe Qualität der handverarbeiteten Seide zu erkennen. Die späte Einsicht erfüllte ihn mit Reue, denn seit Langem schon hatte er seine mittellose Herkunft vergessen. Erst wem nichts außer einem Seidentuch blieb, konnte das Tuch wirklich wertschätzen. Um ein Haar wäre ihm die Erkenntnis zu spät im Leben gekommen. Er hob die rechte Hand weit über den Kopf, das Tuch zwischen Daumen und Zeigefinger.

Die Kellner legten an. Rudochs Kopf verfärbte sich erst rosa, dann sattrot, er spürte den Schweiß auf dem Rücken. Seine Zehen krallten sich in den Kies, die Innenflächen der Hände waren schlagartig klamm, sein gesamter Leib bereitete sich vor, er wehrte sich. Doch es gab kein Zurück. Auch wenn der Körper es wünschte, der Geist war nicht verhandlungsbereit.

Rudoch hatte alles bedacht. Er würde den Knall nicht hören, die Reihenfolge der Ereignisse verhinderte das. Eine Kugel verließ mit achthundert Metern pro Sekunde die Gewehrmündung, hatte er recherchiert, das war doppelte Schallgeschwindigkeit. Das Geschoss hätte sein Gehirn also längst zerfetzt, wenn der Knall ihn erreichte. Ein leiser Abgang.

Die in Position gebrachten Zeigefinger an den Abzügen warteten starr auf einen Befehl. Der Zeigefinger Rudochs hingegen löste sich vom Daumen, das weiße Seidentuch verließ seine Hand und schwebte langsam zu Boden. Ein rauschhafter Hormonschub erfüllte seinen Körper und ließ sein Gesicht lächeln. Sofort bestand alles aus einer nie erlebten Wärme, selbst seine Zehen entspannten sich. Rudoch war jetzt wieder drei Jahre alt, und alles, wirklich alles auf dieser Welt war weichgezeichnet und schön. Dann plötzlich war er vier und im selben Moment fünf, sechs, sieben, acht und neun. Das Tuch bekam ein wenig Aufwind und zögerte seine Landung heraus.

Bevor Rudochs Verstand von seinem Unterbewusstsein abgelöst worden war, hatte er den heutigen Tag haarklein geplant. Die vier Kellner waren selbstverständlich keine Kellner, sie waren seine engsten Vertrauten, allesamt langjährige Angestellte. Er hatte Überzeugungsarbeit leisten müssen, denn sie mochten und bewunderten ihren Chef zu sehr, um auf ihn anzulegen. Außerdem hatte keiner von ihnen Interesse daran, nach einem Mord auf Sisyphos-2 zu landen. Rudoch nahm ihre Einwände ernst und überzeugte sie mit einem wasserdichten Plan, denn auch er hatte keinerlei Absicht, auf irgendeinem Bestrafungsplaneten von vorn anzufangen. Noch mal würde er sicher nicht so viel Glück haben im Leben. Er versprach ihnen, alle vier hätten sie, genau wie er, einen Platz sicher an jenem ominösen *besseren Ort,* Unsterblichkeit inklusive. Schließlich hätte jeder Einzelne von ihnen so viel Schöpferisches geleistet in all den Jahren, ganz zu schweigen von dem kreativen Schlusspunkt heute hier. Sie sollten ihm einfach vertrauen, wie immer.

Zwei der Jagdbüchsen waren mit scharfer Munition geladen, die beiden anderen mit Platzpatronen. Wer welche Waffe bekam, war vorher durch Rudoch ausgelost und mehrfach getauscht worden, so würde am Ende niemand für die Tötung verantwortlich gemacht werden können. Niemand außer dem Zufall. Der allerdings war bekanntermaßen nicht haftbar. Eine Lotterie also. Entsprechend waren die Männer keine Schützen, sie waren Spieler, und das war Rudoch wichtig. Weder Mord noch Selbstmord konnte so etwas genannt werden, noch dazu war die Teilnahme an dieser ersten Lotterierunde genauso freiwillig wie die an der zweiten, welche nach dem Abdrücken erfolgte. Jeder der vier Kellner würde einen unbeschrifteten Schlüssel bekommen, mit dem sich einer von vier Tresoren öffnen ließ, der den jeweiligen Gewinn bereithielt – zwischen zwölf und vierzehn Millionen Dollar. Auch hier wieder: Zufall und nicht etwa ein Auftragsmord, machte Rudoch klar. Aber eben auch kein Selbstmord. Als Absicherung garantierte er ihnen Zugriff auf seine besten Anwälte.

Das Vorgehen, so hatte er sich von ihnen versichern lassen, würde vor jedem Gericht standhalten, vor wirklich jedem. Hinter seinen Lidern zuckten Rudochs Pupillen immer heftiger, während er die Fäuste so fest ballte, dass sie weiß wurden wie das fallende Tuch, das nur noch Zentimeter vom Boden trennten. Wie in Zeitlupe legte es sich schließlich in den Kies, woraufhin Rudochs Film durch seinen Geist zu rasen begann, die letzten Bilder gepaart mit orgastischer Euphorie. Vier Zeigefinger wurden gekrümmt und ließen ebenso viele Schüsse zu einem einzigen ohrenbetäubenden Knall zusammenwachsen. Im Ergebnis fiel der eben noch wohlhabendste Körper der Welt hintenüber, Rudochs Oberkörper sank in den Brunnen. Sein Kopf hingegen war einfach verschwunden, und das Wasser färbte sich rasch rosarot. Die Stille war nun absolut.

Weniger als eine Sekunde später war es so weit. Die heftigen Wehen leisteten ganze Arbeit, und auf Sisyphos-2 platzte eine Fruchtblase. Rosarotes Wasser gab den Blick frei auf den kleinen, glücklicherweise kerngesunden Neuankömmling, dessen stolze Eltern um die Wette strahlten. Herr und Frau Rudoch hatten sich auch schon einen Namen überlegt. Montgomery würde der Kleine heißen, ein ganz besonderes Kind.

16.

Adam hatte erstaunlich gut geschlafen. An den meisten Tagen fühlte er sich nach dem Aufwachen erschöpfter als beim Zubettgehen, nicht so heute. Er stand auf und empfand seine Bewegung als geradezu geschmeidig. Nichts tat weh, selbst sein rechtes Knie meldete sich nicht. So etwas machte skeptisch. Mit über sechzig erlebte er den Ursprungszustand so gut wie nicht mehr. Dieser Zustand, der einen nicht spüren ließ, ein rechtes Knie zu haben. Erst wenn ein Körperteil sich meldete, begannen die Probleme. Heute blieben sämtliche Meldungen aus. Er hatte also entweder einen selten guten Tag vor sich, oder er war tot. So oder so wohl kein Grund zur Klage. Mehrmals atmete Adam tief ein und in langen Zügen wieder aus. Die Luft war frisch, von den Mülltonnen so gut wie nichts zu riechen. Ohne hinzusehen, griff er nach der Wasserflasche, die neben seinem Nachttisch stand. Das Geschenkpaket mit dem großen A wartete noch immer darauf, ausgepackt zu werden. Erst war ihm nicht nach noch mehr Überraschungen zumute gewesen, und mittlerweile hatte er es schlicht vergessen. Ab und zu, beim Einschlafen, sah er es noch an und erinnerte sich an seinen ursprünglichen Zweck. Ein Präsent, das nicht ausgepackt wurde, blieb ja ein Präsent. Außerdem war eine gute Ablagefläche generell praktisch und somit in sich eine Art Geschenk.

Er trug die schwere Fünf-Liter-Flasche ein paar Schritte bis ins Badezimmer, wo er sich über dem Regenablauf das Gesicht wusch. Anschließend zog er, wie jeden Morgen, den Gefrierbeutel aus der Tasche, nahm Zahnbürste und -pasta heraus und putzte sich die Zähne. Nachdem er sich mit einem großen Schluck Wasser den Mund ausgespült und anschließend die Zahnbürste ausgewaschen hatte, stellte er die Flasche wieder ab. Der Wasserspiegel pegelte sich auf halber Höhe ein, doch Adam schenkte dem keinerlei Beachtung. Seit er den festen Schlafplatz hinter dem Hidey-Hole hatte, spielten die Linien auf den Wasserflaschen keine Rolle mehr in seinem Leben. Immerhin, dachte er, ein Spleen weniger. Endlich musste er die Flasche nicht mehr im Koffer herumschleppen, sondern konnte, wie jeder gute Haushalt, auf Vorrat wirtschaften. Von den vier Großflaschen hatte er die letzte angebrochen. »Immer mindestens zwei volle Flaschen« lautete eine seiner Hausregeln. Wenn er ehrlich war, war es die einzige. Was ihn aber nicht davon abhielt, sie mal wieder gebrochen zu haben. Er würde also Wasser besorgen müssen. »Verpflichtungen, Verpflichtungen, Verpflichtungen«, sagte er leise zu sich und schmunzelte.

Aus dem Kleiderschrank, der in einem früheren Leben mal ein teurer Koffer gewesen war, holte er eine saubere Unterhose, frische Socken und ein schwarzes Shirt. Dan, die Putzkraft des Hidey-Hole, machte es möglich. Einmal die Woche wusch Dan sämtliche Handtücher des Clubs und hatte in der großen Industriemaschine noch Platz. »Wir halten zusammen«, hatte Dan gesagt. Wie er das »Wir« gemeint hatte, war Adam nicht ganz klar. Ob Dan ebenfalls Musiker war? Oder schlief auch er in einem Hinterhof? Wahrscheinlich waren sie einfach ein Jahrgang.

Immer montags holte er verlässlich die Tüte mit der Schmutzwäsche ab – auch jetzt noch, da viele ihre Jobs gekündigt hatten. Dan glaubte weder an Singu noch an Prassnik. »Das Einzige, woran ich glaube, sind ehrliche Arbeit, englischer Tee und deutsche Waschmaschinen«, hatte er gesagt.

Manchmal wiegelte Adam ab, doch Dan akzeptierte kein Nein. »Saubere Wäsche, sauberer Geist« lautete sein Credo. Kein schlechter Ansatz, fand Adam. So konnte man die Verantwortung für den eigenen Gemütszustand abgeben. Dennoch fiel es ihm Woche für Woche schwer, den Gefallen und somit die saubere Wäsche anzunehmen. Vielleicht, vermutete Adam, war er ja nur aus dem Grunde auf der Straße gelandet, weil er nicht in der Lage war, guten Gewissens Hauspersonal zu beschäftigen. Er nahm seinen Mantel von der Garderobe. Die beiden Metallhaken hatte Mark ihm an einem der Holzbalken angebracht, die das Dach stützten. Für den zweiten Haken hatte Adam kein weiteres Kleidungsstück. Er nutzte ihn für einen Einkaufsbeutel aus Sisal. Seine knapp bemessene Garderobe erleichterte ihm dafür die tägliche Kleiderwahl. Schon als Kind hatte er nie verstanden, warum die westliche Propaganda immer vom angeblich so schrecklichen Mangel in den Sowjetstaaten berichtete. Still und heimlich hatte er die andere Seite immer viel reizvoller gefunden. Je weniger Auswahl, desto besser. Einer der großen Vorteile seiner neuen Lebenslage, fand er. Sie war einfach ideal für einen entscheidungsunfähigen Menschen wie ihn.

Adam ging durch das Seitentor des Hidey-Hole, die Einfahrt entlang, und trat auf den Bürgersteig. Noch immer spielten seine Knie mit. Ein Segen aber auch, dass er neuerdings den Koffer nicht mehr mitschleppen musste. Unter dem Holzunterstand lag das Ding endlich trocken und sicher. Außerdem markierte er dort Adams Revier. Ein Gedanke, der ihn amüsierte. Location, Location, Location! Wie groß der Markt für einen Platz neben den Mülltonnen wohl war?

Adam blieb stehen, ruhig wanderte sein Blick an den Geschäftsfronten entlang. Auch heute waren wieder Veränderungen zu sehen, und ein so schneller Umbau brauchte jede Menge Handwerker. Schräg gegenüber, vor dem Haus mit dem sattblauen Anstrich, standen drei von ihnen. Die komplett in Weiß gekleideten Männer schlossen eine weitere Lücke, indem sie auch an diesem Geschäft die bodentiefen Schaufenster mit hellem Holz vernagelten. Der Rückbau der alten Welt war überraschend unspektakulär und hemdsärmelig, eine Hochkonjunktur der Zimmerleute. Die Bretterfassade des blauen Hauses fügte sich sofort nahtlos ins Bild ein, als würde sich die Streatham High Road auf einen herannahenden Orkan vorbereiten. An manchen Fronten schien sich der Sturm bereits ausgetobt zu haben, dort waren die Schaufenster zu Bruch gegangen. Noch vor wenigen Wochen war die High Road eine belebte Einkaufsstraße gewesen, mit all den kleinen, inhabergeführten Geschäften, typisch für die Außenbezirke Londons. Von jetzt auf gleich, ganz so als wäre ein großer Hebel umgelegt worden, war es damit vorbei gewesen, und mittlerweile war gut die Hälfte der Läden verwaist. Zu-verkaufen-Schilder an jeder Ecke, nur weit und breit kein Käufer in Sicht.

Während Adam die Straße hinablief, inspizierte er abwechselnd die Häuserfronten beider Straßenseiten. Das Immobilienbüro hatte es am schlimmsten erwischt, schon vor Wochen. Der Laden war verkommen zu einem Ort der absoluten Verwüstung. Jemand hatte die großen Scheiben eingeworfen und die gesamte Inneneinrichtung geplündert, zurück blieb ein Feld der Zerstörung, garniert mit Sprühfarbe. Was Adam gefiel, war die Ironie daran. Das Immobilienbüro, ein nicht mehr zu vermittelndes Objekt. Einige Hausnummern weiter hatten die Gitterstäbe ein ähnliches Schicksal verhindert. Die Fensterscheiben hingegen hatten es auch hier nicht überlebt, sodass sich die Plünderer zumindest an den Auslagen des Pfandleihhauses hatten bedienen können. Eigentlich fair, dachte Adam, die Sachen waren ja ohnehin nur geliehen.

Die Bankfiliale war professionell vernagelt, überhaupt glich die gesamte Front neuerdings einer verlassenen Westernstadt. Diejenigen Fenster, die nicht vernagelt waren, hatte jemand weiß gewischt oder eben zerstört. Die allerwenigsten Geschäfte waren noch in Betrieb. In den ersten Tagen nach dem ganzen Prassnik-Theater hatte Adam das Chaos und die anschließende malerische Tristesse noch zugesagt, mittlerweile aber war längst eine Gewöhnung eingetreten und die verkommene Geschäftszeile Ausdruck der *Neuen Realität*. Wobei weniger Auswahl ja nicht unbedingt etwas Schlechtes war.

Die dunkle Eckkneipe war wenig überraschend noch da, genau wie der Imbiss, der das *World's Best Chicken* anpries. Eine ambitionierte Behauptung, wo doch alle Anwohner wussten, dass es allein in dieser Straße zwei bessere Chicken Shops gab. Immerhin schien sich dort heute kein Zwischenfall zu ereignen. In letzter Zeit krachte es nämlich gewaltig im Imbiss, und vor allem regelmäßig. Neulich hatte Adam schon von Weitem gesehen, wie sich eine Handvoll Demonstranten vor dem Laden versammelt hatten, auf ihren Plakaten Parolen wie »Beihilfe zum Mord = Viel Spaß auf Sisyphos-2«. Im Vorbeigehen hatte Adam Teile der Debatte aufgeschnappt, in der die Kunden und Mitarbeiter riefen, dass sie die Tiere ja schließlich nicht selbst umbrachten, Essenszubereitung wäre ja wohl noch lange kein

Mord. Ihre Aussagen beruhigten niemanden, im Gegenteil, sie waren wie ins Feuer gegossenes Frittieröl. Es wurde laut. »Mord ist es nicht, das stimmt«, brüllte die andere Seite. Um kurz darauf zu skandieren: »Das ist ein Auftragsmord! Auf-trags-mord! Auf-trags-mord!«

Adam wusste diese neue Art des Small Talks zu schätzen, sie machte den Gang über die Streatham High Road ein ganzes Stück unterhaltsamer als früher. Er überquerte die Straße und ging gemächlichen Schrittes den gegenüberliegenden Bürgersteig entlang. Langsam wurde es unheimlich, denn noch immer meldeten sich seine Knie nicht. Er zog einen Haferriegel aus der Tasche, blieb stehen und biss genüsslich ab. Noch eine Baustelle. Auch hier vernagelten drei Männer die Fassade. Adam fragte sich, nach welchen Regeln die neue Welt eigentlich funktionierte. Obwohl die Lage, wie es die Fernsehreporter formulierten, unübersichtlich war, ließ sich zumindest eine Art Muster erkennen. Das Nützliche und Wesentliche war noch da. Die Kneipe, der Imbiss, der Obsthändler, der kleine Handyladen, die Cafés, der Barbershop, der somalische Freizeittreff (nur Männer!), der christliche Buchladen (nur Frauen!). Vielleicht weil sich die jeweiligen Betreiber für die Menschen in ihrem Viertel verantwortlich fühlten – oder sie gehörten zu den Singu-Atheisten und machten das Spiel nicht mit. Jedenfalls war die Stadt zu einem Dorf geschrumpft, die High Road zu ihrem Marktplatz.

Alles, was verschwunden war, stellte sich im Nachhinein als überflüssig heraus. Im Prinzip war das jegliche Art von Geschäft, die ausschließlich mit Geld zu tun hatte. Adam fiel auf, dass die weggefallenen Läden noch eine Sache gemeinsam hatten: Er hatte sie nie betreten. Vielleicht war das alles reiner Zufall, besser jedoch gefiel ihm der Gedanke, dass irgendjemand das neue System an niemand anderem ausgerichtet hatte als an ihm.

Hier, wo gerade die Arbeiter die vierte Sperrholzplatte verbauten, hatte ein ganz besonderer Dienstleister seine Niederlassung gehabt, das Armed Forces Careers Office. Jetzt musste also auch das Rekrutierungsbüro der Armee dran glauben. Der Laden faszinierte Adam schon lange. Es war gut möglich, dass er über die letzten Monate sein häufigster Besucher gewesen war, und das, obwohl er ihn nicht ein einziges Mal betreten hatte. Was aber auch kaum nötig gewesen war, denn das gesamte Ladenlokal war von außen gut einsehbar gewesen. Die großen Fenster, die nun hinter dem Holz verschwanden, hatten den Blick freigegeben auf eine betont zur Schau gestellte Transparenz und Helligkeit. Überall blickten dem Besucher überdimensionierte Porträts glücklicher Soldatinnen und Soldaten entgegen, allesamt hübsch anzuschauende Menschen mit wachem Blick, das schöne Gesicht des Krieges. Die Informationstafeln dazu waren plakativ und textarm. Adam fragte sich, ob die Verfasser die Zweideutigkeit der Werbesprüche absichtlich in Kauf nahmen: »Die Royal Air Force bietet dir Möglichkeiten, die du in keinem anderen Beruf hast« stand dort. Er ergänzte: »Zum Beispiel Sterben.«

Offenbar ebenfalls zur Motivation beitragen sollten die Zahlen. Wie im Krieg eben auch ging es dabei nie um die Risiken für Leib und Leben, sondern stets um Geld. Die große Karriere, ganz ohne Vorbildung, garniert mit außergewöhnlicher Verdienstmöglichkeit, hier war all das machbar. Im Gegenzug mussten die Interessenten gar nicht viel bieten, nur ihr Leben. Für England, verstand sich. Ein Deal, den die meisten hier im recht armen Streatham kaum ablehnen konnten. Entsprechend erfolgreich war das Büro gelaufen und hatte voller Stolz in großen Buchstaben von der Fassade gerufen: *Drittstärkste Einstellungsniederlassung des Königreichs*. Einmal hatte sich Adam hingesetzt und alternative, ehrliche Werbesprüche für das Rekrutierungsbüro geschrieben. »Genug vom schwierigen Leben zu Hause? Melde dich an für das Gegenprogramm: den Tod in der Ferne.« Besonders gut gefiel ihm: »Angst vor Altersarmut? Komm zu uns und stirb jung!«

Solche Sprüche galt es besser für sich zu behalten, denn er hatte die Erfahrung gemacht, dass die Leute Witze über den Krieg gerne zynischer und makabrer fanden als den Krieg selbst. Jedenfalls kam nun niemand mehr, und das Kanonenfutter musste über andere Wege besorgt werden. Die finale Spanplatte wurde vor Adams Augen angesetzt, er würde der letzte Interessent sein, der einen Blick in die Einrichtung warf. Ein besonderer Moment. Der Zimmermann versenkte mit nur zwei Schlägen den abschließenden Nagel in der Holzverblendung.

»Wie passend«, kommentierte Adam leise. »Eingesargt.«

»Wie bitte?«, fragte der andere, tatenlos herumstehende Handwerker.

»Ach, nichts. Schönes Holz.«

Adam steckte sich den Rest des Riegels in den Mund und ging weiter.

Als Nächstes führte ihn sein Weg vorbei an dem christlichen Buchladen, über dem Eva ihren Privatsalon betrieb. Die Fassade war noch intakt, das Geschäft jedoch schien geschlossen, und dennoch herrschte Betrieb. Neben der Ladentür stand eine grauhaarige Frau und spielte Saxofon. Eine Straßenmusikerin, hier in Streatham, bis vor wenigen Wochen noch wäre so ein Anblick absolut undenkbar gewesen. Wobei, auch in ihrem Fall wollte die Bezeichnung »Straßenmusikerin« nicht recht passen, denn genau wie Adam, wenn er in Herne Hill Klavier spielte, hatte auch sie weder Kaffeebecher noch Instrumentenkoffer aufgestellt. Sie spielte offenbar ebenfalls nicht für Geld, sondern probte. Wobei natürlich nicht auszuschließen war, dass sie ähnliche Defizite hatte wie er und das Geldverdienen schlicht vergaß. Adam lächelte ihr zu, sie jedoch reagierte nicht, ihre Augen waren fest geschlossen. Vielleicht stellte sie ja deswegen keinen Sammelbecher auf. In dieser Gegend behielt man seine Wertsachen besser im Blick.

Wobei so ein Gedanke wahrscheinlich längst nicht mehr fair war, denn alles war im Wandel. Beispielsweise bewegten sich die vorbeigehenden Menschen viel langsamer als früher. Keine Spur mehr von dem nervösen Ameisenhaufen, der die High Road immer gewesen war, ein wesentlich geringeres Tempo war eingekehrt. Das Viertel schien sich Adams Tempo angepasst zu haben.

Ein paar Meter weiter, kurz vor der Großbaustelle, an der ein gigantisches Plakat den Kauf von zweiundsechzig neu entstehenden Luxuswohnungen empfahl, ragte die Trinity Church auf, ein altes rotes Backsteingebäude, in dem jeden Sonntag lebhafte Gospel-Gottesdienste stattfanden. Eine ältere schwarze Dame, sicherlich schon

Ende siebzig, stand vor der schweren Holzeingangstür und hämmerte mit erstaunlicher Wucht dagegen: »Aufmachen! Nein. So geht es nicht zu Ende! So nicht. Aufmachen, sage ich!«

Beim letzten Satz brach ihre Stimme. Verzweifelt warf sie den Kopf in den Nacken und blickte empor. Am Eingangsportal über ihr prangte ein mehrere Meter breites Kunststoffbanner. NEUERÖFFNUNG: MUSIKSCHULE SING-U, brüllte das ehemalige Gotteshaus seinen neuen irdischen Nutzen der Gemeinde entgegen. Die Gemeinde rief in zorniger Verzweiflung zurück: »Aufmachen!«

Ein Jugendlicher, der betont lässig mit der linken Hand einen Basketball dribbelte, tänzelte an der aufgebrachten Gläubigen vorbei und rief: »Zu spät, Oma. Das Business ist durch.«

Die ältere Dame hörte ihn nicht, zu laut waren ihre Schreie. Für Adam hingegen wurden sie mit jedem Schritt leiser. Schon bald hatte er die Szene hinter sich gelassen.

»Pssst, hey du!« Er blieb stehen und drehte sich um, wenn auch ein wenig behäbig. Seltsam, bis auf die alte Dame und den Basketballspieler war niemand zu sehen. Die beiden aber waren längst viel zu weit weg, um infrage zu kommen, und die junge Frauenstimme, die er gehört hatte, passte ohnehin zu keinem von ihnen.

»Hey, hier, hinter dir.«

Er drehte sich weiter im Uhrzeigersinn, da war niemand. Erst nach mehreren orientierungslosen Sekunden wurde er an der großen Bretterfassade der Baustelle fündig. Dort bewegte sich etwas. War das etwa ein Kopf, der da aus der Wand guckte? Er machte einen weiteren Schritt darauf zu. Langsam gewöhnten sich seine Augen an die dunkle Baustelleneinfahrt. Und tatsächlich, ein junges Frauengesicht lugte aus der Wand. Es wirkte freundlich und forderte ihn mit einer eindeutigen Kopfbewegung auf, näher zu kommen, doch Adam konnte sich beim besten Willen keinen Reim darauf machen. Und, vor allem, was um alles in der Welt sollte das mit ihm zu tun haben?

Die schwarz lackierte Wand schien an einer Stelle einen Spaltbreit durchlässig zu sein, als verberge sich in ihr eine Art Geheimtür. Direkt daneben prangte eine große rot-weiße Verbotstafel, die eindeutig klarmachte, wer auf der Baustelle willkommen war und wer nicht. Adam fühlte sich wieder wie zwölf, und gerade Kindern war der Zugang laut Schild explizit untersagt.

Der Kopf, der ihn aufforderte, seinem inneren Rebellen zu folgen, machte nun immer dringlichere Anstalten.

»Hey, Hidey-Hole-Typ«, rief die Stimme. »Komm schon, komm her!«

17.

Seelenruhig, ohne dabei nach rechts und links zu blicken, pickte sich der kleine rotbraune Vogel im Gefieder. Verkehr schien er keinen zu erwarten, ganz so als säße er nicht etwa mitten auf einer Straße der Hauptstadt, sondern auf einem idyllischen Waldweg irgendwo im Lake District. Ein Stück weit hinter ihm spross Unkraut aus den Rissen im Asphalt, die Natur holte sich die Stadt zurück. Seit Minuten schon blickte Sara hinaus auf die verwaiste Szenerie vor ihrem Haus. Kein einziges Auto bisher. Eigentlich wohnte sie mitten in der größten Stadt Europas, nun aber war sie, ohne etwas zu unternehmen, umgezogen aufs Land. Gewiss, auch vorher schon hatte es tierfreundliche Tageszeiten gegeben, zu denen eine Katze oder ein Fuchs unbeschadet die Straße hatten überqueren können. Nun aber gab es nur noch solche Zeiten. Sara hatte keine Ahnung, was die Menschen neuerdings anstelle des Berufspendelns mit ihrer Zeit anfingen. Eins jedenfalls stand fest, es schienen mehr Leute an Singu zu glauben, als Sara je erwartet hätte. Keine Ahnung, wie viele Menschen überhaupt noch arbeiteten. Und wovon all die anderen wohl lebten?

Wie immer, wenn das Café geschlossen hatte, versuchte Sara ihren freien Tag mit Schreiben zu verbringen. Doch wie so oft stellte sich auch heute kein Erfolg ein. Bis vor Kurzem noch hatte sie der Verkehrslärm davon abgehalten, nun war es die Stille. Kurioserweise machte die es ihr noch schwerer. Wahrscheinlich weil sie sich ärgerte, dass auch diese Ausrede nun weggefallen war.

Sie blickte aus dem Fenster, wo sich ein mittlerweile selten gewordener Doppeldeckerbus näherte. Sicherheitshalber war der Vogel schon mal geflüchtet. Der Bus war das, was übrig blieb von der täglichen Blechlawine vor ihrem Fenster. Es hatte Sara immer ein Gefühl von Freiheit gegeben, wenn sie einfach an den gestauten Autos und Bussen vorbeigegangen war. Zugegeben, ein absurder Gedanke, doch nun fehlte ihr dieser Anblick der Unfreiheit der anderen. Dergleichen konnte man traurig nennen, Sara aber empfand es als beruhigend, im Besitz eines so einfachen Rezeptes für Freiheit zu sein.

Ohnehin passte das gut zum veränderten Stadtbild, in dem die Widersprüche dominierten. Vieles war neu, noch mehr war weg. Immerhin schien auch die neue Welt kollektiven Schlafmangel auszulösen. Sara also war auf der sicheren Seite, denn Kaffee stand nach wie vor hoch im Kurs. Was nicht zuletzt daran lag, dass es ihn noch gab. Denn kurioserweise betrafen die Lieferengpässe, die mittlerweile das tägliche Leben bestimmten, ausgerechnet nicht die weit gereisten Kaffeebohnen. Kühe hingegen schienen gar nicht mehr zu arbeiten, ebenso wie die Sojabauern. Notgedrungen trank die Kundschaft ihren Tee und Kaffee also schwarz. An manchen Tagen immerhin überraschte sie der Lieferant der Kaffeekette, der mittlerweile häufiger wechselte als die Kundschaft, mit einer Lieferung Hafer- oder gar Kuhmilch. Nachdem sie es anfangs noch auf die große Tafel am Eingang geschrieben hatte, hielt sie es neuerdings geheim. Zu unangenehm war der Ansturm gewesen. Jetzt überraschte sie vor allem ihre Stammkunden damit.

Überhaupt sorgte die neue, recht improvisierte Art des Betriebs für eine wahrlich besondere Atmosphäre. Die Kunden wussten alles Verfügbare viel mehr zu schätzen.

Auch der Buchmarkt erlebte einen gewaltigen Aufschwung. Aber was hatte sie schon damit zu tun? Dafür müsste man schließlich erst mal eins veröffentlichen, die Absicht allein genügte da nicht.

Sara trank ihren Matetee aus und goss heißes Wasser aus der Thermoskanne nach. Wenn sie etwas von ihrer Mutter gelernt hatte, dann das. Kochendes Wasser tötete verlässlich alle Bakterien und Viren. Meine Güte, was ihre Mutter damals alles abgekocht hatte. Geschirr, Spielzeug, auch die Kinder wurden im Zweifel lieber zu heiß abgeduscht.

Zum Abtöten musste Wasser nicht mal kochen, sechzig oder fünfundsechzig Grad reichten schon. Draufschütten, abtöten. Womöglich war genau das ja auch das Prinzip gewesen, das die alte Welt all die Jahre am Laufen gehalten hatte. Der wahre Zweck der Konsumgesellschaft: draufschütten, abtöten. All die Ängste und Sorgen, einfach bei sechzig Grad wegkonsumiert.

In irgendeinem Artikel hatte sie neulich gelesen, es gebe in jedem von uns zehnmal so viele Bakterien wie Körperzellen. Wir waren also, selbst wenn wir uns in uns selbst zurückzogen, immer in der Minderheit. Untermieter im eigenen Haus, verrückt! Was war denn wohl die Aufgabe all dieser Mitbewohner? Jede dieser Mikroben musste doch irgendeine Funktion erfüllen, ein Ziel haben. Sara fand Gefallen an dem Gedanken, dass einige von ihnen überaus angenehme Mieter waren, die einem das Leben erleichterten, indem sie während des Urlaubs die Blumen gossen oder auch mal einen Rasenmäher verliehen. Andere hingegen waren lärmende Terrornachbarn direkt aus der Hölle. Sie ließen einen nicht schlafen, brachten das Schlimmste in einem zum Vorschein. Das waren all die Ängste und Sorgen, die tief in einem drinsaßen, ohne dass herauszufinden war, wo denn bitte genau. Sie ließen sich nicht ohne Weiteres rauswerfen, selbst wenn man mit Eigenbedarf drohte. Sara musste lachen. Die abstrusen Gedanken der letzten Minuten ließen nur einen Schluss zu: Bewegung und frische Luft, bevor der Rappel noch schlimmer würde.

Mit ein, zwei sicheren Griffen in den Stoffberg, der ihre Wohnungstür blockierte, stellte sie sich ihr Outfit zusammen. Dazu die bequemen alten Sneakers. Vielleicht würde es ja eine größere Runde werden. Sie nahm die Treppe und polterte die drei Stockwerke hinunter. Das Ausmaß ihres Bewegungsdrangs war immer gut an der Geschwindigkeit ablesbar, in der sie die Treppe hinabstürzte. Heute wurde ihr Tempo zusätzlich beschleunigt, denn das Treppenhaus roch mal wieder besonders stark nach Urin.

Unten angekommen, drückte sie den Türöffner und stieß die stahlvergitterte Glastür zur Straße auf. Ein freundlich lächelnder Jugendlicher, voll bepackt mit mehreren Einkaufstüten, huschte an ihr vorbei und stellte den Fuß in die Tür, bevor sie ins Schloss fallen konnte. Zielsicher fand Saras Blick den Schlüsselbund in der Hand des Jungen und hielt ihm die Haustür auf. Sie wollte nicht sein wie die anderen im Haus. Wie oft hatten sie ihr schon die Tür vor der Nase zufallen lassen.

Angeblich aus Sicherheitsgründen. Dabei wussten die Nachbarn genau, dass sie hier wohnte. Der Jugendliche indes bedankte sich freundlich.

Nach einer Stunde ziellosen Umherlaufens führte sie der Kompass des Zufalls nach Brockwell Park. Als sie, aus Tulse Hill kommend, die riesige Grünanlage betrat, stockte ihr der Atem. Wo sonst gejoggt wurde, wo Büroangestellte auf Bänken ihr mitgebrachtes Mittagessen aßen und Rentner sich von ihren Hunden ausführen ließen, spielte ein gigantisches Symphonieorchester unter freiem Himmel. Sara suchte nach Kameras. Doch bis auf ein paar zuschauende Spaziergänger war niemand zu sehen. Außerdem unterstrich die legere Kleidung der Musiker den offensichtlichen Probencharakter der Veranstaltung. Die Welt schien tatsächlich im großen Stil auf diese Singu-Sache angesprungen zu sein. Und zwar sogar noch stärker, als es die abgerissenen Pendlerströme vor Saras Haustür hatten vermuten lassen. Wenn die Menschen das wirklich ernst nahmen, war der zunächst schöne Anblick des so deplatziert wirkenden Orchesters ja in Wahrheit eine hochdramatische Angelegenheit. Denn das würde bedeuten, alle hier, ob jung oder alt, probten für das große Abschlusskonzert der Spielzeit. Sara schauderte es. Wie viele Anhänger diese neue Ideologie oder Religion, oder was auch immer es war, wohl schon hatte? Da konnte einem ja angst und bange werden. Sie musste an die Nazizeit in Deutschland denken. Dass Prassnik kein Jesus oder Mohammed war, war ihr klar. Nur was, wenn er auch kein harmloser Fernsehspinner war, sondern so was wie Goebbels? Gleich bekam sie ein schlechtes Gewissen für den Gedanken, denn sie sah, wie viel Freude die Kinder beim Musizieren hatten. Andererseits, die Hitler-Jugend …

Ein Stück den Weg entlang kam sie an einem großen, selbst gemalten Schild vorbei. Auf den ersten Blick sah es aus wie ein Protestplakat, das Demonstranten in den Rasen gesteckt hatten. Doch mit jedem Schritt, den sie darauf zuging, blieb weniger vom Protest übrig: *Spiel mit! Klassische Musik für alle. Jeden Tag von 9 bis 18 Uhr. Hier.*

Jeden Tag? Komisch, dass sie von alldem nichts mitbekommen hatte. Selbst Adam hatte nichts vom öffentlichen Musizieren erwähnt. Dabei musizierte niemand so oft öffentlich wie er, noch dazu ganz in der Nähe. Andererseits, wenn jemand in der Lage war, ein hundertköpfiges Orchester direkt vor seinen Augen zu übersehen, dann ja wohl Adam.

Kurz darauf ein weiteres Schild: *Komponieren für Anfänger.* Auf einem Klappstuhl direkt daneben saß ein grauhaariger Mann im beigefarbenen Leinenanzug. Ein aus der Zeit gefallener Kolonialherr, war Saras erster Eindruck. Im Idealfall jedoch ohne Eroberungsabsichten. Ohnehin schien er eher ein Hippie zu sein als eine Bedrohung. Mit seinen nackten Zehen spielte er sanft im Gras, während er den braunen Lederschuh in seiner Hand bedächtig mit einem Fetzen Stoff abrieb.

Sara war bewusst, dass sie starrte, aber es ging nicht anders. Der Mann schien in einer simplen Tätigkeit wie dem Schuheputzen voll aufzugehen. Er strahlte dabei eine derartige Ruhe aus, dass ein kleiner graubrauner Vogel es wagte, sich seinen Füßen auf wenige Zentimeter zu nähern. Dazu die klassische Musik. Ein Moment wie ein Gemälde.

»Sehen Sie den da hinten?«, sagte er plötzlich. Er hob den Blick, während er auf etwas zeigte, das sich hinter Sara befinden musste. Sie drehte sich um. Hinter dem Zaun zur Straße, gut fünfzig Meter von den beiden entfernt, stand ein Mann in Uniform und wies einen Abschleppwagen ein.

»Sie meinen den Polizisten?«

»Ja. Der macht einfach weiter. Als hätte es die letzten Wochen nie gegeben. Der schreibt völlig selbstverständlich weiter Strafzettel.«

Er legte den Lederschuh neben sich ins Gras und faltete das Putztuch zu einem akkuraten kleinen Rechteck.

»Vielleicht gibt ihm das Orientierung«, sagte Sara. »Das Festhalten am alten System.«

»So ist es wohl. Die Menschen tun sich schwer mit dem Wandel. Dabei sind die klar definierten Regeln und Ziele doch eine große Erleichterung.«

Schon erstaunlich, dass auch dieser, zumindest auf den ersten Blick recht weise wirkende ältere Herr offenbar an die Singu-Geschichte glaubte.

»Was machen Sie?«

Sara ärgerte sich, dass er sie mit einer so simplen Frage voll erwischt hatte. Denn wenn er, wie es aussah, wirklich an den Zeitenwandel und die neue Singu-Welt glaubte, dann würde sie nicht einfach antworten können: Ich verdiene meinen Lebensunterhalt, indem ich Kaffee koche. Denn die Frage zielte nicht aufs Geldverdienen ab, sie lautete vielmehr: Was machen Sie Künstlerisches?

»In letzter Zeit«, sagte sie nach kurzem Nachdenken, »um ehrlich zu sein, gar nichts.«

»Na, das bedeutet doch, dass Sie bis vor Kurzem noch etwas gemacht haben. Lassen Sie mich raten: Sie schreiben.«

Sara wich unbewusst einen kleinen Schritt zurück.

»Woher wissen Sie das?«

»Ein Graupapagei spürt so was«, antwortete der Mann und lächelte.

»Ach, den Satz haben Sie doch sicher irgendwo aufgeschnappt und plappern ihn nur nach.«

Die Augen des Kolonialherrn leuchteten auf und wurden dabei von tiefen Falten eingerahmt. Sara war froh, mit ihrem Kommentar endlich auf Augenhöhe angekommen zu sein.

»Mit dem Schreiben ist das so eine Sache«, sagte sie. »Das ist eine Tätigkeit, die kaum zu ertragen ist. Noch schlimmer als das Schreiben sind nur die Schreibpausen.«

»Das mit den schmerzhaften Schreibpausen«, sagte der Mann und zeigte wieder auf den Polizisten, der schon beim nächsten falsch abgestellten Auto angekommen war, »gilt offensichtlich auch für Verkehrspolizisten«.

Es gab solche Begegnungen, da stimmte es von Beginn an. Schade, dass sie so selten waren, andererseits, vielleicht waren sie ja gerade deswegen so wertvoll. Auch der Kolonialherr schien die Unterhaltung zu genießen und berichtete von den täglichen Konzerten im Park und vom Musikunterricht, den er schon früh nach dem – wie er es nannte – Götterbeben auf die Beine gestellt hatte. Er war der Erste, aber längst nicht mehr der Einzige.

»Hier im Viertel treffen sich die klassischen Musiker, Crystal Palace hingegen ist voll von Gitarrenmusik, Indie, Rock und so weiter. In Brixton sind die Rapper, Hip-Hop und ... Wie heißt das ...?«

»Grime?«

»Richtig, Grime. Sehen Sie, der Graupapagei ist gut im Nachplappern.« Es war das erste Mal, dass sie von dieser neuen, künstlerischen Stadtordnung hörte. Entsprechend interessiert hörte sie zu.

»In Greenwich wird gemalt, da sehen die Parks und Straßen mittlerweile aus wie Englands größte Kunstgalerie. Waren Sie in letzter Zeit mal dort?«

Sara schüttelte den Kopf. In Greenwich war sie überhaupt noch nie gewesen, sie war ja keine Touristin.

»Wo sich die Schriftsteller tummeln, habe ich noch nicht mitbekommen«, sagte er. »Aber ich könnte mir vorstellen, in Streatham.«

Sara musste laut auflachen.

»Da wohne ich! Und dort wird, das kann ich Ihnen versichern, derzeit aber mal so gar nicht geschrieben.«

Sie würde den Kolonialherrn wieder besuchen, hatte sie ihm bei der Verabschiedung gesagt. Wenn er denn nichts dagegen hätte. Ganz und gar nicht, hatte er gesagt. Auf dem Heimweg ging ihr die Begegnung nicht aus dem Kopf, denn es waren keine besonderen detektivischen Fähigkeiten vonnöten, um zu erkennen, dass der Mann eine Geschichte zu erzählen hatte, auf die sie jetzt schon gespannt war. Unterwegs machte sie halt in einem kleinen Zeitschriftenladen, wobei ihr Interesse weniger den Zeitschriften galt.

»Eine Packung John Player, die große.«

Der Ladenbesitzer, der erstaunlich wenig Lücken in den Regalen zu beklagen hatte, ging in einem bunten Meer kleinteiliger Produkte optisch unter. Dabei handelte er wie programmiert. Der Roboter drehte sich um, nahm die Packung aus dem Regal und fragte, ob das alles sei. Eine Packung Kaugummi vielleicht? Oder die Oyster-Card aufladen?

Sara lehnte ab. »Hab keine Oyster-Card.«

Damit war der Autopilot abgeschaltet, und der Kopf des Verkäufers erschien zwischen den Waren.

»Sie haben keine Oyster-Card?«

Nach einigem Zögern gelangte er zu dem Schluss: »Also fahren Sie Auto?«

Sara schüttelte genervt den Kopf. Die immer gleiche Frage, in jedem Corner Shop. Sie konnte doch nicht der einzige Mensch in London sein, der zu Fuß ging. Außerdem fuhr ohnehin kaum noch eine U-Bahn, was sollte sie da mit mehr Oyster-Card-Guthaben?

Der Verkäufer verschwand wieder hinter den Rubbellosen, wo er die Zigarettenpackung scannte.

»Hm, wahrscheinlich eine Touristin«, murmelte er dabei zu sich selbst.

»Auch wenn uns eine Wand trennt«, sagte Sara, »ich kann Sie hören.«

Die ungläubigen Geräusche hinter den Rubbellosen verstummten. Sara legte ihre Bankkarte auf das Lesegerät, als im exakt selben Moment ein ohrenbetäubender Knall den ganzen Laden erschütterte. Für einen Moment verlor Sara die Orientierung, bevor sie sich in der Hocke wiederfand, während die Fensterfront des Ladens noch nachschwang. Das Geräusch musste von der Straße gekommen sein, denn von dort ertönte ein zweiter Einschlag, gefolgt von lautem Männergeschrei. Während Sara sich langsam sammelte, war der träge Ladenbesitzer nicht wiederzuerkennen. Blitzschnell tauchte er hinter seinem Tresen auf, einen Baseballschläger in der Hand. Der Roboter war gar kein Roboter, sondern ein erstaunlich kräftig gebauter Mensch, der sich jetzt an ihr vorbeidrängelte. Sara machte vorsichtshalber einen Satz in Richtung des Getränkekühlschranks. Auch der Verkäufer machte drei große Schritte und verriegelte die Eingangstür, bei der es sich gleichzeitig um die einzige Ausgangstür handelte. Trotz der sicher noch anhaltenden rauschhaften Wirkung des Schocks konnte Sara spüren, wie ihr zunehmend unwohl wurde. Es gab Dinge, die ihr wesentlich lieber waren als das Gefühl, eingesperrt zu sein.

»Bin nicht versichert«, erklärte der Corner-Shop-Betreiber maulfaul. »Die sollen sich alle gerne die Köpfe einschlagen, aber ohne mich. Bald ist eh wieder alles wie vorher. Kurz warten, ja?«

Sara nickte leicht irritiert und versuchte sich auf den Vorteil zu konzentrieren, den die verschlossene Tür mit sich brachte. So ließ sich das Geschehen auf der Straße aus sicherer Entfernung beobachten, was eindeutig besser war, denn vor dem Laden brüllten zwei angetrunkene junge Männer einander an und unternahmen den Versuch eines Boxkampfes. Es war nicht ihre Paradedisziplin.

»Die saufen alle nur noch und hauen sich dann die Fresse ein«, erklärte der Ladenbesitzer. Sein Einblick in die Entwicklungen der letzten Zeit klang genervt.

»Alles wegen diesem blöden Prassnik. Jetzt wollen sie kreativ sein, aber können's nicht. Was für ein Affenzirkus.«

»Sie sind wohl, sagen wir mal, skeptisch?«, fragte Sara betont vorsichtig. Der Mann hatte nach wie vor einen Baseballschläger in der Hand, und das vermutlich nicht, um ihn zu verkaufen.

»Skeptisch? Das ist die reinste Blasphemie! Gott eine Frau, tsss.«
Er schüttelte zornig den Kopf.

»Der echte Gott wird das nicht lange mit sich machen lassen!«

Es war Zeit, zu gehen. Draußen lagen sich außerdem die Streithähne längst in den Armen. Sara zeigte auf die Tür.

»Entschuldigung, aber ich hab noch Termine.«

»Ach so, klar, 'tschuldigung.« Der noch immer sichtlich erregte Ladenbetreiber schloss die Tür auf.

Die Begegnungen des Tages hatten das dringende Bedürfnis in Sara erzeugt, auf kürzestem Wege zurück nach Hause zu gehen. Sie fühlte sich inspiriert und wollte schreiben. Vielleicht war ihre Romanidee doch nicht so schlecht. Wo diese Einschätzung auf einmal herkam, war schwer zu sagen, aber solche Momente durfte man nicht hinterfragen. Sara ging immer schneller, bis sie schließlich rannte. Zwanzig Minuten lang wurde sie nicht langsamer, und als sie endlich in ihre Straße einbog und an ihrem Haus ankam, bremste sie auch die Treppe nicht aus. Schneller als ihre Nase den Uringestank hätte wahrnehmen können, rannte sie hinauf. Schwer atmend und mit hochrotem Kopf erreichte sie schließlich den dritten Stock mit so stark pochendem Herzen, dass der Pulsschlag in ihrem Blick zur rhythmischen Schwarzblende wurde. Kaum war sie an ihrer Wohnungstür angekommen, schoss ihr das Adrenalin ins Rückenmark. Die Tür, die sie – da war sie sich sicher – wie immer abgeschlossen hatte, stand einen Spaltbreit offen.

18.

A dam fühlte sich wehrlos. Irgendetwas – was auch immer es war – zog ihn zu dieser Tür. Sie hatte die Wirkung eines überstarken Magneten, und er war nichts als ein Metallspan. Hinzu kam die seltsame Angst, diese Frau enttäuschen zu können, einen Menschen, den er noch nie zuvor getroffen hatte. Was für ein Unsinn mal wieder. Gleichzeitig nichts Außergewöhnliches, denn genau das, nämlich Unsinn, waren ja die meisten Ängste. Er beschloss, sich daher auch mit dieser nicht allzu lange aufzuhalten, es blieb ohnehin keine Zeit für Überlegungen. Er trat durch die Tür, die sich gleich hinter ihm wieder schloss. Wie angewurzelt blieb er stehen und blickte die Frau fragend an. Sie wirkte noch immer aufgeregt und tat höchst konspirativ, als hätte sie ihn auserkoren, um ihm, und nur ihm, ein gut gehütetes Geheimnis anzuvertrauen. Als wolle sie ihn zu einem Schatz führen. Hidey-Hole-Typ, hatte sie gesagt. Woher nur konnte sie wissen, dass er dort schlief? Das Grundstück war doch durch ein Tor geschützt und von keiner Seite einsehbar. Adam musterte sie. Die Frau hatte ein gepflegtes Äußeres, ihre Haut wirkte sauber und straff. Irgendwie amüsant und armselig zugleich, dass das mittlerweile Kategorien waren, in denen er dachte. Eine Weile auf der Straße, und schon waren straff und sauber erwähnenswerte Attribute. Auch das Lächeln der Frau war in erster Linie sauber, es strahlte weiß und makellos. Adams Blick wanderte an ihr hinab. Sie bemerkte es zu spät und versteckte verschämt ihre Hände in den Taschen. Adam hatte ihre dreckigen Nägel bemerkt, und ihre abgenutzten Schuhe ließen sich ohnehin nicht verbergen. Die Schuhe und die Hände, das hatte er früh gelernt, bestimmten die Clubmitgliedschaft. Auch sie musste auf der Straße leben.

»Ich bin Adam«, sagte er mit ausgestreckter Hand.

Ihre Hände aber blieben tief in den Taschen, sie ließen ihn hängen.

»Du hast im Park übernachtet. Jetzt wohnst du hinterm Jazzclub.«

Es klang nicht wie eine Frage.

»Was bisher geschah«, antwortete Adam in der affektierten Stimme eines Fernsehsprechers.

»Und, wie lange bist du schon obdachlos?«

»Na ja, irgendwie war ich das schon immer«, sagte Adam. »Aber bis vor ein paar Monaten habe ich halt noch drinnen gelebt.«

Der Satz schien sie geknackt zu haben. Adam hatte das Gefühl, sich an einem Grenzposten erfolgreich ausgewiesen zu haben.

»Wir bauen hier was auf«, erklärte sie und holte sofort weit aus. Adam lehnte sich gegen die Tür, was geduldiges Zuhören signalisieren sollte. Das vierzehnstöckige Hochhaus sei das Bauprojekt einer arabischen Großbank, erklärte sie. »Luxuswohnen am Park« hatten sie das Objekt betitelt. Doch die dazugehörige Baufirma gab es seit ein paar Wochen nicht mehr, Prassnik sei Dank. Kurz darauf war das fast fertige Hochhaus zur am besten gesicherten Baustelle der Stadt verkommen, streng bewachte Luxusleere. Bis dann vor einer Woche die Sicherheitsfirma ihre Leute samt Kameras abgezogen hatte. Sie hatte nur so lange Mitarbeiter entsendet, wie dafür Geld eingegangen war. Als das ausblieb, brach man sofort Hals über Kopf auf. Zurück blieb eine nur dürftig gesicherte, nahezu schlüsselfertige Lösung für das Problem der Obdachlosigkeit in Streatham. Das Beste daran: Es gab keinen Eigentümer mehr, bis vorgestern.

»Wir sind zu viert. Alle obdachlos, genau wie du.«

Ihre Art zu reden war unorthodox. Adam grübelte, was genau daran so speziell war.

»Und das hier. Das ist meine Aufgabe. Ich sammle unsere Mitbewohner ein. Nur Leute aus der Gegend. Alle handverlesen.«

Stichworte, das war's. Sie sprach nicht in Sätzen, sondern in Stichworten.

»Wir wollen keinen Ärger. Hast du Lust?«

Adam sah sie verwundert an. Das klang alles doch recht abenteuerlich und nicht zuletzt höchst illegal. Ein Aufstand der Armen? Der Sturm auf die Bastille? Ein Sturm, und das mit seinen Knien – wenn sie auch momentan keinen Ärger machten. Er würde sich zumindest Bedenkzeit erbeten müssen.

»Das klingt natürlich gut«, sagte er. »Aber du weißt ja, ich bin erst kürzlich umgezogen. Und so richtig eingelebt habe ich mich, ehrlich gesagt, noch nicht.«

Endlich lächelte sie mal.

»Komm schon! Du kannst es dir ja zumindest angucken?«

»Ich weiß doch sowieso schon zu viel, oder? Wenn ich nicht einziehe, müsst ihr mich eh umlegen.«

»Du hast es erfasst. Komm, ich zeig's dir. Es wird dir gefallen. Wir haben auch Personal.«

»Damit«, antwortete Adam, »habe ich allerdings ganz schlechte Erfahrungen gemacht.«

19.

Potkulcs saß mit kerzengeradem Rücken auf der harten Museumsbank. Seit mehr als einer Viertelstunde schon inspizierte er die wandfüllenden rostbraunen Gemälde, doch er hätte genauso gut den Notausgang anstarren können. Das sollte Kunst sein? Vielmehr hatte er den Eindruck, die dürftig ausgeführte Arbeit eines Aushilfsanstreichers vor sich zu haben, der noch dazu nach der Hälfte der Grundierung zum Mittagessen gerufen worden war. Darauf ein paar dunkelrote Linien, unsauber gezogen, wie grobe Platzhalter für den, der später für die eigentlichen Markierungen zuständig wäre. Selbst als Skizzen wären die Dinger schlampig gemacht. Ein Kind könnte so etwas. Wobei, es brauchte wohl nicht mal ein Kind. Gäbe man einer Gruppe Schimpansen zuerst etwas orangerote Farbe und am nächsten Tag ein bisschen Braun, das Ergebnis würde nicht sonderlich anders aussehen. Wer bitte hatte entschieden, diesen trostlosen Flächen einen Platz im Museum zuzugestehen?

Die sogenannte moderne Kunst erschloss sich Potkulcs noch weniger als die Gemälde von früher, auf denen immerhin noch eine gewisse technische Fertigkeit des Malers erkennbar war. Das hier grenzte an Betrug. So etwas würde im Leben nicht standhalten. Singu ließ sich nicht so leicht für dumm verkaufen wie irgendwelche dahergelaufenen London-Touristen. Potkulcs' Museumsführer, der Direktor des Hauses höchstpersönlich, hatte ihm erzählt, dieser Raum in der Mitte der Tate Modern werde auch »die Kapelle« genannt. Alle hier ausgestellten Bilder seien von ein und demselben Maler. Für diese Information brauchte Potkulcs wahrlich keinen Führer. Die Dinger sahen alle gleich aus: nichtssagend und amateurhaft. Der hochnäsige Museumsdirektor behauptete noch dazu die abenteuerlichsten Dinge: »Hier in der Kapelle brechen regelmäßig Besucher vor Ergriffenheit zusammen. Und das nicht erst seit Prassnik.«

Der Maler dieser Werke, ein gewisser Mark Rothko, habe schon vor Jahrzehnten gesagt, dass die Menschen, die vor seinen Gemälden weinten, die gleiche religiöse Erfahrung machten wie er, als er die Bilder geschaffen habe. Was für ein selbstgefälliges Gewäsch. Kein Wunder, dass es dem Museumsdirektor gefiel.

Potkulcs hatte genug von ihm und erst recht von diesem Rothko. Er beschloss, hinüberzugehen zur Nationalgalerie. Dort hingen die alten Meister. Und vor allem müsste er sich da mit keinem blasierten Museumsleiter herumschlagen. Die Woche hatte ohnehin schon genügend Anstrengungen geboten. Zuerst war Potkulcs nach Florenz gereist, um Michelangelos David zu sehen. Es hatte ihn zermürbende Verhandlungen (stundenlang in einer zwielichtigen Seitengasse!) und ein Vermögen gekostet, vor Ort überhaupt eine Eintrittskarte zu ergattern. Und dann das: Die Statue, die er sich im dichten Gedränge der engen Galleria dell'Accademia ansah, war die exakt gleiche, die er zuvor bereits draußen auf einer Piazza gesehen hatte. Auf so eine Dreistigkeit musste man erst mal reinfallen! Noch dazu war das Ding nichts als ein simples Standbild, wie es sie zu Hause in Budapest auf jedem großen Platz im Dutzend gab. Und dafür dieser irrsinnige Aufwand! Ein Privatflugzeug hatte er gechartert, samt Crew. Für sage und schreibe achtzehn Monate, das war die Bedingung gewesen. Für das Geld hätte er eine Maschine kaufen können. Doch der Markt für Privatjets war längst leer gefegt, seitdem an Linienflüge nicht mehr zu denken war. Wie das meiste im öffentlichen Leben galt auch hier das neue Zauberwort: Personalvakuum. Dass überhaupt noch Leute zur Arbeit gingen, fand Potkulcs unerklärlich. Zumal in Jobs, die keinerlei Hoffnung versprachen. Für ihn hingegen galten die Regeln, wie so oft, nicht. Er hatte seine Belegschaft sogar ausbauen können, indem er ihr kollektiv zwei Dinge angeboten hatte: dreifaches Gehalt und, viel wichtiger, einen kreativen Zusatz in der Stellenbeschreibung. Jeder Mitarbeiter hatte – neben der Verrichtung der eigentlichen Arbeit – ab sofort pro Quartal ein Kunstwerk zu erstellen, während der Arbeitszeit und auf Firmenkosten. Diese Aussicht auf Höheres bildete die IP-Betriebsrente. Selbstverständlich war das eine Idee der »Zeitgeist-Kommission« gewesen, sodass Potkulcs auch bei dieser kreativen Schöpfung mit leeren Händen dastand.

Im Anschluss an den Florenz-Flug war er nach Paris gereist, mit der Absicht, zwei weltberühmte Damen zu besuchen. Doch die Reise zur Mona Lisa und zur Venus von Milo war ein noch größerer Reinfall geworden als der Trip nach Florenz, die Schlange war kilometerlang gewesen. Zigtausende Touristen aus aller Herren Länder hatten das größte Zeltlager der Geschichte errichtet und ganz Paris zu einem schäbigen Campingplatz verkommen lassen. Potkulcs hatte seine übliche Taktik angewandt und Unmengen an Geldscheinen verteilt, vor allem Schweizer Franken. An große Euroscheine war kaum noch zu kommen. Zwei Tage lang hatte er sich so Schritt für Schritt in der Schlange vorgearbeitet, bis zum letzten Checkpoint. Zwei Tage, in denen die Pariser Polizei gleich mehrfach gedroht hatte, ihn festzunehmen. Französische Beamte besäßen Werte und Standards, sie ließen sich nicht kaufen, hatten sie behauptet.

Aber es war wie so oft eine Frage des Preises, und der Schweizer Franken stand günstig. Am Ende kam er ganz vorne am Eingang an. Doch der Triumph war von kurzer Dauer. Eine Gruppe Verzweifelter versuchte ausgerechnet an jenem Nachmittag, gewaltsam ins Innere des Louvre vorzudringen. Entgegen der eigentlichen Stromrichtung stürmten sie den Ausgang, was die ohnehin schon angespannte Lage zur Eskalation brachte. Am Ende wurde Tränengas eingesetzt, der gesamte Vorplatz geräumt und das komplette Museum geschlossen. Ein Zustand, der drei Tage andauern sollte.

Da war Potkulcs längst in Madrid. Doch auch das Museo del Prado war mittlerweile gesperrt. Die spanische Regierung hatte auf das dortige Chaos mit einer raschen Digitalisierung aller Exponate reagiert: »El Prado para todos« stand per Internet ab sofort weltweit und kostenlos zur Verfügung. Die physische Galerie hingegen wurde restlos leer geräumt und die gesamte Sammlung an einen sicheren, weil geheimen Ort verbracht. An einem der bekanntesten Museen der Welt hing ab sofort ein Schild: *Einbruch zwecklos! – Keine Kunst vorhanden.*

Nun also London. Potkulcs hatte über politische Kontakte klandestinen Zugang zu den unterdessen ebenfalls gesperrten großen Londoner Galerien bekommen. Drei Stunden pro Museum. Nachdem er es in der Tate Modern keine vierzig Minuten ausgehalten hatte, lief es in der National Gallery besser. Seine Führerin stellte sich als Kunststudentin vor, die nun, wie sie demütig verkündete, »besondere Menschen durch das Haus begleitet«. Sie nahm Potkulcs wichtiger als sich selbst, was sowohl der Situation als auch seinem Selbstverständnis wesentlich näher kam als der Ansatz des eitlen Tate-Modern-Schnösels vorhin.

Die junge Studentin sagte, ein Museum sei wie eine Parfümerie. Spätestens nach zehn Exponaten war der Mensch nicht mehr aufnahmebereit, alles sah dann gleich aus. Sie würde es also bei der Vorauswahl belassen, die sie für Potkulcs getroffen hatte. Ein Best-of, aus jeder Epoche ein Werk. Wenn er dann noch Lust auf mehr habe, ginge es eben weiter. Er kannte die Antwort darauf schon jetzt, behielt sie aber für sich. Die Kunststudentin ging großen Schrittes voran und steuerte zuallererst ein Gemälde von Botticelli an, auf dem lauter Nackte zu sehen waren. Es sei vermutlich in Florenz entstanden, sagte sie. Nicht schon wieder Florenz! Potkulcs drängte sie, direkt zum zweiten Bild zu gehen.

»Nicht so schnell«, sagte sie freundlich. »Ich habe es aus einem bestimmten Grund ausgewählt.«

Potkulcs blieb stehen.

»Das ist jetzt nicht gerade eine steile These«, sagte sie. »Aber wer sich ein bisschen mit der Wirkung der Malerei beschäftigen möchte, fängt am besten in Florenz an.«

»Da war ich schon«, sagte Potkulcs mit Nachdruck. »Nie wieder!«

»Oh, das tut mir leid. Aber wir müssen ja nicht noch mal hin. Ich erzähle es Ihnen von hier aus – sozusagen aus sicherer florentinischer Entfernung.«

Auch wenn ihm ihre Aussagen bisher wenig Brauchbares vermittelten, war Potkulcs ganz Ohr. Die Tatsache, dass sie nicht von der Malerei sprach, sondern von deren Wirkung, bedeutete, dass sie zugehört hatte. Sie wusste, worum es ihm ging.

»Kunst kann überfordern. Und zwar nicht nur diejenigen, die sie erschaffen wollen, aber keinen Ansatz finden.«

Sie suchte den Blickkontakt und deutete ein Augenzwinkern an. Potkulcs schaute auf der Stelle wieder zum Gemälde.

»Kunst hat die Kraft, die ganze Welt zu überfordern«, sagte sie. »Ich möchte Ihnen eine kurze Geschichte erzählen.«

Er war interessiert, obwohl ihm bewusst war, dass es nie die kurzen Geschichten waren, die mit diesen Worten begannen.

»Vor mehr als zweihundert Jahren reiste ein französischer Schriftsteller nach Florenz, dorthin, wo ein paar Jahrhunderte zuvor die Größten der Großen gewirkt hatten: Dante, Michelangelo, da Vinci, Galilei, viele andere, und eben er hier: Botticelli.« Sie zeigte dabei zunächst auf das Gemälde, dann auf die Plakette darunter.

»Die ganze Stadt muss schon damals einem riesigen Museum geglichen haben. Und damit kam unser Schriftsteller nicht klar. Schon wenige Stunden nach seiner Ankunft wurde es ihm zu viel. Er bekam Herzrasen, Schweißausbrüche, war der völligen Erschöpfung nahe. Und so geht es seitdem Hunderten von Touristen jedes Jahr. Sie reisen um die halbe Welt, stehen im Louvre, im Prado oder den Uffizien und kippen irgendwann einfach um. Zu viel Schönheit, zu viel Magie. Zack! Und weil der Schriftsteller damals der Erste war, dem das passierte, und weil er Stendhal hieß, leiden jetzt Tag für Tag Museumsbesucher in aller Welt am sogenannten Stendhal-Syndrom.«

Potkulcs näherte sich dem Gemälde bis auf wenige Zentimeter.

»Gut, hier ist ja jetzt niemand mehr«, sagte er. »Aber Sie meinen, Kunst kann einen messbaren Effekt haben?«

»Kein Zweifel.« Sie nickte. »Es gibt unzählige Untersuchungen darüber, was das Betrachten von Meisterwerken mit dem Körper macht. Oder das Hören von Mozart. Es verändert den Blutdruck, die Hormonausschüttung und so weiter. Kühe geben sogar mehr Milch.«

»Kühe?«

»Richtig. Aber keine Sorge, auch die dürfen hier nicht rein.«

Potkulcs neigte den Kopf.

»Entschuldigung«, sagte sie. »Aber es stimmt. Tiere und Menschen reagieren auf ähnliche Reize. Und ich bin mir sicher …«

Ohne den Satz zu beenden, zeigte und blickte sie nach oben.

»Ja doch, ja! Das ist es eben. Genau darum geht's!«, rief Potkulcs, steckte eine Hand in die Hosentasche und drehte ab. Mit gesenktem

Blick entfernte er sich langsam von ihr, während er mit seinen Schritten einen großen Halbkreis beschrieb. Es war zum Verzweifeln. Was hatte er nur angerichtet! Er, der ewige Gewinner, hatte geholfen, eine Welt zu erschaffen, in der Menschen wie er zu den größten Verlierern gehörten. Und jetzt stand er hier, inmitten all dieser Kunstwerke, und verstand überhaupt nichts mehr. Weder die Gesetze dieses neuen Marktes noch dessen Währung.

»Wenn ich nur wüsste, was das Stendhal-Syndrom bei der da oben auslösen könnte«, fragte er mit dünner Stimme.

»Nun, da bin ich genauso überfragt«, sagte die Studentin und lächelte. »Denn es sind ja nicht nur Kunstwerke und Musik, die den Blutdruck verändern oder meinetwegen die Milchproduktion.«

Potkulcs sah sie mit ratloser Miene an.

»Na ja, also Küssen macht das auch«, erklärte sie freudig. »Oder Verliebtsein.«

Bevor sie noch mehr Währungen erwähnte, von denen er keinen Schimmer hatte, beschloss Potkulcs, sein Problem konkret zu benennen.

»Was kann denn jemand wie ich an Künstlerischem erschaffen? Was ist da völlig ohne Vorerfahrung machbar? Ich meine, wo anfangen?«

Sie atmete tief ein. Mit einem so direkten Hilferuf hatte sie eindeutig nicht gerechnet.

»Wo anfangen?«, wiederholte sie. »Nun, wie funktioniert denn Ihr Gehirn? Sind Sie eher ein visueller Typ? Oder eher ein Mensch der Worte?«

»Zahlen«, erwiderte Potkulcs. »Ich denke in Zahlen.«

»Ach so.« Sie überlegte kurz. »Das ist doch eine gute Nachricht. Mathematik findet sich schließlich überall in der Kunst! Der Rhythmus in der Musik, die Fibonacci-Spirale und der Goldene Schnitt in der Malerei. Und so weiter.«

Potkulcs hatte keine Ahnung, wovon sie sprach. Was Fibonacci mit Kunst zu tun haben sollte, war ihm schleierhaft.

»Bildsprache ist Mathe«, erklärte sie. »Genau wie Musik Mathe ist.«

»Das ist ja schön, wenn man das alles mathematisch zerlegen

kann. Aber ich muss doch nichts berechnen, ich muss etwas erschaffen!«

Das letzte Wort hatte er fast gebrüllt.

»Okay, okay«, sagte sie geduldig. »Mein Tipp aus eigener Erfahrung: Finden Sie eine Kunstform, die Ihnen schnelle Ergebnisse bringt. So etwas beruhigt. Zum Beispiel die Fotografie.«

»Fotografie ist doch keine Kunst!«

»Selbstverständlich ist sie das.«

»Nonsens!«, sagte Potkulcs unwirsch. »Da halte ich schließlich nur etwas fest. Ich muss aber – wie oft denn noch!? – etwas Eigenes erschaffen.«

»Ja, aber Sie halten es fest, indem Sie einen einmaligen Blick auf etwas, Achtung, erschaffen. Das ist der künstlerische Prozess – die Perspektive.«

»Niemals reicht das! Als ob ein Urlaubsfoto aus der Schweiz genug wäre. Dann kämen ja ausnahmslos alle in den Himmel, die schon mal in der Schweiz waren.«

Sie lachte, obwohl Potkulcs es beileibe nicht darauf angelegt hatte.

»Das Beeindruckende ist doch nicht das blöde Foto«, erklärte er, während er sein Handy auf die offene linke Handfläche schlug. Er entsperrte es und begann das Botticelli-Gemälde zu fotografieren. Erst frontal, dann aus nächster Nähe, schließlich von der unteren rechten Ecke aus. »Hier! Was mache ich? Na, was mache ich?«

Die Studentin verzog einen Mundwinkel. »Nun, ich würde sagen, Sie brechen so ziemlich alle Museumsregeln. Wenn Sie's jetzt vielleicht noch anfassen wollen?«

Potkulcs hörte gar nicht zu.

»Ich mache Kunst! Hier, sehen Sie selbst.« Wie im Wahn zeigte er ihr den Bildschirm mit dem Botticelli. »Ich bin ein Genie! Schauen Sie doch, wie genial es geworden ist! Schauen Sie nur! Diese Perspektive.«

Die Studentin ging ein paar Schritte zur Seite, wobei sie ihr Klemmbrett umarmte wie einen Schild.

»Das Beeindruckende ist nicht das bescheuerte Foto«, wiederholte Potkulcs. »Das kann jeder Idiot machen. Das Beeindruckende ist das

Motiv. Dieses Gemälde hier. Oder eben das Matterhorn. Verdammt, das Matterhorn ist das Kunstwerk! Soll ich jetzt etwa einen Berg aufschütten oder ein Meer anlegen?«

»Würde ich jetzt auch nicht als den ersten Ansatz ansehen«, sagte die Kunststudentin mit freundlich kaschiertem Sarkasmus und zeigte schon wieder nach oben. »Das kann die Zielgruppe selbst bedeutend besser.«

20.

Sara stand vor der Wohnungstür einer Fremden, zumindest fühlte es sich so an. Wie immer hielt sie, seit sie von der Hauptstraße in den dunklen Fußweg zum Haus eingebogen war, den Schlüssel in ihrer geballten Faust. Der gezückte Schlüssel war weniger eine Marotte als vielmehr eine stets einsatzbereite Waffe. Momentan sogar nur das, denn als Schlüssel war er hier nicht gefragt. Jetzt war es also so weit. Sie hatte sich das oft ausgemalt, wie es wohl wäre, die Waffe wirklich mal einzusetzen. In diesem verdammten Stadtteil war es wie zu Hause in Argentinien, dachte sie beim Blick auf die offen stehende Tür. Auch hier im Süden Londons hatte das System so viele Arme produziert, dass einigen von ihnen gar nichts anderes übrig blieb, als sich die Dinge mit Gewalt zu nehmen. Dieselben Politiker, die diese Armutsverbrechen produzierten, posaunten dann hinaus, dass sie ebendiese Kriminalität bekämpfen würden. Man müsste sie nur wiederwählen, *Catch 22*. Es war doch überall dasselbe, wobei es Sara kein bisschen gefiel, so zu denken. Sie hatte sich schon vor einer Weile geschworen, sich nie wieder als hilflose Untertanin zu sehen. Stattdessen hatte sie sich ganz bewusst ihre eigene kleine Welt erschaffen, in der Politik möglichst keine Rolle mehr spielte. Tja, und dann kam Prassnik. So war das, wenn man die Welt aussperrte. Sie brach dann irgendwann mit Gewalt bei einem ein. Die Frage war, ob, wer auch immer dahintersteckte, noch in der Wohnung war. Einbrecher arbeiteten schnell, das wusste hier in der Gegend jeder. Sie waren, so sagte man, meist keine zehn Minuten im Objekt. Und als das sah sie ihre Wohnung gerade tatsächlich, als Objekt. Den Gedanken fand sie nicht schlecht, maximale Anonymität. Angst verspürte sie keine, leichtes Unwohlsein ja, aber Angst? Da hatte sie sich vorhin im Kiosk mehr gefürchtet. Zumal sie jetzt einfach, um auf der sicheren Seite zu sein, zehn Minuten hier warten würde. Dass ihr ein Entführer auflauerte, war eher auszuschließen, Streatham war nicht Guatemala. Schusswaffen gebrauchte hier sowieso niemand, höchstens mal ein Messer. Also auch nicht viel mehr als ein Schlüssel.

Sara stand nach wie vor ganz still und lauschte, was sie beruhigte, denn auch jetzt, nach bestimmt schon sieben Minuten, war nichts zu hören. Lediglich der Kühlschrank summte sein gewohntes Lied. Überhaupt wurde ihr mit einem Mal klar, wie leblos und tot das Treppenhaus doch war, wenn man dort mal haltmachte, abgesehen von dem sehr lebendigen Uringestank natürlich.

Sara näherte sich seitlich dem Türrahmen und stieß die Tür vorsichtig mit dem Fuß auf. Ihre rechte Faust mit dem daraus hervorstehenden Schlüssel hielt sie exakt so, wie sie es in Hunderten von Krimis gesehen hatte. Es war die polizeiliche Habachtstellung, die Waffe ordnungsgemäß in Richtung Decke gerichtet. Sie würde in so einem Moment in Richtung des unteren Rückens zielen, wie sie sich das schon seit Jahren vorgenommen hatte. Angriffe gegen den Kopf wurden erwartet und entsprechend abgewehrt. Am unteren Rücken war die Verteidigung schwierig, der Schmerz jedoch groß. Die perfekte Zielregion, gerade für eine unerfahrene Kämpferin. Hundertfach hatte sie diese Szene im Kopf durchexerziert. Das gab ihr Selbstvertrauen, in der Theorie immerhin würde sie niemand schlagen. Glücklicherweise schien kein Praktiker mehr in der Nähe.

Vorsichtig betrat sie die Wohnung. Noch ein Schritt bis zum Ende des kleinen Flures, bisher lief es überraschend gut. Sie war schon auf Höhe der Garderobe, hielt die Schlüsselwaffe unverändert starr in der Faust, atmete heftig, aber leise und machte sich bereit für den Kampf. Mit größtmöglicher Langsamkeit duckte sie sich und betätigte mit dem Ellbogen den Lichtschalter.

»Überraschung!«, brüllte es ihr entgegen.

Jetzt fanden alle Ereignisse parallel statt. Sie spürte einen warmen Rausch in sich aufsteigen, sprang zurück und wurde im selben Moment von etwas am Kopf getroffen. Das löste einen Schlagreflex bei ihr aus. Mit dem Schlüssel traf sie den Türrahmen, dessen Farbe an der Stelle absplitterte. Den Gegenstand, der sie am Kopf erwischt hatte, fing sie noch im Fallen auf. Eine Luftschlange. Dann war es schlagartig mucksmäuschenstill. Zehn Menschen, alle Anfang zwanzig, standen vor ihr und lächelten sie debil-euphorisch an. Saras Blick wanderte hektisch hin und her. Dabei wurden ihre Augen immer größer. Die Bedrohung, die sie eben noch empfunden hatte, wandelte sich in Orientierungslosigkeit.

»Sara!«, rief einer der Partygäste.

Sara war wie versteinert. Sie hatte diese Menschen noch nie in ihrem Leben gesehen.

21.

Die Lobby machte Eindruck. Adam hatte das Gefühl, in der Empfangshalle einer Großbank zu stehen. Nicht dass er jemals in der Empfangshalle einer Großbank gestanden hätte, aber er war ja auch noch nie auf den Mond gereist, trotzdem war klar, wie es dort aussah. Die Eingangshalle jedenfalls hielt Wort. Draußen versprachen die Plakate *Luxuriöses Wohnen,* hier drinnen lieferte die Lobby entsprechend plakativen Luxus, wenn auch so gar nichts Wohnliches. Bis auf den steinernen Empfangstresen war der Raum komplett leer. In erster Linie aber war er immens hoch, bestimmt zehn Meter. Die Architektin schien gerade Zahlen zu mögen, denn sie hatte, so sah es aus, das erste Stockwerk kurzerhand weggelassen und direkt mit dem zweiten begonnen. Ein ganz schönes Statement in einer Stadt, in der nichts so knapp war wie Raum.

»Eine Kathedrale«, sagte Adam, den Blick nach oben gerichtet. »Ich fühle mich direkt einen Meter kleiner.«

»Amen«, sagte die Frau, deren Namen er noch immer nicht kannte. »Aber keine Sorge, sobald wir oben sind, wachsen wir wieder.«

Den Pförtner bemerkte Adam erst jetzt. Die Frau hatte also nicht übertrieben, als sie gesagt hatte, man beschäftige Personal. Adam nickte ihm freundlich zu. Doch statt den Gruß zu erwidern, las der Portier weiter in seinem Buch. Adam folgte der Frau ans Ende der Lobby. Begleitet von einem leisen Ächzen, öffnete sie die schwere Feuerschutztür, die den Weg in eine wesentlich weniger luxuriöse Welt freigab. Das Betontreppenhaus wirkte roh und unfertig.

»Der Aufzug ist gerade außer Betrieb«, sagte sie augenzwinkernd.

»Meine Knie leider auch«, erwiderte Adam, ganz ohne Augenzwinkern. Zwar hatten seine Gelenke eine gute Phase, aber man musste es ja nicht heraufbeschwören.

»Keine Sorge. Kennst du eins, kennst du alle. Die Geschosse sind baugleich. Bis auf ganz oben. Aber dahin quartieren wir die jungen Leute aus.«

»Die sind mir eh zu laut«, sagte Adam.

Die vier Treppenabsätze bis zum ersten Wohngeschoss zurückzulegen fiel ihm leichter, als er gedacht hatte. Vorfreude war ein wirksames Schmerzmittel. Nach der opulenten Eingangshalle neutralisierte der Rohbau-Charme des Treppenhauses die Sinne, wie Weißbrot bei der Weinverkostung. Bis auf große Mengen Beton und ein rot lackiertes Metallgeländer war nichts zu sehen, Notausgänge waren einfach immer enttäuschend lieblos. Dabei wollte man doch vielleicht gerade im Moment von Panik und Todesangst ein letztes Mal etwas Hübsches zu Gesicht bekommen. Die sterbenden Käufer jedoch waren den Bauplanern offenbar egal. Auch für die Feuerwehr dekorierte niemand.

Die Frau blieb vor der nächsten Brandschutztür stehen. Eine große schwarze 1 prangte darauf. Tor eins.

»Na?«, meldete sich die Gameshow-Moderatorin. »Bereit?«

Adam fand, sie übertrieb. Erstens war er nie für irgendetwas bereit, und zweitens war das hier keine Gegenüberstellung, sondern eine Baustellenführung. Er kniff die Lippen zusammen, hob die rechte Hand und ließ sie in einer Wiegebewegung wackeln. Ja und nein, hieß das, wir werden sehen. Die Frau lächelte und zog die schwere Tür auf. Adams Augenbrauen hoben sich. Obwohl er mit nichts gerechnet hatte, überraschte ihn, was er sah. Er machte einen Schritt in den von dunklen Braun- und Grüntönen geprägten Flur und stand sofort im schweren Teppich eines Fünfsternehotels. Wenn das unten die Kathedrale war, dann waren das hier die bischöflichen Gemächer. Zumindest war eindeutig alles bezugsfertig, die Wände vornehm tapeziert, die Türen verkleidet, selbst die Deckenlampen hingen bereits, wo sie hingehörten.

Von außen ein eingerüsteter Rohbau, hier drinnen ein geheimer Luxuspalast. Wenn sich da mal nicht gleich ein Dutzend Kirchenmetaphern anboten. Doch jeglicher Gedanke dazu wurde unterbrochen.

»Darf ich vorstellen, der Herr. Ihr neues Zuhause. Schlüsselfertig. Im ersten Stock wäre sogar noch was frei.« Sein Gemütszustand änderte sich schlagartig. Was bisher eine harmlose Baustellenbegehung gewesen war, fühlte sich nun an wie Einbruch. Ihm wurde heiß. Wie sollte jemand, dem es schon schwergefallen war, den Schlafplatz hinter Marks Club anzunehmen, mit so etwas umgehen können? Außerdem hatte er bei Mark lediglich die Mülltonnen verdrängt, hier hingegen einen arabischen Großinvestor. Adam spürte einen pochenden Schmerz im Knie. Auf die übliche Stress-Warnleuchte seines Körpers war Verlass.

Der Frau schien nicht zu entgehen, wie sehr er verkrampfte. Nicht dass es dafür großer detektivischer Fähigkeiten bedurft hätte. Sie behauptete, so ergehe es allen Obdachlosen. Man glaube irgendwann, man verdiene das alles, und ein Dach über dem Kopf stehe einem nicht mehr zu.

»Na ja«, sagte Adam. »Zwischen einem Dach und goldenen Kronleuchtern gibt's halt noch ein paar Zwischenstufen.«

»Verstehe ich gut. Aber warte mal, bis du die Wasserhähne siehst.«

Sie rutschte an der Wand hinab und setzte sich auf den Teppich. Adam nahm die Einladung an und ließ sich neben ihr nieder. Der Teppich war eine Offenbarung, tief und weich wie eine Couch. Augenblicklich stellte sich in seinem gesamten Rücken eine wohltuende Entspannung ein. Geduldig erklärte ihm die namenlose Maklerin das Konzept. Ihr Stichwortstil schien hier drinnen keine Anwendung zu finden, sie sprach jetzt in ganzen Sätzen. Ihr sei wichtig, dass er wisse, es handle sich hier keinesfalls um Diebstahl, nicht um Einbruch oder Aneignung. Die Idee war eine, wie sie es nannte, *sozial motivierte Hausübernahme*. Jeder Mitbewohner bekäme Genossenschaftsanteile, einen Mietvertrag und bestimmte Pflichten auferlegt. Das Ergebnis war eine Art Minigesellschaft. Ein System, konzipiert für diejenigen, die sonst verlässlich an Systemen scheiterten. Ein Nicht-System also. Das Haus würde gemeinsam bewohnt, gepflegt, verwaltet und zu Ende gebaut. Eine geschlossene Blase, die Bewohner waren gleichzeitig das Personal.

»Hast du den Pförtner gesehen?«, fragte sie.

»In der Lobby, klar.«

»Einer von uns. Wir wechseln uns ab.«

»Gar kein schlechter Job«, sagte Adam. »Man bewacht Raum und hat viel Zeit. Raum und Zeit. Im Grunde ist die Pförtnerei nichts anderes als hohe Physik.«

»Und das Beste daran, man bekommt eine Uniform.«

Nun war Adam also doch noch in ein Rekrutierungsgespräch geraten. Abstreiten ließ es sich nicht, das Konzept klang zumindest *als Konzept* interessant. Ob es auch für ihn persönlich infrage käme, ließ sich noch nicht sagen. Nicht zuletzt weil er den Gedanken nicht loswurde, dass alle an dem Projekt Beteiligten doch nichts anderes waren als Einbrecher. Oder zumindest Hausbesetzer, und waren das nicht, rein juristisch zumindest, auch Einbrecher?

Die Frau sagte, sie verstehe seine Bedenken, er habe ja auch nicht ganz unrecht. Gleichzeitig solle er sich keine Sorgen machen. Der ursprüngliche Investor sei der viel größere Verbrecher gewesen. Sie erzählte etwas von indischen Sklavenarbeitern, Menschenhandel, Korruption und Waffengeld. Selbst wenn die neuen Bewohner das ganze Ding abbrennen würden, kämen sie an all die Verbrechen und Grausamkeiten der Vorbesitzer nicht heran.

»Euer Ehren«, schob Adam lachend hinterher.

»Sieh es als Verstaatlichung«, sagte sie. »Wir lösen ein Problem, das die Regierung nie in den Griff bekommen hat. Die erste wirklich würdige Wohnlösung für Obdachlose weltweit. Ganz ohne Formulare, ohne Zwang und vor allem ohne Geld.«

Sie machte das wirklich gut. Kein Wunder, dass die Gruppe der Gründer sich ausgerechnet für sie als Anwerberin entschieden hatte und nicht für, sagen wir, den Pförtner. Wenn es wirklich stimmte, dass die Aufgaben schichtweise rotierten, war es vielleicht auch nur Zufall. Sie war eben gerade dran. Vier Stunden später, und der Pförtner hätte das Verkaufsgespräch geführt. Dann, dachte Adam, wäre ihm die Absage sicher leichter gefallen.

»Wie viel Bedenkzeit bekomme ich?«, fragte er.

»Du willst dir wohl erst noch ein paar andere Objekte ansehen?«

Adam war klar, wie undankbar seine Frage klang. Aber Entscheidungen zu treffen war ihm ohnehin schon unmöglich. Jetzt, mit der Pistole auf der Brust, wurde es nicht leichter, gerade bei so etwas Gravierendem wie einem Umzug. Dann auch noch gepaart mit einem so rasanten gesellschaftlichen Aufstieg. Es half nichts, er würde zunächst den üblichen Weg gehen müssen. Mindestens eine Woche lang müsste er Tag und Nacht obsessiv über das Thema nachdenken, jedes noch so kleine Detail analysieren und alle möglichen Szenarien durchdenken, in diesem Falle inklusive der potenziellen Verhaftung. Eine Haftstrafe, das wäre ja noch ein Wohnortwechsel. Er müsste also über gleich zwei Umzüge nachdenken. Wahrscheinlich würde es dieses Mal also eher zwei Wochen dauern.

»Ist eine Woche okay?«, fragte er und bereute es sofort.

»Eine Woche? Aber warum?« Sie klang nun viel ernster. »Du könntest zum Gründungsteam gehören. Du könntest dir dein Apartment aussuchen. Warum zögern? Was hast du denn zu verlieren? Du kannst doch jederzeit zurück zum Hidey-Hole.«

»Nur weil ich nichts zu verlieren habe, heißt das ja noch lange nicht, dass ich mit jeder Entscheidung was gewinne.« Er lächelte sie milde an. »Ich glaube, ich traue dem Braten einfach nicht. Du weißt doch, wenn etwas zu gut klingt, dann ist es meistens …«

Adam war bewusst, dass er sich anstellte wie ein undankbares Kind. Außerdem, was wusste er schon von Situationen, die zu gut klangen? Bisher hatte er alle Gelegenheiten, die sich ihm boten, ausgeschlagen. Meist weil er sie so lange zerdacht hatte, dass sie längst nicht mehr da waren, als das Denken endlich zu Ende gebracht war. Gelegenheiten warteten nicht, so etwas wusste jedes Kind. Und doch war es ihm unmöglich, sein Zögern zu überwinden. So erledigten sich die meisten Probleme eben von selbst, vielleicht fuhr er auch jetzt wieder gut damit. Einfach nur nichts tun, dann wären irgendwann alle Wohnungen durch andere Obdachlose besetzt, und ihm wäre die Entscheidung abgenommen. Hinter dem Hidey-Hole war es doch gar nicht schlecht.

»Adam!« Ihr Ruf hatte ihn zurückgeholt.

»Du kennst meinen Namen?« Jetzt wurde es unheimlich. Erst lauerte sie ihm auf, dann wusste sie von seinem Schlafplatz am Hidey-Hole, und jetzt kannte sie auch noch seinen Namen.

»Den hast du mir vorhin gesagt. Ganz schön viel heute, oder?«

Offensichtlich. Adam griff in seine Tasche und zog einen Haferriegel hervor.

Mit einstündiger Verspätung erwiderte sie den Handschlag:

»Übrigens, ich bin Sy.«

22.

Wer, um alles in der Welt, waren diese Leute? Und wie nur waren sie hier reingekommen? Sara hatte nicht den blassesten Schimmer. Einer Sache aber war sie sich sicher: Sie hatte keines dieser Gesichter je zuvor gesehen. Umgekehrt jedoch schienen alle sie zu kennen, sogar beim Namen. Vielleicht hatte sie ja einen geistigen Aussetzer, ausgelöst durch einen Schlaganfall oder so. Ihr Vater war auch unglaublich jung gewesen damals, und so etwas vererbte sich so gut wie immer. Mit einem Mal dämmerte es ihr. Sie war in der falschen Wohnung! Natürlich, das war die einzige einigermaßen schlüssige Erklärung. Sie musste sich im Stockwerk geirrt haben. Nur wie wahrscheinlich war es, dass auch dieses Apartment einer Sara gehörte und genauso eingerichtet war wie ihres? Vielleicht doch ein Zufall zu viel. Überhaupt wunderte sie sich, dass ausreichend Raum für all diese Gedanken war, die Zeit schien stillzustehen. Der Eindruck wurde dadurch befeuert, dass niemand etwas sagte. Möglicherweise war sie auch gestorben, anschließend krachend an Singus kreativer Himmelspforte gescheitert und stand jetzt vor einem Neuanfang auf Sisyphos-2.

So oder so, sie musste etwas sagen.

»Was …?«

Mehr brachte sie nicht heraus. Immerhin beschleunigte sich der Lauf der Zeit wieder. Sie hätte nicht sagen können, ob seit ihrer Ankunft Sekunden vergangen waren oder mehrere Lebzeiten.

»Sara!« Die von rechts ertönende Männerstimme gehörte einem jungen Mann mit vollem Gesicht und knallrotem Shirt, auf dem ein wappenartiges Markenlogo prangte. Ein schnöseliger Eton-Absolvent mitten in ihrer Wohnung, in diesem Viertel.

»Keine Panik«, forderte er, »wir erklären es dir.«

Jetzt, da sie ihn länger ansah, beschlich sie das Gefühl, ihn vielleicht doch schon mal irgendwo gesehen zu haben.

»Was macht ihr hier?« Sie brachte ihre Frage zu Ende und wurde lauter: »Wer seid ihr?«

»Fühl dich bitte nicht von uns bedroht. Du kannst uns nicht kennen, wir aber kennen dich.«

Solch ein Satz trug natürlich sehr zur Beruhigung bei. Noch dazu ließ der Sprecher der Gruppe eine unerträglich lange Pause folgen, die ihm offensichtlich Genuss bereitete.

»Wir sind, ohne dass du es bisher wissen konntest, deine Schüler.«

Sara verstand kein Wort.

»Wer hat euch hier reingelassen?«

Als einzige Antwort bekam sie weiterhin grinsende Gesichter. Es reichte.

»Raus!«, rief sie aufgebracht. »Sofort raus aus meiner Wohnung!«

»Warte!«, antwortete der Typ im roten Shirt. »Gib mir eine Minute, ich erkläre es.«

Sara hatte beim besten Willen keine Lust, die Situation weiter in die Länge zu ziehen, gleichzeitig konnte sie eine gewisse Neugierde nicht leugnen. Sie wollte schon gerne wissen, was hinter der ganzen Aktion steckte. Rauswerfen konnte sie die Einbrecher dann immer noch. Nach wie vor den gezückten Schlüssel in der Hand, verschränkte sie die Arme vor der Brust und signalisierte die großzügige Gewährung der geforderten Redezeit.

»Danke«, sagte der Schnösel. »Meine Mutter ist Verlegerin. Ich arbeite in den Semesterferien als Assistent ihres Assistenten. Auf jeden Fall sind uns vor einem halben Jahr bei einem Wettbewerb zwei deiner Kurzgeschichten aufgefallen.«

»Hört, hört, der Assistent des Assistenten«, wiederholte Sara flüsternd.

»Fantastisch! Beide«, rief er im selben Moment.

Seine Story ergab keinen Sinn. Es musste eine Verwechslung vorliegen. Sara hatte nie auch nur eine ihrer Geschichten irgendwo eingereicht. Niemals.

»Es waren die besten Beiträge von allen. Mit Abstand«, fuhr er unbeirrt fort, während die anderen nickten.

»Nur die steinalte Jury sah das anders. Wenn die den Namen einer Autorin oder eines Autors nicht kennen, kommen die Texte gleich auf den Absagestapel. Am Ende liegen darauf immer die wirklich guten Geschichten. Tja, und deine waren die besten von allen.«

Der Verlegersohn gab sich übertrieben selbstsicher, als wäre er selbst der Verleger. Wenn es auch seine Absicht gewesen sein mochte, Sara zu loben, er klang in erster Linie herablassend. Mit seinen Worten gab er ihr das Gefühl, in seinem Büro zu Gast zu sein. Dabei war das hier immer noch ihre Wohnung. In die er eingebrochen war!

»Nein. Das kann nicht … Also, nein«, stammelte sie und ärgerte sich gleich darüber. »Das ist eine Verwechslung. Ich habe nichts eingereicht. Ganz sicher nicht.«

Es fehlte nicht viel, und sie hätte abgestritten, überhaupt je etwas geschrieben zu haben.

»Das weiß ich. Sie sind dennoch eingereicht worden. Nur eben nicht von dir.«

Reflexartig ging Sara zu dem Rollcontainer an ihrem Schreibtisch und öffnete die untersten zwei Schubladen. Alle gebundenen Texte schienen noch da zu sein, genau wie die nummerierten Notizbücher. Auch die Loseblattsammlung wirkte unberührt.

»Wir haben nichts angefasst, keine Sorge. Jemand hat die Texte damals für dich eingeschickt. Deine Literaturagentin.«

Sara verschluckte sich.

»Meine was?«, entfuhr es ihr schrill.

»Nun ja, zumindest hat sie das behauptet.«

Natürlich, jetzt fiel der Groschen.

»Paula!«, rief sie und sah sich in der Wohnung nach ihr um. »Paula steckt dahinter, oder?«

»Bingo«, bestätigte der Einbrecher. »Durch sie haben wir dich entdeckt.«

Saras Wut galt nun Paula. Die eigenen Texte waren ihr heilig, etwas ungeheuer Intimes. Sie einfach zu klauen und irgendwo einzureichen war unverzeihlich, so etwas tat eine beste Freundin nicht. Und wenn doch, müsste über die Besetzung der Stelle möglicherweise neu verhandelt werden.

»Wo ist sie?«, fragte Sara.

»Paula ist nicht hier. Aber ohne sie wären wir nicht hier. Du siehst, sie ist also tatsächlich deine Literaturagentin, wenn auch ohne Auftrag. Sei ihr bitte nicht böse, sie sagt, dass ohne ihr Einschreiten deine Texte nie diese Schubladen verlassen hätten.«

»Ach komm!«

»Ehrlich, wir wollen dich verlegen. Und zwar exklusiv«, sagte der Assistent der Assistenz.

Sara ignorierte seine Aussage. Sie nahm ihr Telefon aus der Tasche.

»Paula! Sag mal, bist du völlig …?« Sich selbst unterbrechend, giftete sie aufgebrachte Satzfragmente in ihr Handy. »Du hast meine Texte …? Du weißt, was du mir versprochen …! Niemand sollte sie … Paula, hast du überhaupt eine Ahnung …?! Nein, ich höre jetzt nicht zu! Hier stehen Wildfremde in meiner … Paula, wer ist dieser Typ?«

»Ti-mo-thy.« Er formte die drei Silben seines Namens überdeutlich, wenn auch nicht hörbar, mit den Lippen. Dabei tippte er sich mit dem Zeigefinger auf die Brust.

Sara verrutschte das Handy am Ohr. Weit entfernt hörte sie blechern Paulas Antworten.

»Komm sofort her!«, befahl sie ihr. »Nein! Paula, wirklich sofort.«

Laut schnaufend beendete sie das Telefonat, nicht jedoch den Befehlsmodus: »Ihr. Alle. Raus!«

Erstaunlich schnell kam die gesamte Gruppe der Aufforderung nach. Die meisten von ihnen blickten dabei reuevoll auf den Boden. Auch der eben noch so souveräne Timothy wirkte betreten. Er legte im Vorbeigehen eine Visitenkarte auf Saras Schreibtisch und sagte: »Es tut mir leid.«

Die Party war vorbei.

Keine fünf Minuten später klingelte es an Saras Tür. Das ging eindeutig zu schnell, Paula wohnte in Lewisham und würde mindestens eine halbe Stunde brauchen. Sara guckte auf den Monitor der Gegensprechanlage, und tatsächlich: Da stand Paula. Irgendwas wurde doch hier gespielt. Sie drückte den Öffner, lehnte die Wohnungstür an, ging ans andere Ende des Apartments und setzte sich auf die Kante ihres Schreibtisches. Es war besser für alle Beteiligten, wenn sie Paula nicht an der Tür empfing. Langsam verschränkte sie die Arme, presste die Lippen zusammen und nahm die Haltung einer Schulleiterin ein, die zum Rapport im Rektorat antreten ließ. Schon recht schnell gestaltete sich das Warten in dieser aufgesetzten Pose als wahnsinnig unbequem. Lange würde sie das nicht mehr aushalten. Die Frage war doch, wer hier eigentlich wen bestrafte. Dann endlich betrat Paula die Wohnung. Genauer gesagt war es eine übergroße Grünpflanze, die die Wohnung betrat.

»Sara! Kein Blatt«, sagte Paula durchs Grün. »Weißt du noch? Kein Blatt passt zwischen uns!« Sie trat dabei auf eine im Weg liegende Sandale und wäre um ein Haar gestolpert. Ohne dass Paula sie durch die Pflanze hatte sehen können, war Saras Rolle als strenge Rektorin Geschichte, sie konnte sich das Lachen nicht verkneifen.

»Mensch, du bist vielleicht bescheuert. Wenn angeblich kein Blatt zwischen uns passt, wieso trennt uns dann plötzlich ein ganzer Dschungel? Komm, stell das Ding wieder in den Flur.«

»Du weißt ja, Redewendungen waren noch nie meine Stärke. Für die Sprache bist du zuständig.«

»Oh, vielen Dank für die Blumen.«

»Siehst du!«

Es war im Grunde wie immer. Mit schöner Regelmäßigkeit brachte Paula Sara auf die Palme – so wie das umgekehrt nicht anders war. Aber böse sein konnte sie ihr nicht, und wenn, dann nur sehr kurz. Auch jetzt erwischte sich Sara mal wieder dabei, wie sie Paula gegenüber viel zu nachsichtig war.

»Jetzt erzähl mal, was hast'n da gemacht?«, fragte sie entsprechend komplizenhaft.

Paula legte ein vollumfängliches Geständnis ab. Ein Geständnis ihrer Taten, das gleichzeitig eines ihrer Freundschaft war. Sie berichtete davon, wie sie im vergangenen Jahr die beiden Kurzgeschichten, die Sara ihr zuvor – im Vertrauen – zum Lesen gegeben hatte, bei dem größten Literaturwettbewerb Großbritanniens eingereicht hatte. Als dann die Nachfrage des Verlegersohnes gekommen war, hatte sie diesem weitere vier Geschichten Saras geschickt, die sie heimlich, in bester Spionagemanier, in ihrer Wohnung abfotografiert und wieder in die Schublade gelegt hatte. Aber Paulas Motivlage war kein Staatsverrat gewesen, sondern der unumstößliche Glaube an das Talent ihrer besten Freundin. Ein Talent, das ohne diesen grenzüberschreitenden Schritt nie ans Licht gekommen wäre. Sie entschuldigte sich für den Vertrauensbruch, machte jedoch im selben Zuge klar, dass sie es immer wieder täte. Ganz so falsch lag Paula nicht mit ihrer Annahme, dass Saras Texte ohne ihr Zutun wohl für die Schublade geschrieben worden wären. Welche Texte genau es denn gewesen seien, wollte Sara wissen. Spätestens mit der Frage war klar, dass sie Paula verziehen hatte.

»Die beiden Geschichten, die du mir damals gegeben hast – also *Gelbfieber* und *Das einsame Kind*. Die haben mich umgehauen. Ich konnte nicht anders.«

»Aber was hat der Verlegersohn mit diesen Leuten hier gewollt? Hast du sie reingelassen?« Die Frage war eher rhetorischer Natur. Denn wie sonst sollten sie schon hier hereingekommen sein. Schließlich hatten sie beide jeweils einen Zweitschlüssel voneinander.

»Versprich mir, dass du mich nicht aus dem Fenster wirfst!«

»Keine Sorge«, erwiderte Sara. »Mir fallen viel bessere Wege ein, dich zu töten.«

Auf Paula wirkte der Spruch längst nicht so scherzhaft, wie sie es gerne gehabt hätte. Schnell schob sie hinterher: »Sieh nur zu, dass es ohne große Schmerzen abläuft.«

»Mord? Bei den Konsequenzen?«, antwortete Sara. »Du hast Glück, dass ich keinen Bock auf Sisyphos-2 habe. Mich hat das hier schon immer genug genervt, also Sisyphos-1.«

Paula gab zu, dass tatsächlich sie es gewesen war, die Timothy und die anderen Mitglieder der Schreibwerkstatt hereingelassen hatte. Sie hatten sich hineingesteigert in die Idee, zu diesem besonderen Anlass eine von Saras Kurzgeschichten zu imitieren: *Kundenbesuch,* die Geschichte über fünf wohlhabende Katholiken, die beim Papst einbrechen, um ihm höchstpersönlich eine Spende über fünfzehn Millionen Euro zu überreichen.

Sara wusste nicht, ob sie darüber amüsiert sein sollte oder empört.

»Geht's noch? Ihr wisst schon, dass einer der Vatikan-Einbrecher in meiner Geschichte den Einbruch nicht überlebt?«

Paula gestand, dass die Sache vielleicht nicht ihre bisher beste Idee gewesen war, zumal die Situation ja noch dadurch verkompliziert wurde, dass sie nach über zwei Stunden des Wartens ausgerechnet kurz vor Saras Ankunft gesehen hatte, wie auf der anderen Straßenseite ihr Auto abgeschleppt werden sollte. Dass so etwas überhaupt noch passierte! Hatten die nichts Besseres zu tun? Jedenfalls verbrachte sie so den Augenblick der »Überraschung!« damit, ein aussichtsloses und in erster Linie teures Gespräch mit einem Polizisten und dem vermutlich letzten verbliebenen Abschleppunternehmer der Stadt zu führen. Es war alles schiefgelaufen, was hatte schieflaufen können.

»Unterm Strich aber bleibt, dass du einen Buchvertrag in der Tasche hast. Und einen Lehrauftrag wollen die dir auch noch geben.«

Sara hatte von all den Jobangeboten gar nichts mitbekommen, doch Paula erklärte es ihr noch mal in Ruhe. Ein exklusiver Buchvertrag wartete auf sie sowie die Aussicht, an der verlagseigenen Schreibakademie junge Autorinnen zu begleiten. Der erste Teil des Angebots war natürlich ein No-Brainer, der zweite in erster Linie verwirrend. Sie war doch selbst noch eine junge Autorin, außerdem hatte sie das meiste von einer Lehrerin gelernt, die nicht die geringste Schreiberfahrung mitbrachte: Sie hatte es sich selbst beigebracht.

»Wahnsinn, oder? Das ist die Chance, Sara, das, was du immer wolltest. Meinst du, dafür kannst du mir die etwas dämliche Aktion heute verzeihen? Ja?«

Sara ließ sie einen Moment lang zappeln. Obwohl sie Paula ausgesprochen dankbar war, fand sie ein kleines bisschen Strafe schon noch angemessen.

»Kannst du?«, fragte Paula erneut.

Sara umarmte sie fest. »Das nächste Mal treffen wir uns aber in einem Büro.«

Zwei Tage später wurden genau dort Nägel mit Köpfen gemacht. Im Büro der Verlegerin stand eine mit grünem Samt bezogene Récamiere, die Sara in den Bann zog. In Stresssituationen wurde sie müde, und wie unglaublich gut es sich jetzt auf dem Ding schlafen ließe, noch dazu, weil sie die letzten beiden Nächte kein Auge zugetan hatte. Abwechselnd hatte sie gebrütet über dem Ausdruck sämtlicher

Texte, die sie je geschrieben hatte, und über dem Gedanken, ob sie überhaupt veröffentlicht werden wollte. Klar, ihr Leben lang hatte sie auf diesen Moment hingearbeitet, aber jetzt, kurz vor der ewig ersehnten Unterschrift, überkam sie Panik. War es Angst zu versagen oder vielleicht sogar Angst vor dem möglichen Erfolg? Vielleicht war sie ja doch besser aufgehoben im Café, das war zumindest die eindeutig überschaubarere Welt. Eine gute Sache hatten die schlaflosen Nächte immerhin hervorgebracht. Nach dem wiederholten Lesen hatte sie zum ersten Mal überhaupt den Eindruck, dass die meisten ihrer Texte so schlecht gar nicht waren. Nach deren Vollendung hatte sie sie stets in der Schublade verschwinden lassen. Ärgerlicherweise war es danach nicht wie bei einem eingelagerten Wein gelaufen, vielmehr war ihr Urteil über das Selbstgeschriebene mit jedem Monat schlechter geworden. In ihrer Rolle als Kritikerin konnte sie sich also eindeutig nicht vertrauen. Wobei, für den Job würde sich schon jemand finden.

»Bist du müde, oder sehnst du dich nach Therapie?«

Paula hatte bemerkt, dass Sara, während sie auf Timothy und dessen Mutter warteten, unentwegt auf die Récamiere starrte.

»Wie immer in wichtigen Momenten beides.«

»In Zukunft machen wir auch keine Termine mehr vor zehn Uhr.«

»Gute Agentin!«

Die Verlegerin wäre gleich da, ließ ihr Assistent ausrichten. Das war vor mehr als zwanzig Minuten gewesen.

Paula blickte erneut auf die Uhr.

»Zwanzig nach neun. Hätten wir doch noch schlafen können.«

»Na ja«, sagte Sara. »So schlecht ist das gar nicht. Wenn schon die Chefin des Ladens hier so entspannt mit Zeiten umgeht, dann wird mich als Autorin hoffentlich auch keine Deadline hetzen.«

Paula tippte auf die Uhr: »Vielleicht ist die Verlegerin ja *auch* Argentinierin.«

»Vorsicht!«, sagte Sara. »Noch kann ich mich für eine andere Agentur entscheiden.«

Eine Dreiviertelstunde später war die Tinte trocken, und Sara und Paula lümmelten sich bereits auf der Rückbank des schwarzen Taxis, das sie zurück in den Süden der Stadt brachte. Sara fielen endgültig die Augenlider zu. Sie war jetzt keine unveröffentlichte Schriftstellerin mehr. Statt der erhofften Befreiung verspürte sie immensen Druck. Druck, liefern zu müssen. Und als reichte das nicht aus, stand sie zudem noch in der Pflicht, alle paar Monate im Rahmen irgendwelcher Schreibwerkstätten zu dozieren, ohne den blassesten Schimmer zu haben, was sie da eigentlich erzählen sollte. Der Gedanke an die Folgen ihrer Unterschrift erweiterte die brennende Müdigkeit um plötzlichen Drehschwindel.

Hinzu kam, dass sie sich um das Café sorgte. Was würde aus Adam, was aus John und Eva? Und nicht zuletzt: was aus ihr selbst? Der Laden war doch ihr sozialer Anker.

Ließen denn all ihre neu erworbenen Verpflichtungen überhaupt noch den Cafébetrieb zu? Wie viele erfolgreiche Schriftsteller gab es, die nebenbei Milch aufschäumten und Tische abwischten? Andererseits hatte sie ja fürs Erste einige Texte fertig, der echte Druck käme erst in einem halben Jahr, wenn sich nichts Brauchbares mehr in ihren Schubladen fände.

»Schreiben müssen zu können ist was anderes, als schreiben können zu wollen«, sagte sie müde.

Paula sah sie mit leerem Blick an. Sara wiederholte den Satz, worauf Paula mit einer pendelnden Kopfbewegung reagierte, die ihre Verwirrung ausdrücken sollte. »Die Verpflichtung«, erklärte Sara. »Die ist ja jetzt da. Mit Frist, zehn Monate für den nächsten Roman. Zehn Monate! Ich hätte nicht unterschreiben sollen.«

»Unsinn, beste Unterschrift deines Lebens. Außerdem brauchst du den Druck, das weißt du doch. Hast du denn eine Idee für das nächste Buch?«

Das war nun beileibe nicht das, was sie von Paula hatte hören wollen, wobei es ja ohnehin zu spät war, der Vertrag war nun mal unterzeichnet.

»Wahrscheinlich hast du recht. In letzter Zeit hatte ich ja wirklich keinerlei Druck und habe rein gar nichts geschrieben. Dann kann ich doch zur Abwechslung auch mal versuchen, *mit* Druck nichts zu schreiben.«

23.

Adams Augen wehrten sich, mehr als ein Blinzeln war nicht möglich. Kein Wunder, sein Schlafzimmer war taghell. Vor allem aber war es genau das: ein Zimmer. So richtig mit Tür, Decke und vier Wänden. Es grenzte an ein Wunder, er schlief jetzt tatsächlich drinnen. Der Blick auf die Uhr bestätigte seine Vermutung: halb elf, er hatte es übertrieben und komplett verschlafen. Die Tatsache, dass so etwas auch bei Obdachlosen möglich war, erheiterte ihn noch vor dem Aufstehen. Starr und unbeweglich vom Schlaf richtete er sich auf und sah sich um. Jetzt, bei Tageslicht, ließ sich die Lage ein ganzes Stück besser verarbeiten. Der Einzug am Abend hatte sich unspektakulär angefühlt, er hatte einfach seinen Koffer an einem weiteren neuen Ort abgestellt. Wahrlich keine Besonderheit. Die Erinnerung an die allabendliche Schlafplatzsuche war trotz der Wochen hinterm Hidey-Hole noch frisch. Der Abend war die Zeit der Suche, morgens dann folgte der Aufbruch, der ewige Ablauf der Obdachlosigkeit. Angenehm war es immer dann, wenn die morgendliche Abreise mal ausfiel. Es war viel wert, sich ausnahmsweise nicht als Störfaktor zu fühlen. Aber selbst hinter dem Hidey-Hole waren die Vormittage von kleinen Check-outs geprägt. Zwar forderte ihn niemand dazu auf, auch konnte er seine Siebensachen an Ort und Stelle lassen, aber er fühlte sich dennoch im Weg. Morgens kam immer irgendwer, ein Lieferant, die Müllabfuhr, oder es stand unversehens die Paketbotin in seinem Schlafzimmer. Diese Situationen waren unangenehm und peinlich. Nicht ihm, aber den Paketbotinnen und Müllmännern. Anfangs hatte er sich schlafend gestellt, doch das hatte die Sache eher schlimmer gemacht, denn nichts empfanden die Menschen als unangenehmer, als einen Schlafenden zu stören. Daher hatte er sich angewöhnt, schon um sechs Uhr aufzustehen. Um halb sieben dann checkte er aus, aus dem eigenen Zuhause. Das bedeutete neben dem morgendlichen Herumstreunen einen permanenten Schlafmangel, da im Club oft bis zwei Uhr nachts Betrieb war.

Jazz war heilsam, wenn man ihn selbst spielte. Ansonsten brachte er einen noch um.

Doch diese Zeiten waren vorbei, heute fiel der Check-out aus. Er wohnte jetzt – und die Entscheidung dafür hatte nur vier Tage Reifezeit benötigt. Das wäre Rekordtempo, hatte er Sy gesagt, für seine Verhältnisse geradezu eine Affekthandlung. Überhaupt hatten sie viel gelacht beim Einzugsgespräch. Alles lief recht formlos ab, eine kurze Vorstellungsrunde, zwei, drei Unterschriften, fertig. Am wichtigsten war die Hausordnung, deren Regeln kurz, aber klar waren: keine abgeschlossenen Türen, kein Alkohol, keine illegalen Drogen, Besuch wurde beim Pförtner angemeldet. Die regelmäßigen Hausdienste ersetzten die Miete, und Nebenkosten fielen keine an, denn Wasser gab es nicht. Der Strom wurde »kommunal zur Verfügung gestellt«, was wohl bedeutete, dass er vom verbliebenen Baustellenanschluss abgezapft wurde.

Adam war im zweiten Stock untergebracht. Eigentlich war unterhalb des dritten zwischenzeitlich nichts mehr frei gewesen, seine kaputten Knie jedoch hatten ein Wort für ihn eingelegt. Ein sonderlich großes Problem stellte das ohnehin nicht dar, die meisten bevorzugten die Wohnungen weiter oben. Denn dass die Fahrstühle schon bald funktionieren würden, war ein gerne wiederholtes Versprechen. Höchstens eine Frage der Zeit, waren sich alle einig, angeblich arbeiteten zwei der Bewohner bereits fleißig daran. Ob sie denn die nötige Ausbildung dafür hätten, hatte Adam von Sy wissen wollen, woraufhin sie gelacht hatte. Er hatte mitgelacht und sicherheitshalber auf Nachfragen verzichtet. Eines stand fest: Seine Knie konnten ihn noch so sehr malträtieren, er würde bei der Treppe bleiben.

Er blickte aus dem bodentiefen Fenster und stand dabei so nah an der Scheibe, dass seine Nasenspitze sie berührte. Die Füße ein wenig zurück, lehnte er gegen das Glas. Schon erstaunlich, ging es ihm durch den Kopf, wie bedingungslos er einfach so dem Ingenieur und all den Bauarbeitern vertraute. Sein Leben in ihren Händen. Was, wenn sie einen schlechten Tag gehabt hatten bei der Planung oder beim Einbau der Fenster? Jeder hatte doch mal einen Tag, an dem alles schieflief. Man stelle sich vor, bei dem Job. In ihrer Haut wollte er wahrlich nicht stecken. Dick genug immerhin musste das Glas sein, denn von der Stadt, die von hier oben ausgesprochen gut zu sehen war, war nicht das Geringste zu hören. Als hätte jemand den Ton abgestellt. So leise war es, dass er das Eigengeräusch seiner Ohren wahrnahm.

Der Buchstapel auf seinem Nachttisch sprach eine Einladung aus. Dieses Apartment war der perfekte Leseraum. Es war hier stiller als in der ewig zu lauten städtischen Bibliothek in West Norwood, die er regelmäßig besuchte. Deren Fokus lag eindeutig zu sehr auf »städtisch«, weniger auf »Bibliothek«. Der Nachttisch war noch immer ungeöffnet. Nach wie vor hatte er keinen Schimmer, was sich darin verbergen mochte. Vielleicht würde er das Paket ja an seinem Geburtstag öffnen. Oder nach dem nächsten Umzug. Wenn der Takt so weiterginge wie in letzter Zeit, würde der wohl nicht lange auf sich warten lassen.

Adam konnte die Augen nicht abwenden vom Park. Das Schicksal ging wahrlich nicht sparsam um mit der Zutat namens Ironie. Man musste sich das mal vor Augen führen, bis vor Kurzem hatte er da unten im Streatham Common seine Tage verbracht und so manche Nacht. Wenn er dort auf der Bank gesessen hatte, war sein Blick schräg gegenüber auf die Großbaustelle mit dem Plakat »Luxuswohnen am Park« gerichtet gewesen. Allein das hatte ihn damals schon amüsiert. Nun stand er auf einmal hier, einige Meter über genau dem Plakat, und blickte auf ebenjene Parkbank, seine Bank. Er hatte, wie auch immer, die Seiten gewechselt und mal wieder nicht das Geringste dafür getan. Ein paar Mal Ja gesagt, mehr war es nicht. Jetzt galt es, dringend auf der Hut zu sein, denn das Schicksal oder Singu oder Prassnik oder bei wem auch immer die Zuständigkeiten mittlerweile lagen, schien ihn eindeutig in Sicherheit wiegen zu wollen. Nur um dann – und da war sich Adam sicher – zum großen Schlag auszuholen. Die Vorbereitungen dafür liefen auf Hochtouren, das sah ja wohl ein Blinder.

»Adam!«, sagte er zu sich selbst und begann, auf und ab zu laufen. In einer Wohnung, in der die Außenwelt nicht zu hören war, ließen sich getrost Selbstgespräche führen. In der schrillen Stimme seiner

Mutter rief er durch die großen Fenster: »Das Schicksal, Adam! Du musst dankbarer sein! Das Schicksal ist wie ich, Adam! Es meint es doch nur gut mit dir!«

Er ging lachend ins Bad und blickte in den Spiegel. Nicht mal zwanzig Stunden hatte es also gedauert, und sein neuer Käfig hatte das Zootier wahnsinnig gemacht. Adam drehte den Kaltwasserhahn auf, ohne dass auch nur das geringste Glucksen zu hören gewesen wäre.

»Kein Wasser und wahnsinnig!«, sagte er. »Aber kein Grund zur Sorge. Immerhin goldene Wasserhähne.«

Geübt wuchtete er einen der schweren Plastikkanister hoch und stellte ihn auf die gemauerte Badezimmerablage, die wohl für Handtücher gedacht war. Diese neue Art von Behälter war wie für ihn gemacht, er hatte unten einen Zapfhahn, sodass er jetzt tatsächlich fließend Wasser hatte. Damit wusch er sich das Gesicht, rasierte sich und putzte sich die Zähne, bevor sich schließlich seine Blase meldete. Instinktiv fiel sein Blick auf die nagelneue, noch unbenutzte Toilette, die mit trockenen Leitungen nicht mehr war als eine recht uninspirierte Keramikskulptur. In die Badewanne zu pinkeln bot sich an, womit er immerhin gleich mal die erste Hausregel gebrochen hätte. Vor allem aber wäre das Ergebnis ein stinkendes Bad. Er würde also, wie alle anderen auch, die Baustellentoiletten im Hof nutzen müssen. Luxuswohnen am Park eben. Immerhin wurden die Dinger jeden Tag gereinigt, was die schlechte Nachricht gleich mitlieferte, denn auch Adam war einmal pro Woche mit Putzen dran. Besonders sauber würden die Toiletten also nicht sein.

Seine genauen Dienste würden ihm heute Abend mitgeteilt werden, hatten sie gesagt. Dafür gab es einen Aushang in der Lobby, gleich neben der Tür zum Treppenhaus. Die Verteilung war fair, betonten die Gründer der Hausgemeinschaft mantraartig. Jeder leiste zu gleichen Anteilen alle Dienste. Verständlich, dass gerade hier in dieser neuen, besseren Struktur bei vielen der Wunsch nach Fairness vorherrschte. Für Adam hingegen galt das nicht. Er hatte sich auch in der alten Welt nie benachteiligt gefühlt. Im Gegenteil, das Leben hatte es sogar oft besonders gut mit ihm gemeint. Nicht in dem Sinne, in dem seine Mutter diesen Satz verwendet hatte. Nein, das Schicksal hatte ihm nicht nur einmal gute Gelegenheiten geliefert. Doch es hatte die Rechnung ohne den Empfänger gemacht. Er war es, der all diese Gelegenheiten entweder links liegen gelassen oder sie mit Wucht gegen die Wand gefahren hatte. Denn wirklich wohl fühlte er sich nur, wenn es nicht lief. Dann musste er sich wenigstens nicht damit auseinandersetzen, ob ihm der mögliche Erfolg auch zustand.

Adam zog sich frische Kleidung an, die noch nach dem Waschmittel des Hidey Hole roch, nahm den Umhängebeutel mit seinem Schreibkram und verließ das Apartment. Nur einen kleinen Schritt machte er aus der Tür und blieb sofort im tiefen Teppich des Flurs stehen, wo er für einen Moment innehielt, ehe er sich umdrehte und die Tür zu seinem Apartment langsam zuzog. Die Muskeln seines Körpers schienen sich tatsächlich an die ungewohnte Bewegung zu erinnern. Ganz im Gegensatz zu seinem Verstand, der gewaltige Schwierigkeiten mit der Situation hatte. Er sollte also seinen Kram in der Wohnung lassen und einfach so in den Tag hinausgehen. Um nachher wieder zurückzukehren. Jederzeit, einfach so. Verrückt. Ob er sich daran gewöhnen würde? Vielleicht würde ja auch der Wunsch nach Scheitern wieder die Oberhand gewinnen. Er selbst würde es, wie immer, als Letzter erfahren.

Schon wenige Minuten später war er von sich selbst irritiert, denn die Frage, ob er sich an die neue Wohnsituation je gewöhnen könnte, schien überraschend schnell beantwortet. Mit größter Selbstverständlichkeit lief er durchs Treppenhaus, nicht etwa wie ein Mieter, nein, so mussten sich Eigentümer fühlen. Wobei, Weggehen war leicht. Wie es sich beim Wiederkommen heute Abend anfühlen würde, war die viel spannendere Frage.

Am Fuße der Treppe angekommen, öffnete er die schwere Brandschutztür mit der großen schwarzen Null darauf, hinter der ihm die lichtdurchflutete Lobby noch edler und sauberer erschien als am Vorabend. Am Schreibtisch des Portiers saß der Schotte, der einer der Nettesten bei der Vorstellungsrunde gewesen war. Dave hieß er oder Dan, jedenfalls ein Schotte. Kaum hatte Adam die Lobby betreten, grüßte Dave oder Dan ihn schon überschwänglich, was er freundlich erwiderte und sich bei ihm abmeldete. Das war die Regelung, die jedem der Mitbewohner das Gefühl geben sollte, ein Zuhause zu haben, das auf ihn wartete. Wer sich abmeldete, kam auch wieder.

»Das Ritz Carlton wünscht einen angenehmen Tag, der Herr«, sagte der Schotte. Er klang, als hätte er den Witz nicht erst zwei Mal gemacht.

»Wirklich schönes Haus«, erwiderte Adam. »Aber für meinen Geschmack einfach zu viele Neureiche.«

24.

Es war noch recht früh, nicht einmal elf Uhr. Der Taxifahrer sollte Sara zum Café fahren, Paula aber bestand darauf, dass sie beide hier abgesetzt würden, wogegen Sara sich nur zögerlich wehrte. Dann machte das Café eben heute erst um eins auf. Dass John seine Teeroutine verpasste, machte ihr nur ein bedingt schlechtes Gewissen. Ein kleiner Bruch in seinen ewig gleichen Abläufen würde ihm sicher mal guttun. Aber Adam. Er hatte sich seit Tagen nicht blicken lassen – nicht dass er ausgerechnet jetzt zum Café käme, wenn sie nicht da war. Paula zog sie gerade noch rechtzeitig aus dem Taxi und der Gedankenspirale, bedankte sich beim Fahrer und stieß die Autotür zu.

»Komm schon«, sagte sie und legte den Arm um Sara. »Überraschungsparty!«

»Um Gottes willen. Alles, nur nicht wieder das«.

Das kleine, violett gestrichene Eckhaus mit dem tropisch-wüsten Bewuchs versprühte den verwunschenen Charme einer südamerikanischen Stadtvilla. Bis vor wenigen Jahren noch hatte es einer alten Dame als Wohnhaus gedient, in dem sie angeblich fast ein Jahrhundert lang gewohnt hatte. Als sie, wie stets von ihr angekündigt, irgendwann mit den Füßen zuerst auszog, veränderte sich das Haus. Wie bei allem in dieser Stadt wurde ein alter Mensch ersetzt durch viele junge. Eine Bar zog ein. Mittlerweile war die von drei Argentiniern betriebene La Esquina Libertad der erfolgreichste Laden der Gegend. Dabei war die Bar im Erdgeschoss klein und diente als ein besseres Durchgangszimmer. Über eine Treppe, der anzumerken war, dass sie für eine winzige Dame gebaut worden war, führte der Weg Sara und Paula zum Prunkstück des Hauses. Die mit großen Terrakottafliesen ausgelegte Dachterrasse war die eigentliche Bar. Sie gingen zum Tisch in der hintersten Ecke und setzten sich nebeneinander, zwei Jurymitglieder in Erwartung des Geschehens. Noch allerdings ließ das auf sich warten, sie waren die einzigen Gäste.

Sara steckte sich eine Zigarette an und schnippte gegen die Unterseite der Packung, woraufhin sich eine weitere Zigarette griffbereit in Position brachte.

»Die Literaturagentin«, sagte sie auffordernd.

Paula griff zu, nahm das kleine blaue Feuerzeug vom Tisch und hielt Sara die Flamme hin: »Die Bestsellerautorin.«

Beide Glutpunkte wurden knisternd heller.

»Na ja«, sagte Sara und blies den Qualm aus. »Bestseller ist natürlich schöner Unsinn. Verkauft ist ja mal noch gar nichts.«

»Und das ist eben genau falsch. Die haben dir ja kein Stipendium gegeben. Das Geld ist ein Vorschuss. Bei einem der größten Verlage des Landes. Die drucken deinen Roman mit einer Startauflage von fünfundsiebzigtausend, und wenn die etwas fünfundsiebzigtausendmal drucken, verkaufen die das auch fünfundsiebzigtausendmal.«

Sara schüttelte den Kopf.

»Das ist Quatsch, und das weißt du. Sonst könnten die ja einfach jeden Mist fünfundsiebzigtausendmal drucken. Was gekauft wird, entscheidet immer noch der Leser. Oder, um genau zu sein: die Leserin. Sind ja fast nur Frauen.«

»Am Ende ist es doch auch egal.« Paula zuckte mit der Schulter. »*Du* hast auf jeden Fall schon verkauft. Nur eben noch nicht an den Leser.«

»Oder die Leserin. Stell dir mal vor, die verkaufen nur zehn Exemplare. Dann habe ich das teuerste Buch der Welt geschrieben.«

»Und den halben Amazonas dafür auf dem Gewissen«, sagte Paula.

»Wer weiß, vielleicht goutiert Singu ja auch kreative Umweltzerstörung.«

Paula winkte lachend der Kellnerin, die sich endlich auf der Dachterrasse blicken ließ. Ihr passte es offenbar gar nicht, dass die beiden sich die Plätze am komplett anderen Ende gewählt hatten und sie so den längstmöglichen Weg zurücklegen musste. Sie quittierte die Strecke mit gut sichtbarem Augenrollen. Sara bestellte Sekt.

»Sonst noch was dazu?«, fragte die Bedienung genervt. »Wasser vielleicht? Oder Frühstück? Ich frag nur, weil lange Reisen ja geplant sein wollen.«

»Nein, danke. Das ist alles«, erwiderte Paula übertrieben freundlich. Kaum hatte die Kellnerin ihnen den Rücken zugedreht, imitierte Paula das Augenrollen. Als sie endlich weit genug weg war, flüsterte sie in zickigem Ton: »… weil lange Reisen ja geplant sein wollen.«

Sara gab sich Mühe, ihr Lachen nicht zu laut werden zu lassen.

»Ich finde«, sagte sie, »der platte Spruch mit den langen Reisen hat ihr das wirklich gute passiv-aggressive Augenverdrehen komplett kaputt gemacht. Ich als Kundin will schließlich nicht angeschnauzt werden, sondern subtil beleidigt.«

Kurz darauf erschien die Bedienung mit dem Sekt.

»Hier. Zur Feier des Tages!«, sagte sie schnippisch und ging. Paula hielt Sara ihr Glas hin: »Gut, oder?«

»Sehr gut sogar«, antwortete sie und stieß an. »Beleidigend, aber subtil!«

Paula lachte. »Personalvakuum.«

Sara trank selten, schließlich hatte sie den Alkohol und seine Wirkung durchschaut. Es war immer das Gleiche, nach zwei Gläsern erreichte sie den Zustand maximaler Behaglichkeit. In einem solchen Moment wurde die Sicht auf die Mitmenschen wärmer, der Blick auf die eigenen Sorgen milder. Ihr Gehirn war dann in der Lage, eine angenehme Eloquenz zu entwickeln, die im nüchternen Zustand nicht abrufbar war. Ansonsten verschlossene Türen im Kopf öffneten sich, Filter wurden abgeschaltet. Sie empfand sich als klüger, mutiger und origineller als sonst. Nur war das eine Falle! Denn in dem Moment war es enorm wichtig, nicht dem Trugschluss zu erliegen, dass sich das mit jedem weiteren Glas fortsetzte, denn das Gegenteil war der Fall. Sie hatte es oft genug schmerzhaft erlebt. Nach all den vielen guten Ideen kamen ein, zwei Gläser später die schlechten. Einige der wundervollen Türen im Kopf schlossen sich wieder. Andere schreckliche dunkle Holztüren, die ordentlich abzusperren es Jahre gekostet hatte, öffneten sich. Und so wie ein kleiner Fehler beim Skifahren eine langwierige Knieverletzung nach sich ziehen konnte, brauchte auch eine einmal im Rausch geöffnete Kopftür eine Ewigkeit, um wieder ins Schloss zu fallen. Solche Türöffnungen passierten in der Regel eher nachts. Jetzt war es elf Uhr morgens, das machte Hoffnung.

»Sara, ich bewundere dich sehr. Das weißt du, oder?«

Auch bei Paula schien der Sekt zu wirken. Sara tat so, als hätte sie den Satz nicht gehört. Auf keinen Fall wollte sie das anstehende Kompliment ersticken.

»Du bist der talentierteste Mensch, den ich kenne. Du schreibst so unglaublich gut. Ich habe überhaupt keinen Zweifel daran, dass eine große Karriere für dich vorgesehen ist. Allein, was du bisher geschrieben hast! Und da sind noch weitere Bücher in dir drin. Du musst sie nur rauslassen und niederschreiben.«

Sara lehnte sich zu ihr hinüber und umarmte sie.

»Pau, ich weiß gar nicht, was ich sagen soll.« Sie schluckte. »Mir fehlen die Worte, und wem die Worte fehlen, der kann eine ganz so tolle Schriftstellerin ja wohl nicht sein.«

Sara strich sich die Haare aus dem Gesicht und rieb sich verlegen die Augen.

»Sag mal.« Paula klang plötzlich nachdenklich. »Wenn dieser ganze Singu-Kram wirklich stimmt, dann hast du dein Ticket ja mehr als sicher …«

Sara schluckte, während sie fest Paulas Hand ergriff, um zu antworten, doch ihre Freundin kam ihr zuvor: »Meinst du, ich als deine Agentin bekomme zwanzig Prozent von deiner Himmelszeit ab?«

Sara war unwohl. Natürlich steckte hinter Paulas scherzhaftem Spruch eine echte Sorge. Seitdem Prassnik erschienen war, hatte sie immer wieder von möglichen Folgen gesprochen. Sara hingegen hatte die Sache von Anfang an viel lockerer gesehen, woran die vielen Gespräche im Café sicher nicht ganz unschuldig waren. Die schrägen Sichtweisen von Eva, John und all den anderen Gästen, gepaart mit der lakonischen Indifferenz Adams, hatten sie geprägt. Und sollte das alles tatsächlich stimmen, hätte sie ja möglicherweise wirklich nicht viel zu befürchten. Noch dazu war sie sich ohnehin nicht mehr sicher, ob sie überhaupt so etwas wie ein ewiges Leben anstrebte. Gerade die Geschichte von Adam und seiner ewigen Mutter ließ sie daran zweifeln. Vielleicht wäre ein ständiger Neuanfang auf Sisyphos-2, ganz ohne Erinnerung und emotionales Gepäck, ja doch nicht das Schlechteste.

Sara hatte eine Idee. »Keine Panik«, sagte sie. »Du wirst Ideengeberin bei meinem nächsten Roman.«

Paula sah sie fragend an.

»Ganz einfach. Du entwickelst eine der Figuren. So bist du quasi Mitautorin, eindeutig eine schöpferische Arbeit im Sinne Singus.«

Paula rang sich ein verlegenes Lächeln ab, schien die Idee jedoch nicht ganz abwegig zu finden.

»Du meinst, so wie Rembrandt in seiner Werkstatt die Bilder gar nicht alle selbst angefertigt hat.«

»Richtig, Rembrandt. Um mal tief einzusteigen.«

»Das heißt«, fragte Paula, »es bekommt dann aber niemand mit, oder?«

»Nur die, auf die es ankommt. Wie hat Prassnik gesagt: Singu sieht alles.« Sara blickte ehrfürchtig nach oben.

»Der Satz«, sagte sie und hielt schützend beide Hände über ihren Schoß, »macht mir übrigens am meisten Angst«.

Wie aus dem Nichts spürte sie den Hauch einer Berührung am Unterschenkel. Eine bernsteinfarbene Katze hatte sich unter den Tisch geschlichen und streifte geschmeidig an Saras Bein entlang. Sofort meldete sich die Erinnerung.

»Als du klein warst«, fragte sie Paula, »hattet ihr da auch Haustiere?«

»Nein, nein, mein Vater war dagegen. Er sagte immer, Tiere gehören nicht aufs Sofa, sondern in den Kühlschrank.«

»O Gott.«

»Aber wirklich, oder? Man merkt das ja erst im Nachhinein, wie schlimm all diese Aussagen damals waren.«

»Wahnsinn, was Mütter und Väter bei ihren Kindern anrichten. Ich sag's dir, gäbe es ein Gericht für solche Zwecke, Eltern würden keinen dieser Prozesse gewinnen.«

»Super Idee.«

Paula setzte sich aufrecht hin und machte eine richterlich ernste

Miene. »Sie haben bitte was getan? Ihnen ist schon klar, dass Sie dem Nebenkläger damit ein sorgenfreies Leben mutwillig verbaut haben?«

»Im Namen der jüngeren Hälfte des Volkes ergeht somit folgendes Urteil ...«

Paula blickte konzentriert auf die Katze und sortierte den nächsten Gedanken:

»Es gibt schließlich auch einen Jugendknast. Wo sind sie denn, die Elterngefängnisse? Die Dinger wären voll bis unter die Decke.«

»Vielleicht ein gutes Thema für den übernächsten Roman«, sagte Sara und fand, dass die Idee tatsächlich nicht uninteressant war. »Oder ich schreibe über unser Haustier damals«, sagte sie und deutete auf die Katze. »Deswegen komme ich darauf. Unseres war ein Kater. Meine Eltern hatten das zunächst immer rigoros abgeschmettert. Die Wohnung sei zu klein für ein Haustier. Aber ich wusste, der eigentliche Grund lag woanders. Meine Eltern waren einfach schon immer stinkfaul und hatten schlicht keine Lust auf die zusätzliche Arbeit.«

Sara steckte sich noch eine an, Paula gab ihr Feuer.

»Aber irgendwie hattet ihr dann doch noch eine Katze.«

»Tata.«

»Tata?«

»Also, Tata hieß nicht wirklich so. Zumindest ist das unwahrscheinlich. Aber wir haben ihn eben so genannt. Tata ist uns zugelaufen.«

»Zugelaufen?« Paula war irritiert. »Ich denke, ihr habt im elften Stock gewohnt? Sicher, dass Tata eine Katze war und kein Nymphensittich?«

»Tata, die Flugkatze«, flachste Sara und wurde sofort sentimental. »Na ja, fliegen konnte Tata nicht, aber sehr laut miauen. Woran ich zugegebenermaßen nicht ganz unschuldig war, weil ich ihm jeden Tag heimlich ein Schälchen mit Futter und Wasser hinter eine Hecke stellte. Er miaute so herzzerreißend laut, dass es bis oben auf unserem Balkon zu hören war. Nach ein paar Tagen war der Widerstand meiner Eltern gebrochen, und ich durfte Tata aufnehmen. Aber nur unter der Bedingung, dass er ausschließlich in meinem Zimmer wohnte und ich die halbe Nachbarschaft plakatierte, um den wahren Besitzer zu finden.«

»Es war also ...« Paula malte Anführungszeichen in die Luft. »›Unterstütztes Zulaufen‹. Clever.«

»Und dann musste ich die Suchplakate aufhängen, mit seinem Foto und dem Text *Zugelaufen*. Dabei wollte ich Tata ja eigentlich um jeden Preis behalten. Also habe ich einfach einen kleinen Zahlendreher in unsere Telefonnummer eingebaut.«

»I like it!«, sagte Paula und lehnte sich zurück. »Die Frau hat kriminelle Energie.«

»Es wird noch schlimmer. Denn nach ein paar Tagen lief Tata weg, ich weiß bis heute nicht, wie. Wie kann eine Katze aus dem elften Stock ausbüxen? Ich bin mir sicher, dass mein Vater ihn heimlich ausgesetzt hat, was er natürlich abgestritten hat.«

»Also, ich hätte ja zuerst im Kühlschrank nachgesehen.«

»Jetzt wird's noch skurriler. Als Tata weg war, wollte ich ihn natürlich zurück. Also habe ich wieder Suchplakate gedruckt, mit demselben Foto, nur dass jetzt nicht *Zugelaufen* darüber stand, sondern *Entlaufen*.«

Paula hielt sich gebannt die Hand vor den Mund.

»Lass mich raten. Dieses Mal stimmte die Telefonnummer aber.«

»Worauf du dich verlassen kannst.«

»Was für eine Geschichte! Und, hat sich jemand gemeldet?«

»Ja, und zwar der Betreiber der Autowerkstatt bei uns um die Ecke. Er rief an und sagte, ihm sei eine Katze zugelaufen, die der auf dem Plakat sehr ähnlich sehen würde. Wobei er recht ruppig hinterherschob, Katzen sähen doch so oder so alle gleich aus. Jedenfalls könne ich sie abholen, am besten gleich, und außerdem sollte ich den Finderlohn nicht vergessen. Also habe ich eine Packung Pralinen aus unserem Wohnzimmerschrank geklaut und bin zu ihm. Und, weißt du was, es war tatsächlich Tata.«

»Nein!«

»Doch. Dann lief ich durch die Nachbarschaft und entfernte alle Plakate. Tata war wieder da.«

Paula schüttelte ungläubig den Kopf. »Eine Geschichte mit Happy End. Wie bei Disney.«

»Nicht so schnell«, sagte Sara. »Der Abspann läuft noch nicht.«

Paula rutschte aufgeregt auf ihrem Platz hin und her und versuchte ihrem leeren Glas noch etwas Sekt abzuringen.

»Zwei Wochen später rief wieder jemand an. Es war der ursprüngliche Besitzer von Tata.«

»Ich fass es ja nicht!« Paula war gefesselt. »Woher hatte er denn deine Nummer? Hattest du etwa eines der Plakate hängen lassen?«

»Nein, nein. Ich habe die Dinger natürlich sofort alle abgenommen. Es ist kaum zu glauben, aber der Mann hatte sein Auto in die Werkstatt gebracht.«

»In *die* Werkstatt? Das kann doch gar nicht sein«, sagte Paula.

»Leider ja. Und als er mit dem Betreiber plauderte, kam das Gespräch auf Tata. Der Mann holte den Zettel mit unserer Nummer aus seinem völlig chaotischen Büro, das aber eben nicht chaotisch genug war. Er rief an und sprach mit meiner Mutter. Eine Stunde später hatte ich keinen Kater mehr.«

»Gott, ist das schrecklich. Ich bin richtig traurig.«

Paula war betroffen blass.

»Schon okay. Ich bin drüber hinweg. Aber diese Nummer hat auf jeden Fall mein Leben verändert. Denn seit dem Tag schreibe ich Geschichten. Ich habe die kurze Tata-Episode noch am Abend seines endgültigen Abschieds niedergeschrieben, allerdings mit einem, wie man heute sagt, ›alternativen Ende‹.«

»Erzähl schon! Wie ging's aus?«

»Nun, in der geschriebenen Version gehe ich selbst ans Telefon und sage dem Anrufer, dass bereits ein anderer Mann Tata abgeholt hat und mit ihm weggefahren ist. Dann fange ich an zu weinen, und der Mann tröstet mich. Er sagt, dass er ein Züchter ist und daher nicht allzu sehr an einer einzelnen Katze hängen würde. Währenddessen streiche ich Tata, der auf meinem Schoß liegt. Dann entschuldigt sich der Mann und schenkt mir zum Trost eine weitere Katze.«

»Herrlich, also doch Disney! Und so ein selbst geschriebenes Happy End ist doch wie Therapie, oder?«

»Auf jeden Fall. Damals habe ich gelernt, dass eine gute Geschichte Wendepunkte braucht. Nur leider wie immer, wenn's schiefgeht im Leben, hatte das erlebte Tata-Drama davon genau einen zu wenig. Den musste ich also dringend nachträglich dranhängen.«

Paula sah sie begeistert an und betonte nicht zum ersten Mal, wie sehr sie es liebte, von ihr Geschichten erzählt zu bekommen. Was für ein Privileg das doch sei, andere mussten dafür ihre Bücher kaufen. Mit dem Kompliment verschwand Paula in Richtung der Toiletten. Sara holte unterdessen ihr Notizbuch aus der Tasche und notierte die Idee mit dem Kinder-Eltern-Gericht, dazu schrieb sie »Tata«. Sie fühlte sich inspiriert; offenbar hatte sie doch mehr erzählerischen Stoff in der Hinterhand, als sie dachte. Mit dieser Gewissheit machten ihr die Veränderungen weniger Angst. Als sie Schritte auf der Treppe hörte, steckte sie das Notizbuch wieder ein. Mit einem breiten Grinsen im Gesicht kam Paula triumphierend auf sie zu. Sie hatte die angestrengte Bedienung kurzerhand aus der Gleichung entfernt und hielt zwei volle Sektgläser in den Händen. Mit einem gut sichtbaren Augenrollen stellte sie sie vor Sara auf den Tisch: »Lange Reisen wollen geplant sein.«

25.

Imre Potkulcs hatte sich unsichtbar gemacht. In den nächsten Stunden würde seine Aufmerksamkeit einer streng frisierten, ganz in Schwarz gekleideten Frau gehören. Die Rednerin stand kerzengerade am Pult, auf dessen Vorderseite das geschnitzte Siegel der neu geschaffenen IP-Masterclass prangte. Die hölzernen Initialen, die Potkulcs, wenn er zwischen den Vorlesungen allein im Raum war, gelegentlich mit dem Finger nachfuhr, standen nicht nur für den Gründer der Unterrichtsreihe, sondern auch für ihren einzigen Schüler. Der Raum beherbergte die kleinste und gleichzeitig teuerste Privatschule der Welt. Bevor die japanische Gastprofessorin den Saal betreten hatte, war sie, wie alle anderen geladenen Gelehrten auch, durch den Türbogen gelaufen, über dem das Motto der Schule prangte: *The Sky Is the Limit.*

Potkulcs saß tief versunken in seinem Sessel und lauschte den Worten der weit gereisten Expertin. Es gab keinen Menschen auf dieser Welt, der mehr wusste über den europäischen Kirchenbau und seine Geschichte als die emeritierte japanische Architekturprofessorin, an der alles schlicht und minimalistisch daherkam. Der pechschwarze Businessanzug in Kombination mit einer strahlend weißen Bluse, dazu der nahtlose Übergang zwischen ihren schlohweißen Haaren und der blassen Haut, eine monochrome Erscheinung, jede Linie wie mit härtester Bleistiftmine gezogen. Die Frau strahlte selbst auf Potkulcs eine enorme Ästhetik aus, obwohl er doch auf genau dem Auge von Geburt an blind war. Sie war erst bei den letzten Sätzen ihrer Einleitung, Potkulcs jedoch war bereits klar, dass er an ihren Lippen hängen würde, und augenblicklich wurde seine Atmung ruhiger. Ein seltenes Phänomen in diesen Tagen, die geprägt waren von innerer Unruhe, denn Potkulcs haderte mehr denn je mit der neuen Welt. Nicht nur, dass er keine Ahnung hatte, wie er jemals irgendeine Art von Kunst erzeugen sollte. Seine Sorge war grundlegender. Nie hatte er sich mit dem Tod beschäftigt, und von heute auf morgen drehte sich alles darum. Sein Fokus hatte stets dem Leben gegolten und dessen maximaler Verlängerung. Auf die richtige Ernährung setzte er, natürlich auf die perfekte Atmung und die besten Ärztinnen. Einige seiner Zellen hatte er sogar in einem russischen Labor nahe Irkutsk auf Eis legen lassen, wo sie auf den medizinischen Fortschritt der nächsten tausend Jahre warteten. Da er den Russen nicht traute, reiste er alle paar Jahre an den Baikalsee, um sich von der richtigen Lagerung der ewigen Potkulcs-Bausteine zu überzeugen, immer unangekündigt, verstand sich. Dabei waren die Reisen zwecklos, denn die Russen versicherten ihm zwar, dass alles nach Plan laufe. Doch nachprüfen ließ sich das nicht. Sie könnten die Kühlschränke nicht öffnen, behaupteten sie, das schädige die Zellen. Potkulcs war sich sicher, dass sie die Türen in Wahrheit deswegen verschlossen ließen, weil in der Anlage alles Mögliche lagerte, aber sicher kein Erbgut. Und wenn, dann vermutlich in Form von Kaviar, von ihm bezahlt.

Selbst diese Verbrecher waren also kreativer als er. Potkulcs' andauernde innere Unruhe machte kaum noch Pause. Wobei es ihm immerhin gelang, sie mit Logik ein wenig abzumildern, denn noch war ihm kein Problem bekannt, das sich mit Geld nicht lösen ließe. Entsprechend fürstlich entlohnte der Schulträger Potkulcs seine exklusiven Lehrkräfte. Es gab eben Summen, die lagen oberhalb der finanziellen Baumgrenze, und dort waren Absagen nicht mehr lebensfähig. Die IP-Kreativkommission, die den Lehrplan der Masterclass entwickelte und die Einladungen aussprach, konnte sich daher finanziell austoben, und so hatten bisher noch alle Einladungen eine Anreise in Potkulcs' Privatjet nach sich gezogen. In den ersten Tagen hatte er die internationalen Gäste noch in seiner Flughafenniederlassung empfangen, schnell jedoch war der Entschluss gereift, einen geeigneten Hörsaal in seiner Villa zu schaffen. Seitdem die Pendlerströme abgerissen waren, war das kein Problem mehr. Seine gepanzerten Limousinen brauchten keine zwanzig Minuten mehr zwischen Flughafen und Villa. Gestern Abend war auch die japanische Barock- und Kirchenbauexpertin auf diese Weise angereist, um Potkulcs vier Tage lang zu unterrichten.

Während er ihr gebannt zuhörte, machte er sich wie gewohnt keinerlei Notizen, zumindest keine handschriftlichen. Er vertraute seinem Gedächtnis. Die in druckreifem Oxbridge-Englisch referierende Dozentin legte den Fokus des Vortrags auf zwei bedeutende christliche Gotteshäuser. Neben der offensichtlichen Wahl, dem Petersdom, präsentierte sie die St.-Bavo-Kathedrale im belgischen Gent. Von diesem eher unscheinbaren flämischen Bauwerk hatte Potkulcs noch nie etwas gehört, wobei ihm klar war, dass ihm das rein gar nichts bedeutete. Auf der großen Leinwand servierte seine Lehrerin ihm die Details der barocken Innenausstattung in mundgerechten Häppchen. Beginnend mit den Porträts der Ahnengalerie aller ehemaligen Bischöfe der Stadt, baute sie die Präsentation zu einem visuellen Crescendo auf und klickte immer schneller durch die Epochen. Phasen, in denen sich weder die Roben noch die Gesichter und erst recht nicht das Geschlecht der Kardinäle und Bischöfe änderten. Erstaunlich, dachte Potkulcs, die katholische Kirche hatte sich den gesellschaftlichen Veränderungen außerhalb ihrer Kirchenmauern immer erfolgreich widersetzt, sie hatte die Aufklärung überlebt, Luther, Lenin und das Internet. Doch dann kamen Prassnik, Rudoch und er selbst und gaben ihr den Rest. Erst jetzt wurde ihm das so richtig bewusst. Ein stolzes Machtlächeln umspielte seinen rechten Mundwinkel. Auf die schnelle Stakkato-Diashow folgte eine Pause. Die Japanerin plante etwas, das war ihr anzusehen. Hinter ihr strahlte die gewaltige Leinwand, weiß und fordernd. Das nächste Bild würde große Wirkung entfalten. Potkulcs war jetzt ganz ruhig, er tat eine Handvoll Atemzüge, während sich die Brust der Professorin doppelt so oft hob. Sie begann immer stärker zu nicken, ohne Potkulcs dabei anzublicken, schien sich in einen entrückten Zustand hineinzusteigern, eine Art Trance. Ihr ganzer Körper bebte, was untermalt wurde von klassischer Musik, die vom Tempo her nicht recht zu ihrer Unruhe passen wollte. *Tanz der Ritter* hieß das Stück laut Einblendung. Das weiße Licht der Leinwand ließ die Japanerin nicht mehr nur vom Verhalten her, sondern auch optisch zu ihrem eigenen Negativbild werden. Sie zuckte immer stärker und schneller, atmete dabei noch heftiger. Potkulcs verstand nicht. Wo war nur die statuenhafte ältere

Dame vom Beginn der Vorlesung hin? Sie breitete die Arme aus, während das Weiß der Leinwand gleißend anschwoll. Auch die Musik wurde immer lauter. Dann durchfuhr ein satter Paukenschlag den Raum, gefolgt von absoluter Stille. Die Frau ließ die Arme fallen, und das Bild erschien, raumfüllend: der Genter Altar. Die Waffen der Dozentin hatten ganze Arbeit geleistet. Potkulcs war getroffen, und ein ihm unbekanntes Gefühl durchfuhr ihn. Er war von jetzt auf gleich unendlich weit weg, tief unter Wasser. Irgendwo an der Oberfläche hörte er die Japanerin dumpf reden, untermalt vom Wummern seines eigenen Pulsschlags. Das Gemälde war zu machtvoll, sein visueller Reiz dominierte ihn komplett und war so stark, dass der Körper die anderen Sinne nicht mehr verwalten konnte. Ihm war buchstäblich Hören und Riechen vergangen. Etwas von so monumentaler Ästhetik war ihm nie zuvor zu Gesicht gekommen, hier schien sich der gesamte Inhalt der Bibel in einem einzigen bildlichen Machwerk zu verdichten. Erst der Petersdom mit der Pietà, nun das Flügelbild der Van-Eyck-Brüder. Potkulcs, der sich nie etwas aus Kunst gemacht hatte, war den Eindrücken wehrlos erlegen. Das also musste es sein, das Stendhal-Syndrom, das er in London so sehr verlacht hatte. Seine Gedanken formierten sich zu einem wirren Geflecht an Fragmenten: Er würde das Werk versuchen zu kaufen, er wollte es anfassen, er musste es verstehen, erfahren, wer diese Brüder waren. Er wollte alles über sie wissen, wie hatten sie gearbeitet, wo waren sie? Moment, die Antwort auf diese Frage kannte er. Zeitlose Meisterwerke hatten sie erschaffen, auf Sisyphos-2 würde man sie also nicht antreffen. Sie hatten es zweifellos geschafft.

Im nächsten Moment änderte sich sein Befinden, und ein übermächtiger Zorn bemächtigte sich seiner. Immer fester schloss Potkulcs die rechte Hand, in der er die randlose Lesebrille hielt. Es knackte, und doch ballte sich seine Faust noch stärker. Das zweite Knacken war lauter. Die Scherben in seiner Hand machten es nicht besser. Ihm war klar, dass es der blanke Neid war, der seine Wut auslöste. Neid auf die alten Meister, auf Michelangelo, auf die Van-Eyck-Brüder, auf all die Genies der Kunstgeschichte. Es erfüllte ihn mit Zorn, all das nicht mal im Geringsten umreißen zu können, denn es war schlicht nicht quantifizierbar. Wie viel nur hatte das Talent der Künstler ausgemacht, und wie viel war Handwerk? Handwerk, das eine Akademie vermitteln konnte, und zwar selbst einem untalentierten Künstler und Quereinsteiger wie ihm. War es ihm überhaupt möglich, sein Ziel zu erreichen? Es gab nur einen Weg, das herauszufinden, und entschlossen genug dazu war er. Er hatte die Privatschule nun mal extra dafür ins Leben gerufen. Kein Zweifel, er würde es tun. Er würde eine Kathedrale bauen und sie mit großflächigen Gemälden und filigranen Skulpturen ausstatten, ein monumentales Gesamtkunstwerk, seine Eintrittskarte zum ewigen Leben. Die Anforderungen dieser Welt hatten sich geändert, und er war dabei, sich anzupassen. Nur durch Anpassung gelang Evolution, das war Darwin, und daraus waren schon immer alle überlegenen Lebensformen entstanden. Menschen wie er oder wie Michelangelo. Der hatte auch nur mit Wasser gekocht und sicherlich nicht die finanziellen Mittel gehabt wie er. Außerdem, und darauf hätte er gewettet, hatte einer wie Michelangelo bestimmt wesentlich öfter geatmet als er.

26.

Nicht jeder Eingang war auch ein Ausgang, was nicht zuletzt für die versteckte Baustellentür galt, durch die Adam neulich ins Haus gelockt worden war. Sie war mittlerweile allen Bewohnern versperrt, der Zugang zum Bürgersteig führte nun hintenherum, durch einen ehemaligen Lieferantenweg der benachbarten Geschäfte. Verwaist hatte sich die Gasse gewandelt zu einem nützlichen Burggraben, denn gewiss würde keiner Verdacht schöpfen, wenn hier jemand durch einen kaum sichtbaren Baustellenzaun huschte. Und sollten doch einmal Fragen aufkommen, hatte Adam einen Plan. Er würde behaupten, er sei vom Amt und überprüfe, ob tatsächlich die in jedem Großobjekt vorgeschriebene Anzahl Sozialwohnungen umgesetzt werde. Wichtig wäre in dem Falle nur, dass diejenigen, die Verdacht schöpften, nicht noch andere Bewohner beim Verlassen der Anlage sähen. Denn wie viele Sozialarbeiter trieben sich im Normalfall auf arabisch finanzierten Großbaustellen herum?

Der Lieferweg auf der Rückseite der Geschäfte roch streng, denn es wurde nicht nur nichts mehr angeliefert, sondern ganz offensichtlich auch nichts mehr abgeholt. Bis auf ein paar Nagetiere und viel Abfall trieb sich hier niemand mehr herum, die Tarnung hätte besser nicht sein können. Nach gut einhundert Metern endete die Gasse an einem kleinen Tor, das laut Hinweisschild die Zufahrt auf die Ladenbesitzer und Lieferanten beschränkte. Direkt daneben klaffte ein Schlupfloch im Zaun, kaum sichtbar und dennoch ausreichend groß für einen Menschen. Jetzt waren es nur noch wenige Schritte bis auf den Bürgersteig der Streatham High Road, und Adam drehte sich um. Von hier sah das Haus aus wie eine unauffällige Großbaustelle. Ob es am Gerüst lag oder am wuchtigen Bauzaun, der wirklich allerletzte Eindruck, den ein Betrachter von hier aus gewinnen würde, war der, vor einem bewohnten Gebäude zu stehen. Obwohl die meisten zu Hause waren, ließ sich in den vielen

Fenstern keine Menschenseele ausmachen. Einzig die Spiegelbilder der Wolken belebten sie. Die Baustelle als Himmel, es war das perfekte Versteck.

Die Streatham High Road sah genauso aus wie in den letzten Tagen, und dennoch bemerkte Adam, dass sein heutiger Blick auf die Straße ein anderer war. Zum ersten Mal überhaupt galt es hier für ihn nichts zu suchen. Weder einen Schlafplatz noch einen Ort zum Zeitvertreib, bis er wieder in sein Zuhause hinter dem Hidey-Hole würde zurückkehren können. Hier lief einfach nur ein ganz gewöhnlicher Anwohner durch sein ganz gewöhnliches Viertel, auf dem Weg von der eigenen Wohnung zu seinem Stammcafé und später zum öffentlichen Klavier in Herne Hill. Und wenn er dann eventuell doch keine Lust mehr darauf hätte, ging er eben wieder nach Hause. Ganz einfach. Er musste lachen. Das war mal wieder typisch. Während die ganze Welt aufgehört hatte, normal zu sein, fing er damit an. Adam strich mit der Hand an der meterlangen Bretterfassade entlang. Über vier oder fünf Läden erstreckte die sich inzwischen. Wo genau die Rekrutierungsstelle der Armee gewesen war, ließ sich nicht mehr ausmachen. Alles sah gleich aus, überall war Holz. Mal angenommen, jemand erbrachte einen Prassnik-Gegenbeweis, und der gesamte Wandel der letzten Zeit müsste rückabgewickelt werden, wer wüsste denn noch, hinter welcher Pressspanplatte sich mal was verborgen hatte? Die Vergangenheit war schon nach so kurzer Zeit hoffnungslos verschüttet, so schnell ging so etwas. Man würde einen Archäologen einschalten müssen.

Wie aufs Stichwort meldeten sich Adams antike Knie, die Quittung für das ständige Treppensteigen der letzten Tage. Alles begann mit der Vorhut, dem wohlbekannten scharfen Stechen, das stets den Schmerz ankündigte. Einmal mehr blieb nur zu hoffen, dass sie nicht allzu viele Begleiter im Gepäck hätte. Im schlimmsten Fall würde er nachher vom Café aus doch lieber den Bus nach Herne Hill nehmen. Er musste an die Worte der Osteopathin im Chinese Centre for Medicine denken, die behauptet hatte, der Schmerz sei keinesfalls ein Feind, den es zu bekämpfen gelte. Ganz im Gegenteil, er sei ein guter Freund, denn er funktionierte wie die Warnleuchte im Auto. Auch da war ja nicht die Lampe das Problem, sie wies lediglich darauf hin. Der Schmerz war die Lampe. Man fuhr dann am besten erst mal rechts ran – und im Wiederholungsfall in die Werkstatt.

Adam hatte die Chinesin gefragt, was denn nach der Werkstatt käme. Doch sicherlich der Schrottplatz, und ob es dafür auch eine Warnleuchte gebe, eine größere, endgültigere. Sie hatte ihn nur fragend angesehen und sich dabei trommelnd auf die Brust geschlagen: »Werkstatt! Ich bin die Werkstatt.« Wenn ihr Verhalten mal keine Warnleuchte war.

Mochte die Frau auch eindeutig einen Dachschaden haben, war sie doch die Erste, die es geschafft hatte, seine Beschwerden für mehrere Wochen wegzuzaubern. Es schien eine eindeutige Korrelation zu geben zwischen der Fähigkeit zur Schmerzlinderung und dem Wahnsinn der Therapeutin. Er würde bei Gelegenheit mal wieder hingehen.

Auf dem Weg zum Café aber widmete er sich erst mal seiner Lieblingsbeschäftigung, dem schlechten Gewissen. Seitdem er Sara kannte, war er noch nie so lange untergetaucht wie dieses Mal. Aber die Entscheidungsfindung, was den Umzug anging, hatte eben nach Alleinsein verlangt, und auch der Umzug selbst musste verarbeitet werden. Ihn beschlich die Befürchtung, Sara könnte seine Entscheidung ablehnen oder gar verurteilen. Wahrscheinlich würde sie sagen: »Du kennst diese Leute doch gar nicht, Adam.« Und dann würde er nichts erwidern können, denn er kannte diese Leute ja tatsächlich nicht. Womöglich würde sie sich Sorgen machen um ihn, auch wegen der illegalen Note der Aktion. Andererseits sagte sie doch immer, dass sie nichts so sehr mochte wie Regelbrüche. Ach, es war einfach unmöglich, vorauszusagen, wie sie auf die ganze Sache reagieren würde.

Schon aus einiger Entfernung sah Adam eine Gestalt vor dem Café sitzen, was äußerst ungewöhnlich war, denn der Laden war alles andere als ein Straßencafé, und der einzige Außenbereich war Saras Raucherbank auf der Rückseite. Mit jedem Schritt ergab sich ein klareres Bild. Auf dem Bürgersteig saß jemand auf gestapelten Kisten.

Adam sah nur seinen Rücken, der Mann blickte in die andere Richtung und schien irgendetwas in den Händen zu halten. Seine krumme Haltung ließ keinen anderen Schluss zu. Vermutlich ein Paketbote oder Lieferant, der etwas in seinem Handy suchte. Es war gegen Mittag, also genau die Uhrzeit für so etwas. Als Adam endlich das Café erreichte, musste er schmunzeln. Das Schild an der Eingangstür stand mal wieder auf CLOSED. Ständig vergaß Sara, es umzudrehen. Vielleicht hatte sie auch einfach keine Lust auf lästige Kunden. Gegen Zusteller immerhin schien es zu wirken, Adam hingegen ließ sich nicht aufhalten. Eine leichte Übung für jemanden, der ein Betreten-der-Baustelle-verboten-Schild an der eigenen Haustür hängen hatte.

Er drückte die Klinke herunter und war überrascht. Ausnahmsweise mal schien das Schild tatsächlich richtigzuliegen, die Tür war verschlossen. Und das um diese Zeit, seltsam.

»Drei Jahre.«

Der Lieferant konnte sprechen.

»Sie warten da seit drei Jahren? Ich glaube, dann kommt keiner mehr.«

»Sehr lustig, Adam.« Jetzt endlich erkannte er die Stimme samt der spartanisch eingesetzten Grammatik. Natürlich, es war:

»John!«

Der Lieferant, der keiner war, drehte sich um. John hielt einen Pappbecher in der Hand und sagte, er habe eine Stunde lang vergebens auf Sara gewartet und sich dann seinen Tee woanders geholt. Ihn nicht hier zu trinken kam natürlich nicht infrage. John betonte, so etwas sei noch nie vorgekommen – seit drei Jahren. Normalerweise ließ Sara eine der Aushilfen kommen, wenn sie krank war oder einen dringenden Termin hatte.

»Bis gestern war sie also da?«, fragte Adam.

»Ja, ja.« Johns Antwort beruhigte ihn.

»Ich war die letzten Tage nicht hier«, erklärte Adam.

John sah ihn desinteressiert an, möglicherweise auch fragend. Wie immer war das schwer einzuschätzen.

»Ich hatte Maklertermine.«

Immer noch keine Reaktion.

Adam versuchte es weiter: »Was sind denn das für Kisten?«

John schlug mit der Hand gegen seine Sitzunterlage. »Irgendwas fürs Café.«

»Hast du die etwa angenommen?«, fragte Adam.

»Ja, ich habe gesagt, Sara kommt gleich wieder.«

»Und wenn nicht?«

»Dann braucht sie auch die Lieferung nicht mehr.«

Bis eben hätte er gewettet, John hätte überhaupt keinen Humor, und jetzt das. Auch sein Lachen hörte er zum ersten Mal. »Verstörend« umschrieb es noch zurückhaltend.

»Nur ein Witz.« John unterstrich das Offensichtliche. »Sie wird kommen.«

Adam entschloss sich, später wieder vorbeizuschauen, denn so eine Paketwache war mit zwei Personen eindeutig überbesetzt, vor allem wenn eine von ihnen John war.

Unmittelbar vor der Tür fuhr der Bus der Linie 201 ab, der bis zum Bahnhof Herne Hill eine knappe halbe Stunde brauchte. Wenn man darüber nachdachte, ein übertriebener Aufwand für ein paar Stücke. Aber in Südlondon war die öffentliche Klavierdichte nicht so hoch wie im wohlhabenden Norden. Umso erstaunlicher, wie wenig frequentiert das Piano in Herne Hill war. Er fragte sich, ob mehr Leute spielen würden, wenn es mehr Klaviere gäbe. Oder war es genau umgekehrt?

In jedem Fall stand es an der perfekten Stelle, denn das alte Bahnhofsgewölbe sorgte für die Akustik eines Konzertsaals. Außerdem verirrten sich keine Touristen in diese Gegend. Wer dagegen am Bahnhof King's Cross spielte, wurde unausweichlich von Dutzenden Handykameras gefilmt. Ein Zuschauer dort hatte sich sogar lauthals *Sweet Caroline* gewünscht. Einmal King's Cross und nie wieder.

Das Klavier in Herne Hill war auch heute frei, und doch fand Adam keine Ruhe und somit auch nicht recht ins Spiel. Zu sehr nagte die Frage an ihm, was mit Sara war. Schon nach gut zwanzig Minuten brach er ab und machte sich auf den Rückweg, wieder eine halbe Stunde. Was andere als Zeitverschwendung bezeichnet hätten, kam ihm sehr gelegen, denn je länger die Fahrerei dauerte, umso wahrscheinlicher wurde es, dass Sara zwischenzeitlich zurückgekehrt war. Und tatsächlich, als Adam am Café eintraf, brannte Licht. Das ewig lügende Türschild behauptete zwar unverändert CLOSED, doch das Innenleben des Ladens hielt dagegen. Sara war da und bediente zwei Kundinnen, von John hingegen keine Spur, er schien nach erfolgreicher Auslieferung der Pakete verschwunden zu sein.

»Adam!«

Sara strahlte ihm entgegen. Ihre Reaktion gab Adam das wohltuende Gefühl, nach Hause zu kommen. In einem hellwachen Rot leuchteten ihre Wangen, als hätte er Sara beim Sport unterbrochen.

»Entschuldigen Sie!«, sagte er, noch im Türrahmen stehend. »Aber kennen wir uns?«

Breit grinsend ging sie auf ihn zu und umarmte ihn. Adam blieb regungslos stehen, er war ein passiver Umarmer.

»Wo warst du denn die ganze Zeit? Ich habe mir Sorgen gemacht«, sprudelte es aus ihr heraus. »Ich war sogar am Hidey-Hole und hab dich gesucht. Keine Spur. Einfach weg! Geht's dir gut? Ist was passiert?«

Adam lächelte, griff in seine Umhängetasche und zog den Notizblock hervor.

»Moment«, sagte er und klopfte auf den Block, »kein Verhör ohne Protokoll.«

»Blödmann. Jetzt sag schon, was ist denn passiert?«

Sara war sichtlich erleichtert, und Adam ging es nicht anders.

»Keine Angst, ich war nicht auf Sisyphos-2. Aber trotzdem gibt's eine Art Neuanfang. Mal wieder. Alles ganz schön verrückt. Und wo warst du?«

Sara überlegte, wo sie anfangen sollte.

»Na ja. ›Ganz schön verrückt‹ trifft die Sache recht gut.«

»Ach, bei dir also auch.«

»Warte!« Sara rückte zwei Stühle von dem kleinen Tisch im Eingangsbereich ab und forderte Adam auf, sich zu setzen, um sich dann flüchtig den beiden Kundinnen zu widmen: »Ihr habt alles, oder?«

Die Frauen nickten. Sara machte zwei schnelle Americano, stellte sie vor Adam und setzte sich zu ihm.

»Also, du zuerst. Schieß los!«, forderte sie.

»Langfassung oder Kurzfassung?«

»Erst kurz, gegen die Ungeduld. Dann lang!«

»Okay, du dann aber auch.«

Sie nickte.

»Nun«, erklärte Adam. »Mir gehört jetzt ein Luxusapartment mit goldenen Wasserhähnen.«

Sara zögerte keine Sekunde und erwiderte wie aus der Pistole geschossen:

»Und ich bin Bestsellerautorin.«

Sie stießen mit ihren Tassen an, und Adam hatte nicht den geringsten Zweifel daran, dass auch Saras Geschichte stimmte.

»Du weißt ja, ich finde, es gibt nichts Schlimmeres als diese Gespräche, in denen man sich …« Sie unterstrich die nächsten Worte mit in die Luft gemalten Anführungszeichen: »… ›auf den neuesten Stand bringt‹. Aber ich habe das Gefühl, heute lohnt sich da mal eine Ausnahme.«

Sie sprach Adam aus dem Herzen.

»Das wäre doch mal eine gute Faustregel. Bring mich nur dann auf den neuesten Stand, wenn du mindestens gerade Bestsellerautorin geworden bist oder neuerdings goldene Wasserhähne hast.«

»Im Idealfall beides.«

Sara erzählte ihm zum ersten Mal überhaupt vom Schreiben. Zwar hatte sie es kürzlich mal angedeutet, dann jedoch gleich wieder als Spielerei abgetan. Dass sie aber seit Jahren ihre freie Zeit mit kaum etwas anderem verbrachte, hatte sie Adam verschwiegen und musste nun zugeben, ihn in diesem Zusammenhang behandelt zu haben wie einen dahergelaufenen Cafébesucher und nicht wie den Freund, der er war. Dabei wäre doch spätestens nach seinem Konzert im Jazzclub der Moment gewesen, es ihm zu erzählen. Er hatte sogar gefragt, ob sie künstlerisch tätig wäre. Die perfekte Vorlage, sie aber hatte das Ganze abgetan mit einem blöden Gag über die kunstvollen Milchschaumkronen, die sie auf dem Kaffee kredenzte.

»Versteh ich gut«, sagte Adam. »Ich gehe auch nicht mit meinen Sachen hausieren, so etwas endet nie gut. Mein Outfit ist da übrigens recht nützlich. Kein Mensch fragt sich, welch kreativer Feingeist wohl hinter der Fassade dieses stinkenden Penners schlummert.«

Bei jungen Bedienungen in Cafés wäre das doch sicher anders, dort vermuteten die Leute in dem Menschen hinter dem Tresen bestimmt ständig eine Schauspielerin oder Schriftstellerin.

»Stimmt«, sagte Sara. »Niemand kann schließlich *wirklich* in einem Café arbeiten.«

Adam lachte. »Aber den Obdachlosen nehmen sie einem problemlos ab!«

Auch Sara musste lachen und schob hinterher: »Auf jeden Fall tut's mir leid.«

Adam winkte ab. Sara erklärte, dass sie ihr Verhalten nicht zuletzt lustig fand. Zwar empfand sie das Schreiben als etwas höchst Intimes, in das sie nur ihre engsten Freunde Paula und nun Adam einweihte. Gleichzeitig war gerade das doch die dümmste Idee. Wenn überhaupt, sollte man so etwas Wildfremden erzählen, schließlich konnten die viel weniger Schaden anrichten. Genau deswegen habe sie es auch Adam nicht erzählt, bis jetzt.

»Keine Sorge«, antwortete er. »Wenn ich Schaden anrichte, dann konsequenterweise immer nur an mir selbst.«

Es tat gut, als Freund bezeichnet zu werden, zu lange war es her. Auch wenn er Sara zustimmte, dass Freunde bedrohlich sein konnten, war es zunächst einmal nicht schlecht, welche zu haben.

Adam hatte hundert Fragen. Ob Saras Texte autobiografisch waren oder rein fiktiv und ob sie in ihren Texten gegen ihre Eltern vor Gericht zog. Er rang ihr das Versprechen ab, so schnell wie möglich eine Leseprobe zu erhalten. Erst wenn sie im Gegenzug sein Apartment mit den goldenen Wasserhähnen zu Gesicht bekäme, sagte sie.

»Geht klar«, erwiderte Adam. »Aber wir wollen doch in dieser neuen Welt, in der es endlich mal um Kunst und Kultur geht, nicht wieder über so etwas Profanes wie Geld, Gold und Häuserpreise reden.«

»Hach.« Sara schnaufte und lehnte sich zurück. »Schöne Neue Welt.«

»Puh, Huxley. Überhaupt nicht mein Fall.«

»Nicht das Buch«, sagte Sara und zeigte in Richtung des großen Fensters. Erst jetzt bemerkte Adam das dreiköpfige Kunstprojekt draußen auf dem Bürgersteig, das sich halb nackt tanzend gegenseitig mit Sprühfarbe verzierte. »In dem Falle«, sagte Adam, »zurück zu Geld, Gold und Häuserpreisen.«

PHASE DREI: VERHANDELN

27.

Adam blickte über den Rand des Schreibblocks. Militärisch auf-
gereiht standen seine Schuhe neben der Wohnungstür. Drei
Paar, sechs Schuhe. Viel zu viel für einen Menschen mit nur zwei
Füßen. Er erinnerte sich nicht, jemals so viele Schuhe besessen zu
haben, nicht mal zu Zeiten, als er klein war und seine Mutter es immer so gut mit ihm meinte. Das Prinzip war ja recht einfach, er trug
immer nur ein Paar, bis das eben nicht mehr zu gebrauchen war, die
anderen mussten warten. Wenn er die zusätzlichen Schuhpaare ansah, blickte er also in die Zukunft, während diese Zukunftsschuhe
natürlich nichts anderes waren als das Ergebnis der Vergangenheit,
genauer gesagt einer Kleiderspende, die vor ein paar Tagen am Haus
angekommen war. Zwei der Mitbewohnerinnen hatten sie organi-
siert und am Ende eine Art Flohmarkt in der Lobby abgehalten. Jedes
Kleidungsstück kostete zwanzig Pence, also im Grunde nichts. Durch
den symbolischen Preis sollte wohl das Gefühl einer karitativen Aus-
gabe vermieden werden. Der Trick jedoch war schnell durchschaut,
und dennoch bemerkte auch Adam, dass er, nur weil die Dinge eben
nicht kostenlos waren, genauer überlegte, was er wirklich brauchte.
Sein Blick fiel auf die Zukunftsschuhe. Wären die Dinger etwas teurer
gewesen, sagen wir fünfzig Pence, hätte er auf keinen Fall beide Paare
genommen, sondern nur eines. Bei einem Stückpreis von einem
Pfund wahrscheinlich überhaupt keines. Er war erstaunt, wie anfällig
er für kleinste äußere Einflüsse zu sein schien, jedenfalls besaß er
jetzt im Ergebnis zu viele Schuhe. Andererseits konnte ihm das herzlich egal sein, er musste sie ja nicht mehr durch die Gegend schleppen. Sollten sie doch herumstehen und ein wenig Platz wegnehmen.
Daran mangelte es ihm nun wahrlich nicht.

Er hatte eindeutig zu viel Zeug, und wer zu viel Zeug besaß, hatte
sich eingelebt. Dem Gebäude ging es nicht anders. Es war seit ein
paar Tagen voll besetzt, keine anderthalb Monate nach seiner Gründung. Zwar standen die obersten Stockwerke nach wie vor leer, doch

das entsprach dem Plan. Sie würden erst vergeben werden, wenn die Fahrstühle funktionierten und fließend Wasser verfügbar war. Höchstwahrscheinlich also nie.

Im Haus lebten jetzt die angestrebten achtundfünfzig Obdachlosen, die sich bemerkenswerterweise immer noch exakt so bezeichneten. Insgesamt fand Adam, dass das System so weit funktionierte, denn die Hierarchie war flach, und die Genossenschaft wurde tatsächlich als solche gelebt. Die doch recht schnell gestiegene Bewohnerzahl bot sowohl Vor- als auch Nachteile. Die acht Baustellentoiletten zum Beispiel reichten längst nicht mehr aus, sodass sich insbesondere morgens und abends lange Warteschlangen bildeten. Viele nutzten daher verwinkelte Ecken des Treppenhauses sowie die Rückwand des Hauses als Pop-up-Toiletten, was das Thema ganz oben auf die Liste für die nächste Vollversammlung katapultierte. Adam störte zwar der Gestank im Treppenhaus, ansonsten war ihm die Sache aber relativ egal, war er doch die meiste Zeit unterwegs und hatte durch seinen inoffiziellen Mitarbeiterstatus Anspruch auf die Personaltoilette im Café. Zudem war ein stinkendes Treppenhaus ein leicht zu akzeptierender Preis, der durch die vielen Vorteile der hohen Bewohnerzahl deutlich aufgewogen wurde. Jeder hatte nämlich neuerdings nur mehr zwei Dienste pro Monat, die in Adams Fall noch dazu ausnahmslos an der Rezeption stattfanden, den maroden Knien sei Dank. Körperliche Leiden wurden in der Tat penibel berücksichtigt bei der Einteilung der Arbeiten, was wiederum ein ganz neues Problem aufwarf. An manchen Tagen nämlich schmerzten seine Beine neuerdings nicht mehr, und zwar kein bisschen. Draußen war so etwas undenkbar gewesen, die Nächte in den eigenen vier Wänden aber schienen heilsam zu sein. Heute zum Beispiel war so ein Tag, einer der guten, an denen er vollkommen mühelos vom Schreibtisch aufstand, während in der Knieregion nicht das Geringste zu spüren war. Er zog sich das übliche Paar Gegenwartsschuhe an, griff die Umhängetasche und betrat den Flur. Sofort wurde sein Gewissen schlecht, denn er ging eindeutig nicht wie jemand, der nicht gehen konnte. In Habachtstellung schlich er den Flur entlang und betrat das Treppenhaus, wo ihm gleich drei Mitbewohner entgegenkamen, allesamt beladen mit schweren Kartons und einigen Großflaschen Wasser, seinem Wasser. Er lief umgehend langsamer und begann leicht zu humpeln. Hunde machten das genauso, hatte er mal gehört. Wenn sie nach einem langen Spaziergang keine Lust mehr hatten, täuschten sie eine Verletzung vor und begannen zu humpeln. Den Rest der Strecke wurden sie dann getragen. Ein ehemaliger Bekannter hatte mal einen Hund, der dabei aufflog. Kaum zu Hause angekommen, vergaß das Tier den Schwacheanfall, der nur Minuten zuvor dafür gesorgt hatte, dass es auf den Arm genommen wurde, und sprang mopsfidel die Treppe hinauf. Treuen Hundeaugen nahm ein solches Täuschungsmanöver niemand übel, Adam hingegen würde auf der Hut sein müssen. Er fragte sich, ob auch Hunde ein schlechtes Gewissen oder Schuldgefühle kannten. Jüdische und katholische Hunde sicher schon.

Ihm ging es jedenfalls keinen Deut besser mit seinen plagenden Gewissensbissen, als er an den Männern vorbeiging. Um seine Sonderbehandlung zu rechtfertigen, tat ihm eindeutig zu wenig weh. Dieses Versteckspiel strengte ihn an. Im Grunde litt er darunter mehr, als er es unter dem Schleppen schwerer Wasserflaschen je könnte. Müsste er sich festlegen, er würde sich statt für seelische stets für körperliche Folter entscheiden – und doch tat er in Wahrheit verlässlich das Gegenteil.

Auch der kleinste Gang durchs Haus wurde so zur Konzentrationsübung, denn er durfte nie mit der Rolle des Versehrten brechen. Es war wie so oft, gleich zu Beginn hatte er die Weichen falsch gestellt und musste fortan diese Geschichte mit Leben füllen, in diesem Falle mit Humpeln. Er hätte doch einfach sagen können, dass er nicht immer unter Knieschmerzen litt, aber manchmal eben schon. Alle hätten es verstanden, und nichts hätte sich geändert. Jetzt aber steckte er fest in dieser selbst erzeugten Schmierenkomödie. Mit der Folge, dass sich alles nur noch ums Humpeln drehte. Wobei, wenn man es genau nahm, drehte es sich nicht ums Humpeln, sondern darum, das Humpeln auf keinen Fall zu vergessen. Ausgerechnet jetzt machten es ihm seine Knie schwer, indem es ihnen besser ging. Die guten Nachrichten stressten ihn mal wieder am meisten.

Sobald er die Streatham High Road betrat, gab er den Gehfehler am Tor ab, um ihn dort auf dem Rückweg wieder abzuholen. Er konnte nur hoffen, dass er dann auch daran dachte. Für abhandengekommene Garderobe wurde sicher keine Haftung übernommen. Wichtig war zudem, den Übergang schleichend erfolgen zu lassen, man wusste ja nie.

Adam spazierte die ehemalige Einkaufsstraße entlang, ohne sich an den Anblick der mächtigen Bretterwand gewöhnen zu können. Sie wuchs unaufhaltsam weiter, die Pressspanplatten vermehrten sich wie Unkraut, sodass auf dem ersten Stück bis auf den kleinen Corner Shop mittlerweile überhaupt keine Ladenfront mehr sichtbar war. Nach einer guten Viertelstunde wechselte er die Straßenseite, was für einen Außenstehenden wie ein zufälliger Spaziergang aussehen mochte, jedoch einem genauen Plan folgte. Denn schon vor Tagen war Adam die Stelle aufgefallen, und jetzt endlich hatte er die Zeit und Ruhe, sie näher zu inspizieren. Von Weitem hatte er dort jemanden auf dem Bürgersteig sitzen sehen, ganz ruhig und andächtig, an exakt derselben Stelle, an der auch heute wieder eine Gestalt auf einer ausgebreiteten Decke hockte, in nahezu identischer Pose. Adam näherte sich, war aber noch immer zu weit entfernt, um die Situation genauer einschätzen zu können. Er kniff die Augen zusammen, um die recht farblos wirkende Erscheinung zu fixieren. Warum hielt jemand mitten auf dem alles andere als breiten Bürgersteig ein Picknick ab? Vielleicht gab ja die besprühte Wand dahinter einen Hinweis. In knalligem Rot brüllte sie einen menschengroßen Text in die Welt: *Art Space*. Adam erreichte die Decke und betrachtete das Picknick des Mannes aus der Nähe. Er ernährte sich offenbar von postkartengroßen Gemälden. Malerei, hier auf der Streatham High Road, die die BBC erst vor wenigen Jahren zu »Großbritanniens schlimmster Straße« gekürt hatte. Und jetzt sollte sie eine Kunstgalerie sein. Adam nahm sich vor, der BBC einen Brief mit Alternativvorschlägen zu schreiben. Nach den jüngsten Entwicklungen war klar, dass man die Entscheidung so nicht stehen lassen konnte.

Der Mann, der inmitten der Bilder saß, nickte freundlich und hatte einen zugewandten Ausdruck, in dieser Gegend beileibe keine alltägliche Erscheinung. Er trug einen anthrazitfarbenen Businessanzug und teuer aussehende, polierte Lederschuhe, an denen Adams Blick hängen blieb. Zukunftsschuhe, wie neu. Sie hatten sicher mehr als zwanzig Pence gekostet.

Es gelang ihm nicht so recht, den Mann einzuordnen. Obwohl er keinen Maler kannte, war ihm klar, dass Maler so nicht aussahen. Vielmehr sah er aus wie ein Passant, der vom Künstler gebeten wurde, hier kurz für die Dauer eines Toilettengangs die Stellung zu halten. Überhaupt war ja nicht jeder, der in der Nähe von Bildern saß, ein Maler. Aber auch für einen Wachdienst war der Mann falsch angezogen, solch teure Schuhe bewachten nicht, sie wurden bewacht. Und verkaufte er die Bilder tatsächlich, sprach seine Kleidung eher für hochpreisige Objekte, wobei er dafür eindeutig in der falschen Gegend wäre. Andererseits sollte es seit Neuestem hier ja sogar bezugsfertige Luxuswohnungen geben.

Adam nickte zurück und beugte sich vor. Die Bilder waren so klein, dass er in die Hocke gehen musste, um sich einen besseren Eindruck zu verschaffen. Ein Glück, dass seine Knie gut aufgelegt waren. Er kniff die Augen zusammen, doch auch aus allernächster Entfernung blieben die blassen Landschaftsmotive schwer zu erkennen. Adam verstand zwar nicht viel von Malerei, aber genug, um zu sehen, dass das offenbar auch für den Verkäufer galt.

»Sind die von Ihnen?«, fragte er freundlich.

»Ja, jedes Einzelne. Die Großen, die Kleinen, die Abstrakten. Das hier ist das Neueste.« Der Mann zeigte auf einen der Rahmen.

Das stolz präsentierte Bild, das vermutlich eine Hügellandschaft mit See zeigen sollte, schien es in mehreren Ausführungen zu geben. Adam suchte die erwähnten abstrakten. Beim besten Willen, die Bilder sahen alle gleich aus.

»Verkaufen Sie die?«, fragte Adam.

Der Mann reagierte mit einem verlegenen Lächeln.

»Ist das ein Nein?« Er wurde aus dem Kerl nicht schlau. Dann jedoch ahnte er, warum der Mann so reagiert hatte. Adam sah an sich hinunter.

»Ach so, verstehe. Aber ich sage Ihnen, lassen Sie sich nicht täuschen. Einige der reichsten Kunstsammler sehen aus wie Landstreicher.«

»O nein, nein. Ich habe Sie nicht ausgelacht. Das würde mir nie einfallen. Ich habe gelacht, weil die Situation so absurd ist. Ich sitze zum ersten Mal hier. Wissen Sie, ganz ehrlich, ich will die Bilder eigentlich gar nicht verkaufen.«

Mit dem Wunsch rannte er offene Türen ein. Adams Interesse immerhin hatte er geweckt, wenn es auch weniger der Kunst galt als vielmehr seinem Gegenüber. Der Mann war also entgegen der ersten Vermutung tatsächlich ein Maler. Doch warum nur saß er hier, wenn er die Dinger nicht verkaufen wollte? Adam warf ihm einen auffordernden Blick zu.

»Also.« Der Mann pausierte kurz. »Ich male seit zwei Jahren. Aber eben nebenbei. Als Ausgleich. Dabei bin ich gar kein Maler, ich meine, das sieht man doch.«

Diplomatisch zog Adam die Brauen hoch und verkniff sich ein Nicken.

»Ich bin Wirtschaftsprüfer. Also, na ja, ich *war* Wirtschaftsprüfer. Denn, was soll ich jetzt noch prüfen? Und wozu?«

Der Mann, der gerade noch so viel Gleichmut ausgestrahlt hatte, wirkte plötzlich nervös, geradezu verzweifelt. Adams schlechtes Gewissen meldete sich, hatte er etwas Falsches gesagt? Nur wie sollte das überhaupt möglich sein? Es redete doch im Grunde nur der andere.

»Glauben Sie das alles? Prassnik und Singu. Das Vorsprechen an der Himmelspforte?«

Adam bereute die Frage sofort.

»Ja, natürlich. Wobei, es geht ja eben nicht mehr um Glauben oder Nichtglauben. Es ist doch bewiesen.«

»Nun ja, auch an einen Gottesbeweis muss man erst mal glauben.«

»Der Beweis ist erbracht, so oder so. Ich glaube das. Oder, sagen wir, eine andere Erklärung habe ich nicht. Kann ich mir auch überhaupt nicht vorstellen. Sie etwa?«

Adam langweilten Gespräche mit Fremden, die sich um existenzielle Fragen drehten. Mit diesen Dingen befasste er sich doch schon während der vielen Zeit, die er mit sich allein verbrachte. Aus genau diesem Grunde trank er auch keinen Alkohol. Beim Alkohol drehte sich nach ein paar Gläsern alles um Existenzielles und Tiefgründiges. Eine tolle Weltflucht war das.

Er würde versuchen, das Thema zu wechseln, am besten einfach nach der Landschaft auf den Bildern fragen. Doch zunächst musste er noch auf die Frage des Malers eingehen.

»Sagen wir mal so«, meinte Adam. »Es ist mir eigentlich egal. Mir gefällt die neue Welt viel besser als die alte. Ich habe keinen Rentenplan noch sonst irgendeine Idee von der Zukunft. Alle planen und planen. Und jetzt herrscht Panik, weil die Pläne durcheinandergeraten. Ich hatte noch nie einen Plan. Ich lebe im Moment. Muss ich. Die Ewigkeit ist mir persönlich also herzlich egal.«

Der Maler wirkte überfordert, kleine Schweißperlen bildeten sich auf seiner Oberlippe.

»Ich verstehe nichts mehr. Was heißt das denn? Es kann sich doch nicht einfach alles ändern! Die ganze Welt. Alles. Das geht doch nicht!«, rief er verzweifelt.

Er hatte ja recht, im Grunde ging so etwas wirklich nicht. Die Vertragsbedingungen des Lebens konnten sich nicht einfach ändern, so ganz ohne Vorwarnung. In solch einem Falle bot jede einigermaßen seriöse Versicherung ein Sonderkündigungsrecht. Möglicherweise war die Sache ein Fall für die Anwälte.

»Vielleicht«, sagte Adam, »tut es der Welt ja mal ganz gut, sich zu ändern. Ich meine, Sie sind jetzt Maler. Das ist doch was.«

Endlich hörte der Mann auf, nervös hin und her zu rutschen, und stand stattdessen auf.

»Apropos«, ergänzte Adam und zeigte auf die Füße des Malers. »Sie stehen auf Ihrem jüngsten Werk.«

Der Mann blickte zu Boden und bemerkte, dass Adam recht hatte. Dennoch bewegte er sich nicht.

»Das ist doch Schwachsinn, wie soll das denn alles funktionieren? Ich kann überhaupt nicht malen. Ich bin Wirtschaftsprüfer, kein verdammter Picasso.«

»Eben, das ist es ja. Genau deswegen kann das Ganze ja *doch* funktionieren.«

»Bitte? Was?«

»Ich meine, nennen Sie mir mal einen berühmten Wirtschaftsprüfer.«

Der Blick des Malers hätte mehr Verwirrung nicht ausstrahlen können. Er nestelte unruhig an seinem Hosenbund herum.

»An Picasso wird sich die Menschheit immer erinnern«, sagte Adam, »an Shakespeare auch. Puccini, Dostojewski, da Vinci, Beethoven, Oscar W…«

»Okay, okay«, unterbrach ihn der Mann. »Ist ja gut. Worauf wollen Sie hinaus?«

»Ich könnte Stunden so weitermachen, ein unsterblicher Name nach dem anderen. Ein Wirtschaftsprüfer wäre nicht dabei. Ein Banker auch nicht.«

»Sie meinen also …« Der Mann pausierte und wurde augenblicklich ruhiger. »Sie meinen, nur Künstler sind Menschen von bleibendem Wert?«

»Gott bewahre«, sagte Adam. »Aber eine Welt mit mehr Kunst und weniger Geld wäre doch keine schlechte. Ein Künstler hat jedenfalls noch keinen Krieg begonnen. Gut, bis auf Hitler vielleicht. Aber haben Sie dessen Bilder mal gesehen?«

Der Maler schreckte auf. Ihn durchfuhr offenbar ein Moment der Klarheit. Sein schockierter Blick ging an Adam auf und ab und wurde immer abschätziger.

»Sie haben ja einen Dachschaden«, platzte es aus ihm heraus. »Was rede ich überhaupt mit Ihnen? Sie sind doch völlig geisteskrank!«

Adam ließ ein paar Sekunden verstreichen, zu viel Wut lag auf einmal in der Luft. Vorsichtig antwortete er: »Ist das nun die Diagnose des Wirtschaftsprüfers oder des Malers?«

Der Mann reagierte mit einem lauten Seufzen und ließ sich resigniert neben seine Bilder nieder. Müde winkte er Adam mit der rechten Hand, er solle doch endlich weitergehen und ihn in Ruhe lassen. Wie er da saß, zusammengesackt und mit gesenktem Kopf, tat er Adam leid. Aus dem wachen, freundlichen Kunst-Picknicker war ein Häufchen Elend geworden. Der bis eben noch wie eine zweite Haut sitzende Anzug wirkte nun zwei Nummern zu groß, auch die Haare lagen nicht mehr, und auf dem Gesicht des Mannes hatte sich eine fahle Erschöpfung breitgemacht.

»Kommen Sie, packen Sie ein, ich gebe Ihnen einen Kaffee aus. Gleich hier nebenan. Okay?«

Adam war selbst überrascht, aber es schien zu funktionieren. Der Mann nickte, ohne dabei den Blick zu heben: »Okay.«

Er begann, die Bilderrahmen zu stapeln und in die Decke zu wickeln.

»Ach so, noch eine Kleinigkeit.« Adam zeigte an seiner Kleidung auf und ab. »Sie müssten allerdings zahlen.«

Endlich lächelte der Maler. Die Decke mit den Bildern unter dem Arm, trottete er Adam schweigend hinterher. Nach wenigen Minuten erreichten sie das Café. Sara stand hinter dem Tresen, ansonsten schien niemand im Laden zu sein. Adam öffnete die Tür und sah die altbekannte Erklärung für die Leere. Schmunzelnd drehte er im Hineingehen das Schild auf OPEN.

»Oh, sieh an, ein Kunde«, rief Sara freudig, während sie konzentriert die Zuckerspender auffüllte.

»Jaja«, sagte Adam, »und heute ist der Kunde wirklich mal ein Kunde. Denn er hat jemanden dabei, der für seinen Kaffee bezahlt.«

Er blickte über seine Schulter: »Wie heißen Sie eigentlich?«

»Na, Pablo Picasso. Aber das wissen Sie doch«, antwortete der Maler.

Sara sah auf und verschüttete dabei einen kleinen Zuckerberg. Sie grinste. Wenn in diesen Zeiten des völlig wahnsinnigen Wandels auch auf nichts Verlass war, auf Adams Unberechenbarkeit eben schon. Als wäre es das Selbstverständlichste auf der Welt, stand er da, mit einem unbekannten Anzugträger, der sich für Picasso hielt. Anderen passierte so etwas ein Mal im Leben, für Adam war es ein ganz normaler Dienstag.

»Der große Pablo, welch Ehre«, sagte Sara zu Picasso, während sie mit dem Finger auf Adam zeigte. »Und? Ist das Ihr neuestes Kunstwerk?«

»Ist doch ganz gelungen, oder?«, antwortete Picasso, der jetzt aufzublühen schien.

Adam steckte den Zeigefinger durch einen Riss in seinem Mantel und antwortete: »Ganz schön löchrige Leinwand.«

Ein breites Lächeln erfüllte Picassos Gesicht.

»Der Mann mit der löchrigen Leinwand hat mich gerettet.«

»Wieso? Krise?«, fragte Sara.

Picasso nickte.

»Aber doch nicht obdachlos, oder?« Sie zeichnete mit der Hand eine Krawatte vor ihrer Brust.

»Nein, nein, nicht obdachlos«, antwortete er und dachte kurz nach. »Aber eben auch aus der Welt gefallen.«

Sara ging zum üblichen Tisch, warf Picasso einen einladenden Blick zu und deutete auf die bereitstehenden Stühle.

»In dem Falle: goldrichtiger Laden. Willkommen im Club.«

28.

Unterdessen hatte Montgomery Rudoch das nächste Level erreicht, er war auf Sisyphos-3 angekommen. Im Gegensatz zu seinem höchst erfolgreichen ersten Leben hatte sich der zweite vergebliche Versuch gezogen. Lange sechsundachtzig Jahre waren es gewesen auf Sisyphos-2. In der Zwischenzeit war in der alten Welt nicht mal ein Jahr ins Land gezogen. Glücklicherweise bekam Rudoch davon nichts mehr mit. Es hätte seine Vorstellungskraft bei Weitem überstiegen.

Der Neustart erfolgte, wie schon auf Sisyphos-2, mit leerer Leinwand. Wie bei allen Ankömmlingen wurde beim Übergang von einer Sisyphos-Existenz in die nächste der Speicher restlos gelöscht, ein Neuanfang ohne Gepäck. Das war auch gut so, denn Sisyphos-2 hatte sich als höchst seltsame Episode für Rudoch erwiesen. Seltsam nicht zuletzt, weil es schiefging, obwohl es die Geburtslotterie erneut gut mit ihm gemeint hatte. Seine Eltern waren Lehrer aus der oberen Mittelschicht, perfekte Startbedingungen also. Ein Großteil der Kunstschaffenden stammte aus genau diesem Milieu. Doch Rudochs Lehrereltern ermutigten ihren Sohn nicht etwa dazu, ein Freigeist zu werden. Im Gegenteil. Sie brachten ihm vor allem eines bei, nämlich dass es auch für ihn am besten wäre, dem Schulapparat für immer treu zu bleiben. Er solle sich die Flausen aus dem Kopf schlagen, seinen dummen Träumen von einer eigenen Band hinterherzulaufen. Sie hatten wirklich »Flausen« gesagt und »dumme Träume«. Damit war die Schlacht verloren. Denn wenn es eine Sache gab, zu der die Sisyphos-2-Version des Montgomery Rudoch nicht in der Lage war, dann war es der Widerstand. Kurz darauf fand er sich statt im Proberaum seiner Band im Lehrerzimmer einer weiterführenden Schule wieder. Ohne es zu wollen, lebte er das Leben seiner Eltern. Immerhin, tröstete er sich, würde dieser Lebensentwurf viel freie Zeit mit sich bringen. Zeit, in der er doch noch eine Band gründen könnte. Von den für so etwas benötigten Flausen war jedoch nichts mehr übrig. Seine Eltern hatten nicht nur das Feuer erstickt, sondern die Glut gleich mit entsorgt.

Nach Jahren der Lethargie zog es die zweite Version Rudochs schließlich in die Politik. Eine Kollegin hatte ihn dafür begeistert, wobei er, wenn er ehrlich war, zu Begeisterung schon seit Jahren nicht mehr fähig war. Doch irgendetwas musste ein Mensch ja tun, und er engagierte sich eben in der Kommunalpolitik, später dann auf nächster Ebene in seinem Bundesstaat. Kurioserweise stellte sich bei beidem schnell Erfolg ein, und wie von einem Leitstrahl gelenkt, ergab sich daraus eine Politikerlaufbahn. Dass das auf eine außergewöhnliche Motivation zurückzuführen war, konnte er ausschließen. Mit Ende fünfzig dann kam es zum Höhepunkt. An einem Dienstag im November fand sich ein durchschnittlich kluger Mensch, der doch immer nur eine Band hatte gründen wollen, plötzlich hinter dem wuchtigen Schreibtisch des Bildungsministers wieder. Der ehemals drittschlechteste Schüler seiner Klasse stand von nun an, mehr oder weniger unabsichtlich, den Schulen des ganzen Landes vor. Was er schon als Kind geahnt hatte, bewahrheitete sich: Das Bildungssystem war ein hoffnungsloser Fall.

Auf sieben Jahre im Amt und weitere gut zwanzig Jahre Ruhestand folgte Rudochs zweiter Tod, ebenfalls an einem Dienstag. Weil er sein gesamtes Sisyphos-2-Leben lang immer gewissenhaft gebetet hatte, begleitete ihn eine gewisse Hoffnung, eine Hoffnung auf mehr. Immerhin hatte er stets Wert darauf gelegt, ein guter Mensch zu sein. Vielleicht nicht gerade hochintelligent und auch nicht überaus fleißig, aber altruistisch und aufrichtig. Viele Jahre lang hatte er sich als Politiker für die Menschen eingesetzt und als Lehrer Tausende Kinder für das Leben gerüstet. All das musste doch belohnt werden. Doch Rudoch hatte die Rechnung ohne die große Wirtin gemacht, er wurde abgelehnt. Ausgerechnet er, der ehemalige Kunstlehrer, hatte nichts anzubieten gehabt. Die Wahrheit tat weh, ein Kunstlehrer war kein Künstler, sondern in erster Linie Lehrer. Leider kam diese Einsicht ein wenig spät. Rückblickend, so viel stand fest, hätte er damals besser eine Band gegründet. Doch es würde ja eine weitere Chance geben, etwas Künstlerisches zu erschaffen. Auch Sisyphos-3 hielt viele Proberäume bereit.

Kaum dort angekommen, entwickelte sich endlich alles viel besser für Rudoch-3. Zumindest auf den zweiten Blick. Denn nach klassischen Kriterien war dieser Lebensauftakt sein bisher schwierigster. Legte man jedoch Singu-Maßstäbe an, hätten die Voraussetzungen besser kaum sein können. Als Kind einer krisengeschüttelten Arbeiterfamilie lebte Montgomery Rudoch schon früh unter bedrückenden Bedingungen. Sein Vater hatte die Familie verlassen, die Mutter musste die drei Kinder alleine durchbringen. Der älteste Bruder füllte notgedrungen das Vakuum und übernahm die Rolle des Vaters. Montgomery war der Jüngste, begab sich in die Passivität und blieb stumm. Sicher füllte auch er dadurch irgendein Vakuum. Ein unsichtbares Kind, ganz der Vater. Auf sich allein gestellt, entwickelte er schon im Vorschulalter eine lebhafte Fantasie. Das Zimmer, das er sich mit seinen beiden Brüdern und dem trägen Hund der Familie teilte, war zwar vollgestopft bis an die Decke, aber – und das war das Erstaunliche – gleichzeitig komplett karg. Alles im Zimmer war von großer Wichtigkeit für den Haushalt: das sperrige Bügelbrett, der uralte Staubsauger, das Regal mit den vielen Konserven, die ewig volle Altpapierkiste. Keines der ihn umgebenden Dinge aber war wohnlich, nichts gehörte wirklich zu ihm. Wenn er bei Mitschülern oder Nachbarskindern zu Besuch war, war das anders. In ihren Zimmern stand kein Bügelbrett, und auch das Altpapier wurde woanders gesammelt. Die wenigen Dinge, die es dort gab, erfüllten nicht den geringsten Zweck für den Haushalt, stattdessen gehörten sie einfach den Kindern. Das war doch das Schöne am Spielzeug, dass es eben zu nichts nütze war. Montgomery hingegen hätte das Unnütze erst erzeugen müssen, indem er einiges von all dem Nützlichen in seinem Zimmer umwandelte in Spielzeug. Doch wenn es um das Inventar der Wohnung ging, verstand seine Mutter keinen Spaß. Wenn er ehrlich war, verstand sie praktisch nie besonders viel Spaß. Er entschied sich daher für den anderen Weg, ließ den ganzen Kram links liegen und ging woanders spielen. Raus aus dieser spaßfreien Abstellkammer, hinein in das Reich der eigenen Fantasie.

Schon mit fünf Jahren malte er die ersten Bilder, mit zehn sprach er kleine Geschichten auf Band. Jetzt, mit vierzehn, verfasste er Kurzgeschichten. Storys, die in einem männerlosen Fantasieuniversum angesiedelt waren. Hier gab es weder Väter noch Söhne. Er schaffte alles ab, was ihn in der echten Welt traurig machte, auch Bügelbretter und Staubsauger. Seine neue Welt war so viel besser als die andere, und er sah sie ganz eindeutig vor sich. Sobald er die Augen schloss, war sie da. Dann schrieb er und schrieb. Zunächst in Gedanken, später irgendwann setzte er sich hin und schrieb all das nieder. Rudoch-3 lernte die beiden Arbeitsschritte schnell: Ein Schriftsteller war zunächst Fantast, dann Protokollant. Seine Lehrer nannten es Talent, er aber wusste, dass es im Grunde nichts war als Glück, gepaart mit den richtigen Umständen, die seine Welt hatten entstehen lassen. Doch wie man es auch nannte, er war entschlossen, sich nicht dagegen zu wehren. Seine Vorgaben waren also vielversprechend, dieses Mal könnte es klappen. Denn wie lautete der Spruch auf dem Strampler, den er, der Drittgeborene, auf all seinen Babyfotos trug: *Third Time Lucky*.

29.

So musste es in einem Panzer aussehen, Adams gesamtes Zimmer leuchtete grün. Vielleicht war das in der Panzerrealität auch Unsinn und nur in Filmen so. Unter normalen Umständen hätte Adam im Rekrutierungsbüro nachfragen können, aber normale Umstände waren längst Geschichte und mit ihnen das Rekrutierungsbüro. Auch so übernahm die übertrieben grelle Anzeige der Ofenuhr die Funktion eines Nachtsichtgeräts. Ganz überraschend war so etwas nicht, denn viele Erfindungen im Haushalt entstammten ursprünglich dem Militär oder der Raumfahrt, wahrscheinlich auch diese Uhr. Die Frage war nur, was das Militär mit einem Backofen wollte. Das grüne Display zeigte: PM 11:57. Drei Minuten noch, vorausgesetzt die Uhrzeit stimmte. Er hatte das noch nie überprüft und war dafür auch jetzt viel zu bequem. Der Akku an seinem Handy war seit heute Nachmittag leer, das Gerät also mal wieder unbrauchbar. Es zu laden, nur um die Uhrzeit abzulesen, hätte in keinem Verhältnis gestanden.

Er entschloss sich, der Anzeige zu vertrauen. Sie dankte es ihm, indem sie im selben Moment auf PM 11:58 Uhr sprang. Adam stand auf und hob das Paket mit beiden Händen in die Luft. Das große schwarze A auf der Seite war kaum noch zu erkennen, die lange Zeit als Nachttisch dem Paket deutlich anzusehen. Besonders an den oberen vier Ecken war die Pappe sichtlich ermüdet, dazu stellenweise regelrecht aufgequollen. Mit dieser Seite hatte das Geschenk draußen auf dem Boden gestanden. Zwar war sein Schlafplatz hinter dem Hidey-Hole überdacht gewesen, bei starkem Regen jedoch war das Wasser auf den Pflastersteinen bis unter sein Bett gelaufen. Es hatte eine Weile gedauert, bis er das bemerkt hatte, und eine weitere Weile, bis er auch unter den Karton-Nachttisch ein Holzbrett geschoben hatte, wie schon zuvor unter das Feldbett. Von innen immerhin war das Geschenk vermutlich trocken geblieben, dafür war die Pappe wohl dick genug – und oberflächlichen Schäden maß er von Haus aus keine große Bedeutung bei, was nicht zuletzt auch für seine eigene Erscheinung galt.

Vom Paket blickte er auf in Richtung der Küchenzeile. Seine Augen brauchten einen Moment, um den richtigen Fokus zu finden. Das Grün der Lampe verschwamm für einen Moment, um danach umso schärfer zu erscheinen: AM 12:01. Das musste man erst mal schaffen: die ganze Zeit auf eine Uhr starren und dann den entscheidenden Moment verpassen, und zwar um mehr als sechzig Sekunden. Mit dem kleinen Buttermesser, das vor ihm dafür bereitlag, schnitt er das Paketband entlang der Seiten ein. Eigentlich war das stumpfe Messer dafür nicht geeignet, doch das spröde gewordene Klebeband wehrte sich nur halbherzig. Schnell waren die beiden Querseiten samt Mittelsteg durchtrennt und das Geschenkpaket, das Mark, der Betreiber des Jazzclubs, ihm vor gut sechs Wochen gemeinsam mit einem Brief aufs Feldbett gelegt hatte, geöffnet. Jetzt musste er nur noch den Deckel heben. Doch irgendetwas in ihm sperrte sich dagegen, ein leichtes Unwohlsein stieg in ihm auf. In den ersten Tagen noch hatte er sich gefragt, was in dem Karton sein könnte, bevor es ihm schon kurz darauf egal geworden war. Nun jedoch, nachdem er sich gestern entschieden hatte, ihn heute um Punkt Mitternacht auszupacken, war die Gespanntheit zurück. Er überlegte hin und her, was nur konnte es sein? Obwohl er es schon x-mal getan hatte, schüttelte er das Paket erneut. Auch jetzt machte es keinerlei Geräusch. Besonders schwer war es zudem nicht. Alles deutete darauf hin, dass es etwas zum Anziehen war. Kein Geschenk im klassischen Sinne also, eher eine Kleiderspende. Vorsichtig klappte er die beiden Kartonflügel auf, um daraufhin das geheimnisvolle Objekt herauszuheben. Der Anblick des Paketinhalts traf ihn mit all seiner ironischen Wucht. Da hatte er wochenlang unbequem auf einem zusammengerollten Pullover geschlafen. Und während der gesamten Zeit wartete versteckt in seinem Nachttisch: ein federweiches Kopfkissen.

30.

Beim Betreten des Tunnels am Bahnhof Herne Hill schaute Adam auf die offizielle Wanduhr der National Rail – 17.50 Uhr. Das Timing hätte besser nicht sein können. Er setzte sich sofort an das öffentliche Klavier, das sich längst wie sein eigenes anfühlte. Schon die ersten Noten des Klassikers *Give Me the Simple Life* gingen ihm leicht von der Hand, wie so vieles in den letzten Tagen. Alles nur dank eines Kissens. Es war überhaupt kein Vergleich, er hatte das Gefühl, in den vergangenen vier Nächten mehr geschlafen zu haben als im gesamten Vormonat. Die Songauswahl ergab sich entsprechend von selbst. Beim letzten Titel *Rocks in My Bed* musste er insgesamt viermal neu ansetzen, so sehr erheiterte ihn der tagesaktuelle Text. Das blieb nicht unbemerkt. Eine junge Frau, die offenbar als Einzige im Bahnhofstunnel nicht in Eile war, blieb ein paar Schritte entfernt stehen, zückte mit großer Selbstverständlichkeit ihr Telefon und begann, Adam zu filmen. Reflexartig stellte er den Gesang ein, senkte den Blick und spielte das Stück instrumental zu Ende.

»Äh, ist es okay?«, fragte sie freundlich, während sie ihn nach wie vor aufnahm. »Sie lachen so schön beim Spielen.«

»Danke. Noch lieber aber singe ich«, erwiderte Adam.

Sie schien verstanden zu haben und steckte das Telefon wieder ein. »Sorry.«

»Schon gut«, sagte Adam und lächelte die junge Frau an. »Ist zu Ihrem eigenen Schutz. Im Proberaum zu filmen ist nichts als Speicherplatz-Verschwendung.«

»Nun, ist nicht die ganze Welt ein Proberaum?«, fragte sie und sah hoch an die Gewölbedecke. Dann drehte sie sich, ohne Adam eines weiteren Blickes zu würdigen, einfach um und ging.

Der Satz hallte nach. Um ihn loszuwerden, notierte Adam ihn auf einem der losen Zettel seiner Mappe, die griffbereit oben auf dem Klavier lag. Anschließend spielte er noch ein letztes Stück. Als er sich danach wieder auf den Weg zur Bushaltestelle machte, war bis auf die

Uhrzeit alles wie immer. So spät fuhr er sonst nie ins Café, wo sicherlich längst Schluss war für heute. Genau das jedoch war die Absprache. Sara hatte sich von Paula überreden lassen, zwei Kapitel ihres Romans vorzulesen. Dazu sollte es Snacks geben und Alkohol, Dinge, mit denen Adam nicht unbedingt zu locken war. Alkohol trank er nicht, und Snacks hatte er immer dabei. Er freute sich vor allem darauf, endlich Saras Texte zu hören.

Tatsächlich hatte das Café bereits geschlossen, das Schild an der Tür stand entsprechend auf OPEN. Adam drehte es wie gewohnt im Vorbeigehen um. Paulas ursprüngliche Idee war es gewesen, Sara und ihn künstlerisch zusammenzuführen, Musik und Literatur. Sara würde lesen, Adam könnte singen und die Moderation übernehmen. Er hatte natürlich sofort abgewunken. Singen ohne Klavier? Der Laden war schließlich ein Café und keine Kirche.

Außerdem sollte dies Saras Abend sein, nicht seiner, und sie schien daran aufzublühen. Bis über beide Ohren strahlend, stand sie neben Paula am Tresen und umarmte Adam zur Begrüßung.

»Normalerweise hasse ich es, vor Menschen zu sprechen«, sagte sie. »Aber neben der Kaffeemaschine geht's.«

Drei Stühle waren vor der improvisierten Bühne platziert, die im Grunde nichts anderes war als die Fläche, auf der sonst Tisch 4 stand. Paula führte Adam an seinen Platz.

»Wir fangen sofort an. Sara will es schnell über die Bühne bringen«.

Adam hatte nichts dagegen. Bei den meisten Veranstaltungen wurde viel zu lange gewartet, gehadert und herumgeplänkelt, bis es dann endlich mal losging. Er setzte sich auf den mittleren Stuhl, auf dem ein kleiner Zettel mit seinem Namen lag. Ein perfekter Auftakt. Nichts nämlich war schlimmer als Veranstaltungen mit freier Platzwahl. Wie sollte sich ein Mensch überhaupt für einen Platz entscheiden? Entweder saß man in der Mitte und sah gut, kam dafür aber unmöglich zur Toilette, oder der Platz war am Rand und verzerrte die Perspektive. Zu weit vorne wiederum sah man gut, wurde jedoch angespuckt. Ganz hinten hörte man dafür nichts, konnte sich aber unbemerkt hinausschleichen, sollte es unerträglich werden. Den perfekten Platz gab es schlicht nicht, weswegen eine freie Platzwahl die reinste Zumutung war. Er wartete daher immer, bis alle saßen, und nahm, was übrig war. So war er dann am Ende auch unzufrieden, ersparte sich allerdings den lästigen Auswahlprozess. Ein Glück also, dass Paula und Sara die Plätze fest zugeteilt hatten. Picasso saß bereits, wobei Adam kaum Gelegenheit blieb, mit ihm zu sprechen, denn auch Paula setzte sich und machte klar, dass es losging. Sie klatschte, Picasso und Adam stimmten in den Beifall ein.

Sara unterstrich ihre Lockerheit, indem sie euphorisch das leere Sektglas in der Hand schwenkte. Als Teil ihrer Begrüßung sagte sie eine Art Disclaimer auf. Sie habe darauf bestanden, dass es nur drei Zeugen geben dürfe und auf gar keinen Fall irgendwelche Kameras oder Mikrofone:

»Ich will später keine Bootleg-Aufnahmen im Internet finden!«

Adam blickte nach rechts. Schon verrückt, dass Picasso dabei war. Wie schnell er in den engsten Kreis vorgedrungen war. Andererseits war ja der ganze Kreis neu. Er korrigierte seinen Gedanken: Es war schon erstaunlich, dass er selbst dabei war. Wie schnell so etwas doch ging. Im Grunde waren all seine momentanen sozialen Kontakte erst in den letzten zwölf Monaten entstanden. Er war sich nicht sicher, ob das etwas Schönes war oder Anlass für eine Panikattacke.

Viel mehr Zeit, darüber nachzudenken, hatte er glücklicherweise nicht. Sara begann, den ersten Text vorzulesen, lehnte sich dafür gegen die Wand und schlug die ausgestreckten Beine übereinander. Von der hölzernen Steifheit einer ungeübten Rednerin war nicht das Geringste zu spüren. Vielmehr hatte Adam das Gefühl, einer Schauspielerin beim alltäglichen Textlernen zuzusehen. Sara las klar und deutlich, gleichzeitig kein bisschen laut oder überbetont. Mit einer bemerkenswerten Selbstverständlichkeit stand sie da, nahm sich selbst zurück und ließ stattdessen ihre Texte wirken. Und sie wirkten. Sara beschrieb den Umgang einer Mutter mit dem Wutanfall ihres Kindes und tat dies so präzise und authentisch, dass es Adam ein absolutes Rätsel war, wie sie das zu Papier gebracht hatte. Wenn er schrieb, drehte sich stets alles um selbst Erlebtes oder Befürchtetes.

Sara hingegen tauchte ein und war in der Lage, Menschen zu verstehen. Das war der Unterschied. Adam schrieb über sich und verstand nicht mal den, über den er da schrieb. Sara hingegen schrieb über ganz andere und verstand sie aufs Genaueste. Auch der zweite Text war fantastisch. Mit dem abschließenden Beifall war Adam einen Schritt schneller als die anklatschende Paula.

Im Anschluss gab es Dosenbier aus dem benachbarten Corner Shop, während Adam bei alkoholfreiem Ginger Beer blieb, durch den vielen Zucker aber mindestens so berauscht war wie alle anderen. Mehrfach wiederholte er, was ihn an den Texten begeisterte. Sara tat die große Lobhudelei ab, war jedoch gleichzeitig sichtlich stolz.

»Hier, Adam, sag mal.« Paulas streng riechende Fahne verhieß nichts Gutes. Und tatsächlich, der zweite Teil der Frage bestätigte die Befürchtungen:

»Hat es eigentlich auch Vorteile, obdachlos zu sein?«

Sara unterbrach sie rasch: »Pau! Adam ist überhaupt nicht mehr obdachlos.«

»Jaja, ich weiß. Aber ich meine, davor. Also mich interessiert das wirklich. Das hat doch sicher auch Vorteile, oder? Keine Ahnung, man ist überall zu Hause. Keine Rechnungen, keine Nachbarn, kein Zeug.«

Adam lachte. Paula ließ offenbar alle Gedanken raus, ganz ohne Filter. Er war der Letzte, der jemandem eine solche kindliche Direktheit übel nehmen konnte.

»Keine Nachbarn ist in der Tat gut«, antwortete er. »Das fehlt mir jetzt schon. Keine Rechnungen stimmt auch. Das war übrigens der Grund, warum ich überhaupt erst obdachlos geworden bin. Weil ich das mit ›keine Rechnungen‹ schon vorher ausgelebt hatte. Ich sag dir, den Trick durchschauen die wenigsten: Wer lange genug seine Rechnungen nicht bezahlt, bekommt irgendwann keine mehr.«

»Finde ich gut«, meldete sich Picasso. »Also der Umkehrschluss. Regelmäßig Rechnungen zu erhalten quasi als Lebensziel, zur Beruhigung. Solange Rechnungen kommen, weiß man, dass alles einigermaßen normal läuft.«

Sara brachte es auf den Punkt: »Rechnungen bringen Glück.«

Nach der nunmehr vierten oder fünften Runde Bier galt das Rauch-
verbot im Café nicht mehr, und Sara ahnte, dass sie sich am Morgen
mal wieder über den abendlichen Überschwang ärgern würde. Der
Gestank des kalten Rauchs hing dann meist noch zwei Tage lang in
der Luft, wobei glücklicherweise der Duft der frisch gemahlenen
Kaffeebohnen half, die miefige Altlast zu kaschieren. Sara bot der
gesamten Runde Zigaretten an, doch nur Paula griff zu. Picasso
lehnte sich vor und verlieh seiner Frage auch optisch übertrieben
viel Gewicht:

»Und die größten Nachteile?«

»Was denn für Nachteile? Lungenkrebs?«, antwortete Paula.

»Was? Ach, ich red doch nicht vom Rauchen.« Picasso winkte ab.
»Wir sind noch bei der Obdachlosigkeit.«

»Also, ich bitte dich«, erwiderte Adam. »So etwas wie Obdachlosigkeit bietet doch keine Nachteile!«

Paula schlug sich die Hand vors Gesicht. Picasso stammelte, so
habe er es natürlich nicht gemeint. Seine immer rötlicher werdende
Gesichtsfarbe unterstrich das.

»Der größte Nachteil an der Obdachlosigkeit«, sagte Adam. »Dass
einem solche Gespräche fehlen wie dieses hier.«

»Touché!« Picasso nahm den rettenden Strohhalm dankend an.

Für eine Weile sagte keiner etwas. Immerhin gelang es der Musik,
die unangenehme Stille ein wenig zu kaschieren. Adam reichte eine
Antwort nach. »Das Geschleppe.«

Die anderen sahen ihn irritiert an. Sie schienen den ursprünglichen Kontext längst vergessen zu haben.

»Das ist das Schlimmste. Neben den üblichen Sorgen, all den Un-
gewissheiten und der Tatsache, dass man sich unsichtbar vorkommt,
ist es vor allem das Geschleppe, das einen fertigmacht. Man hat ja
ständig alles dabei. Gleichzeitig gibt es kaum Stauraum, immer alles
im Schlepptau. Im Prinzip ist das fehlende Dach über dem Kopf weniger schlimm als der fehlende Schrank. Je länger ich drüber nachdenke, umso unpassender finde ich den Begriff obdachlos. Man ist
nicht obdachlos, man ist in erster Linie schranklos.«

Sara zog an ihrer Zigarette und nickte vehement. Picasso hingegen blickte angestrengt nachdenkend, mit leicht geöffnetem Mund, an die Zimmerdecke. Dabei hob er den rechten Zeigefinger.

»Diese Leute! All die Obdachlosen!«

»Die Schranklosen!«, korrigierte ihn Paula.

»Da handelt es sich doch um eine ganz eigene Erfahrungswelt.« Er war ziemlich weggetreten. »Ich meine, das ist ja hochspannend. Das muss vermittelt werden!«

Paula hakte nach: »Wie, vermittelt?«

»Also, ich meine, diese Erfahrungen, diese Weltsicht. Diese ganz eigenen Sorgen. Schränke wichtiger als das Dach! Das sind hochfaszinierende Perspektiven! Da kann man so viel über sich selbst lernen.«

»Ähm.« Adam räusperte sich. »Ich verderbe dir ja ungern die Party. Aber ich muss dich da ein wenig enttäuschen. Das sind Obdachlose, keine Labortiere.«

»Falsch verstanden, also falsch erklärt.« Picasso fiel zurück in den stammelnden Tonfall des zerstreuten Professors. »Ich meine, ich hab's falsch erklärt. Vielleicht noch mal einen Schritt zurück. Was sind denn das für Menschen, die du da kennengelernt hast? Auf der Straße oder jetzt bei dir im Haus?«

»Nun, Menschen halt. Normale Menschen wie ich«, antwortete Adam.

»Adam, du bist nicht normal«, sagte Sara.

Paula pflichtete ihr bei. »Normal ist sowieso vorbei.«

»Ich bin jedenfalls das neue Normal«, erklärte Adam und nickte Picasso zu. »An die schöne neue Singu-Welt müssen sich die Buchhalter erst gewöhnen. Jetzt regieren die mittellosen Jazzpianisten.«

Picasso schlug ihm freundschaftlich gegen die Schulter.

»Die Künstlerdichte ist auf der Straße in der Tat hoch«, sagte Adam. »Handwerker sind auch viele dabei. Vielleicht lügen die meisten aber einfach und erschaffen sich ihren Wunschlebenslauf. In Wirklichkeit waren sie vorher Priester und Buchhalter. Die meisten sind auf jeden Fall erstaunlich belesen, und viele spielen erschreckend gut Schach.«

»Belesene Strategen.« Sara schrieb die Worte mit der linken Hand in die Luft. »Guter Buchtitel«.

»Sehr gut«, erwiderte Adam lächelnd. »In jedem Fall besser als: Schachmatt im Park.«

Picasso kam von dem Thema nicht los. Regelrecht besessen war er von dem Gedanken an eine Ansammlung der Künstler, Intellektuellen und Schachgroßmeister. Je mehr er davon sprach, umso stärker schien er die Wohngemeinschaft zu romantisieren. Ein Künstlertreffpunkt, ähnlich der legendären Pariser Wohnung von Gertrude Stein. Adam war belustigt ob der Glorifizierung seiner Wohnbaustelle, in deren Treppenhaus es, sicher eher unähnlich der Gertrude-Stein-Wohnung, streng nach Pisse stank. Dann jedoch sagte Picasso etwas, von dem Adam gleich klar war, dass es Folgen haben würde. Sätze, die einen Stein ins Rollen bringen würden:

»Diese Menschen, die waren ein Problem für die Gesellschaft. Aber diese Gesellschaft gibt es nicht mehr. Wir haben jetzt eine neue Gesellschaft, ein neues System, und in diesem System sind sie kein Problem mehr. Sie sind die Lösung.«

31.

Die machen unmöglich alle mit.« Adam bremste die Euphorie.
»Wahrscheinlich macht sogar gar keiner mit. Ich bin mir nicht
mal sicher, ob *ich* mitmache.« Für jemanden, der nicht trank, war er
eigentlich ein großer Fan von Schnapsideen. Aber ganz so einfach
ließ sich Picassos Vorschlag vom Vorabend nicht abtun. Denn selbst
im leicht angeheiterten Zustand war der noch ein viel zu nüchterner
Typ, um plötzlich herumzuspinnen.

»Die Idee ist doch toll«, sagte Sara und setzte sich zu den beiden an
den kleinen Tisch unmittelbar neben dem Tresen.

Es war gegen zehn Uhr, und der erwartete Restgeruch von kaltem
Rauch ließ sich nicht leugnen. Immerhin hielten die frisch aufgeba-
ckenen Croissants und Zimtschnecken einigermaßen erfolgreich dagegen. Nach dem ersten Ansturm des Tages herrschte Ruhe im Café,
die Dinge gingen ihren gewohnten Gang. In etwa einer halben Stunde würde John erscheinen, bis dahin wären die drei bei ihrem Kater-
frühstück allein, höchstens unterbrochen von dem einen oder anderen Getränk zum Mitnehmen.

»Ja, die Idee ist toll.« Picasso pflichtete ihr bei.

»Wie überraschend«, sagte Adam. »Du bist ein Freund deiner eigenen Idee. So was ist natürlich selten.«

»Ist doch egal, von wem sie kam. Du musst zugeben, das Konzept
ist einmalig.«

»Das trifft es ganz gut«, erwiderte Adam. »Gescheiterte Konzepte
sind immer einmalig.«

Sara schien die Zweifel ernst zu nehmen. Sie bremste Picasso, der
schon zur nächsten Frage ausholte. Als er Anstalten machte, seinen
Notizblock aufzuschlagen, legte sie die Hand darauf.

»Ich verstehe das«, sagte sie beruhigend in Adams Richtung. »Es
ist eine Sache, als Außenstehender irgendwelche Gedankenexperi-
mente anzustellen. Aber etwas ganz anderes ist es, da mittendrin zu
stecken.«

Adam kniff die Lippen zusammen und stand auf. Seine Knie hatten zur Abwechslung mal wieder einen der schlechteren Tage erwischt, was kein Wunder war nach einer so wild durchträumten Nacht. Gelenke mochten keine Träume. Er humpelte ein paar Meter auf und ab, bevor er mit abgewandtem Blick fragte: »Warum, glaubt ihr, sind all die Menschen erst auf der Straße und letztlich in diesem leer stehenden Haus gelandet?«

Picasso versuchte sich an einer Antwort: »Hmmm, aufgrund einer Verkettung unglücklicher Umstände?«

»Bingo!« Adams Tonfall war unmissverständlich. »Und diese Verkettung unglücklicher Umstände nennt sich wie? Richtig, Leben. Wir sind da alle gelandet, weil wir am Leben gescheitert sind.«

Sara und Picasso blickten einander betreten an.

»Man kann da nicht mit Konzepten kommen«, führte Adam aus. »Das Konzept ›Konzept‹ greift bei uns nicht und hat es nie getan. Wir sind keine Planer, wir sind Improvisatoren, Überlebenskünstler, bei denen jeder Plan genau bis zum nächsten Sonnenaufgang reicht. Noch eine Nacht überstehen, darum geht's. Überleben, das ist das Konzept, ob mit oder ohne Dach.«

»Es tut mir leid«, flüsterte Picasso, während er seine Handfläche zur Kopfstütze umfunktionierte. Sein Blick war nach unten gerichtet, die Stirn lag nachdenklich in Falten. Ein Schachspieler ohne Spielbrett.

Die Stimmung war angespannt, Picassos Idee ganz offensichtlich gescheitert. Dabei war sie gestern Abend noch so gut angekommen, und selbst Adam hatte zunächst mitgewitzelt. Ein von den Saudis finanzierter Luxuswohnturm, besetzt von Pennern, die ihre künstlerischen Fähigkeiten an exakt die Gesellschaft weitergaben, die sie einst verstoßen hatte. Die Außenseiter als Erlöser. Eine Kunstakademie, in der die brotlosen Künstler nicht die Studenten waren, sondern die Dozenten. Ein Wolkenkuckucksheim eben, und was gab es Schöneres. Doch je nachdrücklicher und realitätsnäher Picasso die Idee vertrat, umso mehr verdarb er Adam den Spaß daran. Zudem zwang das Gespräch ihn in diese schrecklich defensive, viel zu ernste Rolle, in der er sich sowieso noch nie gefallen hatte.

»Du hast vollkommen recht.« Picasso erkannte, was er angerichtet hatte. »Da sind die Pferde mit mir durchgegangen. Der sozial minderbemittelte Wirtschaftsprüfer in seinen alten Mustern. Redet nur von den Talenten der Bewohner, ja ihrem Marktwert. Dabei sind das doch zuallererst mal Menschen in Notlage.«

»Apropos Notlage ...« Adam richtete den ersten Teil des Satzes an Picasso, um ihn anschließend bei Sara zu beenden: »Gibt's noch was von dem Schokokuchen?«

Das platte Witzchen erfüllte seinen Zweck. Die Ernsthaftigkeit war raus aus dem Gespräch und das Konzept vom Tisch. Er erklärte Picasso, ganz ohne Zynismus und Häme, dass er ihm ein für alle Mal die Illusion der Künstleroase nehmen müsse. Einige Bewohner spielten vielleicht gut Gitarre oder Geige, andere Schach, und ein paar überdurchschnittlich gebildete waren möglicherweise auch dabei. Die gab es aber ebenso im Knast. Die meisten seiner Mitbewohner hingegen waren früher ganz gewöhnliche Arbeiter oder Angestellte gewesen. Nur hatten sie einfach irgendwann eine Scheidung nicht verkraftet, sich in den Ruin gesoffen oder waren anders krank geworden. Im ungünstigsten Fall waren Mehrfachnennungen möglich.

»Jeder ist nur einen Schicksalsschlag von der Obdachlosigkeit entfernt«, sagte Adam. »Oder zwei große Fehlentscheidungen. Besonders wenn man diese Fehlentscheidungen jeden Tag aufs Neue trifft.«

Picassos Euphorie war verflogen, er wirkte bedrückt und nachdenklich.

»In dem Falle«, fragte er vorsichtig, »wäre es doch umso schöner, wenn man den Menschen helfen könnte, mal die richtige Entscheidung zu treffen, oder?«

»Sofern sie es überhaupt selber waren. Hinter manchen Schicksalsschlägen steckt eher eine schlechte Entscheidung von außen. Manchmal, wer weiß, vielleicht ja auch von oben.« Adam holte Luft. »Aber du willst es wirklich angehen, oder?«

»Absolut. Und ich glaube daran. Wir könnten es doch zumindest mal versuchen.«

Nun wurde auch Adam nachdenklich. Vielleicht war die Idee doch nicht so dumm. Möglicherweise störte ihn ja nicht die Idee an sich, sondern die Tatsache, dass ihm mal wieder die Pistole auf die Brust gesetzt wurde. Es hörte einfach nicht auf. Im Grunde bestand das Leben aus nichts anderem als einer endlosen Reihe an Entscheidungen. In seiner Aussage von vorhin steckte wohl mehr Wahrheit, als er sich zunächst hatte eingestehen wollen. Es waren die Fehlentscheidungen, die die Menschen voneinander unterschieden. Manchmal konnte man die eine oder andere sicher wieder ausbügeln. Aber sie ließen sich eben auch akkumulieren und verschlimmerten sich so. Wie gut hatte es doch ein Säugling, bei dem die Mutter alles regelte. Gab es so was als Erwachsener denn nicht auch? Er erinnerte sich an diesen uralten Zeitungsbericht über einen Mann in Birmingham. Der war eindeutig am Leben, litt jedoch am sogenannten Locked-in-Syndrom, verdammt zu einer Existenz in bedingungsloser Unbeweglichkeit. Sein Körper gehorchte ihm nicht mehr. Nicht mal der Befehl, vor lauter Hilflosigkeit zu stöhnen, ließ sich umsetzen. Er war aber nicht allein. Seine Ehefrau übernahm den verloren gegangenen Part und traf ab sofort sämtliche Entscheidungen für ihn. Wie sie stets betonte: in seinem Sinne. Von allen Seiten wurde der Mann bedauert. Niemand jedoch bedauerte seine Frau. Dabei musste sie nun neben ihren eigenen Angelegenheiten alles für einen weiteren Menschen regeln. Noch dazu *in seinem Sinne*. Hätte Adam wählen müssen, er wäre lieber der Mann gewesen. Das Wachkoma als Idealzustand, die entscheidungsfreie Existenz. Er hätte für den Fall natürlich keine Ehefrau, auf die er zurückgreifen könnte. Wobei das wahrscheinlich ohnehin nicht nötig wäre, denn alles, was dann noch in einem ablief, regelte der Körper selbst, wie automatisch, im vegetativen Nervensystem. Jede Entscheidung wurde dort unterbewusst getroffen, von irgendwem oder irgendetwas in unglaublich verantwortungsvoller Position. Ein Job, den er nicht würde machen wollen. Dieser ungeheure Druck, immer richtigliegen zu müssen. Traf das Rückenmark überhaupt mal falsche Entscheidungen? Wenn, dann wäre die Folge sicher auch eine Art Wohnungslosigkeit. Wie nur funktionierte das alles? Und wer oder was in seinem Körper hatte jetzt gerade hier die Gedanken so sehr abschweifen lassen? Adam musste wieder das Ruder übernehmen. Wo nur waren sie stehen geblieben? Ach so, die Akademie. Vielleicht also doch nicht die schlechteste Idee. Es wurde Zeit für eine Entscheidung. Überstürzen sollte er so etwas nicht, aber ein bisschen weniger Adam und ein bisschen mehr Rückenmark wäre schon gut. Er spürte es, tief aus dem Rücken, er würde Ja sagen, einfach so. Denn was sollte schon schiefgehen?

32.

Es tat sich etwas in der Brust des Imre Potkulcs. Ein ihm unbekanntes Gefühl machte sich bemerkbar, ziemlich genau an der Stelle, die sonst für die wohlkalkulierte, ruhige Atmung sorgte. Ob das, was ihm hier gezeigt wurde, schön war, vermochte er nicht zu sagen. In solchen Kategorien dachte er auch nach all den Vorträgen nicht. *Der Garten der Lüste* – die Dozentin nannte den Titel und schwieg. Ein solch prächtiges Kunstwerk, hatte sie zuvor gesagt, könne seine Wirkung nur entfalten, wenn es nicht von Worten eingerahmt wurde. Potkulcs, der nicht auf der Suche nach Stille, sondern nach Wissen war, empfand ihr Verhalten als faul. Er wollte Fakten, keine Eindrücke. Sie befanden sich schließlich nicht in einem Museum für dahergelaufene, desinteressierte Touristen, sondern in einer Akademie, noch dazu einer, die ihre Lehrkräfte mit Geld überhäufte. Hier bekamen, so schätzte er, diejenigen, die über die Kunstwerke referierten, nicht weniger als seinerzeit die Künstler fürs Malen.

Was sie sich rausnahm, einfach zu schweigen! Potkulcs war nach Protestieren. Doch jetzt, da das Bild in all seiner Pracht erstrahlte, brachte er kein Wort heraus. Ihm war mittlerweile sehr wohl bekannt, dass Schönheit mathematisch erklärbar war, wie alles. Ästhetik basierte auf Mustern, auf Symmetrie, und Symmetrie sortierte die Sinne. Das hier jedoch war anders. Hieronymus Boschs Gemälde war weder symmetrisch noch aufgeräumt. Im Grunde genommen war es von alledem das genaue Gegenteil. Potkulcs sah sich konfrontiert mit einer Art Ästhetik, die er sich nicht erklären konnte. Er dachte an den schwedischen Zukunftsforscher von der Universität in Oxford, der hier vor einigen Tagen über die Rolle der künstlichen Intelligenz (KI) referiert hatte. Der Mann hatte klargemacht, dass eine KI vieles könne, aber keinesfalls vernünftige Kunstwerke zu erstellen vermochte. Viele Forscher hätten sich daran versucht, doch ohne Erfolg. Die Computer wurden gefüttert mit Unmengen an Meisterwerken, dem Inventar der Museen dieser Welt.

Daraus sollten die Maschinen ein Muster ableiten, den Quellcode der Schönheit. Die Aufgabe, die die Forscher im Anschluss den Computern stellten, war simpel: Male ein Meisterwerk! Zuverlässig scheiterte die künstliche Intelligenz daran, ein ums andere Mal. Sie malte Gesichter mit vier Augen oder ließ Menschen in der Luft schweben. Zwar sahen die Bilder farblich und stilistisch aus wie ein van Gogh oder je nach Programmiererbefehl wie ein Picasso oder ein Dürer. Aber sie waren nicht stimmig, die Motive fehlerhaft. Der Computer konnte ganz offensichtlich einzelne Kriterien erkennen und imitieren, aber eben nichts *erschaffen*. Die Logik der Schönheit hatte sich laut dem schwedischen Forscher als zutiefst menschlich herausgestellt, sie war für den Computer nicht erfassbar. Potkulcs brauchte nicht lange, um darin sein persönliches Problem zu erkennen. Was er immer schon geahnt hatte, stellte sich als bittere Realität heraus: Der Prozessor in seinem Kopf war der Logik des Computers näher als dem Blick eines Künstlers. Dabei war er erwiesenermaßen hochintelligent. Warum nur scheiterten die Maschinen, und damit auch er, mit all der Rechenleistung an einer so simplen Aufgabe wie einem Bild? Er stand vor einem Rätsel. Sämtliche Entwürfe der letzten Wochen waren ins Leere gelaufen. Der Plan für die Kathedrale, die alles Gegenwärtige und vieles Dagewesene in den Schatten stellen sollte, scheiterte schon im Ansatz. Ihm dämmerte, dass auch er nicht erschaffen, sondern höchstens imitieren konnte. Nur, war ein Imitator denn Künstler? Würde es ausreichen, zusammenzustellen, statt zu kreieren? Er legte den Bleistift vor sich ab, so leise und sanft, dass nicht das geringste Geräusch zu vernehmen war. Mit dem kleinen Finger der linken Hand fuhr er die in die Seite des Tisches geschnitzten Initialen nach. IP, erspürte er mit seinen Fingern. Doch nicht IP kam in seinem Kopf an, sondern KI. Zum ersten Mal in seinem Leben hatte er das Gefühl, an Grenzen zu stoßen. Wobei es sich weniger wie eine Grenze anfühlte. Eher hatte er das Empfinden, in einem anderen Lebensraum angekommen zu sein – einem, in dem sein Funktionieren nicht mehr gewährleistet war. Ein Fisch auf dem Trockenen.

In der folgenden Nacht schlief Potkulcs zum ersten Mal seit seiner Nasenoperation, die immerhin fast dreiundzwanzig Jahre zurücklag, nicht durch. Er träumte, lebhaft und laut. Normalerweise wachte er in exakt der Position auf, in der er sechseinhalb Stunden zuvor eingeschlafen war, nicht so heute. Er lag auf dem Bauch, seine Bettdecke war nicht aufzufinden. Erst der Blick neben das Bett spürte sie auf, sie befand sich auf dem Teppich. Das Zimmer sah aus wie nach einem Einbruch, bei dem es hatte schnell gehen müssen. Abgesehen von seinem gesunden Schlaf fehlte allerdings nichts von Wert. Er musste wild geträumt haben. Potkulcs setzte sich auf und versuchte sich an einen möglichen Traum zu erinnern, doch von einem Kopf, der nie träumte, konnte nicht erwartet werden, nach dem allerersten Mal gleich die Details dieser Neuerung parat zu haben. Er beschloss, sich durch seine allmorgendliche Routine abzulenken. Wenn einem etwas partout nicht einfallen wollte, half obsessives Nachdenken nicht weiter. Der Einfall kam für gewöhnlich erst dann, wenn die Gedanken längst woanders waren. Potkulcs tauschte den weißen Schlafanzug gegen die blaue Badehose ein und ging die großen Marmorstufen hinab zum Schwimmbad. Dadurch gaukelte er seinem Gehirn vor, vom Traum abzulassen. So weit die Theorie. Still und heimlich drehten sich alle Gedanken jedoch weiterhin krampfhaft darum, die Erinnerung zu erzwingen. Was nur hatte ihn so unruhig schlafen lassen? Kein Schimmer, er stand vor einer leeren Leinwand. Dann beim Schwimmen endlich, nach vielleicht zehn oder fünfzehn Bahnen, kamen die Bilder der Traumsequenz zurück, so jäh wie deutlich.

Imre Potkulcs ist höchstens drei Jahre alt und steht vor Gericht. Der holzvertäfelte Gerichtssaal ist von Wassermassen geflutet, die unmittelbar hinter ihm in die Tiefe stürzen. Nur dank seiner Windel treibt Baby-Imre an der Oberfläche, ist dabei mit einer langen Leine an den riesigen Stuhl des Richters gebunden. Hinter ihm steigt eine goldene Treppe auf, gesäumt von prachtvollen Palmen, an deren blauen Blättern Holzpenisse und -brüste hängen. Wie viele Stufen es sind, ist unmöglich zu sagen. Die Treppe reicht, so weit das Auge sieht. Der Richter ist zunächst ein alter Mann, in der nächsten Sekunde plötzlich eine Frau. Dabei hat sie (oder er) immer dieselbe große

Leuchtzahl über dem Kopf. Es ist eine liegende Acht, das Unendlichkeitssymbol. Im Wasser bemerkt Imre die Reflexion seiner eigenen Zahl, einer übermächtigen Null mit vier Nachkommastellen, auch diese allesamt Nullen.

Die Richterin ruft ihn auf: »Imre Potkusch.«

»Potkulcs«, will er erwidern. Doch aus seinem Mund kommt kein hörbarer Ton.

»Drollig!«, sagt die Richterin. »Na, was hast du denn Schönes erschaffen? Vielleicht ein Bild gemalt oder etwas gebastelt?«

»Aber ich habe doch die Kathedrale gebaut. Die große Europa-Kathedrale, das war ich! ICH WAR DAS!« Die Richterin ist jetzt wieder ein Mann. Potkulcs zeigt ihm das Poster und ruft: »Hier, die Europa-Kathedrale. Das war ich!«

Er wird immer zorniger, beginnt zu hüpfen und schlägt wie wild auf die Wasseroberfläche.

Der Richter wechselt nun immer schneller seine Identität, nimmt schließlich die Gestalt von Imres Mutter an und beginnt laut zu lachen. Imre blickt entgeistert auf das Bild. Es zeigt eine große Sandburg, die kaum noch als solche zu erkennen ist. Wind und Regen haben sie völlig verwittern lassen. Die Leine wird jetzt länger, Potkulcs treibt auf den Abgrund zu. Immer panischer gestikulierend, ruft er: »Die Kathedrale! Die Kathedrale!« Er ist bereits so weit abgetrieben, dass er sich nicht mehr halten kann. Laut schreiend stürzt er den Wasserfall hinab. Er fällt und fällt. Im Hintergrund begleitet ihn das Echo seiner Mutter, laut und immer lauter: »Ein Versager, ein Versager!«

Dann endlich, ganz abrupt, wird alles still und schwarz.

33

Adam lag wach. Es war das erste Mal überhaupt in seinem Leben, dass ihm jemand so etwas wie ein festes Jobangebot gemacht hatte. Das durfte man nicht auf die leichte Schulter nehmen, denn wenn er sich wirklich auf Picassos Projektidee einließe, zöge das so etwas wie regelmäßige Arbeit nach sich, und zwar nicht nur einen Pförtnerdienst alle vierzehn Tage. Im Grunde gab es daher nichts zu überlegen. Ein fester Job war das Allerletzte, was er im Leben wollte. Andererseits wäre es vielleicht wirklich nicht so viel Arbeit, sondern, wie Picasso es genannt hatte: ein nettes Projekt. Es gab bestimmt auch die Möglichkeit, solch eine Akademie im kleinen Rahmen aufzuziehen, wie ein Yogastudio. Dann wäre es eher eine Freizeitbeschäftigung als ein Job. Aber Picasso hatte eben auch gesagt, dass er die Sache »vernünftig machen« wollte, und *vernünftig* verhieß selten etwas Gutes.

Wie immer, wenn sich eine besondere Gelegenheit bot, dachte Adam an damals. Er war zu der Zeit Mitte zwanzig und mal wieder arm wie eine Kirchenmaus. Doch das sollte sich ändern, denn er war zur richtigen Zeit am richtigen Ort. Oder am falschen, wenn man die andere Seite fragte. Die andere Seite, das war sein Vermieter. Ein Großinvestor, der den gesamten Apartmentblock, in dem Adam seinerzeit lebte, dem vorherigen Vermieter abgekauft hatte. Die neuen Besitzer kauften ganze Straßenzüge und wollten an die Stelle von Adams Wohnkomplex sechs schillernde Luxushochhäuser setzen, Milliardenobjekte. Die Genehmigungen waren da, das Geld ebenfalls. Nur die Mieter störten. In einem ersten Schritt bot man jedem von ihnen zehntausend Pfund, dazu ein mietfreies Jahr in einer größeren Wohnung in einem anderen, besseren Stadtteil. Viele akzeptierten und zogen ins nahe gelegene Golders Green. Kein schlechter Tausch. Einige wenige hingegen lehnten ab. Adam hatte den Brief nicht mal gelesen. Die Investoren erhöhten neben dem Angebot auch den Druck. Im Raum standen nun 35 000 Pfund, verbunden mit massiver Einschüchterung seitens einer großen Anwaltskanzlei aus Canary Wharf. Jetzt schlugen alle ein, bis auf vier, von denen nach der dritten Runde (55 000 Pfund) nur noch Adam und ein weiterer Mieter übrig blieben. Der schließlich wurde im vierten Durchgang schwach und ließ sich den Umzug mit knapp einhunderttausend Pfund versüßen. Adam hingegen unternahm: nichts. Irgendwann meldete sich ein Anwalt, der von dem Fall gehört hatte und ihn, den letzten Standhaften, auf der Basis einer Kaution in Höhe von zwanzig Prozent vertreten wollte. Adam erbat sich Bedenkzeit und verzweifelte wie so oft an der Entscheidung. Er war ja nicht mal in der Lage, im Bioladen zwischen den beiden Sorten Haferriegeln zu wählen. Zum Selbstschutz entschied er, das Ganze spielerisch anzugehen. Als der Anwalt wieder bei ihm klingelte, machte ihm Adam ein Gegenangebot. Er wolle ihm nicht zwanzig Prozent zahlen, sondern fünfundzwanzig. Der Mann guckte verdutzt, glaubte aber offenbar zu verstehen, was hinter Adams Angebot stand: »Das gefällt mir. Sie sind auf jeden Fall der unorthodoxeste Klient, den ich je vertreten habe.«

»Unorthodox«, antwortete Adam. »Lassen Sie das nicht meinen Rabbiner hören.«

Endlich schien er den Mann hinreichend irritiert zu haben.

»Und außerdem, bisher vertreten Sie mich ja noch gar nicht. Oder nehmen Sie das Angebot an? Schlagen Sie lieber ein, sonst sage ich noch dreißig Prozent. Oder zehn.«

Der Anwalt schüttelte Adams Hand mit einem breiten Grinsen im Gesicht. Zwei Monate später verließ Adam als letzter Bewohner den Häuserblock. Sein Anwalt war um 200 000 Pfund reicher, der unorthodoxe Klient um das Dreifache. Doch Adam fühlte sich nicht etwa selig oder befreit. Im Gegenteil, er empfand das viele Geld als vollkommen unpassend. Es erschien ihm in erster Linie ironisch. Jahrelang war er als Jazzmusiker und Stand-up-Comedian für wenig oder gar kein Geld durch die Lande getingelt, hatte sich Tage und Nächte um die Ohren geschlagen, unaufhörlich geprobt und geschrieben. Viel Saat, null Ernte. Bis es sich jetzt, praktisch über Nacht, einfach ins exakt andere Extrem verkehrte. Und was hatte er dafür getan:

nichts. Es war sogar noch grotesker: Je länger er nichts getan hatte, umso höher war die Summe geworden.

So also funktionierte der Kapitalismus. Spätestens seit diesem Moment nahm er Geld nicht mehr ernst. Das hatte den zusätzlichen Vorteil, dass es ihm das Ausgeben ungemein erleichterte. Wenig überraschend, dass von dem großen Batzen schon nach wenigen Jahren nichts mehr übrig war, und zwar ohne dass er sich wirklich etwas davon gekauft hätte. Rückblickend war es ihm ein absolutes Mysterium, wie er fürs Nichtstun so viel Geld hatte bekommen können. Nicht minder rätselhaft hingegen war, wie er wiederum durchs Nichtstun genau dieselbe Summe hatte loswerden können. Gut, dass er sich aus Geld nichts machte.

In mancher Situation jedoch holte ihn die Erinnerung ein. Als er auf der Straße lebte, geschah das meist in Momenten, die besonders entwürdigend waren. Wenn der Zugang zu einer Toilette fehlte oder eine Decke, um sich warm zu halten. Wie viele Decken man für 600 000 Pfund hätte kaufen können. Oder man ließ die Umwege weg und deckte sich gleich mit dem Geld zu. Oder machte daraus ein wärmendes Lagerfeuer. Kohle verheizen, das wäre es. Schade, dass ihm das damals nicht eingefallen war. Ihn amüsierte der Gedanke, dass er seinerzeit ein Vermögen dafür bekommen hatte, seine Unterkunft aufzugeben. Später dann fehlten ihm selbst kleinste Beträge, um überhaupt noch ein Dach über dem Kopf zu haben. So funktionierte es wohl im Leben: Musik, Comedy und Geld, alles eine Frage des Timings.

Schluss jetzt!, ermahnte er sich. Geld war nun wirklich kein Grund zur Sorge. Es bot sich mal wieder eine Gelegenheit im Leben, und er konnte ihr entweder die Tür vor der Nase zuschlagen oder sie hereinlassen. Irgendwer schien ihn hier zu etwas führen zu wollen. Erst war Prassnik aufgetaucht, dann war er von einer ihm Wildfremden, die längst wieder von der Bildfläche verschwunden war, in ein Wohnprojekt gelockt worden. So viel war los in seinem Leben, dass ihm nicht mal mehr ihr Name einfiel. Letztlich war er auf Picasso getroffen, der ihm die Gründung einer Akademie vorschlug. Nach klassischer Filmdramaturgie begann jede Heldenreise mit dem Erscheinen eines

Mentors, der den Protagonisten zum Abenteuer einlud. Bei ihm mussten es natürlich gleich drei sein. Die gewohnt gut gemeinte Auswahl, die das Schicksal dem Entscheidungsunfähigen anbot. Nur, was zum Teufel, wollten die alle von ihm? Wie tragisch verzweifelt mussten sie sein, dass sie ausgerechnet ihn als Helden ihrer Geschichte auserkoren? Allein, um darauf eine Antwort zu finden, lohnte es sich, zuzusagen. Das Leben machte es einem wirklich nicht leicht, an keinen großen Plan dahinter zu glauben. Ein Schicksal, eine Singu, was auch immer. Der Gedanke war so groß und bedrohlich, dass er Adam mit einer schweren Müdigkeit erfüllte. In der Gewissheit, Ja zu sagen, schlief er ein. Die Entscheidung war getroffen, und er hatte nicht den Eindruck, es selbst getan zu haben. Aber wer auch immer dahintersteckte, meinte es sicher nur gut mit ihm.

34.

D as wird was, das wird was«, hallte es leise durchs Treppenhaus.
»Pssst.« Adam mahnte zur Ruhe. Es ging ihm weniger um die
Lautstärke als vielmehr um die übertriebene Euphorie.

Das Luxusobjekt am Park hatte gewiss schon einige Delegationen
enthusiastischer Investoren treppauf marschieren sehen, diese jedoch war anders. Auch bei wohlwollender Betrachtung konnte von
einem Marsch keine Rede sein. Gerade Adams Bewegungen erinner-
ten weniger an das straffe Vorankommen einer offiziellen Abordnung
als vielmehr an die Trägheit eines sonnenmüden, streunenden Hun-
des. Auch das Äußere der Beteiligten ließ nicht gerade auf eine Inves-
torengruppe schließen. Für Adams Outfit, seinen Haarschnitt und
den außer Kontrolle geratenen Bart galt das an den meisten Tagen.
Heute jedoch steuerte auch der sonst so gut gekleidete Picasso seinen
Teil bei. Sein viel zu weiter Anzug war vielleicht mal modern gewesen, aber das musste lange her sein.

Somit identifizierte schon ihre äußere Erscheinung Adam und Picasso als das, was sie waren, nämlich zwei zufällig aufeinanderge-
troffene Verrückte mit einer ebensolchen Idee. Adam fand das nicht
nur passend, sondern auch beruhigend. So würden sie auf die anderen Bewohner in erster Linie harmlos wirken. Nur in diesem Wissen ließ sich etwas wie das anstehende Klinkenputzen überhaupt
durchziehen. Sie gingen methodisch vor, Picasso hatte Adam zwei
Tage lang überzeugt, ganz oben anzufangen. Mittlerweile sah auch
er ein, dass das die bessere Reihenfolge war. Oben bei den Jüngeren
würden die Gespräche leichtfallen. So würden sie mit möglichen
Erfolgserlebnissen einsteigen, bevor weiter unten die Dickköpfigen
warteten.

Von der ersten Idee, alle Bewohner unten im Foyer zusammenzu-
rufen, hatte Adam Picasso schnell abgebracht. Er kannte das zu gut.
In der Gruppe würden sich alle versperren, dafür reichte in der Regel
schon eine lautstark vorgetragene Gegenstimme. In Einzelgesprä-

chen war viel mehr zu bewirken, und auch die Rollenverteilung ergab sich dabei wie von selbst. Adam war noch nie ein guter Verkäufer gewesen, das also wäre Picassos Part.

»Ich bin nicht mal ein guter Käufer«, hatte Adam gesagt und laut gelacht.

Entsprechend machte Picasso in den Gesprächen den Anfang und versuchte die Bewohner für das Projekt zu motivieren. Seine sachliche Art kam gut an, die ersten »Kontakte«, wie Picasso die Gespräche nannte, verliefen erstaunlich ergiebig: »Anhören kann man sich das ja mal«, lautete die Reaktion im obersten Stockwerk.

»Also, wenn ihr das macht, wäre ich dabei. In welcher Form auch immer«, sagte der Nächste.

Adam war baff. So offen hatte er die Mitbewohner nicht erwartet. Anderseits waren dies die einfachen Stockwerke. Wer hier lebte, war jung und fit. Die Treppe betrieb natürliche Selektion. Adams Knie unterstrichen diese These, sie pochten heftig wie seit Langem nicht. Dennoch machte ihm die Sache Freude. Sie waren offenbar ein gutes Team. Picasso brachte mit seinem nötigen Ernst das Konzept an den Mann (und die wenigen Frauen), Adams Anwesenheit diente als vertrauensbildende Begleitmaßnahme. Es verlangte keine detektivischen Fähigkeiten, zu sehen, dass Adam einer von ihnen war. Ohnehin kannten sich alle vom Sehen, sei es von den Hausversammlungen oder eben aus der Toilettenschlange. Die Sachlichkeit Picassos wurde garniert mit den lakonisch-sarkastischen Sprüchen Adams, dem erst während dieser Tour auffiel, dass die meisten seiner Mitbewohner offensichtlich einen ähnlichen Humor teilten. Vielleicht war es das, was die Straße in einem erzeugte, einen gemeinschaftlichen Galgenhumor. Oder aber es war umgekehrt, zynische Menschen fielen häufiger aus dem System und trafen sich am Ende bei den Mülltonnen.

Als sie nach einem guten Dutzend Gesprächen zwischen zwei Stockwerken die Treppe hinabgingen, bat Adam Picasso, sich kurz zu setzen. Er packte zwei Haferriegel aus, und Picasso nahm die Einladung zufrieden lächelnd an. Dieser gemeinsame Erfolg war etwas Besonderes, und es war wichtig, solche Momente zu genießen. Zum ersten Mal seit Langem hatte Adam das Gefühl, Teil von etwas Funktionierendem zu sein. Was genau auch immer das war und was am Ende daraus werden würde, eins stand fest: Jetzt und hier fühlte es sich gut an.

»Wir ziehen das durch, oder?«, fragte er.

»Aber klar. Wir sind schließlich schon mittendrin.«

»Die scheinen die Frage alle zu mögen«, sagte Adam.

»Du meinst, die Frage nach der größten Leidenschaft?«

»Ja. Das ist clever. Denn es klingt kein bisschen nach Druck oder Leistung.«

»Danke, das freut mich. Wenn man ehrlich ist, sind es doch immer unsere Leidenschaften, die uns dazu bringen, Schönes zu erschaffen, Musik zu machen, Kunst zu kreieren. Es sind unsere Leidenschaften, die uns außerdem ...«

»Ruinieren!«, unterbrach ihn Adam.

»Da hast du wohl recht. Aber in der neuen Welt ist eben alles anders. Die Religionen sind verschwunden, und die hatten ja nicht gerade eine kleine Liste an Leidenschaften verboten. Im Prinzip alles, was Spaß macht.«

»Moment, das stimmt nicht ganz«, entgegnete Adam. »Leiden war immer von allen Religionen ausdrücklich erlaubt. Und nichts mache ich lieber, als zu leiden. Tja, manche haben eben Glück.«

Im nächsten Stockwerk trafen sie auf einen grauhaarigen Teenager, der behauptete, schon über fünfzig zu sein. Er stellte sich als ehemaliger Lagerist vor. Erst wenn er lachte, wurden die Fältchen um seine Augen sichtbar. Picasso hatte leichtes Spiel. Der Mann erzählte ungefragt seine gesamte Lebensgeschichte, und zwar flüsternd. Schnell und kaum akzentuiert quollen dabei die Worte aus ihm heraus.

Der Typ ist ein Automat, dachte Adam, ein Automat, der durch eine eingeworfene Münze aktiviert worden ist und nun sein Programm abspielt. Womöglich hatte er einfach kommunikativen Nachholbedarf. Adam und Picasso hatten immer noch kein Wort gesagt, der Lagerist hingegen war warmgelaufen. Er erklärte, was hinter all den umherstehenden Objekten steckte, die teils aus Plastikstrohhalmen, teils, wie es schien, aus Holzgabeln gefertigt waren. Seine private – wie er es nannte – Passion war seit jeher der Modellbau. Adam fand, Obsession kam der Sache näher. Wie besessen redete der Mann über die Ordnung, die die Modelle in seine Welt brachten, und dass er doch von Haus aus Architekt, Bildhauer und Ingenieur zugleich sei. Als er das sagte, streichelte er mit der linken Hand über den aus kleinen Holzelementen (waren es Wäscheklammern?) gefertigten Nachbau eines Strommasts und lächelte zufrieden. Der Mann hatte mittlerweile zwei große Tuben in der Hand und dozierte über die Rolle des Klebstoffs in der Gesellschaft. Wie ein Schuhanzieher hebelte Picasso eine Frage in den dafür eigentlich zu engen Sprachschwall des Modellbauers. Auch wenn der Lagerist nicht den Eindruck gemacht hatte, der Frage bis zum Ende zuzuhören, kam seine Antwort prompt und fiel geradezu überschwänglich aus. Aber selbstverständlich könne er sich vorstellen, die stark unterschätzte Kunstform des Modellbaus im Rahmen eines Akademiebetriebs zu unterrichten. Staatsmännisch gab er beiden die Hand, bevor sein Monolog in die zweite Runde ging.

Endlich zurück im Flur, machte Picasso Notizen auf seinem Klemmbrett, während Adam zusammenfasste: »Also unseren Mann für den Frontalunterricht haben wir schon mal.«

Eine Tür weiter trafen sie auf zwei mittelalte Bewohner, die Adam noch nie gesehen hatte. Ihr Zustand entsprach dem ihres verwahrlosten Apartments. Alkohol war zwar verboten im Haus, aber kontrolliert wurden solche Dinge nicht. Sie schlossen die Tür wieder und entschieden, es bei anderer Gelegenheit noch mal zu versuchen.

In der darunter gelegenen Etage schwang das Pendel in die entgegengesetzte Richtung, und all die Betäubung der vorherigen Begegnung wich einer beinahe übertriebenen Wachheit namens Simon. Adam hatte schon mehrfach mit ihm gesprochen, nichts Persönliches, meist reiner Small Talk über das Haus, die Stadt und einmal auch über Bücher. Vielleicht war es die Tatsache, dass er ihn ein wenig kannte, aber Adam wurde den Eindruck nicht los, Simon hätte ihren Besuch erwartet. Er wirkte geradezu vorbereitet, bat die beiden, einzutreten und sich mit ihm an seinen Esstisch zu setzen. Mitten auf dem Tisch lag eine Partitur, Beethovens *Mondscheinsonate* in der Bearbeitung für Klavier und Violine. Er wandte sich an Adam: »Du bist Pianist.«

Es klang nicht wie eine Frage. Adam nickte.

»Ich habe dich spielen hören. Kostenloses Konzert im Hidey-Hole. Ausgezeichnet!«

»Oh, danke.«

Adam fühlte sich geschmeichelt, war aber in erster Linie über-rascht. Wobei das gar nicht angebracht war, denn er hatte mal gele-sen, dass die Zielgruppe eines Musikers meist einem ähnlichen ge-sellschaftlichen Milieu entstammte wie der Künstler selbst.

»Dreißig Jahre«, sagte Simon.

Picasso sah Adam an, der fragend die Schultern hob.

»Seit dreißig Jahren habe ich keine Geige mehr unter dem Kinn gehabt, und doch spiele ich jeden Tag.«

Picassos Miene war nun noch verwirrter, Adam hingegen verstand sofort.

»Ein Geiger ohne Geige«, sagte er. »Und doch ist die Musik da.«

»Mehr denn je.«

Simon erzählte von seiner Kindheit als Geigenwunderkind. Gebo-ren in eine Arbeiterfamilie aus Wales, hatte nichts so ferngelegen wie klassische Musik. Doch sein Grundschullehrer entdeckte Simons au-ßergewöhnliches Talent, förderte ihn und verhalf ihm schließlich so-gar zu einem Stipendium an der Musikhochschule. Darüber brach sein Vater, der immer strikt gegen »diesen Zirkus« gewesen war, mit ihm. Aus seinem Jungen solle etwas Vernünftiges werden: »Geige, Oper, Ballett, das sind wir nicht. Das passt nicht zu uns.« Wahr-scheinlich war er eifersüchtig auf den Lehrer, der mehr und mehr zu Simons Vaterfigur wurde. Schlussendlich brach auch seine Mutter den Kontakt ab. Ab da ging es bergab. Er wolle nicht ins Detail gehen, aber das eigene Leben sei ein Konzert, und er habe darin nur noch die zweite Geige gespielt.

Irgendwann landete er im Gefängnis und schlussendlich auf der Straße. Die lange Zeit ohne Bleibe war ihm anzusehen, sein Gesicht war durchpflügt von tiefen Gräben. Es war die Straßenkarte des Le-bens.

Adam war erstaunt, wie wenig verbittert Simon trotz alledem klang. Im Gegenteil, er strahlte einen ungeheuren Optimismus aus. Simon bezeichnete die zurückliegenden Jahre als ein für ihn ursprünglich nicht vorgesehenes Intermezzo, einen lang anhaltenden Ausrutscher, der ihn am Ende auf den für ihn vorgezeichneten Weg zurückbringen würde. Er hörte sich an wie einer dieser Motivationscoaches, aber in der echten und glaubwürdigen Version. Er war Feuer und Flamme, sagte, er sehe die Idee von der Akademie als eine logische Konsequenz seines bisherigen Lebensweges. Natürlich könne er sich vorstellen, Geigenunterricht zu geben, egal ob nun mit oder ohne Geige, so etwas wäre zweitrangig.

Adam und Picasso ließen ihn reden und lächelten zufrieden, bevor sich Simon zum Abschluss langsam umdrehte und auf das Poster an der Wand deutete. Das Bild zeigte ein mit hellem Schein hinterlegtes Porträt des Hafenarbeiters und Propheten Jürgen Prassnik, wie immer in blauer Arbeitsmontur.

»Ein Neuanfang«, sagte Simon. »Ich habe mich immer gefühlt wie jemand, der aus der Zeit gefallen ist, ein Anachronist. Und jetzt ist alles neu. Die Zeit ist aus sich selbst herausgefallen, und ich bin mittendrin. Wenn ich ehrlich bin ...«, sprach er mit sicherer Stimme und fuhr sich dabei mit der Hand übers Gesicht. »Ich glaube, zum ersten Mal gefällt mir diese Welt. Das Leben soll Einzug halten im Haus und wir alle im Gegenzug Wiedereinzug ins Leben. Es ist längst überfällig.«

35.

»Wenn uns die sozialen Medien eines gezeigt haben, dann ja wohl das: Jeder will Künstler sein«, behauptete Picasso, während er auf den Stuhl kletterte. »Man muss nur mal gucken, wie viele Fotos die Leute jeden Tag irgendwo hochladen.«

»Na ja«, antwortete Adam, »Kunst ist gut. Das meiste sind doch Selfies. Also eher Lebenszeichen, als Gegenwehr gegenüber der eigenen Sterblichkeit.«

»Gott, hier geht's ja mal wieder richtig locker und jovial zu«, sagte Sara und begrüßte die beiden.

»Sechzig Becher, wie bestellt. Sind im Café vom Laster gefallen.«

Sie stellte die drei Becherstapel auf den aufgebauten Tapeziertisch, direkt neben die großen Thermoskannen.

»Wo habt ihr denn die ganzen Stühle und Bänke her?«

Adam und Picasso waren zu sehr mit dem Aufhängen des Schildes beschäftigt, um zu antworten. Vor dem Beginn der Versammlung würden sie es noch mit einem Bettlaken verhängen, jetzt jedoch war der Name der Hochschule auch von Weitem gut lesbar: AKADEMIE FÜR STRASSENKUNST.

»Wir machen da noch einen Untertitel drauf«, rief Adam in Saras Richtung.

»Ach ja, was denn? *Zeit haben wir genug?*«

»Mist, der ist auch gut. Unserer lautet: *Ein Himmelfahrtskommando.*«

Sara presste die Lippen zusammen und hob den Daumen: »Sehr gut. Akademie für Selbstironie.«

In einer guten Stunde würde die Versammlung beginnen, und sie versprach, voll zu werden. Knapp vierzig der achtundfünfzig Bewohner hatten ihr Kommen in Aussicht gestellt. Eigentlich war Adam davon ausgegangen, dass die meisten im Haus ähnlich desinteressiert an sozialem Umgang waren wie er. Diesen Eindruck hatte ihm das tägliche Leben hier vermittelt. Doch irgendetwas war anders. Die Akademie schien genau das zu sein, woran es vielen gemangelt hatte: eine Gelegenheit.

Natürlich sprangen nicht alle darauf an. Gerade die Besuche in den beiden untersten Etagen ließen sich nicht unbedingt als Erfolg bezeichnen. Spätanpasser, hatte Picasso die dort lebenden Alten und wenig Beweglichen genannt, in diesem Stadium der Projektplanung könne man sie noch nicht motivieren, mit Betonung auf: noch. Adam, der diese Problemstockwerke gut kannte, weil er selbst dort wohnte, bewunderte Picassos Zuversicht. Er wusste genau, dass manche Menschen keine Spätanpasser waren, sondern Nichtanpasser. Doch Picasso weigerte sich, jegliche Störfaktoren zu akzeptieren. »Die kriegen wir spielerisch«, entschied er. »Schach!«

Adam war nicht ganz klar, was er damit meinte. Bisher war ihm Schach nicht als Kunstform aufgefallen. Aber im Endeffekt ging es ja ohnehin nur darum, dass alle beschäftigt waren. Und für die Dauer der Versammlung jedenfalls galt das schon mal, zur Vollzähligkeit fehlten nur vier Mitbewohner. Keine zwei Stunden später unterschrieben also vierundfünfzig längst nicht mehr obdachlose Obdachlose die Satzung zur Gründung einer Kunstakademie – ganz ohne Gegenstimme. Auch Picasso und Sara unterzeichneten und würden somit die Einzigen sein, die nicht im akademieeigenen Internat untergebracht wurden. Neben dem luxuriösen Residenzteil bestand die Hochschule aus fünf Fakultäten. Die ersten vier entsprachen den Grundsätzen und Vorlieben Singus, also Musik, Malerei, Stand-up-Comedy sowie Romane (»Kreatives Schreiben«). Die fünfte Fakultät war schnell benannt, sie hieß »Fünfte Fakultät« und umfasste eine bunte Mischung unterschiedlichster Spielarten wie Bildhauerei, Tanz, Architektur und in der Tat Schach. Auf besonderen Wunsch eines recht redseligen Versammlungsteilnehmers wurde die Liste komplettiert durch »Modellbau«.

Die dritte und vierte Etage wurden die Heimat der Akademie, da sich alle bisherigen Bewohner dieser Geschosse einverstanden erklärten mit einem Umzug, wofür ihnen im Gegenzug Privilegien gewährt wurden wie die Befreiung von Hausdiensten.

Ein wichtiges Thema war die Frage des Geldes. Obwohl Picasso und Adam mehrfach klarmachten, dass es darum eben nicht gehen solle, kamen Forderungen auf. Am Ende wurde einstimmig festgelegt, dass die zu erwartenden Einnahmen zuallererst genutzt würden, um schnellstmöglich den Aufzug in Betrieb nehmen zu lassen und eine Wasserversorgung zu realisieren.

Die Kurse, die die Akademie anbot, waren auf höchstens zwölf Teilnehmer begrenzt und hießen »Sessions«, denn nichts sollte nach Arbeit klingen und alles nach Jazz. Picasso schlug der Versammlung Adam als Dekan der Akademie vor, ohne das vorher mit ihm abgesprochen zu haben. Entsprechend überrumpelt war Adam und machte umgehend klar, dass er darauf aber mal so gar keine Lust habe. Genau diese Aussage überzeugte alle Anwesenden, sie wählten ihn einstimmig. Was wiederum im Gegenzug Adam überzeugte, der die Wahl lachend annahm, wenn auch unter Protest, wie er betonte. Außerdem natürlich nur unter der Bedingung, dass sich seine leitende Tätigkeit darauf beschränkte, den Lehrplan zu gestalten, denn mehr wollte und würde er nicht tun. Die Akademie hatte ihren natürlichen Leiter gefunden. In seiner Dankesrede betonte Adam, dass viel mehr Institutionen von der Person geleitet werden sollten, die am allerwenigsten nach Macht strebte. Er wäre genau der richtige Mann, nämlich der mit den geringsten Ambitionen.

Gleichzeitig traute er so viel gemeinschaftlicher Aufbruchstimmung nicht. Es gab einfach zu wenig Widerstand, die Dinge liefen zu glatt. Und wenn etwas zu glatt lief, war das nie ein gutes Zeichen. Außerdem hielt er es für einen Fehler, das Versteck zu offenbaren, Fremde hineinzulassen und somit das gesamte Wohnprojekt zu riskieren, jetzt wo er sich gerade eingelebt hatte. Picasso entgegnete ihm immer wieder, dass es ein ausgeklügeltes, extrem sicheres Mitgliedsprinzip gäbe. »Eine geschlossene Gruppe«, wie er es nannte. Doch das beruhigte Adam kaum. Eine Gruppe, wie geschlossen sie auch sein mochte, sorgte immer für Probleme. Es gab hier einfach nichts zu gewinnen, wohl aber eine Menge zu verlieren. Erstaunlicherweise sorgte genau das bei Adam für wachsende Lust auf das Projekt. Irgendetwas stimmte eben nicht mit ihm. Die heimliche Sehnsucht nach dem Scheitern war wieder größer als der Wunsch nach Erfolg, wobei er natürlich nichts bewusst sabotieren würde. Aber unterbewusst, das ließ sich nicht ausschließen. Er war eben von Haus aus gesegnet mit der Zuversicht des Pessimisten und glaubte ganz eindeutig an das Scheitern eines jeden Plans. Um der Akademie zumindest den Hauch einer Chance zu geben, hielt er sich daher, abgesehen vom Lehrplan, von allem Organisatorischen fern. Die operative Leitung übernahmen Picasso und Simon, sporadisch unterstützt von Sara, die dafür eigentlich viel zu viel um die Ohren hatte. Zum Schreiben kam sie in diesen Tagen so gut wie gar nicht. Sie sah das jedoch keineswegs negativ. Hier passierte gerade so viel, das konnte nur gut sein. Man musste etwas erleben, um schreiben zu können. Unentwegt machte sie sich Notizen in ihrem kleinen Büchlein. Das fiel ohnehin niemandem auf, denn als ersten Schritt zur Akademiegründung hatte Picasso an alle im Haus kleine Notizbücher verteilt. Sie waren schließlich jetzt keine gewöhnlichen Bewohner mehr, sondern der Lehrkörper.

Adams Aufgabe waren die Pianosessions, wenn auch ohne Piano. Überhaupt gab es im ganzen Haus kein einziges Musikinstrument, weder Leinwände noch Farbe und auch sonst keine Lehrmaterialien. Sie würden alle improvisieren müssen, Jazz eben.

»Franz Schubert hatte damals, wie man erzählt, auch kein eigenes Klavier«, sagte Simon. »Und es hat ja trotzdem irgendwie hingehauen.«

»Eben«, erwiderte Adam. »Außerdem machen wir das hier alles für Singu. Eine unsichtbare Göttin wird sich ja wohl nicht von so etwas Läppischem wie einem unsichtbaren Klavier abhalten lassen.«

Am Abend saßen Adam und Sara, die jetzt Dozentin für kreatives Schreiben war, auf einer Bank im Streatham Common und blickten in den Park, die Akademie im Rücken. Sara rauchte. Es war ein außergewöhnlich milder Abend, der die menschenleere Stadt in warmem Orange leuchten ließ. Hinter ihnen auf der Straße war so gut wie kein Verkehr zu hören, und auch im Park war niemand zu sehen. Einzig eine überforderte Spaziergängerin, die ihren an der Leine ziehenden Hund zu bremsen versuchte, sorgte für ein Lebenszeichen.

Dabei gab das warme Licht, das durch den Rauch von Saras Zigarette schimmerte, der Szene den Anstrich eines Werbespots.

»Und, was meinst du?«, fragte sie, während sie der Hundefrau nachblickte.

Adam überlegte.

»Tja, so schnell geht das. Und schon lebt man in einer komplett neuen Welt.«

Sara zog an ihrer Zigarette und sah weiter in die Ferne.

»Aber keine schlechte, oder?«

»Die Menschen, die Autos, das Gehetze. Im Grunde ist alles, was mich an dieser Stadt gestört hat, weg«, sagte Adam. »Aber – und jetzt wird's seltsam – ich glaube, jetzt vermisse ich all das.«

»Absolut«, antwortete Sara. »Ich war zum Beispiel seit Jahren genervt, dass nichts vorangeht. Ich wollte immer beruflich schreiben, für Geld. Jetzt habe ich endlich den Vertrag und sehne mich nach den Zeiten, in denen ich keinen Druck hatte. Einfach in den Tag hineinleben.«

»Gibt nichts Besseres. Außer man muss das jeden Tag. Dann gibt es nichts Schlimmeres.«

»Wohl wahr, wohl wahr. Aber jetzt haben wir ja die Akademie. Adam, du bist Dekan einer Hochschule und ich Dozentin.« Sie stieß ihm dabei in die Rippen.

»Völliger Wahnsinn, ich weiß! Das kann nur eins bedeuten: Das Ende ist nah.«

Sara streckte die Beine aus und legte einen Fuß über den anderen.

»Sag mal, aber du ziehst das doch durch?«

»Weißt du«, sagte Adam. »Ich habe bisher im Leben immer die falschen Entscheidungen getroffen, ausnahmslos. Man darf mich keine Entscheidungen treffen lassen, denn dann geht alles schief. Wenn ich aber einfach nichts tue, passieren gute Dinge. Das ist ja jetzt auch wieder so. Ich habe die Entscheidung nicht getroffen, es ist mir einfach passiert. Die Sache kann also tatsächlich ein Erfolg werden.«

36.

Am folgenden Tag fuhr Potkulcs zum ersten Mal seit Langem wieder raus zum Budapester Flughafen. Noch am Vormittag, kurz nachdem er aus seinem schrecklichen Gerichtsraum erwacht war, hatte er alle Termine für die laufende Woche abgesagt, eine weitere Expertin wollte er unter keinen Umständen sehen. Noch jemanden, die ihm seine eigene künstlerische Unfähigkeit vor Augen führte, hätte er nicht ertragen. Ein neuer Ansatz musste her. Sofort beauftragte er seine Mitarbeiter, unverzüglich ein Treffen mit Hajnal Vincze zu organisieren. Vincze war Ungarns populärste Philosophin und machte schnell klar, dass sie für eine Abholung im Potkulcs-Flieger nicht zur Verfügung stünde. Sie weigerte sich kategorisch, in ihr Heimatland zu reisen, das sie vor vielen Jahren wütend verlassen hatte. Zu groß war ihre Abneigung gegenüber der politischen Führung. Das Ausland behandelte sie wesentlich freundlicher und ließ sie beispielsweise die philosophische Fakultät einer großen Universität leiten, ganz ohne ihr reinzureden. Potkulcs musste also nach Frankreich reisen. Und das, obwohl er sich nach dem Debakel am Louvre geschworen hatte, nie wieder einen Fuß in dieses Land zu setzen. Immerhin lebte Vincze nicht in Paris, sondern in einer dieser unbedeutenden Städte südlich davon.

Dort angekommen, betrat Potkulcs nach kurzer Wartezeit im Vorzimmer Vinczes Büro und staunte. Gerechnet hatte er mit einer alten Frau. Doch trotz ihrer weißen Haare hatte die Professorin den wachen Blick und die frische Ausstrahlung einer Studentin im ersten Semester. Hielt ein kluger Geist jung? Wie oft sie wohl atmete? Vielleicht alterte man auch in Frankreich einfach besser als in Ungarn. Ihr kräftiger Händedruck unterstrich Potkulcs' Vermutungen.

»Schade, Sie hier zu treffen«, sagte die Gastgeberin.

»Wie bitte?«

»Nun, ist es nicht ein großes Trauerspiel, dass unser Land seit fast hundert Jahren seine Denker und all die klugen Köpfe lieber im Ausland sieht?«

»Sie meinen, außerhalb von Ungarn gibt es mehr zu verdienen?«

Die Philosophin zog die Augenbrauen hoch und presste resigniert die Lippen zusammen.

»Setzen Sie sich doch bitte. Was führt Sie zu mir? Es klang ja recht dringend.«

Potkulcs nahm Platz, während Vinczes Assistent einen kleinen Servierwagen mit Tee zum Tisch schob. Wie viel sie ihm wohl bezahlte, dass er immer noch zur Arbeit erschien? Das vornehme Ambiente ließ auf ein stolzes Budget schließen. Angefangen vom geschichtsträchtigen Gebäude, gelegen inmitten einer großzügigen Parkanlage, über die Einrichtung, die wuchtigen dunklen Bücherregale, die goldgerahmten Gemälde, die übergroßen Blumenvasen und die beiden Messingkronleuchter bis hin zur Kleidung des teebringenden Assistenten. Alles war von Substanz, jedes Detail wirkte stilsicher. Potkulcs unterdrückte den in ihm aufkeimenden Neid.

»Das ist es in der Tat. Ich brauche Ihren Rat«, sagte er, während er sich bemühte, nicht allzu devot zu klingen.

»Das ehrt mich natürlich. Aber wissen Sie, Philosophen sind nicht unbedingt die besten Ratgeber. Die Philosophie ist etwas sehr Lebensfernes, und wie ich höre, sind Sie eher Pragmatiker. Worum geht es denn?«

Der Assistent stellte beiden eine Tasse hin, füllte sie mit dampfendem Grüntee und drapierte mit einer kleinen Silberzange ein Stück braunen Kandis auf die Untertasse. Im Anschluss verließ der diskrete Bühnenarbeiter den Raum still und geduckt, pünktlich zum Beginn der Vorstellung.

»Also.« Potkulcs holte tief Luft. »Ich stecke, wenn man so will, in einer persönlichen Krise.«

Vincze lehnte sich zurück. Sie fand ganz offensichtlich Gefallen an diesem Rollenspiel und nahm die ihr dargebotene Rolle der Therapeutin dankbar an.

»Ich bin übrigens kein Pragmatiker, sondern Logiker, und genau da liegt das Problem. Wie Ihnen vielleicht bekannt ist, bin ich durch meine mathematischen Fähigkeiten sehr wohlhabend geworden. Die Geschäftswelt ist einfach: Der Klügste der Branche hat am Ende das meiste Geld in der Tasche. Das Geld wandert immer vom Dummen zum Schlauen. Mehr ist es nicht.«

An Vinczes Gesichtsausdruck war abzulesen, dass sie sich nicht sicher war, ob ihr Gegenüber nur provozieren wollte oder tatsächlich so dachte. Sie beließ es daher vorerst beim Zuhören.

»Ich habe immer alles erreicht, was ich mir vornahm. Mein Vermögen wuchs daher jede Sekunde. Alles reine Mathematik. Genauso wie die Beweisführung im Fall Prassnik. Das alles war nichts als Logik und dabei das größte Geschäft von allen. Doch seitdem interessiert mich Geld nicht mehr, ich nutze es lediglich als Mittel zum Zweck. Wenn ich ehrlich bin, gebe ich überhaupt zum ersten Mal Geld aus, ohne mir davon Rendite zu erhoffen. Ich habe sämtliche Geschäftsaktivitäten eingestellt und verfolge nun ein gänzlich anderes Ziel.«

Potkulcs pausierte, um Vincze die Möglichkeit zu geben, nachzufragen. Sie jedoch durchschaute den rhetorischen Trick und nickte nur auffordernd.

»Nun«, sagte er. »Ich will ein großes Kunstwerk erschaffen. Ein Meisterwerk nach Vorbild der Renaissance.«

Die Philosophin führte ihre Tasse zum Mund.

»Ein Gemälde?«

»Größer. Ein Gesamtkunstwerk. Eine Kathedrale, die an sich schon ein Kunstwerk ist. Aber zusätzlich wird sie gefüllt sein mit Gemälden, Skulpturen, Mosaiken, Fresken.«

Vincze stellte die Tasse ab.

»Ich nehme an, Sie wollen Singu beeindrucken.«

»Ich will das ewige Leben – und zwar um jeden Preis.«

»Also wollen Sie *doch* Rendite.«

Potkulcs reagierte nicht.

»Wie weit sind Sie denn mit Ihrer Kathedrale? Ist das Mittelschiff schon fertig?«

Potkulcs, der einen solch flapsigen Tonfall von seinen Gesprächspartnern nicht gewohnt war, reagierte empört und verschränkte demonstrativ die Arme. Ihm gefiel das hier herrschende, umgekehrte Machtgefälle nicht im Geringsten.

»Ich meine das ganz ernst. Noch bin ich natürlich in der Vorbereitungsphase …«

Vincze stand auf, ging ein paar Schritte bis zum Fenster und blickte hinaus. In die Weite des Universitätsparks fragte sie: »Und warum kommen Sie mit Ihrer Kathedrale zu mir? Es schmeichelt mir ja, aber Sie müssen wissen, ich bin weder Architektin noch Bischof.«

»Ein Bischof würde mir nicht helfen konnen, und einen Architekten habe ich schon. Ich komme natürlich mit einer philosophischen Frage zu Ihnen.«

»Ach«, sagte Vincze mit einer nur dürftig kaschierten Spur Sarkasmus. »Ich bin ganz Ohr.«

»Wissen Sie«, sagte Potkulcs, »ich bin kein Künstler. Ich verstehe nicht mal, was Kunst überhaupt ist. Mir fehlt sogar jede Ahnung, was Schönheit bedeutet. Diese ganze Idee, dass ich plötzlich von einem erfolgreichen Unternehmer zum schöpferischen Künstler werden soll, stellt mich vor ein Rätsel, und zwar ein nicht zu lösendes. Also investiere ich maximal. All meine Ressourcen wende ich dafür auf, sodass am Ende kein Weg am Erfolg vorbeiführt. Singu soll mit offenem Mund vor meinem Werk stehen.«

Potkulcs lehnte sich zurück, wobei er sein perfekt gebügeltes Hemd noch glatter zog.

»Aber«, sagte er langsam, »ich finde keinen Ansatz. Ich kann zwar andere Kathedralen imitieren, ich kann vielleicht Bilder nachmalen, aber mir selbst fällt nichts Eigenes ein. Ich kann nicht …« Er atmete tief durch die Nase ein. »Erschaffen.«

»Nun«, erwiderte Vincze, »das ist zunächst mal kein Grund zur Sorge. Denn das können die wenigsten. Genau deswegen bewundern wir die großen Meister ja so sehr. Weil sie eben die Ausnahme sind.« Sie hatte sich inzwischen wieder gesetzt und redete nun im besonnenen Ton einer Staatschefin.

»Ja, schon. Aber das ist doch jetzt die Aufgabe, die Prüfung. Ich will um jeden Preis das ewige Leben. Wissen Sie, ich habe einen IQ von einhundertzweiundsiebzig. Ich bin doch viel zu intelligent, um an einer solchen Aufgabe zu scheitern.«

»Das hat mit kognitiver Fähigkeit nichts zu tun. Es gibt verschiedene Arten von Intelligenz.«

»Ja, aber es muss doch eine Kunstform geben, die man mit meiner Art der Intelligenz meistern kann.«

»So einfach ist das nicht«, sagte Vincze. »Was Kunst überhaupt ist, halte ich zwar für schwer zu umreißen. Aber eines steht fest: Sie entsteht nicht, wenn IQ und Zwang aufeinandertreffen.«

»Aber dieser Zwang herrscht nun mal jetzt«, antwortete Potkulcs nervös.

»Mal abgesehen davon, dass die Existenz dieser Figur Singu keineswegs bewiesen ist …«, erwiderte die Philosophin.
Potkulcs unterbrach sie: »Natürlich ist sie das. Ich persönlich habe schließlich den Beweis erbracht!«

»Nun gut, für Sie existiert Singu also. Existenz kann eben auch auf individueller Basis stattfinden. Wenn Singu also für Sie Realität ist und Sie ihn oder sie beeindrucken wollen, dann stellt sich die Frage: Muss es als Erstlingswerk gleich die größte Kathedrale der Menschheitsgeschichte werden?«

Potkulcs rieb sich das Kinn, während er mit dem Zeigefinger der anderen Hand am Bein seines Stuhls nach eingeschnitzten Vertiefungen suchte. Das Holz jedoch war makellos eben.

»Ich will nichts dem Zufall überlassen. Groß denken!, das war schon immer mein Credo. Daher ist die Kathedrale alternativlos. Vollgepackt wird sie sein mit Kunstwerken, die gesamte Palette.«

»Aber Sie sagen doch, Sie sind gar kein Künstler.«

»Genau das ist ja meine Frage«, sagte Potkulcs. »Die Frage, wegen der ich zu Ihnen gekommen bin.«

Er setzte eine Pause. Doch Vincze ließ sich nicht anmerken, ob sie interessiert oder möglicherweise gar gespannt war.

»Ist jemand«, fuhr Potkulcs fort, »der fremde Kunstwerke imitiert oder zusammenstellt und dadurch ein neues, viel größeres Kunstwerk erzeugt, selbst auch ein Künstler? Sprich: Ist das Zusammenstellen ein schöpferischer Prozess?«

Die Philosophin beugte sich vor und legte ihr Kinn auf die gefalteten Hände. Ein mildes Lächeln umspielte ihren Mund und trat in

Kontrast zu der markanten Denkerfalte auf ihrer Stirn. Es war offensichtlich, sie genoss die Situation, während Potkulcs sich aufführte wie der reinste Klischee-Mathematiker. Zunächst hatte er einen Beweis geliefert, und nun suchte er nach Definitionen. Nur, konnte die Philosophie hier helfen?

»Eine hochinteressante Frage«, sagte Vincze mehr zu sich selbst. »Was ist Kunst? Kann ein Zitat eben auch so etwas sein wie Kunst? Dann geht es noch einen Schritt weiter. Mit der Frage: Was ist Schöpfung, beziehungsweise was ist der schöpferische Akt?«

Sie erhob sich und ging erneut zum Fenster. »Wissen Sie, die Religion und die Wissenschaft stehen gar nicht so sehr in Konkurrenz zueinander, wie dies stets behauptet wird. Die meisten berühmten Wissenschaftler haben sich sehr wohl mit Religiosität und spirituellen Themen befasst. Galilei rechnete aus, wie weit die Hölle unter der Erdoberfläche liegen müsse. Oder nehmen Sie Isaac Newton. Er glaubte, dass hinter all seinen Forschungsobjekten tatsächlich ein Gott stecken müsse, ein allmächtiger Schöpfer. Umgekehrt setzten viele Kleriker auf wissenschaftliche Forschung. Wissenschaft und Religion gingen also schon immer Hand in Hand, das vergessen viele. Genau wie Kirche und Kunst. Lange waren neben den Königshäusern die Kirchen die einzigen Auftraggeber für die schönen Künste. Das galt für die Malerei ebenso wie für klassische Musik, Bildhauerei oder opulente Architektur. Der Grund war recht banal, niemand anderes besaß Geld. Daher muss ich lachen, wenn heutzutage gesagt wird, dass sich der Reichtum der Welt auf immer weniger Köpfe verteilt. Ein großer Unsinn. Bis ins frühe zwanzigste Jahrhundert hatte ganz Europa keinen müden Taler, bis auf ein paar Dutzend Privilegierter. Und heute? Sind wir alle reich. Die Konzentration des Wohlstands ist längst Geschichte. Dass einige Superreiche den anderen enteilten und überproportional reich wurden – geschenkt. Der Wohlstand ist längst in der Breite angekommen. Aber wem erzähle ich das.«

Vincze war vom Thema abgekommen und referierte. Sich wieder auf die ursprüngliche Frage besinnend, fuhr sie fort: »Wenn wir nun überlegen, was Kunst ist und wann eine kreative Schöpfung vorliegt, so schlage ich den Blick auf ebendiese vor: die Schöpfung. In der Natur besteht alles aus denselben einhundertachtzehn Elementen, zumindest sind uns einhundertachtzehn bekannt. Vielleicht gibt es irgendwo im Universum weitere Stoffe, aber damit sollen sich die Philosophen anderer Planeten herumschlagen. Wirklich alles, jedes Etwas ist also eine Kombination aus diesen Grundstoffen und somit eine Zusammenstellung, eine Anthologie. Die gesamte Schöpfung ist nichts anderes als Kombinatorik, somit auch die Kunst.«

»Hmmm.« Potkulcs war nicht überzeugt. »Ich verstehe ja Ihre Idee dahinter, aber Ihr Argument greift nicht. Es ist doch ein Unterschied, ob ich Zahlen kombiniere, Elemente oder Farben. Manche Dinge werden nun mal als ›kreativ‹ bezeichnet, andere nicht. Ob ich Backsteine zu einer Kathedrale aufschichte oder zu einer Mauer, das ist schließlich ein Unterschied. Wann ist ein Mensch denn Künstler, das ist doch die Frage.«

Potkulcs war froh, es so formuliert bekommen zu haben, denn es fiel ihm nicht leicht, über die Dinge in dieser Form zu sprechen. Das war alles nicht sein Metier. Kunst war schlicht etwas, das als solche verkauft wurde. Es fühlte sich noch immer falsch an, sich nun in diesem Ausmaß damit zu beschäftigen, erzwungen und verlogen. Gleichzeitig war ihm klar, dass sein Ziel keinen anderen Weg zuließ.

»Sie hatten ja gefragt, ob ein Zusammenstellen auch Kunst sein kann. Aber wenn Sie wissen wollen, wann ein Mensch ein Künstler ist, ist das eine ganz andere Frage.«

Potkulcs, der in Gesprächen stets still saß und große Ruhe ausstrahlte, begann auf seinem Stuhl leicht hin und her zu rutschen. Vincze bekam das nicht mit, ihr Blick hing an der Zimmerdecke, während sie langsam mit streichenden Handbewegungen über die Schreibtischplatte fuhr.

»Nun gut«, sagte sie resolut. Sie streckte den Rücken durch, räusperte sich und blickte Potkulcs direkt an, als wäre sie aus einem Tagtraum erwacht.

»Gehen wir es pragmatisch an. Mathematisch, wenn Sie so wollen. Logik. Ein Künstler erzeugt Kunst, und Kunst ist, Moment …«

Vincze schlug das Buch auf, das sie während einer ihrer Ausflüge zum Fenster aus dem wuchtigen Eichenregal gezogen hatte. Sie befeuchtete ihren Zeigefinger, blätterte konzentriert und stieß recht schnell auf die gesuchte Stelle.

»Hier, Kunst. Das Ergebnis gezielt ausgeübter menschlicher Tätigkeit, die nicht durch eine Funktion festgelegt ist. Kunst ist dabei das Ergebnis eines kreativen Prozesses.«

Sie schlug das Buch zu und sah Potkulcs an.

»Sehen Sie? Ohne kreativen Prozess keine Kunst.«

»Und eben das verstehe ich ja nicht!«, rief Potkulcs frustriert. »Das ist doch alles das reinste Gewäsch. Im Lexikon hätte ich selbst nachschlagen können. Nur leeres Gequatsche! Sinnlos aneinander gereihte Wörter und Buchstaben. Vollkommen unergiebig.«

»Wenn Sie meinen«, erwiderte Vincze in mildem Ton. »Aber unterschätzen Sie die Buchstaben nicht! Sie stehen den Zahlen in nichts nach. Es lässt sich einiges anstellen mit den vierundvierzig Buchstaben des ungarischen Alphabets. Denken Sie daran: Auch das kann Kunst sein.«

»Soll ich jetzt lachen?«, fragte Potkulcs zynisch. »Na, dann legen Sie doch endlich los! Zeigen Sie, ob sich aus den vierundvierzig Buchstaben jetzt mal langsam eine vernünftige Antwort auf meine Frage bauen lässt. Nämlich, ist das Zusammenstellen und Imitieren von Kunst auch Kunst? Na, wie sieht's aus?«

»Gut, Sie wollen eine klare Antwort, und die sollen Sie bekommen«, sagte Vincze nun bestimmt. »Die Antwort lautet: Nein! Kunstsammler sind keine Künstler, sondern Sammler. Kunst entsteht aus Originalität. Das bedeutet Kreativsein. Zusammenstellen aber ist nicht kreativ, sondern reine Fleißarbeit. Wer Tierbücher kauft, ist noch lange kein Tier.«

Potkulcs war perplex. Zwar verstand er den Satz mit den Tierbüchern nicht, aber das spielte auch keine Rolle. Es ging um die Form. Eine solch harsche Ansprache hatte er Vincze nicht zugetraut, und sie war noch längst nicht fertig.

»Sie, Herr Potkulcs, sind so sehr Künstler, wie ich eine Freundin der ungarischen Regierung bin. Vergessen Sie Ihre Kathedrale besser! Setzen Sie sich lieber mit einem Farbkasten und einem Malblock an Ihren Küchentisch, vielleicht kommt da ja etwas dabei herum. Ach, und übrigens …« Vincze lehnte sich zurück und lächelte süffisant. »In Ihrem Falle empfehle ich eine Technik, die wie maßgeschneidert für Sie ist: Malen nach Zahlen.«

Sie stand auf, stellte sich hinter ihren Stuhl und schob ihn unter den Schreibtisch.

»Es gibt Dinge im Leben, die kann man nicht berechnen oder einfach so erlernen, Herr Potkulcs. Magie, Zauber, Liebe, Schönheit. Wenn Sie solche Kategorien nicht mal erkennen, dann können Sie sie auch nicht erlernen. So wie Sie bestimmte Menschen eben auch nicht kaufen können.«

Mit deutlichem Fingerzeig wies sie dem sprachlosen Potkulcs die Tür. Für den Fall, dass er immer noch nicht verstanden hatte, gab sie ihm mit:

»Dieses Treffen war ein Fehler. Guten Tag.«

37.

Längst waren alle an Bord. Nach über vierhundert Tagen in dieser unwirtlichen Hölle hob die Maschine endlich ab. Leise entschwebte sie in eine neue Welt, eine bessere Welt.«

Der blasse Junge schwieg, während er weiter auf den Text blickte, und schob schließlich leise nach: »Ende.«

Behutsam legte er das beschriebene Blatt vor sich ab, schaute auf und sah Sara erwartungsvoll an, die mit den Gedanken ganz woanders war. Die gesamte Klasse wartete auf eine Reaktion. Der Junge rührte sich noch immer nicht. Endlich begann aus dem Nichts eine ältere Dame verhalten zu applaudieren. Ihr Sitznachbar stimmte ein, nach und nach folgten auch die übrigen Kursteilnehmer. Sara zuckte unwillkürlich zusammen und klatschte, wie automatisch, ebenfalls in die Hände.

»Das war«, sagte sie, noch immer gedankenverloren, »große Klasse.«

Während der Erzählung des Jungen waren die beschriebenen Szenen in ihrem Kopf zu einem Kinofilm geworden. Nichts hatte gehakt, alles floss. An einigen Stellen hatte sie sogar laut lachen müssen.

»Vincent, ist das wirklich von dir?«, fragte sie.

Der Junge nickte, während sich seine bis eben noch käsigen Wangen zartrosa einfärbten.

»Das ist toll geschrieben. Die Struktur, die Figuren, die Sprache, der Aufbau, der Witz. Eine richtige Geschichte.« Sie betonte das letzte Wort.

»Sie hat mich förmlich hineingezogen. Am Ende bin ich mit dem Raumschiff in die neue Welt entschwebt. Das alles hast du erschaffen, Vincent. Mit nichts als Worten.«

Es war offensichtlich, dass sie nicht die Einzige im Raum war, die von dem Jungen beeindruckt war. Alle sahen ihn gebannt an. Ihm war das sichtlich unangenehm. Verlegen lächelnd schien er sich an einen Ort zu wünschen, an dem er sich verstecken könnte. Nur wo?

Er entschied sich, es dort zu versuchen, wo er sich am wohlsten fühlte. Sein Blick flüchtete zurück auf das Manuskript.

»Danke«, flüsterte er kaum hörbar.

»Wir bedanken uns, Vincent. Ich weiß, wie unangenehm das ist, wenn einen alle anblicken. Aber es muss dir kein bisschen peinlich sein. Wir gucken nicht dich an, sondern den genialen Autor dieses Textes. Hier spricht auch nicht Sara, sondern die Leiterin dieser Session. Hinter mancher Maske lässt es sich prima verstecken. Das schützt davor, angestarrt zu werden – und die Autorenmaske ist nicht die schlechteste.«

Der Junge lächelte und fühlte sich nun eindeutig wohler. Sara war überrascht, wie leicht es ihr fiel, andere zu loben, während sie sich selbst und all ihre Texte regelmäßig in der Luft zerriss und sich gnadenlos durch die Mangel drehte. Sobald es allerdings um andere ging, war der Spuk vorbei. Sofort wurde ihr Urteil sachlich, oft gar wohlwollend und milde. Sie hatte mal gelesen, dass Narzissten von sich selbst in der dritten Person sprachen. Vielleicht war das der Grund, und sie liebten sich nur deswegen so sehr, weil sie sich als jemand anderes sahen. Ein Ich machte ganz selbstverständlich immer das Ich fertig, das ging jedem so. Zu Fremden hingegen war es freundlicher. Die Lösung lag also auf der Hand. Sie nahm sich vor, in Zukunft mehr Distanz zwischen sich selbst und ihr Ich zu bringen.

»Sara findet es auf jeden Fall bärenstark«, probierte sie sich gleich mal aus, und niemand schien ihren Wechsel in die dritte Person zu bemerken. Kam man als Narzisst wirklich so leicht unentdeckt durchs Leben? Sie würde das Experiment später fortsetzen, jetzt ging es erst mal um den kleinen Vincent.

»Ich arbeite schon an einer Fortsetzung der Geschichte«, verriet der Junge stolz.

»Umso besser! Dann gehen wir jetzt mit diesem Cliffhanger in die Werbung«, sagte Sara und machte eine aufsteigende Geste. »Wir sehen uns am nächsten Freitag. Wenn wir bis dahin nicht in eine neue Welt entschwebt sind.«

Mit einem Klopfen auf die kleinen Klapptische bedankten sich die Teilnehmer, was Sara mit einem Nicken beantwortete.

Drei Zimmer weiter beendete auch Adam seine Pianosession. Es war einer der seltenen Abende, an denen er mal nicht ohne Instrument auskommen musste. Eine Teilnehmerin hatte ein Keyboard mitgebracht, und was für eins. *MY FIRST PIANO* stand in großen roten Buchstaben an der Front des Instruments. Als die Frau das Gerät zu Beginn der Session hervorgeholt hatte, war es lachend aus Adam herausgeplatzt: »Was ist denn das?«

»Na, ein E-Piano«, erwiderte die Frau voller Stolz.

Einige in der Runde nickten zustimmend.

»Natürlich«, antwortete Adam. »Und das E steht für Erwachsene?«

Auf einem Kinderinstrument Schubert zu spielen schien genau die richtige Rezeptur zu sein. Die Stunde wurde zur bisher ausgelassensten.

»Ich habe einjährige Zwillinge zu Hause«, rief zum Abschluss ein Teilnehmer. »Wir haben so viel Spielzeug. Ich guck mal, vielleicht finde ich ja ein Instrument für nächste Woche.«

Adam nahm die übergroße Wasserflasche, die griffbereit neben ihm auf dem Boden stand, und verließ den Raum wie immer als Erster. So ließen sich unangenehme Gespräche vermeiden. In den ersten Tagen war er noch sitzen geblieben. Schnell jedoch zeichnete sich ab, dass diejenigen, die länger als die übrigen Teilnehmer blieben, das aus gutem Grund taten. Sie schienen Gesprächsbedarf zu haben. Adam hatte nicht per se etwas gegen diese Unterhaltungen, scheiterte aber regelmäßig daran, dergleichen zu beenden. Was wiederum sein Gegenüber meist so interpretierte, als könne Adam das Gespräch gar nicht lang genug sein. Ein Teufelskreis. Seitdem ging er als Erster.

Obwohl er noch vor allen den Raum verlassen hatte, belästigten ihn mal wieder diejenigen mit dem größten Gesprächsbedarf von allen: seine Knie. Eine Stunde lang still zu sitzen, noch dazu auf diesen billigen Stühlen, entsprach nicht gerade der Therapieempfehlung des Orthopäden. Das nasskalte Wetter der letzten Tage machte die Sache nicht besser. Er quälte sich die Treppe hinauf. Wie ein Bergsteiger auf den letzten Metern zog er sich mit der Hand am Geländer hoch. Dabei besetzte er jede Stufe einzeln zuerst mit dem linken, dann mit dem rechten Fuß. Jeder Klaviertransport wäre schneller gewesen. Er stellte sich vor, wie zwei Möbelpacker mühsam das Spielzeugpiano aus dem Unterricht die Treppe hochschleppten.

Insofern hatte der mühsame Aufstieg jedes Mal sein Gutes, denn er produzierte die besten Gedanken. Das Treppensteigen war Meditation, Adam atmete mit jedem Schritt. Dadurch musste er sich nicht mehr auf die Bewegung konzentrieren und konnte völlig befreit denken. Unsortiert gingen ihm Sätze, Beobachtungen, Erinnerungen durch den Kopf. Was die Akademie wohl bringen mochte, fragte er sich. Würden hier wirklich Künstler geformt werden? Entstanden hier Kunstwerke – und würden, in letzter Konsequenz, Menschen Singu überzeugen können? Lernten hier Leute zu kopieren oder zu kreieren? Insbesondere die Texte, die Sara ihm mal nach einer Session gezeigt hatte, beschäftigten ihn. Einiges von dem, was ihre Gruppe geschrieben hatte, war natürlich unlesbar, wahrscheinlich sogar für die eigene Verwandtschaft. Andere hingegen zeugten von großer Qualität. In diesen Fällen aber erwischte er sich immer wieder dabei, sofort leichte Zweifel an der Autorenschaft zu verspüren. Das war natürlich reichlich unfair. Noch dazu ging es ihn nichts an. Wichtig war doch am Ende nur, dass weder er noch Sara Zeit an das Lesen schlechter Texte verschwenden mussten. Beide waren sich einig, dass sie lieber eine gute gestohlene Geschichte lasen als eine schlechte echte. Wobei, am unterhaltsamsten waren immer die schlechten gestohlenen. So viel Talent musste man erst mal haben, eine gute Vorlage derart zu ruinieren. Über den Gedanken hatte er sich mit Sara amüsiert. Auch jetzt erheiterte ihn die Erinnerung daran, während er sich weiter die Treppe hinaufschleppte.

Nach der kurzen schmerzfreien Episode, die auf die Entdeckung des Kopfkissens gefolgt war, meldeten sich die Knie in letzter Zeit wieder mit altbekannter Vehemenz. Sie agierten als gnadenloses Speichermedium, an dem sich die Ereignisse der letzten Jahre ablesen ließen. Erst das Schlafen im Auto, dann die Obdachlosigkeit, ständig draußen in der kaltfeuchten Londoner Luft. Sein Lebenswandel hatte nicht nur die Knie, sondern den gesamten Körper geschunden und ihn als schlecht funktionierende Maschine zurückgelassen.

So viel Talent musste man erst mal haben, dachte er, eine gute Vorlage derart zu ruinieren.

Die Tür stand wie gewohnt offen. Sara, Picasso und Simon saßen bereits bei Tee und Plätzchen. An zwei Abenden jeder Woche war das ihr Ritual. Kurz nach dem letzten Kurs des Tages trafen sie sich im Büro. Die Haferriegel, die in der großen Glasschüssel bereitlagen, rührte außer Adam niemand an. Die drei saßen im Halbkreis, der vierte Sessel war frei – und blieb es auch. Denn Adam wollte auf keinen Fall schon wieder sitzen, erst recht nicht so tief. Stattdessen holte er sich den Barhocker, der hinter der Tür stand, stellte ihn zwischen Sara und Picasso und hockte sich mit einer Gesäßhälfte darauf. So ging es.

»Und, Feierabend!«, sagte Picasso und reichte Adam einen Riegel.

»Das klingt aber übertrieben nach Arbeit. Wir wollen mal nicht übertreiben. Das weitaus Anstrengendste heute war das Treppensteigen«, sagte Adam, musterte die Verpackung und vergewisserte sich, dass darauf ein hellgrüner Streifen abgebildet war. Es gab diesen Haferriegel in zwei Versionen. Dieser hier hatte weder Zucker noch Gluten, schmeckte also schlechter, war aber gesünder. In seinem Alter ja nicht unwichtig.

»Beneidenswert«, sagte Picasso. »Wer so einen Satz sagen kann, dem kann's allzu schlecht nicht gehen. Künstler müsste man sein.«

»Künstler?!« Adam lachte schallend auf. »Jetzt haben also selbst Volkshochschullehrer wie ich einen so schlechten Ruf?«

Sara und Simon wurden angesteckt von Adams Reaktion. Picasso hingegen reagierte wieder mal ein wenig zu ernst, beinahe betroffen.

»Na, komm. So siehst du dich noch nicht wirklich?«

»Nun«, antwortete Simon an Adams Stelle. »Ganz so falsch liegt Adam da ja nicht. Wir sitzen in irgendwelchen Stuhlkreisen und erklären einem Haufen Leute, wie man ganz ohne Talent Kunst begreift.«

»Oder ganz ohne Instrumente Musik macht«, ergänzte Adam.

Das fand jetzt auch Picasso lustig.

»Denk dran, was du bei der Gründungskonferenz betont hast«, sagte Sara zu Picasso. »Wir wollen den Laden hier nicht ernst nehmen. Unter keinen Umständen.«

»Na ja«, erwiderte er, »solange wir Musik ohne Instrumente machen, sollte das nicht allzu schwerfallen.«

Sara stand auf und legte Picasso und Adam je eine Hand auf die Schulter.

»Wenn man ehrlich ist«, erklärte sie, »ist das hier sowieso kein Unterricht, den wir geben. Das sind Therapiestunden.«

»Sara hat vollkommen recht«, sagte Adam in die Runde. »Eine Therapie für alle, und sogar ich bin einer der Therapeuten. Ich! Die Insassen haben die Anstalt übernommen.«

Nicht jedes der abendlichen Treffen verlief so spielerisch, erst vorgestern war es außerordentlich ernst zugegangen. So ernst, dass Simon sogar hinwerfen wollte. Neben dem Tee, den Plätzchen und den Haferriegeln war das eines der verlässlichsten Elemente dieser Runden: Einer wollte praktisch immer aufgeben. Meist war es Adam, immer mal wieder Sara, selten Picasso und erst einmal Simon. Ihm war vorgestern Abend der Kragen geplatzt, weil ein Kursteilnehmer ihn übel angefahren hatte. Der Mann hatte urplötzlich ungefragt in den Raum gebrüllt, er habe in der Vor-Singu-Zeit ein erfolgreiches Fahrdienstunternehmen geleitet, das auf Chauffeurdienste zwischen den fünf Londoner Flughäfen spezialisiert war. Von einem Tag auf den anderen brach sein Umsatz ein, die Welt der Geschäftsreisen war Geschichte und somit auch der Betrieb. Der Zorn darüber brodelte in ihm, und er wollte raus. Dass er dabei Simon traf, war reiner Zufall. Normalerweise bekam der Friseur so etwas ab, die Wirtin oder eben der Taxifahrer, neuerdings aber war es der Musiklehrer. Ein Mensch, der bis vor Kurzem noch hinter Mülltonnen geschlafen hatte. Kein Wunder, dass sich einige damit schwertaten. Der Mann in Simons Session sagte, er habe so viel investiert über all die Jahre, unglaubliche Summen in die Hand genommen, und plötzlich sollte das alles weg sein? Noch schlimmer, jetzt stand hier einer vor ihm und wollte ihm beibringen, wie man Erfolg haben könne?

»Erfolg in dieser bekackten neuen Welt«, hatte der Mann Simon direkt ins Gesicht geblafft. »Dieser Niemand, der mir das Geigen beibringen will, aber noch nicht mal eine Geige hat!«

Das traf Simon hart. Immer wieder nannte der Mann ihn einen

Niemand, und ihm wollte es partout nicht gelingen, sich zu wehren. Das war bereits in der Schule so gewesen, dass er verstockte, sobald ihn jemand anfuhr. Wahrscheinlich hatte er deswegen schon früh so gut Geige gespielt. Es war der beste Weg, andere von sich zu überzeugen, und zwar ganz ohne Konfrontation. Auch den Mann, der so wütend war, weil er sein Fahrdienstunternehmen verloren hatte, hätte er gerne davon überzeugt, dass er eben kein Niemand war. Wie aber sollte das gehen ohne Geige. Also stand er einfach nur da, geigenlos, und ließ es über sich ergehen. Wie ein Niemand.

»Ich bin am Ende«, sagte er nachher den anderen.

»Im Gegenteil«, antwortete Picasso voller Trost. »Du stehst ganz am Anfang, wie wir alle. Mit dem Typen sprechen wir, zur Not ist der raus. Und Musikinstrumente sind nur eine Frage der Zeit, ich habe da schon jemanden an der Hand. Es wird zwar weder Stradivari noch Steinway, aber spielen lassen die sich auch.«

Im Laufe des Gesprächs beruhigte sich Simon, so wie es dem Quartett überhaupt immer wieder gelang, sich gegenseitig aufzufangen. Auch wenn es dabei oft heiß herging, wofür meist die drei Männer zuständig waren. Sara hingegen erfüllte eher die Beobachterrolle und war die Einzige in der Runde mit ausgeprägtem psychologischem Geschick. Da das allen sehr wohl bewusst war, reichte ein einziger wohlplatzierter Satz von ihr, um ein aussichtslos verstrickt erscheinendes Gespräch zu entwirren. Vielleicht war es der eingebaute Vorteil, den Schriftstellerinnen gegenüber Wirtschaftsprüfern, Geigern und Pianisten hatten. Wahrscheinlich jedoch machten es ihr die drei, bei denen selbst Sigmund Freud persönlich nicht hätte sagen können, wer von ihnen den größeren Mutterkomplex hatte, nur übertrieben leicht. Jeder Mensch hatte nun mal seine Baustellen, und die wurden hier in diesem nicht ganz fertigen Gebäude betreut. Es gab unpassendere Orte.

Ab und zu waren Adam, Picasso und Simon auch untereinander in der Lage, kleine Krisen aufzulösen, ganz ohne mütterliche Betreuung. Neulich, zum Beispiel, als Adam mal wieder behauptete, er wolle aufhören, und dabei grundsätzlich wurde.

»Mir erschließt sich der Sinn nicht. Was machen wir hier überhaupt?«, fragte er. »Künstler lassen sich doch nicht im Labor züchten. Außerdem wollte ich das nie, Lehrer sein. Ich will Musik machen, schreiben und auftreten, und zwar wann ich will. Ich will nicht müssen, ich habe nie müssen wollen. Was meint ihr, warum ich auf der Straße gelandet bin?«

»Adam, ich bin auch auf der Straße gelandet«, sagte Simon verbrüdernd. »Schon vergessen? Aber da waren wir doch schon Musiker. Das Musizieren haben wir vorher gelernt. Und wie? Na, durch Disziplin.«

»Disziplin. Schönes Synonym für Zwang.«

»Ja, absolut! Ich wurde gezwungen, so wie jeder. Du wurdest doch sicher auch zu irgendwas gezwungen, Picasso?«

Picasso, der eigentlich immer eine sachliche Antwort parat hatte, war sprachlos. Er strich sich über die Wange.

»Hmmmm. Ja, wahrscheinlich schon. Aber eher so allgemein. Ich sollte lernen, also immer gut in der Schule sein.«

»Siehst du«, erwiderte Simon. »Und dadurch bist du gut in der Schule geworden. Ohne Zwang geht es nicht. Talent ist zehn Prozent, maximal, der Rest ist Fleiß und Arbeit. Als ich zum ersten Mal eine Geige in der Hand hielt, waren alle Kinder in der Klasse besser als ich. Fünf Jahre später hatten die meisten von ihnen aufgehört. Andere spielten durchschnittlich, einige wenige passabel. Ich war der Einzige, der Konzerte spielte. Solo! Alle sprachen vom Wunderkind, dabei wusste ich, dass das Quatsch war. Ich hatte einfach jeden Tag fünf Stunden lang geübt. Hätte eines der anderen Kinder fünf Stunden geübt und ich nur eine halbe, wäre jemand anderes das Wunderkind gewesen. Arbeit, es war reine Arbeit.«

Seine Worte hallten nach. Adam wusste, dass Simon recht hatte. Die Gewissheit, dass seine Faulheit und Lethargie der Grund allen Übels waren, war jetzt keine bahnbrechende Neuigkeit. Aber man durfte sie ja wohl noch verdrängen.

Simon sah, dass von Adam keine Zustimmung zu erwarten war, vielleicht war ja bei Picasso etwas zu holen. Und tatsächlich, der tat ihm den Gefallen.

»Daran glaube ich auch, Arbeit. Wir wollen ja hier keine Genies hervorbringen, keine großen Meister. Die Idee ist doch, die Leute zum Kreativsein, zum künstlerischen Schaffen zu ermutigen. Dafür reicht Übung, zu irgendeinem Ergebnis führt das dann schon. Auch ein schlechtes Bild ist immer noch ein Bild.«

»Den letzten Satz noch mal, bitte«, sagte Adam.

»Was? Na, ein schlechtes Bild ist immer noch ein Bild.«

»Picasso! Dir ist schon klar, dass dir der Name auch wieder entzogen werden kann?«

Picasso öffnete eine weitere Packung Plätzchen, woraufhin Simon sofort zugriff. Auch das entsprach wieder dem x-mal verfilmten Hollywoodklischee der Gruppentherapie, dachte Adam. Tee, Kekse und Stuhlkreis.

»Sara hatte wirklich recht vorhin. Alles eher Heilanstalt als Schule hier«, sagte er, angetan von ihrer gewohnt präzisen Beobachtung.

»Sara hat immer recht!«, bestätigte sie. Auch dieser erneute Versuch, von sich selbst in der dritten Person zu sprechen, blieb erstaunlich unkommentiert. Sie quittierte es mit einem zufriedenen Lächeln.

»Aber mal ehrlich«, sagte Picasso. »Wir helfen den Leuten doch auch handwerklich und technisch. Ich meine, der Mensch hat schließlich einen Drang zum Erschaffen, zum Künstlerischen. Das wurde eben nur von unserer alten Gesellschaft unterdrückt und begraben. Ich weiß, wovon ich rede. Tja, und nun legen wir ihn wieder frei, diesen Drang.«

»Wie Archäologen«, ergänzte Sara.

»Wir sind ein Haus voller Obdachloser«, sagte Adam. »Glaub mir, da will man nicht alle Schichten freilegen.«

Simon ließ sich vom Plauderton der drei nicht anstecken: »Die entscheidende Fragestellung lautet doch: Was ist eigentlich der Sinn dieser Akademie?«

Seine entscheidende Fragestellung fand keinen Abnehmer.

Er hakte nach. »Hm? Der Sinn dieser ganzen Veranstaltung.«

»Ach so, das war eine ernst gemeinte Frage?« Picasso setzte sich aufrecht hin. »Na ja, die Idee war doch, Menschen zu helfen, Kunst und Musik zu machen, oder? Dem großen Wunsch nach kreativem Schaffen in unserer neuen Gesellschaft zu begegnen.« Er zögerte kurz und schob dann unsicher nach: »Ja, oder nicht?«

Simon haderte, zuckte dabei resigniert mit den Schultern.

»Nun, eigentlich ging es doch um uns. So habe ich dich verstanden, Adam? Es ging darum, uns aus der Unsichtbarkeit zu holen.«

Adam zog die Augenbrauen hoch. Er wusste selbstverständlich, worauf Simon hinauswollte, gleichzeitig war ihm klar, dass Sara und Picasso bei dem Thema außen vor waren. Für die beiden war die Akademie etwas anderes als für die Bewohner. Es waren Momente wie dieser, in denen ihnen allen die Unterschiede wieder bewusst wurden.

»Unsichtbar sein«, wiederholte Simon mit Blick auf Picasso. »Das ist das Schlimmste. Als Obdachloser kannst du mitten in der Fußgängerzone sitzen, in einem voll besetzten Bus, am U-Bahn-Ausgang, Hunderte von Menschen, doch keiner sieht dich. Ich stand am Eiswagen an. Der Verkäufer hat, als ich an der Reihe war, einfach die Frau hinter mir bedient. Ich war gar nicht da. Obwohl ich das Geld schon in der Hand hielt. Wir sind durchsichtig. Da bleibt die Würde auf der Strecke.«

Picasso war bewegt und zog unsicher die Ärmel lang. Ihm war dieses Thema schon damals im Café unangenehm gewesen, als Adam berichtet hatte, wie schlimm das Schleppen der eigenen Habseligkeiten war, die ständige Unsicherheit und eben die Tatsache, von den Menschen nicht gesehen zu werden.

»Das stimmt«, sagte Adam. »Alle denken, Obdachlose in lumpigen Klamotten stechen hervor. Doch das Gegenteil ist der Fall. Keiner sieht einen, wie Luft. Für mich war das auch eine, sagen wir mal, kleine Umstellung. Vorher ging es immer nur: Adam, Adam, Adam, schaut meinen Adam an! Bei meiner Mutter war ich der Mittelpunkt des Universums. Ständig unter Beobachtung. Ihr Suchscheinwerfer Tag und Nacht auf mich gerichtet. Und auf einmal: unsichtbar.«

Picasso hob die Teetasse vor sein Gesicht und pustete, obwohl das Getränk darin längst abgekühlt war.

»Das tut mir wirklich leid, also die Unsichtbarkeit. Wenn ich darüber nachdenke, wie oft ich selbst an Obdachlosen vorbeigegangen bin, ohne sie anzusehen. So getan habe, als wären sie nicht da. Mein Gott, wie schrecklich.«

Picassos Stimme zitterte. Simon legte ihm beruhigend die Hand auf den Unterarm:

»Aber hier eben nicht. Hier sind wir wer, alle Augen auf uns. Ich sage dir, Picasso, hier werden wir gesehen, und nur wer gesehen wird, ist am Leben. Dafür habt ihr …« Er pausierte kurz und korrigierte sich: »Ich meine, dafür haben wir die Akademie doch gegründet. Um wieder am Leben zu sein.«

Picasso schluckte schwer. Sara hingegen wurde ganz rot. Adam hatte das schon öfter bei ihr beobachtet. Wenn sie Mitgefühl hatte, schoss ihr das Blut in den Kopf. Was bei anderen Menschen ein Ausdruck von Zorn oder Verlegenheit war, signalisierte bei ihr offensichtlich Bewegtheit.

»Jetzt mal nicht überdramatisieren«, sagte Adam mit betont lockerer Stimme. Er kannte seine Aufgabe in solch gefühlig aufgeladenen Situationen, wobei er an dieser ja nicht gerade unschuldig war. Es war eben auch nach all den Wochen noch immer eine Umstellung, nicht mehr ständig allein zu sein.

»Stimmt ja!«, antwortete Simon und räusperte sich. »Wie war das noch? Nicht zu ernst nehmen, diesen Laden.«

»Aber ich muss sagen, wir haben hier alle ganz schön nah am Wasser gebaut«, sagte Picasso und wischte sich über die Augen.

»Aber hallo«, ergänzte Sara. »Vor allem für ein Haus mit trockenen Leitungen!«

38.

Er soll schneller fliegen, sagen Sie ihm das. Sonst kann er bald wieder übergewichtige Touristen nach Alicante kutschieren. Sagen Sie ihm das! Und das Wasser ist zu kalt. Kein Eis! Wie oft denn noch?«

Potkulcs ließ seine Wut an der Flugbegleiterin aus. Doch es half nicht, er fühlte sich noch immer zutiefst gekränkt. Was bildete sich diese Philosophin überhaupt ein, einem Imre Potkulcs wies man nicht die Türe. Er hätte auf seinen Instinkt hören sollen, schließlich war ihm insgeheim klar gewesen, dass die Reise nach Frankreich keine gute Idee war. Es hatte eben einen Grund, dass seit Jahren er es war, der die Menschen empfing, und nicht umgekehrt. Er entschied, wann ein Treffen zu Ende war oder ob es eine Fortsetzung geben würde, er war es, der die Regeln machte. Was hatte ihn nur geritten, seine unverrückbaren Grundsätze so mir nichts, dir nichts über den Haufen zu werfen? Das war schließlich schon bei seiner Museumsreise schiefgegangen. Da aber war es immerhin um weltberühmte Kunstwerke gegangen, die sich eben nicht so leicht einfliegen ließen. Jetzt hingegen hatte er es für eine dahergelaufene Geisteswissenschaftlerin getan, die sich den ganzen Tag mit nichts anderem auseinandersetzte als mit bloßen Theorien zu irgendwelchen gestrigen Weltanschauungen. Welch ein Unsinn, zumal die einzig verbliebene Weltanschauung doch längst feststand. Er selbst hatte schließlich den Beweis erbracht. Was aber machte diese Vincze? Sie hing einer untergegangenen Disziplin nach. Die Philosophie war tot, lebte aber offenbar so sehr in der Vergangenheit, dass sie es selbst noch nicht mitbekommen hatte. Anstatt sich das einzugestehen, ließ sich die Frau von einem Lakaien Tee einschenken, als lebten wir im neunzehnten Jahrhundert. Armselig war das. Gut, dass sie weit weg war. So würde sie ihm wenigstens nie wieder unter die Augen kommen. Eins stand ohnehin fest: Ungarn war besser dran ohne sie. Ach, die ganze Welt wäre besser dran ohne sie. Potkulcs atmete heftig, zwölfmal allein in dieser Minute. Die Sache brachte ihn noch um.

39.

Zuerst kam nur rostbraunes Wasser. Adam beobachtete den dunklen Schwall, der aus dem Wasserhahn gluckste. Luft und Flüssigkeit wechselten sich ab. Vorsichtig hielt er die Nase bis auf wenige Zentimeter an die unappetitlich aussehende Brühe, in Erwartung des muffigen Geruchs von Abwasser. Stattdessen die große Überraschung, ein angenehm natürlicher Duft wehte ihm entgegen. Wie Heilschlamm, zumindest war das das erste Wort, das ihm dazu einfiel. Er hatte, soweit er wusste, noch nie an Heilschlamm gerochen, aber wie sollte der schon riechen, wenn nicht so?

Es rumorte in der Leitung, in den Gedärmen des Hauses schien etwas schwer Bekömmliches verdaut zu werden. Das dann ans Licht tretende Resultat bestätigte die Vermutung, Streatham würgte seine Galle hoch. Das Wasser wurde immer dunkler, mittlerweile war es pechschwarz mit rotbraunem Einschuss, der Geruch jedoch noch immer angenehm bis neutral. Adam überlegte, wann er sich zum letzten Mal geekelt hatte. Es fiel ihm nicht ein. Selbst die bestialisch stinkenden Essensabfälle unter dem Fenster seines kleinen Zimmers damals über dem Fried-Chicken-Imbiss hatten ihm nichts ausgemacht. Erstaunlich, aber es gelang ihm, Gerüche einfach auszublenden. Früher schon, so in der fünften oder sechsten Klasse, als sein Mitschüler Geoff kurz vor den großen Ferien Schlachtabfälle aus der Metzgerei seines Onkels besorgt hatte. Es war ein besonders heißer Sommer im Süden Englands, und das Schulgebäude stammte bedauerlicherweise aus einer Zeit, in der das britische Wetter noch dem internationalen Klischee entsprach. Wie immer in diesen viktorianischen Klassenzimmern hatte auch Adams Schulraum einen schönen alten Kamin, der natürlich längst nicht mehr zum Einsatz kam. In Geoffs Plänen jedoch spielte er eine entscheidende Rolle. Genau wie Adam und eine Mitschülerin, die gemeinsam vor Unterrichtsbeginn Schmiere standen. Er hätte sich niemals freiwillig dafür angeboten, viel zu groß war seine Angst vor erdrückenden Schuldgefühlen im

Anschluss an die Tat. Doch Geoff hatte es einfach so entschieden. So war er. Er nominierte seine Adjutanten und brachte sie in Position. Dass es Adam traf, war reiner Zufall. Geoff setzte sein Vorhaben in aller Ruhe um. Dabei beugte er sich in den Kamin vor, schlug weit über der Sichtlinie einen Nagel in die Schachtwand und befestigte daran die Tüte mit den frischen Schlachtabfällen. Adam beobachtete ihn gebannt und konnte nicht wegsehen. Die Kaltschnäuzigkeit, mit der Geoff vorging, war erstaunlich. Wozu dieser kleine Junge wohl alles imstande war? Und wenn er erst mal größer wäre. Adam mochte es sich kaum ausmalen.

»Mann, du sollst Ausschau halten, nicht zugucken!« Geoff war gnadenlos.

In den ersten drei Unterrichtsstunden lief alles wie immer, dann jedoch begann die Temperatur im Klassenzimmer zu steigen, und die frischen Innereien waren längst nur noch Innereien. Die Kühlkette hatte hitzefrei, während sich die Lehrerin vorsichtig erkundigte, ob der Geruch in den ersten Stunden auch schon da gewesen sei. Alle in der Klasse antworteten wahrheitsgemäß und verneinten. Kurz nach dem Lüften wurde es immer schlimmer, denn noch mehr Sommerhitze war nun im Raum. Die Lehrerin ließ die Fenster erneut öffnen, was wie bei einem Feuer das Problem außer Kontrolle geraten ließ. Samantha, die wie immer am nächsten zur Tafel saß, übergab sich in einem beeindruckenden Schwall und hatte damit den Ton gesetzt. Es folgten synchron, als hätten sie es einstudiert, zwei weitere Schüler und ihre Mageninhalte, woraufhin die Lehrerin auf die dienstlich vorgeschriebene Souveränität verzichtete und schrill kreischte: »Raus, alles raus. Der Unterricht ist vorbei!«

Geoff hatte gesiegt und unterstrich seinen Triumph mit einem durchdringenden, diabolischen Lachen. Es war ein verstörendes Geräusch, das so gar nicht zu einem Kind passen wollte.

Insgesamt kotzten dreizehn der fünfzehn Mitschüler, einige im Klassenraum, andere im Flur oder draußen auf dem Rugbyfeld. Auch die Lehrerin ließ sich nicht zweimal bitten. Und die beiden, die nicht mitmachten? Zum einen Geoff, der zu beschäftigt war mit dem Ausschütten von Glückshormonen. Der andere war Adam, dem weder

der Geruch noch der Anblick des Erbrochenen etwas ausmachten. Er saß auf dem Zaun vor den Umkleiden und aß einen Haferriegel. Wenig überraschend, dass die Lehrer dieses Verhalten als eindeutigen Beweis für seine Tatbeteiligung werteten. Einen Riegel essen, während alle anderen sich übergaben – so abgebrüht konnten nur eiskalt vorgehende Täter sein. Adam widersprach der Anklage nicht und nahm die Strafe an: mehrmaliges Nachsitzen, dazu einen Brief nach Hause. Er hatte, wie so oft, nichts getan und war trotzdem mittendrin. Die Welt verlangte eben nicht, dass man an ihr teilnahm. Die Dinge passierten auch so.

Jetzt röchelte die Leitung und spuckte mal braune Suppe aus, mal einen röchelnden Luftstoß. Wahrscheinlich stank es jetzt, aber für Adam änderte das nichts. Er blickte fasziniert ins Waschbecken. Auf einmal versiegte die rostfarbene Quelle völlig. Für ein paar Sekunden passierte gar nichts, nicht mal ein Geräusch war mehr zu vernehmen. Möglicherweise müsste er ja nachhelfen. Entsprechend drehte er beide Wasserhähne die fehlende letzte Halbdrehung auf, bis der Anschlag erreicht war. Aus großer Tiefe drang nun ein metallisches Schlagen aus der Leitung. Es war das Geräusch eines Gefängniswärters, der mit seinem Schlagstock an den Gitterstäben der Zellen entlangfuhr, um die Insassen einzuschüchtern. Natürlich hatte Adam nie im Knast gesessen. Wofür auch? Um ein Verbrechen zu begehen, musste man ja etwas tun. Da war er nicht gefährdet. Noch dazu musste ein Mensch dafür mindestens einem anderen Menschen etwas antun oder wegnehmen. Aber er war ja schon froh, selbst nichts zu haben. Was hätte er denn noch mit dem Krempel der anderen gewollt? Und jemandem etwas antun? Dafür war er doch viel zu wenig interessiert an ihnen. Blieben Verbrechen an einem selbst, und die waren, seines Wissens, straffrei.

Auch ohne Vollzugserfahrung erinnerte ihn das Geräusch der schlagenden Wasserleitung an einen Gefängniswärter. Die Szene hatte er zur Genüge in amerikanischen Filmen gesehen. Interessanterweise übrigens nie in einem britischen oder europäischen. Während er gebannt den Geräuschen aus den Tiefen des Hauses lauschte, fragte er sich, warum wohl die Amerikaner immer den starken Mann markieren mussten. Er fand die Idee amüsant, dass es vielleicht an Amerikas Geschichte als Einwanderungsland lag. All die Einwanderer hatten ihr Vaterland verlassen, und die Nachfahren badeten es nun aus. Ein ganzes Land, das an einem Vaterkomplex litt. Adam war durchaus qualifiziert, diese Diagnose zu stellen, denn er befand sich am genau gegenüberliegenden Ende des Spektrums. Seine Mutter hatte ihn so sehr überversorgt, dass er alleine nicht in der Lage war, klarzukommen. Von der Möglichkeit der Beziehung zu einer Frau ganz zu schweigen. So war das mit dem Elternhaus. Ein extremer Vaterkomplex machte gewalttätig, ein Mutterkomplex offensichtlich obdachlos.

Die Leitung schlürfte. Der letzte Rest eines riesigen Milchshakes wurde durch den Strohhalm gezogen. Dabei wurde der Ton immer höher. Ein eindeutiges Zeichen, dass die Wassersäule näher kam. Und tatsächlich, kurz darauf tauchte sie auf. Erst dunkel, dann naturtrüb und schließlich glasklar strömte es aus der Leitung. Picassos Versprechen war eingetreten. Adam sah auf die Backofenuhr. Um genau 8.57 Uhr, und somit drei Minuten vor der angekündigten Uhrzeit, hatte die Londoner Akademie für Straßenkunst samt Einliegerwohnungen fließend Wasser, und das nur gut drei Monate nach ihrer Eröffnung. Er formte beide Hände zu einer Mulde, hielt sie in den Strahl und begutachtete die Qualität des Wassers. Kristallklar schimmerte es, der Geruch neutral (aber das waren Geoffs Kamin-Eingeweide ja auch gewesen) und der Geschmack, nun: wässrig. Vermutlich eher Frisch- als Abwasser, immerhin. Bemerkenswert war der Wasserdruck. In einer Stadt, in der in den meisten Häusern ein besseres Rinnsal aus den Wasserhähnen schlich, schoss es hier geradewegs aus der Leitung. Er könnte jetzt jederzeit duschen, was er seit einer gefühlten Ewigkeit nicht getan hatte, oder eben seine Kleidung in der Badewanne waschen, was auch mal wieder angebracht wäre. All das ging jetzt, rund um die Uhr. Adam beschloss genau deswegen, es nicht zu tun. Denn bereits beim Aufwachen hatte er ein schlechtes Gefühl gehabt, fühlte sich irgendwie überfordert. Und prompt, als hätte er es heraufbeschworen, bot der Tag schon zu Beginn eine weitere Umstellung im System der vertrauten Abläufe. Das fließende

Wasser ließ Adam eher Druck empfinden als Erleichterung. Es wurde ihm alles zu viel. Er würde daher erst mal, wie jeden Morgen, das Haus verlassen und zu Sara ins Café gehen. Das Wasser wäre vermutlich auch noch da, wenn er wiederkäme. Allzu oft zu duschen, hatte er mal gelesen, war ja ohnehin nicht gesund.

»Und?«, fragte Sara, die gerade dabei war, vier Pappbecher mit heißer Milch zu befüllen – gestern war endlich mal wieder geliefert worden. »Ist die Picasso-Quelle angeschlossen?«

Adam schmunzelte. Hätte er Sara einem Fremden beschreiben müssen, so hätte er sicherlich genau damit angefangen: Sie schlug sich nicht mit Begrüßungen herum, sondern fiel immer gleich mit der Tür ins Haus.

»Wahnsinn, oder? Wir haben tatsächlich Wasser«, antwortete Adam. Jetzt, da er es sich selbst sagen hörte, klang es in der Tat wie eine gute Nachricht. »Wart's ab, wenn bald auch noch der Fahrstuhl funktioniert, kann ich mir die Bude nicht mehr leisten.«

Sara goss den Kaffee in die heiße Milch. Nachdem sie ihre Kunden bedient hatte, setzte sie sich zu Adam an den Personaltisch und stellte die üblichen beiden Tassen vor ihn. Obwohl sie bereits seit zwei Stunden im Laden war, trank auch sie erst jetzt ihren ersten Kaffee des Tages.

»Weißt du was? Du bist der pünktlichste Mensch, den ich kenne.«

Adam blickte auf die Wanduhr. Sara hatte recht, es war tatsächlich Punkt zehn. Das war wohl seine feste Uhrzeit geworden. Um Himmels willen, er war der neue John.

»Dabei sagst du doch immer, du wärst nicht gesellschaftsfähig.«

»Na ja,« erwiderte Adam, »ich kann vor allem keine Entscheidungen treffen. Ich wäre also ein schlechter Diktator. Pünktlich sein ist daher die logische Konsequenz. Wenn ich etwas immer zur selben Zeit mache, ist es sozusagen einprogrammiert. Ich muss dann keine Entscheidung mehr treffen. Es läuft ja automatisch ab.«

Er wusste, dass Sara ihn verstand. Auch wenn sein Verhalten, wie so oft, erst auf den zweiten Blick Sinn ergab. Seine Pünktlichkeit war Folge seiner Unpünktlichkeit. So wie seine Ordnung Folge seines inneren Chaos war. Ständig zwangen seine Neurosen und Ängste ihn, korrigierend einzugreifen. Nur so war er überhaupt lebensfähig. Sich sechzig Jahre mit sich selbst und all den Herausforderungen der eigenen Persönlichkeit zu beschäftigen zahlte sich so langsam aus.

Die Tür öffnete sich, und eine geduckt gehende Frau in weiter Kleidung betrat den Laden. Sara stand auf und ging hinter den Tresen. Die Kundin bestellte einen »schnellen schwarzen Kaffee« und fing daraufhin wie wild zu erzählen an. Irgendetwas von einem Wasserrohrbruch in der Wohnung über ihr, und wie viel Ärger sie seitdem mit dem Nachbarn von oben und dessen Versicherung habe. Sara hatte keine Ahnung, wer diese Frau war, nickte aber dennoch und stimmte ihr zu, denn das war in solchen Situationen ihre Aufgabe. Zumindest war es das, wofür solche Kundinnen kamen. Adam lauschte, wenn auch nur mit einem Ohr. Mit mehr Aufmerksamkeit verfolgte er die draußen am Fenster hinabrinnenden Regentropfen. Schon verrückt, dass es wochenlang erst keinen Tropfen geregnet hatte – was ohnehin selten genug vorkam in dieser Stadt – und heute mit einem Mal das Wasser aus allen Richtungen kam. Nicht nur vom Himmel, sondern erstmals auch aus seinem Wasserhahn und bei der Frau sogar durch die Zimmerdecke. Wenn das Leben mal etwas anbot, dann gerne gleich in übertriebener Menge. Wie all die Umbrüche in letzter Zeit. Wobei die Art der Überforderung, die die Neuerungen mit sich brachten, heute eine andere war als früher. Die ewige Sorge vor dem Tod war abgelöst worden durch die Sorge vor dem ewigen Leben. Es war ihm ein Rätsel, warum die Menschen dieses Versprechen als Belohnung sahen. Für ihn hatte die Idee der Ewigkeit schon immer wie eine Bestrafung geklungen. Das Schönste am Leben war doch die Tatsache, dass jeder es irgendwann hinter sich hatte. Jetzt blieb nur die Hoffnung, dass man im Falle des erfolgreichen Vorsprechens das ewige Leben, wie jeden guten Preis, ablehnen dürfte. Zur Not würde er einfach eine Gesetzeslücke nutzen. Prassnik hatte in seinem Interview erklärt, seine neue Welt dürfe jeder Neuankömmling selbst gestalten, ganz nach eigenem Wunsch. Adams Gestaltungswunsch stand fest. Er würde sich die Idealform des ewigen Lebens wünschen: den ewigen Tod. Oldschool.

Die Gedanken waren ermüdend. Er zwang sich, sie zu verdrängen und stattdessen über die guten Seiten der Zeitenwende nachzudenken. Obwohl es Ewigkeiten her schien, erinnerte er sich an das alte System. Das war wichtig. Er musste sich immer wieder vor Augen führen, dass er in diese Gesellschaft überhaupt nicht hineingepasst hatte, an ihr abgeprallt war. Er, der gescheiterte Künstler unter der Brücke. Und jetzt? Waren seine Talente plötzlich gefragt, und alle, die achtlos an ihm vorbeigegangen waren, wollten auf einmal so sein wie er. Was für ein Unsinn. Denn was machte er in dieser neuen Welt? Er, der sich gar nicht hätte verändern müssen, weil er ja all das, was die Menschen jetzt werden wollten, schon immer gewesen war. Er drehte den Spieß um, bezog eine feste Wohnung und nahm einen festen Job an.

Die Kundin war längst weg. Sara fuchtelte mit der Hand vor Adams Gesicht herum und versuchte ihn zurückzuholen. Der übliche Kopftornado stürmte weiter und ließ seine Gedanken wild kreisen. Wobei das Bild als Vergleich genau genommen nicht taugte. Denn im Zentrum jedes Orkans gab es einen Ort der Stille und des Friedens, sein Auge. In Adams Kopfwirbelstürmen aber fehlte das Auge oder brauchte zumindest eine extrem starke Brille. Sara hingegen war das genaue Gegenteil, wofür er sie beneidete. Klar, er kannte einige ihrer Sorgen, doch war sie offensichtlich in der Lage, diese Dinge zu verwalten, konnte sie geradezu abheften und bei Gelegenheit wieder hervorholen. Ansonsten wäre sie auch niemals in der Lage gewesen, einen Roman zu schreiben, denn fürs Schreiben musste Stille herrschen. Da brauchte der Orkan ein Auge. Sie rüttelte an seiner Schulter, und erst jetzt spürte Adam, wie sein Kopf endlich zur Ruhe kam.

»Na, Traum oder Albtraum?«, fragte sie.

»Wie immer nicht zu unterscheiden.«

»Die Akademie?«

»Dieses Mal tatsächlich nur am Rande. Aber danke, spätestens jetzt ist das Thema wieder da. Lass uns lieber über Wasserrohre reden.«

»Keine Chance«, antwortete Sara. »Erst will ich ein Mal hören, dass du durchhältst. Du hast so oft vom Aufhören gesprochen in den letzten Tagen. Jetzt kriegst du von mir mal den Kopf gewaschen.«

»Danke, wir reden also doch vom Wasser.«

Sara verdrehte die Augen.

»Okay, okay.« Adam ruderte umgehend zurück. »Also, ich habe noch nie etwas durchgehalten. Das weißt du.«

»Einspruch! Klavier, Stand-up, deine Knieübungen, deine täglichen Routinen. All das hältst du minutiös durch. Dein pünktlicher Antritt hier, jeden Tag.«

»Ja gut«, sagte Adam und überlegte kurz. »Aber die Sache ist eben, ich war schon immer eher Schüler als Lehrer. Jetzt soll ich den Dekan einer Akademie spielen? Sara, ich bin doch noch ein Kind.«

Sie schluckte, denn es war nicht so sehr der Inhalt, der sie bewegte, sondern die Art und Weise, wie Adam es gesagt hatte. Dass er ein sechzigjähriges Kleinkind war und damit kokettierte, war nichts Neues, meistens jedoch erwähnte er das nur im Scherz. Das hier war anders. Glücklicherweise hatte sie gelernt, dass er in solchen Situationen nicht nach Mitleid oder Ratschlägen suchte, sondern nach einem humorvollen Umgang auf Augenhöhe. Kürzlich hatte er ihr sogar gesagt, nichts tue ihm so gut wie das gemeinsame Verspotten seiner Eigenheiten. Er hatte sich einen verletzlichen Narzissten genannt, der sich an seinem eigenen Leid ergötze und amüsiere. Diese Selbstbeschreibung hatte sie sich notiert.

»Kinder kriegen hier normalerweise keinen Kaffee«, sagte sie. »Aber dass du eigentlich ein kleiner Junge bist, steht natürlich außer Frage. Nur, glaubst du nicht, dass es dem Idealzustand nahekommt, wenn die Erwachsenen entmachtet werden und ein Kind die Schulleitung übernimmt?«

»Sara, jemand, der seine Dusche nicht benutzt, sollte keine Badeanstalt leiten – und erst recht keine Schule.«

»So ein Quatsch«, erwiderte sie. »Nicht für die Schule, sondern fürs Leben lernen die Schüler. Und das Leben ist nun mal eine äußerst dreckige Angelegenheit.«

40.

Der Winter zog sich und war noch dazu einer der ungemütlicheren. Seit Monaten lag die Stadt unter einer undurchlässigen Käseglocke, die jeglichen Gedanken an einen freundlichen blauen Himmel abprallen ließ. Wenn sie zu Hause waren, verbrachten Saras Füße die meiste Zeit auf dem Lammfell, das unter ihrem Schreibtisch lag. So ging es einigermaßen. Denn ihr Apartment war praktisch ganzjährig fußkalt, ohne sich auch nur im Geringsten dafür zu interessieren, wie es draußen aussah. London war einfach nicht gemacht für extreme Temperaturen. Die Häuser waren katastrophal isoliert, was das Wohnen sowohl im Hochsommer als auch im Winter zu einer qualvollen Angelegenheit werden ließ. Immerhin, zwei Wochen lang im Frühjahr und drei im Herbst war es einigermaßen erträglich. In einem Council Estate zu leben machte die Sache nicht leichter. Bei diesen Sozialbauten, die vom öffentlichen Träger hochgezogen wurden, um einigermaßen erschwinglich zu sein, wurde an jeder Ecke gespart. Wenn das Pärchen von nebenan stritt, konnte Sara jeden einzelnen Vorwurf mithören, und davon gab es einige. Das brachte allerdings nicht nur Nachteile mit sich. So hatte sie im Grunde nie das Gefühl, allein zu sein. Sie drei zofften sich gemeinsam, und sie froren gemeinsam. Überhaupt, der Streit machte ihr gar nichts. Doch das Wissen um das angenehme Wetter in ihrer argentinischen Heimat machte sie fertig. Auf der Südhalbkugel war Sommer, und was für einer. Sara beobachtete diese Entwicklung schon länger. Während des Großteils des Jahres verhielt sie sich wie eine typische Londonerin. Die meisten Menschen hätten nicht mit Genauigkeit sagen können, wo ihre Wurzeln lagen. Im britischen Winter jedoch meldete sich die Herkunft. Je kälter es wurde und je unwohnlicher ihr Apartment, umso argentinischer verhielt sie sich. Mit einem Mal glorifizierte sie alles an ihrer Heimat. Obwohl sie genau wusste, dass die Häuser dort noch dürftiger isoliert waren, der soziale Wohnungsbau in Argentinien ein schlechter Scherz und die Nachbarn in Buenos

Aires sicher nicht leiser. Aber dort schien halt die Sonne. Eine sehr argentinische Sichtweise. Korruption, Geldentwertung, Gewalt und Ungerechtigkeit, es konnte alles um einen herum katastrophal laufen – solange die Sonne schien, gab es keinen besseren Ort.

Sie sah an sich herab und konnte sich nicht ernst nehmen. Vor ihr auf dem Schreibtisch stand die typische Matetee-Tasse mit Metallstrohhalm, daneben die Thermoskanne mit heißem Wasser. Auf dem Computer klebte ein Mafalda-Aufkleber, ein kleines Zeichentrickmädchen aus ihrer Kindheit. Dazu die Tüte mit den Alfajores aus der argentinischen Bäckerei in Brixton. Das war alles ganz schön albern. Wie die Exilargentinierin in einem auf die Schnelle zusammengeschusterten Werbefilm. Sich vor sich selbst zu blamieren war doch immer noch am schönsten. Man stand nicht zuletzt auch der eigenen Person gegenüber in der Pflicht, für Unterhaltung und Belustigung zu sorgen, und sie amüsierte sich prächtig.

Mit einem gezielten Griff in die Papiertüte, die weit geöffnet neben der Computertastatur lag, nahm sie sich einen weiteren Schokoladen-Alfajor und biss hinein. Es war vermutlich der dritte innerhalb weniger Minuten. Das war der Preis des Schreibens. Entweder war der Mensch produktiv, *oder* er ernährte sich gesund. Beides zusammen war nicht drin. Einen gesund wirkenden Bestsellerautor hatte sie jedenfalls noch nie gesehen. Insofern bestand Hoffnung, dass das Buch ein Erfolg werden könnte. So inspiriert wie in den letzten Wochen hatte sie seit Jahren nicht geschrieben. Vielleicht lag es ja an den Alfajores. Ein Faktor war sicher, dass das Café im Winter bereits um fünfzehn Uhr schloss und sie in der Akademie weiterhin nur ihre drei Sessions pro Woche gab. Das Schreiben war dadurch endlich nicht mehr ihr Drittjob, sondern eindeutig im Rang gestiegen. Viel mehr Zeit hätte sie dafür übrigens gar nicht haben wollen. Sie schrieb immer dann am besten, wenn höchstens drei Stunden frei waren. Dann war der Rahmen gesetzt, und sie fand schnell in eine Art Fluss. An Tagen, die ihr zeitlich keine Grenze setzten, klappte hingegen so gut wie nichts. Zu viel Freiheit lähmte.

Der beste Teil des Schreibens war das Nichtschreiben. Dieses Nachdenken über all die Möglichkeiten, die die Geschichte noch bieten könnte, war wie Tagträumen, das am Ende als getane Arbeit verbucht werden konnte. Gelegentlich stellte sie dabei detektivische Recherchen an, ging in den Brockwell Park und sprach mit dem alten Komponisten im Leinenanzug. Dort im Park war wieder Ruhe eingekehrt, das gemeinsame öffentliche Musizieren der ersten Wochen war längst vorbei, woran sicherlich auch das ungemütliche Winterwetter seinen Anteil hatte. Das Geschehen hatte sich in die Gebäude und Institutionen verlagert. Überhaupt waren die Straßen wie leer gefegt. Neulich hatte Radio 4 – wo sich offensichtlich alle Journalisten für Kunstschaffende hielten und weiterarbeiteten, denn hier wurden nach wie vor rund um die Uhr Wortbeiträge gesendet – daraus ein abendfüllendes Thema gemacht. Von den neun Millionen Einwohnern waren laut offiziellen Schätzungen nur noch gut vier Millionen da, der Rest umgezogen aufs Land, innerhalb Großbritanniens oder nach Übersee. Die meisten, so wurde vermutet, waren zurückgegangen an ihre Geburtsorte, was Sara in dem bestätigte, was sie ohnehin immer geahnt hatte. Für den Großteil der Londoner war die Stadt nur ein Mittel zum Zweck gewesen, das Geld hatte sie hergelockt. Was für ein bescheuerter Grund für einen Umzug. Sie hatte diesen Gedanken oft gehabt, beim Blick in die gestressten Gesichter in der U-Bahn. Die wollten doch eindeutig alle nicht hier sein, sondern wünschten sich gerade an einen anderen Ort. Wie schön, ging es ihr nun durch den Kopf, dass ihnen allen ihr größter Wunsch erfüllt worden war.

Gerade für London hatte es so viele bessere Gründe gegeben als das schnöde Geld. Denn welcher Ort auf diesem Planeten könnte bitte inspirierender sein? Sie hatte England schon immer geliebt, ihr Vater hatte sie früh mit dem Charles-Dickens-Virus infiziert. Dann kam die Musik dazu, die Filme. Die Politik war ihr egal. Wen kümmerte es, ob diese blöde Inselgruppe mitten im Nichts jetzt Malvinas oder Falklandinseln hieß oder ob Maradona vor zig Jahren mal für ein paar Sekunden Handball statt Fußball gespielt hatte. Kleinigkeiten. Ihre Liebe zur britischen Kultur war viel grundlegender, eine unbelastete, geradezu kindliche Begeisterung. Genau diese Begeisterung hatte sie damals angelockt. Dass es eine andere britische Stadt als London werden würde, war nicht vorstellbar gewesen, schließlich fasste nur eine Hauptstadt die Kultur eines Landes wie unter dem Brennglas zusammen. Regelmäßig stritt sie über dieses Thema mit einem befreundeten Autor, der ausnahmslos Geschichten schrieb, die in der Provinz spielten. Dort, wo die Menschen, wie er sagte, »noch britisch lebten und nicht amerikanisch«, was Sara für ausgemachten Unsinn hielt. Die Provinz folgte, mit leichter bis deutlicher zeitlicher Verzögerung, in ihrer Entwicklung immer der Hauptstadt, egal wo auf der Welt. Wer über die Provinz schrieb, schrieb also über die Vergangenheit. Die Vergangenheit aber langweilte sie, viel lieber wollte sie über die Gegenwart schreiben, noch besser über die Zukunft. Daher spielten ihre Geschichten samt und sonders in London. Indem sie von der Gegenwart der Hauptstadt erzählte, schrieb sie im gleichen Zuge über die Zukunft der Provinz.

Der Blick auf den Hügel im Brockwell Park dagegen glich eher einem in die Vergangenheit. Von der Geschäftigkeit des Spätsommers keine Spur. Lediglich eine fünfköpfige Gruppe stand dort und spielte unter Anleitung einer älteren Dame ein Sara unbekanntes Stück. In ihrer Nähe war ansonsten keine Menschenseele zu sehen. Die Parkbesucher wurden offenbar eher abgeschreckt als angelockt. Der Komponist hingegen, der wie immer am anderen Ende des kleinen Parks unter dem großen Baum saß, hatte sein übliches Publikum. Heute waren es drei Kinder, allesamt dick eingepackt, die ihm eifrig vorspielten. Einmal mehr sah Sara ihn, bevor er sie erblickte, zu vertieft war er in das Geigenspiel seiner Schülerinnen. Außerdem schien er von Natur aus nicht übermäßig an der Welt und ihrem Treiben interessiert zu sein. Entweder widmete er, der leidenschaftliche Lehrer, seine gesamte Konzentration dem Spiel seiner Klasse, oder er hockte alleine im Gras und war vertieft in seine Partituren, das Schuhputzzeug oder eine andere Beschäftigung. Dabei wirkte er nie verbissen. Bei anderen Menschen zeichnete sich in solchen Momenten eine tiefe Furche zwischen den Augenbrauen ab, der grauhaarige Komponist hingegen hatte die Stirn eines Erstklässlers. Auch jetzt sah er den Kindern eher lächelnd als angestrengt zu.

Wie gewohnt trug er den hellen Anzug und verzichtete trotz der Kälte auf einen Mantel. Er hatte schon mehrfach erklärt, einen schönen Anzug unter einem Mantel zu verstecken bedeute, man hätte sich den schönen Anzug sparen können. Sara ging langsam in Richtung der Musikschule, die nach wie vor eher an einen Flohmarktstand erinnerte. Manchmal, wenn der Komponist Unterricht gab, beobachtete sie ihn und seine Schüler eine Weile und ging dann wieder, ohne auch nur ein Wort mit ihm gesprochen zu haben. Sie wollte den Unterricht nicht stören. Es wirkte dann immer so, als bemerkte er ihre Anwesenheit aus der Entfernung nicht. Ganz sicher jedoch konnte sie da nicht sein, denn in den Gesprächen mit ihm hatte sie immer wieder den Eindruck gewonnen, er habe ein besonderes Gespür. Diese Erfahrung machte sie nicht zum ersten Mal. Stets waren es begnadete Musiker, bei denen dieses Phänomen auftrat. Diese Menschen schienen in der Lage, Dinge zu sehen, ohne wie ein Normalsterblicher tatsächlich hinschauen zu müssen. Auch jetzt war sie sich keineswegs sicher, ob der Komponist sie nicht womöglich doch wahrgenommen hatte, entschloss sich aber, für heute unsichtbar zu bleiben. Was nicht etwa an den Gesprächen mit ihm lag, im Gegenteil, der Austausch mit ihm inspirierte sie immer wieder. Schon als sie ihm damals, beim gerade mal zweiten Treffen, ihre wahren Absichten offenbart hatte, nämlich dass er als Protagonist in ihrem Roman vorkommen würde, war er direkt Feuer und Flamme gewesen:

»Toll, endlich mal eine tragende Rolle.« Und er meinte es ernst, ganz ohne den üblichen Londoner Sarkasmus. Damit das auch so blieb, hatte sie ihm fürs Erste verschwiegen, dass er die Abenteuer in dem Buch nicht als er selbst durchleben würde, sondern in Form eines Tieres. Als Tata, die heimatlose Katze. Aber ein Freigeist wie er würde damit schon einverstanden sein.

Zurück am Schreibtisch, widmete sie sich wieder Tatas Fantasiewelt. Der experimentelle Ansatz, ein Märchen für Erwachsene zu schreiben, war spannendes Neuland. All ihre bisherigen Geschichten waren höchst realistisch gewesen. Bis jetzt. Endlich hatten die musizierenden Katzen das Ruder übernommen, und es gab keine Grenzen mehr, keine Schablone. Vielleicht lief das Schreiben deshalb so gut, fühlte sich die Arbeit doch gar nicht mehr an wie Arbeit. Sie wurde zum Spinnen, zum Spiel. Stundenlang ging das so, Sara flog geradezu durch den Roman, wobei gar nicht der Schreibprozess selbst Quell ihres Vergnügens war, sondern vielmehr der Moment danach. Das Gefühl, etwas geschrieben zu haben, war noch erfüllender als die verträumten Phasen des Nichtschreibens und als das Schreiben selbst. Vergleichbar vielleicht mit dem Empfinden, das eine Sportlerin nach einer intensiven Einheit empfand. Vermutlich, denn obwohl sie mit Sport nichts am Hut hatte, kam ihr dieser Vergleich zuerst in den Sinn. Andere hätten vielleicht Sex als Beispiel genannt, bei ihr aber traf das nicht zu. Denn ein Orgasmus, egal ob beim Sex mit jemand anderem oder allein, löste bei ihr kein euphorisches Gefühl aus, er *beendete* es. Auf dem Weg zum sexuellen Höhepunkt wurde das Empfinden immer schöner und schöner, der vermeintliche Höhepunkt selbst jedoch glich eher einem Schmerz. Wie ein Kartenhaus, das zunächst mühsam aufgebaut und dann mit einem brutalen Schlag zum Einsturz gebracht wurde, Sekunden bevor die Baumeisterin es bewundern konnte. Was auf den Orgasmus folgte, war schlimm. Ein elendes Gefühl des Alleinseins, selbst in den Armen eines Liebhabers. Auf den viel zu kurzen Höhepunkt folgte die viel zu lange Depression. Es stand in keinem Verhältnis, all die Freuden der letzten Minuten waren schon im nächsten Moment vergessen, was ihr recht grundsätzlich die Lust am Sex nahm und vor allem den Wunsch danach. Zu hoch waren die emotionalen Folgekosten.

In einem dieser postorgastischen Stimmungstiefs hatte sie sich im letzten Jahr von ihrem Dildo getrennt. Wutentbrannt hatte sie das noch feuchte Teil aus dem Fenster geworfen, direkt auf die Straße vor ihrem Haus, während sie sich schwor, dem trügerischen Lustruf des eigenen Körpers, der jedes Mal wieder ins Verderben führte, nicht mehr zu folgen. Sie würde sich nicht länger austricksen lassen. Immer wenn sie an diesen, ihren letzten Höhepunkt und an die Szene mit dem Dildo zurückdachte, musste sie lachen und malte sich aus, wie ein streng religiöser Taxifahrer an ihrem Haus vorbeifuhr. Ein gesegneter Rosenkranz oder gestickter Koranvers baumelte am Innenspiegel seines schwarzen Taxis, der Mann sprach während der Fahrt ein Gebet, segnete sich, blickte ehrfürchtig nach oben und plötzlich: Tock!

Ein besserer Abgang aus der eigenen Sexualität war nicht vorstellbar.

41.

Wer im Park sitzend sinnlose Übungen machte, lag immerhin nicht im Bett und starrte apathisch an die Decke. Doch der Weg dorthin kostete Adam jeden Tag aufs Neue Überwindung, zu den lethargischen Bettphasen hingegen hatte er sich noch nie zwingen müssen.

Überhaupt war das der wohl größte Unterschied zwischen dem Leben als Obdachloser und dem jetzigen Zustand. Früher machte er die Dinge einfach, denn er hatte ja immer schon morgens seinen Schlafplatz verlassen müssen, wodurch die Tage recht lang wurden. Das war nun anders, die Tage begannen einfach nicht. Er blieb dann liegen und sah stumpf an die Decke oder las ein Buch. Ein eigenes Schlafzimmer zu haben war eindeutig eine Falle. Wer ein Bett besaß, brauchte Pläne. Und einer dieser Pläne war es, jeden Tag zur selben Zeit seine Knieübungen zu machen. Vorbei die spätabendlichen Trainingseinheiten von früher, jetzt nutzte er die schwarz-grün lackierten Fitnessgeräte am Morgen. Die Anlage war eine der wenigen Konstanten in seinem in letzter Zeit so sehr von Veränderungen geprägten Leben. Eine geradezu symbiotische Beziehung war daraus geworden, denn die Beinpresse und der Heimtrainer quietschten mittlerweile stärker in den Gelenken als er.

Von seinem Sitzplatz aus konnte Adam hineinblicken in das letzte überlebende *echte* Fitnessstudio der Gegend – eine voll automatisierte Filiale, die auch früher schon ganz ohne Personal ausgekommen war. Im Gegensatz zu ihm trainierten die Menschen dort nicht öffentlich und waren doch durch die bodentiefen Fenster gut zu sehen. Aus sicherer Entfernung beobachtete Adam die drei Läuferinnen im ersten Stock. Sie joggten auf ihren Endlosbändern, die den großen Park mit dem angeschlossenen Waldstück überblickten.

Während er auf einem Fahrrad strampelte, das nicht fuhr, taten die drei Frauen so, als liefen sie durch die Natur, die sie hinter der Glasscheibe sahen. Gleichzeitig warf ganz in der Nähe ein Mann seinem

Hund einen Ball entgegen, den der offensichtlich für ein Kaninchen halten sollte, um seinen Jagdinstinkt zu befriedigen. Wahrscheinlich war das der gemeinsame Nenner der Menschheit: Alle taten so, als ob. Eine Welt voller Simulanten und Hochstapler. Doch wie so oft waren Adams Gedanken nur kurz beim großen Ganzen, ehe sie unvermeidlich wie ein Bumerang zu ihm zurückkehrten. So oder so bin ich der größte Simulant von allen, ging es ihm wieder einmal durch den Kopf. Ein sechzigjähriges Kind, das so tat, als wäre es ein erwachsener Akademieleiter. Er sah aufs Neue hinüber zu den Läuferinnen auf der anderen Straßenseite. Was, wenn er doch so war wie alle anderen? Keine Chance, beruhigte er sich, denn wäre die ganze Welt wie er, hätte sie längst aufgehört zu funktionieren. Wobei, irgendwie tat sie das ja auch. Er hatte den Gedanken noch nicht zu Ende gedacht, da sackte die linke der drei Frauen völlig unvermittelt in sich zusammen und schlug hart auf. Das unerbittlich weiterlaufende Endlosband schob sie aus dem Bild. Die beiden anderen blickten sofort in ihre Richtung und begannen hektisch an den Bedienelementen vor sich herumzudrücken, dann fiel die mittlere. Wie eine Schauspielerin, die ihr Stichwort verpasst hatte, brach Sekunden später auch die dritte in sich zusammen.

Adam traute seinen Augen nicht. Auch er unterbrach seine Übung und kniff instinktiv die Augen zu schmalen Schießscharten zusammen. Eindeutig, die Joggerinnen waren nicht mehr da. Einfach so: zack, umgefallen und weg. Sicher hatte er sich einfach verguckt, immerhin lagen knapp hundert Meter zwischen ihm und dem Fenster des Fitnessstudios. Außerdem machte die Spiegelung des Himmels in den großen Glasscheiben die Sache nicht gerade leichter. Sowieso, falls den Frauen wirklich etwas passiert sein sollte, würden doch ohne Zweifel die übrigen Studiobesucher helfen.

Selbst hinübergehen und nachsehen wäre also übertrieben. Wäre es auf jeden Fall, oder? Sicherheitshalber entschloss er sich, in die andere Richtung zu blicken. Wegschauen und ignorieren, von jeher das beste Rezept gegen Angst und Panik.

Einatmen, ausatmen, einatmen, ausatmen, er trat dabei langsam, aber gleichmäßig in die Pedale, während er auf die weite Rasenfläche blickte. Nach einigen Minuten machte er Schluss. Kaum verklang das Geräusch des Heimtrainers, hörte er leise sein Handy vibrieren. Es war die Art von Vibrieren, bei der klar war, dass es schon länger andauerte. Obwohl eine gefühlte Ewigkeit verging, bis Adam das Telefon aus seiner Jackentasche befreit hatte, machte das Geräusch keinerlei Anstalten, abzuebben. Er blickte aufs Display: Sara. Obwohl er sich doch eigentlich freute, wenn sie anrief, stieg diesmal ein mulmiges Gefühl in ihm auf. Es war eindeutig besser, nicht ranzugehen. Wie eingefroren starrte er auf den Bildschirm, in der Hoffnung, dass Saras Name verschwinden möge und der Anruf einfach nicht so wichtig sei, wie er sich jetzt machte. Doch wieder und wieder vibrierte das Gerät. Es half nichts, er musste das Gespräch annehmen. Vorsichtig drückte er auf die grüne Schaltfläche, hielt das Handy ans Ohr und sagte sicherheitshalber kein Wort.

»Adam!«, drang es aus dem Telefon. Sara schien sich angestrengt zu bemühen, ruhig und unaufgeregt zu reden, ihre Panik aber ließ sich nicht kaschieren.

»Sie sind …« Sie schnappte nach Luft. »John und eine Kund… Zusammengebrochen. Die sind … Ich glaube … Adam, die sind! Wo bist du? Die bewegen sich nicht! Der Notruf ist besetzt, Polizei auch. Ich weiß nicht, was … Du musst …! Schnell!«

Adam schnappte nach Luft. Er hatte vergessen, zu atmen. Obwohl sein Gehirn die Antwort auf den Weg schickte, kam der Befehl bei den Stimmbändern nicht an. Ein Winseln, mehr brachte er nicht zustande.

Sara flehte: »Bitte! Bitte, komm!«

»Ich, ich … Fünf Minuten«, gingen ihm die Worte aus.

Die nächsten zehn Sekunden dauerten so lange wie hundert. Adam blieb sitzen, um einen klaren Gedanken zu fassen. Erst die Frauen im Fitnessstudio, jetzt dieser Anruf, was zum Teufel ging hier vor? Er versuchte sich zu konzentrieren, doch sein Gehirn funktionierte nicht. Kein einziger klarer Gedanke wollte ihm gelingen. Er musste los, so viel stand fest, einfach los. Er stand auf, sprang regelrecht. Ohne sich, wie üblich, umzudrehen und sich zu vergewissern, dass er nicht etwas vergessen hatte, marschierte er los. Zielstrebig in Richtung der Streatham High Road. Es wird sich alles aufklären, redete er sich ein, nur keine Panik, nur keine Angst. Zügigen Schrittes erreichte er den menschenleeren Bürgersteig. Die Ampel spielte mit und wurde genau im richtigen Moment grün, was ein großes Glück war, denn so blieb ihm keine Gelegenheit, sich umzusehen. Eine grausame Szene ereignete sich dort. Wie auf Knopfdruck sackte auch der Hundebesitzer unvermittelt in sich zusammen und schlug dumpf mit dem Kopf auf. Der Jack-Russell-Terrier hielt sein regungslos im Gras liegendes Herrchen für eine Spielaufforderung, die er freudig annahm. Laut kläffend rannte er mit aufgeregten Sprüngen auf ihn zu. Doch nur wenige Meter bevor er seinen Besitzer erreichte, fiel auch er einfach um.

PHASE VIER:
DEPRESSION

42.

Rennen war, so sah es aus, nicht wie Radfahren. Adam hatte es verlernt, und sein Körper schien die eigene Masse von einer Sekunde auf die nächste verdoppelt zu haben. Dabei hielt er sich doch eher für zu dünn. Auch das aber war wohl, wie so vieles in diesem Universum, eine Frage der Geschwindigkeit. Immerhin kam er, trotz des schwerfälligen Laufstils, einigermaßen schmerzfrei voran. Im Angesicht des Todes fanden die Menschen zurück zu ihren religiösen Wurzeln, hatte seine Mutter bei jeder sich bietenden Gelegenheit gesagt. Doch da hörte es nicht auf. Wie sich herausstellte, fanden auch marode Knie zurück zu ihren Ursprüngen. Kindlich schmerzfrei verrichteten sie ihren Dienst.

Adam machte große Schritte und ließ die Akademie auf der anderen Straßenseite rechts liegen. Sehen konnte er das Gebäude dabei trotz der immensen Größe kaum, da mehrere Doppeldeckerbusse als Sichtschutz fungierten, indem sie auf der ihnen eigenen linken Spur eine Perlenkette bildeten. Schon seltsam, so etwas war seit Monaten nicht vorgekommen, fuhren doch so gut wie keine Busse mehr. Auch die Autos stauten sich. Gut hundert Meter weiter zeichnete sich der Grund der Blockade ab. Wie es aussah, hatte ein Auffahrunfall den Verkehr zum Erliegen gebracht. Das Hupkonzert erinnerte an alte Zeiten. Zeiten, in denen sich Obdachlose in dieser Straße noch keine Luxuswohnungen leisten konnten. Adam verlangsamte das Tempo und ging ein paar Meter, woraufhin anstelle der Knie jetzt mal die Bronchien Alarm schlugen. Es ging doch nichts über ein wenig Abwechslung.

Das zügige Laufen hatte all seine Konzentration auf Untergrund, Schrittfolge und Hindernisse erfordert, worüber er beinahe vergessen hatte, warum er überhaupt rannte. Oder wohin. Erst jetzt kehrten die Gedanken zurück, und prompt sah er kurz hinter der Unfallstelle einen Menschen reglos in einem Geschäftseingang liegen. Sofort war alles wieder da, der Grund seines Rennens, die Gewissheit irgenddeiner Art von Katastrophe, die zusammengesackten Joggerinnen, Saras panischer Anruf.

Vor der Tür des kleinen Corner Shops standen vier Passantinnen und beugten sich über einen bewegungslosen Körper, von dem Adam nur die Beine sehen konnte. Alle fuchtelten wie wild mit ihren Telefonen herum und zeigten einander hektisch die Bildschirme, wobei ihre Körpersprache selbst aus der Entfernung klarmachte, dass keiner der Notrufe von Erfolg gekrönt war. »Sie hat keinen Puls!«, rief jemand. »Tut doch was!?«

Adam fühlte sich wie gewohnt persönlich angesprochen, doch was hätte er tun sollen? Da standen schon vier Menschen und halfen, außerdem folgte er bereits einem Notruf. Der war noch dazu nicht einfach in die Gegend gerufen worden, sondern unmissverständlich an ihn persönlich gerichtet. Hinzu kam, dass Sara keine vier Helferinnen hatte, sie war allein.

Er lief weiter und versuchte, sein Gewissen zu beruhigen, wobei ihn überraschte, wie klar die Gedanken waren, die er jetzt zu fassen in der Lage war. Auf einmal gelang es ihm, Entscheidungen zu treffen. Wie sonst nur auf der Bühne. Natürlich, es war das Adrenalin, was sonst. Wohl deswegen schwiegen auch seine Knie. Bis zum Café war es nun nicht mehr weit, eine letzte Fußgängerampel und drei oder vier Geschäftsfronten. Just in dem Moment, in dem er die Ampel erreichte, sprang sie um. Als ob sie auf ihn gewartet hätte. Die meisten Ampeln machten sich diese Mühe gar nicht mehr, sondern waren längst abgeschaltet. Weil auf der Querstraße aber weit und breit kein Auto zu sehen war, ignorierte Adam das Rotlicht. Kaum hatte er einen Fuß auf die Straße gesetzt, wurde er wuchtig zurückkatapultiert. Ein aus dem Nichts herangeraster Motorradfahrer hätte ihn um ein Haar erwischt und ließ als zusätzliche Maßregelung seine Maschine laut aufheulen. Neben all dem neumodischen Kram wie zusammenbrechende Joggerinnen oder leblose Körper in Geschäftseingängen gab es auch sie also noch, die guten alten Alltagsgefahren durch die Wahnsinnigen dieser Welt.

Adam atmete schwer. Erstaunlich, dachte er, dass man schon nach zehn Jahren des Nichtlaufens seine Kondition einbüßte. Gut, dass die rote Ampel unter tatkräftiger Beihilfe des Motorradfahrers jetzt doch dafür sorgte, dass er wieder zu Luft kam. Auf der anderen Straßenseite stand das blühende Leben. Eine Gruppe uniformierter Schulkinder wartete dort ebenfalls auf Grün. Adam sah sich um. Spätestens jetzt war klar, dass hier etwas nicht stimmte. In den letzten Monaten war ihm dieser Gedanke zwar des Öfteren gekommen, aber nie mit solcher Gewissheit wie in diesem Moment. Jedes Fass lief eben irgendwann über, und bei seinem Fass war dieser Moment eindeutig jetzt. Erst dieser ganze Prassnik-Singu-Wahnsinn. Das allein schon! Dann die vom Himmel gefallene Wohnung, die Akademie, die nur noch selten schmerzenden Knie. Wenn das nicht alles schon genug des Guten war. Er hatte es hingenommen und mitgespielt. Aber jetzt ging, wer auch immer hinter dieser Geschichte steckte, eindeutig zu weit. Eine Gruppe Heranwachsender, die an einer roten Ampel stehen blieb? Ernsthaft? Spätestens damit war das letzte bisschen Glaubwürdigkeit Geschichte. Sofort atmete er ruhiger. Auch seine Knie meldeten sich zurück, der scharfe Schmerz war wieder da, begleitet von einem breiten Grinsen, das sein gesamtes Gesicht überzog. Ein Traum also, das Ganze. Das war genau die Gewissheit, die er sich die ganze Zeit gewünscht hatte.

Saras Anruf war kein Grund zur Besorgnis mehr, genau wie all die anderen Ereignisse um ihn herum. Wobei, es kam schon dicke, das ließ sich nicht abstreiten. Das gesamte Paket des Wahnsinns der letzten Monate wäre genug gewesen für ein Dutzend Albträume. In die Erleichterung mischte sich eine Spur Sorge, denn so etwas war nie ein gutes Zeichen. Ein derart überladener Traum bedeutete, dass der zurückliegende Tag anstrengend gewesen sein musste. Hier wollte viel verarbeitet werden. Er kniff sich in den Oberarm. Es zwickte ganz normal. Wahrscheinlich war der Kneiftest Quatsch. Er war sich recht sicher, dass kein Träumender sich je auf diese Weise hatte wecken können. Vielleicht brauchte er solche Tricks ja ohnehin nicht. Schließlich wusste er jetzt mit großer Sicherheit, was los war. Das war ja das Schöne daran. Es war ein Spiel ohne Einsatz. Wer schlief, hatte nichts zu verlieren. Träume hatten keinen Einfluss auf das Leben. Sie waren der Fluchtraum ebendieser Realität. Er müsste sich einfach darauf einlassen. Ein Ausflug, ein Trip, ganz ohne Konsequenzen. Niemand anderes als er selbst würde entscheiden, wann Schluss war. Und bisher war die Geschichte ja recht aufregend gewesen. Einen letzten Schritt würde er also noch mitgehen. Zu Saras Café laufen und sehen, was wirklich los war. Vielleicht gab es ja eine originelle Erklärung. Aber wenn sich auch das wieder als völlig unrealistischer Irrsinn herausstellen sollte, dann wäre eben Schluss. Dann würde er aussteigen. So schlecht war das alte Leben ja nicht gewesen.

Wie er die Sache abbrechen würde, war klar. Jeder wusste schließlich, wie man einen Traum beendete. Sobald wieder ein Motorrad heranraste, würde er eben nicht zurückweichen, sondern sich einfach davorwerfen, oder, noch besser, vor einen Bus. Im Moment des Zusammenstoßes: Zack!, wäre der Spuk vorbei. Im Angesicht des Todes mochten einige Menschen gläubig werden, andere nicht. Aber eins stand außer Frage: Ausnahmslos alle wurden sie wach.

Der Drehbuchautor in Adams Traumfabrik hatte einen guten Tag erwischt, er zog sämtliche Register. Drüben auf der anderen Straßenseite brachen urplötzlich zwei der fünf uniformierten Schulkinder zusammen. Doch er konnte die Szene entspannt betrachten, wie einen Film. Gleichzeitig stieg Wut in ihm auf, Wut auf den Autor dieser Ereignisse. Das waren unschuldige Kinder! Nicht älter als vierzehn. So etwas musste doch nicht sein. Noch dazu ging es kaum unorigineller. Die eigenen Traumata und Ängste verarbeiten, indem man Kinder in Erwachsenenkleidung an einer roten Ampel zusammenbrechen ließ. Viel platter konnte Symbolik jawohl kaum sein.

»Lassen Sie mich durch, ich bin Traumdeuter!«, rief Adam und blickte sich um. Niemand hatte ihn gehört, aber welche Rolle spielte das schon.

Unterdessen beugten sich die stehenden Kinder über die beiden am Boden liegenden und johlten. Einer der beiden setzte sich triumphierend auf die anderen, reckte die Arme hoch und wippte auf und ab. Er rief: »Sieger nach Knock-out und somit weiterhin Weltmeister aller Klassen: Hier, ich!«

Gelächter und Applaus.

Immerhin wird in meiner Fantasie viel gelacht, dachte Adam, bevor im nächsten Moment eine dritte Schülerin umfiel. Sie landete weich auf einem der Jungen. Die beiden Verbliebenen brachen nun in noch lautere Albernheiten aus. Ein schrilles Geräusch, das Pfeifen im Walde. Nun kollabierte auch der Vorletzte, wie eine Marionette, deren Puppenspieler die Lust verloren hatte. Das Lachen des letzten noch stehenden Schülers verstummte, und seine weit aufgerissenen Augen schrien nun lauter als sein Mund. Er bückte sich und schüttelte einen der anderen: »Kommt schon, der Witz ist vorbei.« Doch seine Mitschüler weigerten sich partout. Adam ignorierte die noch immer rote Ampel endgültig und ging auf die andere Straßenseite, wo der Junge nach wie vor an den reglosen Körpern seiner Klassenkameradinnen rüttelte. Adam stellte sich neben ihn und sagte: »Keine Sorge, Junge.«

Doch der war wie im Wahn. Adam wiederholte seinen Satz.

»Was? Wie, keine Sorge?« Die Stimme des Jungen überschlug sich. »Die bewegen sich nicht. Was ist hier …«

»Es ist nicht echt.«

»Was? Wie?« Der Schüler hörte nicht zu.

»Nicht echt«, sagte Adam erneut. »Wie der Weihnachtsmann oder der liebe Gott. Nicht! Echt!« Er sprach die letzten beiden Wörter so langsam wie möglich.

Endlich ließ der Schüler von seinen Freunden ab und wandte sich Adam zu.

»Was meinen Sie mit ›nicht echt‹?«

»Ganz einfach. Du bist nur ein Statist in meinem Traum. Genau wie deine Freunde. Du musst dir keine Sorgen machen. Es ist alles nicht echt.«

»Du Geisteskranker!«, rief der Junge und schubste ihn mit einem druckvollen Schlag vor den Brustkorb weg. »Verpiss dich!«

Der Schüler hatte die Worte gerade zu Ende gesprochen, da fiel auch er einfach um. Sein Kopf schlug hart auf dem Pflaster auf, blutete aber kein bisschen. Gute letzte Worte, dachte Adam und ging weiter.

43.

Von außen war nichts zu erkennen. Wie immer in den Wintermonaten waren die riesigen Fenster stark beschlagen und ließen das Café wie ein Tropenhaus aussehen. So ein zusätzliches Spannungselement brauchte kein Mensch. Adam war auf Schlimmes vorbereitet und hätte gerade deswegen lieber schon von draußen einen Blick darauf geworfen, was ihn erwartete. Vorsichtiger als sonst öffnete er die Tür und konzentrierte sich beim Hineingehen auf die alten Holzdielen am Boden, zögerte dadurch die Gewissheit so lange hinaus wie nur möglich. Was er nicht sah, war auch nicht da. Das funktionierte immer – eigentlich. Denn als er den Blick hob, war er sofort wie gelähmt. Da waren zwar überall Menschen, doch es fehlte jegliche Bewegung. Die gesamte Szene war pausiert, er stand mitten in einem Foto. Sein erster Blick fiel auf einen kräftigen jungen Mann in neongelber Sicherheitsweste, dessen Kopf an der Wand lehnte, während er auf die vor ihm stehende, noch volle Kaffeetasse starrte. Ein paar Meter weiter: John. Völlig bewegungslos lag er auf dem Fußboden, direkt neben seinem Stammplatz. So als wollte er heute zur Abwechslung lieber mal liegen. Am Tisch hinten rechts saßen zwei Frauen bei Kaffee und Kuchen, wobei sie genau genommen eher *in* Kaffee und Kuchen saßen. Ihre Oberkörper ruhten erschöpft auf dem Tisch, wo sie sämtliches Geschirr unter sich begraben hatten. Vier leblose Gäste und keine Spur von Sara. Dass sie eine der beiden Frauen im kollabierten Kaffeekränzchen war, konnte Adam alleine anhand der Hautfarbe ausschließen.

»Sara?!«, rief er und bemühte sich, dabei so normal wie möglich zu klingen. Keine Antwort. Er ging hinter den Tresen in Richtung des Hinterzimmers. Dabei bewegte er sich vorsichtig und leise, wie es Einbrecher in Filmen taten. Beim Betreten der kleinen Kammer dann traf ihn der Blitz. Sara hockte zusammengesackt in der Ecke. Ihr Kopf hing schlapp herunter, es war die gleiche Haltung wie bei den regungslosen Kunden. Die eben noch feste Überzeugung, dass all das hier ein Traum war, geriet blitzartig ins Wanken. Auf einmal fühlte es sich echt an, grausam echt. Ihn durchfuhr eine schreckliche Schwere. Die Art von Schwere, die sich immer in Momenten meldete, in denen es um den Tod ging. Dann war von einer Sekunde auf die nächste alles bedrohlich. So auch jetzt. Er konnte den Anblick kaum ertragen. Sara saß zusammengesackt auf dem Boden, an den Wandschrank gelehnt, ihre großen Kopfhörer auf den Ohren, neben ihr im Aschenbecher eine noch glimmende Zigarette. Unweit davon der Rauchmelder und die aus ihm entfernte Blockbatterie. Adam griff ihr an die Schulter, es ging nicht anders. Er musste sie berühren, sich vergewissern. Wenn auch sie tot wäre, würde er die Sache beenden, auf der Stelle. Die Lage war schlicht nicht mehr auszuhalten. Ganz tief atmete er ein – doch etwas in ihm sperrte sich. Er tat einen erneuten Atemzug und überwand sich im zweiten Anlauf. Unweigerlich sah er auf seine eigene Hand, die sich langsam Saras Schulter näherte. Die Hand des Sprengmeisters, der nicht wusste, ob ihn der Tod erwartete. In Zeitlupe erreichten seine Finger ihre Schulter, berührten sie für den Bruchteil eines Augenblicks und zuckten auf der Stelle zurück. Sara schreckte auf, sie lebte.

Erschrocken nahm sie die Kopfhörer ab, ließ sie achtlos fallen und umklammerte Adams Bein. Sie zitterte am ganzen Körper. Adam bewegte sich nicht, ging schließlich in die Knie, umarmte Sara lange und setzte sich auf einen der Kartons.

»Es ist nicht nur hier«, sagte er. »Die Menschen fallen einfach um.«

»Ich weiß. Ich war draußen. Was ist das?« Sie schluckte laut hörbar. »Das Ende? Adam, ich habe Angst.«

»Ich weiß es auch nicht. Aber ich habe eine Vermutung. Wir sind schließlich noch hier. Es erwischt nur die anderen.«

Sie sah ihn mit großen Augen an. »Ein Virus?«

»Ein Traum.«

Saras Blick forderte mehr Details.

»Einer von uns träumt. Das ist alles nicht echt. Die letzten Wochen und Monate, die Akademie, Singu, Sisyphos-2, alles nichts als ein Hirngespinst.«

»Was? Ja, ist klar«, sagte Sara noch immer sichtlich überfordert.

»Und wessen Hirn spinnt das zusammen, deins oder meins? Und was ist mit meinem Buchvertrag? Tolle Theorie! Das heißt ja, mindestens einer von uns ist überhaupt nicht echt.«

»Genau. Und ich hoffe, das bin ich. Dann wäre es dein Traum, und wenn er endet, bin ich von meinem Leid erlöst. Keine Sorge, den Buchvertrag hast du im Wachzustand bestimmt auch. Nicht alles im Traum ist ja erfunden.«

Sara zog skeptisch die linke Augenbraue hoch. Sie wusste nicht so recht, was sie mit Adams Aussagen anfangen sollte, die ihr auf eine gewisse Art mehr Sorge bereiteten als die leblosen Körper vorne im Café.

Tatsächlich war Adam längst nicht mehr so überzeugt von seiner These, wie er ihr hatte weismachen wollen. Seitdem er bei Sara war, wuchsen seine Zweifel. Draußen waren ihm all die Unbekannten auf eine seltsame Art egal gewesen, aber hier im Café war er wieder mittendrin in seinem eigenen Leben.

Sie beschlossen, sich abzulenken. Sara schaltete den Fernseher ein, die Nachrichten überschlugen sich. Überall auf der Welt fielen Menschen tot um, einfach so. Die Lage, so der Bericht, sei chaotisch und unübersichtlich.

»Das ist internationale Nachrichtencodierung für: Wir wissen nichts, aber berichten trotzdem«, sagte Adam.

Kurzerhand befragte Passanten sprachen von einem Terroranschlag. Der Reporter, der auf einem Dach in Manhattan stand, ging einen Schritt weiter und beschrieb die Szenen als biblische Plage. »Das Letzte Gericht?« titelte ein anderer Nachrichtensender. Bilder von Straßen und Plätzen voller lebloser Körper unterstrichen die Vermutung. Aufnahmen von Überwachungskameras zeigten die Momente, in denen aus belebten Einkaufszentren und Plätzen innerhalb von Minuten Orte des Schreckens wurden. Die Bilder glichen sich, erst sackte eine Person in sich zusammen, sofort kamen andere zu Hilfe. Dann kollabierte die nächste und wurde ebenfalls umsorgt. Spätestens als der dritte oder vierte Mensch umkippte, begannen die Leute, nicht mehr zu den Opfern hinzulaufen, sondern von ihnen weg. Panik setzte ein.

Sara schaltete das Gerät wieder ab. Das mit der Ablenkung war nach hinten losgegangen.

»Hör zu!«, sagte sie im Brustton der Überzeugung. »Wenn du recht hast und das hier nur ein Traum ist – egal ob deiner oder meiner –, dann ist eh alles egal. Dann ist ja nichts passiert. Aber ich will es herausfinden. Ich will wissen, ob der ganze Wahnsinn real ist oder nicht.«

»Das sagst du so leicht.« Adam tat das, was er immer tat, wenn jemand komplett auf seinen Standpunkt umschwenkte. Er drehte die eigene Meinung um hundertachtzig Grad und spielte den Advocatus Diaboli.

»Aber wenn wir in einem Traum sind und diesen beenden, dann verlieren wir uns womöglich«, sagte er. »Und das war's dann mit unserer Freundschaft. Vielleicht auch mit meinem Ich und deinem Ich. Denn wer weiß, ob es uns überhaupt gibt.«

»Ja, das ist mir schon klar. Aber, Adam, ich kann das hier nicht länger ertragen. So was hier, diese Apokalypse, nein. Ich will das beenden. Und wenn es sich als Realität herausstellt, dann ist das eben so.«

Sie pausierte kurz. »Da kann ein Mensch immerhin noch Einfluss nehmen. Aber in einem wirklichen Albtraum vorkommen, da sind einem die Hände gebunden. Da schreibt die Geschichte ein anderer.«

Sara kniff sich in den Unterarm.

»Bringt nichts. Habe ich auch schon versucht.«

»Eigentlich aber auch wenig überraschend. Andere Ideen?«

Adam erzählte, dass er sich vor Jahren mal mit Traumdeutung befasst habe. Bei Freud oder Jung hatte er gelesen, dass ein Aufwachen immer durch Konfrontation mit dem eigenen Tod erfolge. Dabei musste man nicht mal wirklich sterben. Es reichte, dem sicheren Tod ins Auge zu sehen, zum Beispiel als Opfer eines Überfalls mit dem kalten Stahl einer Pistole an der Schläfe. Oder im Moment kurz vor dem Sturz von einer hohen Klippe. Durch so etwas wachte man unweigerlich auf. Im Traum tatsächlich zu sterben war schlicht nicht möglich, das unterschied ihn vom Wachzustand.

»Das ist natürlich ein Trost«, sagte Sara. »Wenn ich wirklich sterben sollte, habe ich wenigstens Gewissheit.«

»Es gibt wohl nur eine Art, das herauszufinden.«

»Sehr guter Vorschlag, der Herr. Wir haben ja hier in der Gegend unglaublich viele Klippen. Und mindestens genauso viele Pistolen.«

»Stimmt. Da haben es die Leute in Cornwall und Devon wirklich besser. Man sollte einfach nie zu weit weg wohnen vom Abgrund.«

»Oder den Pistolen«, ergänzte Sara. »Die Amis machen's richtig. Und wir? Bei uns hat ja nicht mal die Polizei Knarren.«

»Na ja, es muss ja nicht zwingend eine Pistole sein, die einen bedroht. Der Mensch muss, wie so oft, mit dem arbeiten, was er hat. Wir sind hier in Südlondon, wir haben also Glück.«

»Welthauptstadt der Messerkriminalität!«, rief Sara stolz.

»Aber wir wollen den Nahtodmoment bitte nur simulieren.«

»Vielleicht lässt der Messerräuber ja mit sich reden? Wir müssen einfach nur einen finden, der so tut, als ob. Hast du da Kontakte?«

Adam überlegte.

»Ich glaube, die sind nicht zuverlässig genug.«

Saras Blick offenbarte, dass sie es für durchaus möglich hielt, dass es diese Kontakte wirklich gab. Adam wechselte das Thema.

»Komm, wir gehen auf die Klippe!« Von seinem schnell gefassten Entschluss selbst überrascht, zeigte er nach oben: »Das Dach!«

»Ja, ist klar«, sagte Sara. »Die Aussicht auf einen Sturz aus drei Metern Höhe wird den Verstand des Träumenden sicherlich überlisten. Adam, das Ding hier ist ein besserer Bungalow.«

Er lachte laut auf.

»Doch nicht hier. Auf das Dach der Akademie.«

44.

Potkulcs schwamm in andächtiger Ruhe, während die Membranen der japanischen Edelholzlautsprecher sanft schwingend die Klänge von Sergei Prokofjews *Tanz der Ritter* verbreiteten. Potkulcs war sich sicher, das Stück genauso wenig zu kennen wie den Rest der Playlist. Höchstwahrscheinlich hörte er es zum allerersten Mal überhaupt. Möglicherweise aber stand die Wiedergabe auch auf Repeat, es klang sowieso alles gleich. Er atmete ruhig, exakt sechs Mal pro Minute. Beim Kraulen tauchte er zwar kürzer auf als beim Brustschwimmen, bekam von der Musik jedoch genauso viel mit, was den unlängst installierten Unterwasserlautsprechern zu verdanken war. Er hörte jetzt rund um die Uhr alles, was seine Dozentinnen und Experten für »gute Musik« befanden, selbst im Schlaf. Neben der Expertise, auch den eigenen Geschmack auszugliedern, hatte dies den eindeutigen Vorteil, jeglichen Zweifel zu beseitigen. Er hatte nie verstanden, warum Menschen sich Entscheidungen selbst aufluden. Warum in Gottes Namen sie beispielsweise auf Partnersuche gingen, am besten noch bei irgendwelchen geistig retardierten Veranstaltungen oder in einem sogenannten Club. Wie sollte ein Mensch denn eine Entscheidung dieses Ausmaßes an einem solchen Ort der Täuschung treffen? Noch dazu ganz auf sich allein gestellt. So etwas musste auf möglichst kompletter Faktenlage basieren, man überließ es also besser Experten. Er kaufte ja auch nicht, ganz ohne Fachkenntnis, irgendeinen Lautsprecher. Für alles gab es Menschen, die sich besser auskannten. Was wusste er schon, wann eine Frau attraktiv war? Für so etwas gab es Misswahlen, denn solche Dinge waren, wie alles, messbar.

Die Musik schwoll an, Potkulcs' Schwimmbewegungen ließen sich davon allerdings keineswegs beeindrucken, er zog sein tägliches Tempo durch. Es hieß nicht umsonst Morgenroutine. Doch ganz gerecht wurde sie ihrem Namen heute nicht, wenn sich die Abweichung auch nur auf eine Kleinigkeit begrenzte. Potkulcs trug keine Badehose. An diesem historischen Tag empfand er das Bedürfnis, das Wasser des Pools am gesamten Körper zu spüren, direkt auf der Haut. Sein schwerelos unter ihm treibender Penis verschaffte ihm das Gefühl von Freiheit. Ob es daran lag, dass dieses Körperteil normalerweise dauerverpackt war und jetzt ausnahmsweise einmal nicht, oder ob es der Zurschaustellung der eigenen Intimität geschuldet war, hätte er nicht beantworten können. Genau wie die Frage, warum er jeden Morgen eine Badehose getragen hatte, er war hier schließlich immer allein. Sein Handeln war unlogisch gewesen und, wenn man so wollte, ineffizient. Eins stand fest, er würde die Badehose von nun an weglassen. Es würde spannend werden, zu beobachten, ob das Freiheitsgefühl des Nacktseins auch morgen anhielt oder ob so etwas der Einmaligkeit zu verdanken war. Die Musikanlage ging zum nächsten Stück über, in dem die Instrumente ähnlich klangen, das Tempo auch. Vielleicht war es noch das alte Stück, und die kurze Pause war Teil davon. Potkulcs war es egal, nichts als Hintergrundrauschen. Er glitt durchs Wasser und begann seine für heute letzte Bahn. Er war eins mit dem Wasser, diesem mächtigen Element, das Leben erst ermöglichte und gleichzeitig in der Lage war, es in null Komma nichts zu beenden. Die Macht des Wassers und seine eigene, sie vereinten sich.

Er hatte den Eindruck, sich endlich dem zu nähern, was all die Dozenten ihm immer wieder versucht hatten zu vermitteln. Nicht Kreativität war es, es ging um Genialität. Für einen Moment gelang es ihm, sich selbst von oben zu sehen, wie er dort seine Bahnen zog, der Herr und Schöpfer der großen Tat. Er schwamm in dem Stoff, der ihm diesen Moment erst ermöglicht hatte. Es war die ultimative Vereinigung, auch er bestand schließlich zum allergrößten Teil daraus. Sein Blick verließ die Beobachterebene und kehrte zurück ins Becken, sah dort erstaunt an sich herab. Schon wieder etwas Messbares. Eine Erektion, zum ersten Mal seit Wochen.

45.

Mit jedem Stockwerk wurde es quälender. Die Schmerzskala übernahm die Funktion des fortschreitenden Etagenanzeigers über einem alten Fahrstuhl. Im sechsten Stock dann fiel der Apparat aus, Adam lehnte sich gegen die Wand und verzog das Gesicht. Die Sache war ungemein frustrierend, denn sein Gesicht war trocken, und auch am Rest des Körpers schwitzte er nicht. Nicht mal außer Atem war er, und dennoch ging es keinen Schritt weiter. Ihm kamen die Worte seines Arztes in den Sinn. Wie ein Auto mit gutem Motor sei er, der Tank voll, das Getriebe in Schuss. Die Stoßdämpfer jedoch waren durch, nicht mehr zu reparieren. Er würde sie austauschen lassen müssen. Was für ein buchstäblich hinkender Vergleich, war beim Menschen schließlich Werkstatt gleichbedeutend mit Vollnarkose, also einer Art Todessimulation. Was für ein Wahnsinn war das bitte, sich eine Narkosespritze setzen zu lassen von einem Wildfremden. So etwas würde er nicht mal jemanden machen lassen, den er seit Jahrzehnten kannte. Nein, nein, die Stoßdämpfer mochten noch so defekt sein, ihr Zustand machte ihm längst nicht so große Sorgen wie die Aussicht auf die Todessimulation beim Werkstattbesuch.

Mit den Daumen massierte er den Ansatz des Oberschenkelmuskels oberhalb seines Knies, was immerhin ein wenig Linderung brachte. Sara, die hinter ihm gelaufen war, setzte sich auf die oberste Stufe des Treppenabsatzes.

»Wir machen das ganz in Ruhe, alter Mann«, sagte sie. »Die Reiseleitung nimmt Rücksicht auf die Versehrten. Wir können auch umkehren.«

»Nur über meine Leiche«, sagte Adam.

»Warum nicht.« Sara lachte. »Das wäre immerhin das Ende des Traums.«

Den zweiten und letzten Halt legten sie auf der zwölften Etage ein. Adam lief mittlerweile auf Zehenspitzen und betrat die Treppenstufen nur noch flüchtig. Die veränderte Lauftechnik half, die geplagten

Gelenke ein wenig zu entlasten, wobei er sich gleichzeitig bemühte, den Aufstieg so monoton atmend wie möglich zu absolvieren. Jeder Schritt ein Atemzug, der ausgemergelte Bergsteiger kurz vor dem Gipfel. Dann endlich war sie erreicht, die große schwarze 14 an der Wand des Treppenhauses. Noch ein Absatz, und der Achttausender wäre bezwungen. Sara überholte ihn erneut und übernahm auf den letzten Metern die Führung. Im Schlussspurt eilte sie die erlösenden Stufen zur Dachtür hinauf, drehte sich, dort angekommen, in der Luft und warf sich mit dem Rücken gegen die Wand. In derselben Bewegung faltete sie die Hände und streckte die Zeigefinger aus, hob daraufhin bedächtig die Pistole vor die Lippen und ermahnte zu absoluter Ruhe, bevor sie Adam mit dem Lauf der Waffe signalisierte, er solle zu ihr kommen. Endlich erklomm auch er die letzten Stufen und stand schließlich neben ihr.

»Spezialeinheit«, flüsterte sie.

Adam stand gebückt und massierte erneut seine Oberschenkel.

»Der einzige Spezialist, der hier angebracht wäre, ist ein Orthopäde.«

Eine rote Griffstange erstreckte sich über die gesamte Breite der schweren Stahltür. Darüber klebte, gedruckt in übertrieben großen signalroten Lettern, der Hinweis: SCHUBSTANGE KRÄFTIG NACH UNTEN DRÜCKEN! Sara befolgte den Befehl und ergriff den Querbalken mit beiden Händen wie den Sicherheitsbügel auf der Kirmes. Sie instruierte den Rest des Einsatzteams: »Wichtig ist: leise und elegant.«

Mit ihrem gesamten Gewicht stützte sie sich auf die Stange und drückte sie mit einer wuchtigen Bewegung hinunter. Die Tür jedoch bot wesentlich weniger Widerstand als erwartet. Sie flog auf und krachte scheppernd gegen die Wand.

»Wichtig ist«, mahnte Adam, »leise und elegant.«

Ausgelassen drängelnd zwängte sich das Sondereinsatzkommando nebeneinander durch den Türrahmen. Adam hätte sich keine bessere Art vorstellen können, das Dach erstmals zu betreten. Auch Sara hatte noch nie hier oben gestanden. Gleichzeitig jedoch war es nicht ihr erster Dachbesuch am heutigen Tag. Erst jetzt wurde ihr das bewusst.

Sie erlebte ein Déjà-vu, und was für eins. Wie konnte es sein, dass sie beim Aufstieg nicht daran gedacht hatte? Zumal es hier nicht um eine ferne Erinnerung ging. Erst heute Morgen hatte sie nach einer seltsamen Abfolge von Geschehnissen plötzlich auf dem Dach ihres Apartmentblocks gestanden.

Wie immer hatte sie gestern kurz vor dem Zubettgehen ihr Handy ausgeschaltet. Entsprechend tief und ungestört war ihr Schlaf. Doch das änderte sich rasch. Wie so oft, seit sie an dem neuen Roman schrieb, bewegte sie sich auch in dieser Nacht in einer Fabelwelt. Gemeinsam mit einer Gruppe redegewandter Pinguine rief sie, allen voran, in einem entfernten Inselstaat die Revolution aus, glücklicherweise eine überaus friedliche. Mit der Zeit verwandelte auch Sara sich mehr und mehr in einen Pinguin. Das alte, tyrannische System war gestürzt, sie und ihre Mitstreiter hatten für eine bessere Gesellschaft gesorgt. Doch aus heiterem Himmel brach großes Unheil über die heile Pinguinwelt herein. Die Tiere begannen umzufallen, einfach so. Tot, erst einer, dann immer mehr. Unvorstellbare Szenen spielten sich ab, in die hinein irgendwann eine Frauenstimme von weit oben rief: »Kreative aller Länder, vereinigt euch!«

Dem ließ die übergroße Regisseurin ein furchtbar gemeines Gelächter folgen. Überall tote Tiere, und dazu dieses grausame Geräusch. Kurz darauf stand Sara hoch oben auf einer Klippe und blickte hinaus in die Welt, wie der Wanderer mit Stock auf dem Romantikgemälde von Caspar David Friedrich. Mit dem großen Unterschied, dass hier die Romantik schnell verflogen war, denn aus dem Nebel heraus tauchte eine Hand auf und stieß Sara von hinten in den Abgrund, woraufhin sie zu fallen begann, schneller und immer schneller. Pinguine waren gute Schwimmer, sodass ein solcher Sturz beileibe kein Grund zur Sorge sein sollte. Doch am Fuße der Klippe wartete nicht etwa das rettende Meer, sondern ein asphaltierter Parkplatz, der sekündlich näher kam. In Todesangst begann Sara, mit den Flügeln zu schlagen. Ein Reflex, ausgelöst durch den schieren Willen, zu überleben. Pinguinflügel waren allerdings gar keine Flügel, sondern Flossen, zum Fliegen vollkommen ungeeignet. Höchstens einen Flossenschlag noch war sie von der Katastrophe entfernt, als …

Schweißgebadet wachte sie auf. Irgendwie war sie dem Sterben entkommen und fühlte sich doch eher tot als lebendig. Mit zittriger Hand schaltete sie die Nachttischlampe ein, stand auf und griff nach dem Bademantel, der an der Türklinke der Badezimmertür hing. Obwohl ihr warm war, fühlte sich die Frottee-Umarmung gut an auf der Haut, während ein überaus merkwürdiges Verlangen nach Höhe und Fernblick in ihr aufstieg. Wie in Trance gab sie ihm nach und griff nach ihren Zigaretten. Sie schlüpfte in die Hausschuhe, steckte ihr noch immer ausgeschaltetes Handy in die tiefe Tasche des Bademantels und betrat den Hausflur. Es stank streng nach Pisse. Mit dem Ellbogen drückte sie angewidert den Nach-oben-Knopf am Fahrstuhl und wartete. Schließlich oben angekommen, ging sie den letzten Treppenabsatz hinauf und öffnete die schwere Metalltür, die ihr wohlvertraut war. Wie oft hatte sie hier oben mit Paula gekifft oder Wein getrunken. Jetzt hingegen war sie substanzfrei und doch benebelt. Sie kletterte auf die Mauer, die laut Beschilderung dem Schornsteinfeger und der Feuerwehr vorbehalten war. Das hier war der höchste Punkt der gesamten Nachbarschaft, die Klippe. Während ihr Blick sich in der Ferne orientierte, zündete sie sich ohne hinzusehen eine Zigarette an. Dann endlich bemerkte sie, dass das gar nicht ihre Straße war, auf die sie hier blickte, sondern die Avenida Córdoba, eine der Hauptverkehrsadern von Buenos Aires. Es war die Straße ihrer Kindheit. Sie unterbrach den Zug an der Zigarette auf halbem Wege, vergaß schlicht, weiterzuatmen. In der Autowerkstatt auf der anderen Straßenseite lagen fünf leblose Körper im Blaumann. Juan und Antonio erkannte sie sofort. Wer die anderen waren, ließ sich nicht ausmachen – nur dass auch sie sich nicht bewegten.

Der hohe Aussichtspunkt erlaubte eine Rundumsicht. Sie spähte im Uhrzeigersinn und wanderte mit dem Blick den Bürgersteig entlang. Auch hier lagen Körper, keine Bewegung, keinerlei Leben, nichts. Menschen und Pinguine, alle tot oder zumindest bewusstlos. Sogar die Autos auf der Straße standen still, einige von ihnen waren ineinandergefahren. In der chinesischen Schnellreinigung, in der ihre Familie jeden Dienstag die Wäsche abgab, lagen beide Mitarbeiterinnen, die doch sonst immer rastlos herumwuselten, regungslos im Neonlicht. Stets hatten die Frauen darauf bestanden, dass es die Wäsche nur gegen Abgabe des Zettelchens zurückgab. Das Zettelchen, das sie der Kundschaft bei der Wäscheabgabe feierlich überreichten. Jedes Mal hatte Sara den Abholschein vergessen und ihre Wäsche dennoch bekommen, wenn auch unter massivem Protest: »Aber das Zettelchen!« Saras Strafe war ein schlechtes Gewissen. Sie war davon überzeugt, die einzige Kundin zu sein, die solch einen unverzeihlichen Fehler machte. Bis sie eines Tages dabei zusah, wie vor ihr in der Schlange einem anderen Kunden der gleiche Fauxpas unterlief und gleich noch einem. Die klagenden Worte »Aber das Zettelchen!« mussten sich täglich Dutzende Male wiederholen. Kaum einer dachte an den Abholschein, und doch gaben die verzweifelten Chinesinnen nicht auf. Obwohl es ohnehin nicht nötig gewesen wäre. Sie konnten mittlerweile sicher blind jede Unterhose der Nachbarschaft ihrem rechtmäßigen Besitzer zuordnen. Hier ging es ums Prinzip – und somit eben nicht ohne Zettelchen. Womöglich hatten die Frauen recht. China wäre mit Sicherheit nicht zu einem Reich von Weltformat aufgestiegen, hätte es nach der Erfindung des Papiers sofort wieder auf selbiges verzichtet. Jetzt lagen sie reglos neben der Ladentür, umgeben von lauter Zettelchen. Sara lief eine Träne herunter, sie fühlte sich mutterseelenallein auf der Welt. All die alten Bekannten aus ihrem Kindheitsviertel, diejenigen, die die Gegend am Laufen hielten. Sie konnten doch nicht alle tot sein. Sie kniff sich mit dem Daumen und Zeigefinger der rechten Hand in den linken Unterarm. Die Stelle verfärbte sich rot, ansonsten blieb alles unverändert.

Sara musste sich setzen. Erst jetzt holte sie den zweiten Teil des Zigarettenzuges nach, was den Nerven guttat. Mit der linken Hand zog sie ihr Telefon aus der Tasche und schaltete es ein. Das Gerät schien die Besonderheit der Situation zu erahnen und fuhr mit der gebotenen Eile hoch. Sara tippte auf das Telefonsymbol, sofort erschien Paulas Name auf dem Display. Es klingelte drei Mal, vier, dann fünf. Nichts. Das konnte doch nicht sein. Paula war immer erreichbar, wirklich immer! Der Messenger verschärfte die Situation: *zuletzt online vor 14 Stunden.* Vierzehn Stunden offline! Paula! Dort hätte genauso gut stehen können: Tod, Verderben, das Ende der Welt – und vor allem das Ende von Paula.

Sara traf es wie ein Vorschlaghammer. Sie war jetzt keine Schaulustige mehr, sie war mittendrin. Eine heiße Welle der Angst stieg in ihr auf. Der nächste Anruf galt ihrer Mutter. Auch er lief ins Leere. Dann der Vater: Funkstille. Dort immerhin alles wie gewohnt. Ein letzter Versuch beim Verlag. Da musste auf jeden Fall jemand abnehmen, man beschäftigte schließlich einen Telefonisten. Sie wählte die Nummer, und es klingelte und klingelte. Es hörte einfach nicht auf zu klingeln.

Aber was war als Nächstes passiert? Sosehr Sara sich auch konzentrierte, es wollte ihr partout nicht mehr einfallen. Die gesamte, bis hierher so lebhafte Erinnerung endete an der Stelle abrupt. Und mit ihr das Déjà-vu.

46.

Endlich wieder im Hier und Jetzt angekommen, sah Sara sich um. Ein ganzes Stück entfernt, am anderen Ende des Dachs, stand Adam und überblickte den Park. Ganz ruhig, so als stünde er dort schon eine ganze Weile. Wie lange sie der Erinnerung an die Pinguin-Revolution nachgehangen hatte, vermochte sie nicht ansatzweise einzuschätzen. Sie war sich ja nicht mal sicher, ob es überhaupt eine Erinnerung war. Déjà-vus und Flashbacks hatten ein strukturelles Problem, sie waren keine Weissagungen. Denn die kamen im Vorhinein, da war der Fall leicht zu überprüfen. Andererseits, korrigierte sie ihren Gedanken umgehend selbst, wurden die Prophezeiungen des Nostradamus oft genug im Nachhinein überarbeitet und neu veröffentlicht. Rückwirkend korrekt voraussagend. Vielleicht nicht wirklich ein Prophet, dieser Nostradamus, aber ganz sicher ein ausgezeichneter Geschäftsmann.

Ob das, was ihr da gerade durch den Kopf ging, die Erinnerung an einen Traum war oder ein Déjà-vu, spielte ohnehin keine Rolle. Eins stand fest, es machte sie traurig. Sie dachte an die alte Nachbarschaft ihrer Kindheit. Ob die chinesischen Wäscherinnen noch lebten? Sie waren ja damals schon alt gewesen. Was war mit Juan oder Antonio? Immerhin, rein wirtschaftlich musste sich wohl niemand um die Wäscherinnen und Mechaniker sorgen, beide Geschäftsmodelle waren äußerst krisenfest. Andererseits waren das mittlerweile wohl alle Geschäfte, die es noch gab.

Sara rief Adams Namen und ging zu ihm hinüber. Doch auch er war in Gedanken. Dächer machten so etwas mit Menschen. Er atmete tief durch. Hier oben war die Luft klarer und sauberer als dort unten in den Straßen Streathams, auch jetzt noch mit dem wenigen Verkehr. Er fühlte sich wie bei einem Ausflug, raus aus der Stadt. Schlagartig wurde ihm bewusst, wie lange er nicht mehr *wirklich* draußen gewesen war. In der Natur, abseits von Beton und Menschen. Eine traurige Erkenntnis. Sein gesamtes Leben hatte er im urbanen Raum verbracht, zunächst im Norden der Stadt, eine kurze Zeit in New York, dann all die Tour-Termine in den vielen mittelgroßen und großen Städten Großbritanniens. Seit dem Einbruch seiner Karriere schließlich nur noch Streatham, Brixton und Herne Hill. Kein Zweifel, seine Welt war kleiner geworden. Wobei, besonders groß war sie nie gewesen, zumindest bei genauerem Hinsehen. Selbst bei einem Flug von London nach New York sah ein Mensch ja nichts von der Welt. Der Reisende fuhr durch die eigene Stadt, eingepfercht in einem voll besetzten U-Bahn-Waggon, der durch Betonröhren ratterte; lief durch einen Beton-Flughafen voller hektischer Menschen; saß in einer Metallröhre, wieder voller Menschen; um dann im nächsten Betonuniversum, in dem es vor den wiederum gleichen Menschen nur so wimmelte, anzukommen; selbst die Sprache unterschied sich kaum.

Erst jetzt, beim Betreten des Daches dieses Gebäudes, das sich mittlerweile tatsächlich wie ein Zuhause anfühlte, kam ihm der Gedanke: Er hatte nichts gesehen von der Welt. Also von der Erde, dem eigentlichen Planeten. Immer nur Kunst, nur Künstlichkeit, immer Menschen. Das konnte ja nicht gut gehen. Schon früh hatte er realisiert, dass die Menschen der Auslöser all seines Unglücks waren. Warum zum Teufel hatte er daraus nie die richtigen Schlüsse gezogen? Weniger Menschen, mehr Natur, das lag doch auf der Hand. Vielleicht war es das, worum es wirklich in diesem Traum ging: weniger Menschen.

»Hallo? Erde an Adam!« Saras Stimme klang vorsichtig, denn sie wusste, wie es ihm erging. Sie selbst war ja auch erst seit wenigen Minuten wieder bei klarem Bewusstsein.

Adam starrte noch immer auf den Streatham Common, *seinen* Park.

»Na, was macht die alte Wohnung?«

»Tja, ein bisschen leblos, und die Blumen könnten auch mal wieder gegossen werden.«

Sara zeigte in die entgegengesetzte Richtung, nach Norden. Wohl zur Ablenkung. Die Aussicht auf die Skyline war monumental. Über allem thronte The Shard, das höchste Gebäude der Stadt, direkt an der London Bridge gelegen. Die Sicht war so gut, dass sich die scherbenartige Struktur der Shard-Spitze kristallklar abzeichnete.

»Beton und Menschen. Immer nur Beton und Menschen«, sagte Adam.

»Na ja«, antwortete Sara, »so wie's aussieht, bald nur noch Beton.« Auch sie stand jetzt nah am Rande des Daches, hielt sich am Gitter fest und deutete mit einer Kopfbewegung in die Straßenschlucht. Was vor gut einer Stunde noch für einen Schock gesorgt hatte, wirkte jetzt nur surreal. Überall lagen leblose Körper. Der Verkehr war längst vollständig zum Erliegen gekommen, Autos und Busse standen still, einige waren in Hindernisse gefahren oder einfach so liegen geblieben. Nichts bewegte sich.

»Weniger Menschen«, sagte Adam, »das ist die Nachricht.«

»Hmm?« Sara verstand nicht ganz.

»Weniger Menschen. Das ist die Message des Traums. Spätestens jetzt ist klar, wer dahintersteckt.«

Sara hatte keine Ahnung, wovon er sprach.

»Sie hat immer gesagt: ›Nur wir zwei. Wir brauchen niemand anderen. Wir reichen uns völlig, Adam.‹«

Er pausierte, bevor er in seiner eigenen Stimmlage fortfuhr: »Und jetzt tötet sie alle nach und nach. Ich hab's ja die ganze Zeit über gewusst. Singu, Prassnik, was für ein Unsinn. Ich sag dir, ich bin gefangen im Albtraum meiner Mutter. ›Nur wir zwei, A-dam!‹«

»Was heißt hier, *du* bist gefangen? Hallo, ich bin auch hier.«

»Okay, wir sind gefangen. Es wird Zeit, dass ...«

Er fuhr zusammen, als ihm eine schwere Pranke mit voller Wucht von hinten auf die Schulter schlug.

»Ha!«, donnerte die dazugehörige Stimme.

»Alter, geht's noch?!« Auch Sara erschrak heftig. Sie entriss sich dem Griff und drehte sich im selben Moment um wie Adam. Ein breites Grinsen strahlte ihnen entgegen: Picasso.

»Erste Reihe, im Rang. Die besten Plätze beim Weltuntergang.«

In einer Mischung aus Übermut und Erleichterung schubste Sara ihn. Als er wieder festen Stand gefunden hatte, holte Picasso mit der rechten Hand aus und ließ die Bewegung zur einladenden Gebärde eines Zirkusdirektors werden:

»So wie es aussieht, sind wir die Insel der Überlebenden.«

Sein Grinsen wich vollkommen übergangslos einer wesentlich sorgenvolleren Miene.

»Ich habe den ganzen Vormittag damit verbracht, die Akademie zu durchkämmen. Alle hier drinnen sind wohlauf. Ihr wart draußen und seid reingekommen, so wie einige andere auch. Keinem von denen geht es schlecht. Aber überall sonst sterben die Menschen wie die Fliegen.«

Mit einer kurzen Kopfbewegung deutete er in Richtung der Straßenschlucht.

»Picasso, wir haben das alles gesehen«, erwiderte Sara. »Wie du schon sagst, wir waren draußen.«

»Unsere Akademie ist die Arche Noah.«

Sara und Adam sahen ihn an, zunächst irritiert, dann amüsiert.

»Du hast recht, guck mal«, sagte Adam. »Wir stehen sogar schon in Zweierreihen.«

»Ich meine das ganz ernst. Ihr habt es selbst gesehen, durch die Straßen fegt der Tod. Aber hier bei uns ist alles wie immer. Wir sind die Insel. Singu will, dass wir leben. Es ist das Jüngste Gericht!«

Das war nun wirklich mehr als besorgniserregend. Sarkasmus war keines von Picassos Alltagswerkzeugen. Adam suchte die Antwort in seinen Augen, doch Picassos übliches Pokerface machte ihm die Sache nicht leicht.

»Na ja, das klingt aber doch ein bisschen sehr nach Bibel. Ganz schön unoriginell für eine Göttin, die Kreativität predigt, meinst du nicht?«

Picasso begann unruhig auf und ab zu schreiten, wobei er heftig mit dem Kopf schüttelte. So aufgebracht hatten beide ihn noch nie gesehen.

»Was denn sonst?«, rief er. »Ich meine, was ist denn *eure* Theorie? Was, verdammt noch mal, passiert da draußen?«

»Jeder nur eine Theorie«, flüsterte Sara. »Adam, du bist dran!«

»Ich glaube, es ist alles halb so wild.« Adam bemühte sich, noch lakonischer zu klingen als sonst: »Ein Albtraum.«

»Ja, in der Tat«, antwortete Picasso.

»Und es wird Zeit«, sagte Adam entschlossen, »ihn zu beenden.«

Mit einem kleinen Schritt in Richtung der Stahlbrüstung ergriff er sie mit beiden Händen, federte leicht in der Hocke und streckte die Arme durch. Dann lehnte er sich zurück und holte Schwung. Mit dem linken Fuß betrat er die untere der beiden Sprossen, holte stöhnend in die andere Richtung aus und wuchtete seinen wehrhaften Körper auf die Querstrebe. Kaum hatte er mit dem rechten Fuß den Boden verlassen, hielt ihn Picasso mit einem Ruck an beiden Schultern zurück.

»Ada…!«, brüllte er hysterisch. Seine Stimme überschlug sich und brach. »Adam!«, wiederholte er, diesmal sachlicher.

Im Angesicht des Todes wurden Menschen offensichtlich nicht nur religiös, sondern auch bärenstark. Der ewig schmächtige Picasso hatte Adams Oberkörper fest in der Zange.

»Komm da runter! Lass uns in Ruhe sprechen«, appellierte er. Dann wandte er sich an Sara.

»Wieso stehst du eigentlich so ruhig da? Komm, hilf mir!« Er klang wie ein überforderter Vater, der mit seinen ungehorsamen Kindern verhandelte.

»Lass ihn!«

»Wie bitte?«

»Lass ihn!«, wiederholte Sara. »Er springt nicht.«

Sie löste Picassos Griff und gab Adam frei. Der rührte sich nicht und blieb, wie von Sara angekündigt, auf der Sprosse des Geländers stehen.

»Wenn wir alle nichts als Beiwerk sind«, sagte er schließlich ruhig, »besteht doch kein Grund zur Sorge. Statisten basieren immer auf wahren Personen. Wenn der Traum endet, bist du also nicht weg. Du bist dann nur wieder dein normales Ich.«

Picasso verstand überhaupt nichts mehr. Sein geplagter Blick erinnerte Adam an den Tag ihrer ersten Begegnung. Mit demselben Gesichtsausdruck hatte der Wirtschaftsprüfer, der er seinerzeit noch gewesen war, auf der Picknickdecke neben seinen Bildern gesessen.

»Sagt mal, habt ihr was geraucht?«

Picasso stellte sich an die Brüstung, direkt neben Adam: »Oder getrunken? Hauch mich mal an!«

Adam hauchte von oben herab. Picasso weitete die Verkehrskontrolle aus: »Du auch.«

Das Ergebnis war umso ernüchternder.

»Wir sind nicht betrunken. Wobei, ausschließen, dass das träumende Ich betrunken ist, können wir natürlich nicht. Denn meine Mutter hat gerne mal …«

»Träumendes Ich? Statisten?« Picasso klang immer verzweifelter. »Wovon redest du?«

»Moment!« Sara mischte sich ein. »*Hat* getrunken! Deine Mutter *hat* getrunken, hast du gesagt.«

»Ja?«, erwiderte Adam mit aufforderndem Blick.

»Ja klar doch. Weil es natürlich ihr Traum schon mal nicht sein kann. Sie ist schließlich seit Jahren tot.«

Picasso war komplett raus. Er atmete laut hörbar aus, bevor er sich resigniert abwandte.

»Nun«, sagte Adam. »Das hat sie noch nie davon abgehalten, mein Leben zu zerstören.«

Gedankenverloren griff er in seine Jackentasche und holte einen Haferriegel hervor. Routiniert befreite er den Riegel von der dünnen Plastikfolie und biss, ohne ihn anzusehen, ab. Wie ein Gerüstbauer in der Frühstückspause stand er währenddessen seelenruhig auf dem Geländer.

»Wer weiß, vielleicht ist sie ja nur in diesem Traum tot. Dann überlege ich mir das mit dem Wachwerden besser noch mal. Hier habe ich immerhin meine Ruhe vor ihr.«

Picasso verstand noch immer nicht und wirkte entsprechend beunruhigt.

»Wichtig ist vor allem, dass du da jetzt mal runterkommst.«

»Eben!«, rief Adam. »Aus der Traum!«,

und sprang.

47.

N eeeein!«
Saras Schrei echote aus der Häuserschlucht. Im Moment des
Sprungs hatte sie sich weggedreht, ein Reflex. Ihre Beine hatten ihr
den Dienst versagt, ihr gesamter Körper war, bis auf ein unkontrol-
liertes Zittern, in Schockstarre. In sich zusammengesackt, hockte sie
auf dem Boden und starrte in die Leere. Irgendwo weit entfernt rief
jemand, vermutlich war es Picasso, wieder und wieder Adams Namen, wovon sie nichts mitbekam. Ihre Sinne waren im Moment der
Katastrophe eingerastet, die Augen blickten starr geradeaus, und das
Gehör hatte seine Ausrichtung nach innen umgekehrt, wo es sich
verstörend laut dem eigenen Herzschlag widmete. Sara war die Kontrolle über Geist und Körper verloren gegangen, kein Gedanke war
da, kein Empfinden, nur reines Existieren. Es war Adam, der gesprungen war, doch auch sie war nicht mehr hier. Er hatte sie mitge-
nommen.

Schemenhaft erschienen ihr angedeutete Bilder, weit entfernt wie
Blitze über einem Nachbarort. Es waren Standbilder gemeinsam er-
lebter Momente, die sie und Adam zeigten, aus der Perspektive eines
Außenstehenden. Der Moment ihres ersten Gesprächs, die Lesung,
die Pausen hinter dem Café, die Abende auf der Parkbank, wieder
und wieder reihten sie sich aneinander, umgeben von einem nebligen
Schleier. Eine alte Postkartensammlung, zufällig gefunden in einer
verstaubten Kiste auf dem Dachboden, mit dem furchtbarsten Motiv
zum Schluss: Auf dem Bürgersteig vor der Akademie steht Sara und
ruft verzweifelt um Hilfe, zu ihren Füßen der gefallene, entsetzlich
verrenkte Adam.

»Sara! Saraaa!«
Der Ruf kam von außen, vor allem jedoch wurde er lauter und
lauter, sodass ihre Ohren endlich vom eigenen Pulsschlag abließen.
Es dauerte einen Augenblick, bis auch die anderen Sinne folgten.
Einen großen Widerstand überwindend, drehte Sara sich um und

blickte in Richtung des Geländers, an dem das Unsagbare passiert war. Noch immer war auf ihre Wahrnehmung kein Verlass, sie schien genauso aus dem Takt gekommen wie der Thermostat ihres Körpers. Auf Hitzeschübe folgte plötzliches Frieren, um kurz darauf wieder nachzuheizen. Auch ihre Augen spielten nicht mit. Sie waren auf endlos gestellt, an Fokussierung war nicht zu denken. Zwar konnte sie ausmachen, dass dort am Geländer eine Silhouette stand, doch sie bekam sie nicht scharf gestellt. Mit Nachdruck schloss sie die Lider und presste sie fest zusammen, massierte sich gleichzeitig mit kreisenden Bewegungen die Schläfen und kippte anschließend den Kopf zuerst nach links, dann nach rechts. Im Nacken knackte es, was die steinharte Muskulatur ein wenig lockerte. Die Sehpause erfüllte ihren Zweck, und als Sara die Augen wieder öffnete, war Picasso endlich klar zu erkennen. Angestrengt lehnte er über der Brüstung und rief, ohne sich umzudrehen, immer wieder nach Sara. Sein gesamter Oberkörper war vornübergebeugt, die Füße hatten kaum Halt.

»Sara! Komm her. Sofort!«, rief er angestrengt durch die Zähne. Ihr Körper und Geist befanden sich nach wie vor im Autopilotmodus, der jetzt aber nicht mehr auf Starre programmiert schien, sondern auf Aktion. Picasso war in Gefahr, und diese Gefahr musste abgewendet werden. Sie sprang auf und lief zu ihm. Reflexartig hielt sie ihn an den Schultern, um als Allererstes zu verhindern, dass auch er noch abstürzte.

»Nicht so!«, rief Picasso mit letzter Kraft. »Das Seil.«

»Was für ein Seil?«, brüllte sie ihn an. Auch das geschah wie von selbst.

»Na, was für ein Seil wohl«, rief er wütend. »Jetzt pack an!«

Sara sah nur seinen Hinterkopf, der weit nach vorn gebeugt über dem Geländer lehnte. Um zu erkennen, wovon er sprach, musste sie sich mit dem eigenen Instinkt anlegen, Picassos Schultern loslassen und sich neben ihn stellen. Aber was, wenn ihn genau in diesem Moment die Kräfte verließen?

»Verdammt!«, erklang es leise von vorn. Es war eindeutig nicht Picasso, der da sprach. Sara war so nah an seinem Oberkörper, dass sie ihn als Quelle des Rufs ausschloss. Die Stimme kam aus der Richtung, in der nichts war außer dem Abgrund.

»Verdammt, verdammt!« Da war es schon wieder. Das konnte nicht sein. Sara machte den Schritt zur Seite und blickte über die Brüstung.

»Adam!«, schrie sie.

Keine zwei Meter unterhalb der Stelle, von der er abgesprungen war, baumelte Adam in der Luft und sah zu ihr auf. Erst war ihr, als ob er grinste. Doch es war das verschämt dreinschauende schlechte Gewissen, das auf seinem Gesicht lag und auf der Suche nach Vergebung die Lage sondierte.

»Bist du eigentlich völlig …?!« Sara tobte und unterbrach sich selbst.

»Du hast doch wohl …!« Mit aller Kraft schlug sie krachend auf das Geländer. Ihre Wut hielt sie erstaunlicherweise nicht davon ab, sich mit der Beweisaufnahme zu befassen und die Situation genau zu begutachten. Adam baumelte an einem dicken Seil, das um die Brüstung gewickelt und dort durch einen Karabinerhaken befestigt war. Das andere Ende des Stricks führte in seinen Mantel, der ihm dadurch bis an den Kopf hochgerutscht war. Darunter kam auf Hüfthöhe ein Klettergeschirr zum Vorschein. Er saß darin, unbeweglich und schlaff.

»Du musst mir …« Auch Picasso deutete seine Sätze nur noch an, während er zum wiederholten Male das Seil ergriff.

»Ich muss gar nichts«, erwiderte Sara. »Der kann da unten gerne baumeln, bis er … bis er … was weiß ich!«

Ohne Adam eines Blickes zu würdigen, ging sie weg vom Geländer und setzte sich wieder an die Stelle von vorhin, dort, wo sie ihre Zigaretten hatte liegen lassen. Sie zündete sich eine an. Nach ein paar Zügen kam auch Picasso dazu.

»Darf ich?«, fragte er vorsichtig und setzte sich neben Sara, die kurz nickte.

»Ich bin auch sauer.«

Sara schwieg.

»Ich habe zwar das, was ihr da vorhin erzählt habt, nicht mal annähernd verstanden, aber eins steht fest. So was geht gar nicht. Ich meine, du hattest auch keine Ahnung, oder?«

»Bitte?! Wonach sieht's denn aus?«, fragte sie schrill und bemerkte gleich, wie unfair das war. Picasso konnte nun wirklich nichts dafür. Aber so war es eben immer. Diejenigen, die es abbekamen, konnten fast nie etwas dafür. Entschuldigend berührte sie seinen Unterarm. Er presste die Lippen zusammen.

Sara rauchte die Zigarette zu Ende, den schweigenden Picasso neben sich.

»Der hängt da jetzt noch, oder?«, fragte sie schließlich.

»Na ja, alles andere würde mich schon überraschen.«

»Komm, wir ziehen ihn hoch, okay?«, sagte sie und stand auf.

48.

Ganz woanders, weit entfernt auf Sisyphos-3, stand auch Montgomery Rudoch hoch oben auf einem Dach. Genauer gesagt, lag er zum weitaus größten Teil. Der kleine Teil von ihm, der stand, war nicht sichtbar, sondern steckte in einem brünetten jungen Wesen, das wild auf ihm herumturnte. Es stöhnte wie ein Laiendarsteller im Schultheater, der ganz ohne Vorkenntnisse eine Sexszene spielte. Rudoch war es egal. Er war sich nicht mal sicher, wie der kleine Turner hieß, was ihn wiederum mit einer gewissen Leere erfüllte. Seine Sexpartner waren Einwegartikel für ihn geworden, mehr nicht. Er konnte einfach keinen Mann lieben. Dass daran sein Vater schuld war, stand außer Frage. Ein Kind, das ohne Vater aufwuchs, konnte niemals in der Lage sein, einem Mann zu vertrauen. Sein Vater hatte erst seine Kindheit zerstört und jetzt auch noch sein Liebesleben. Was für eine bemitleidenswerte Existenz er doch war. Schwul war er noch dazu nur beim Sex, denn er begehrte nichts so sehr wie den männlichen Körper. Liebe und Zutrauen hingegen empfand er, wenn überhaupt, nur gegenüber Frauen. Die wiederum interessierten ihn körperlich nicht im Geringsten. Wenn er ehrlich zu sich war, hatte er das schon früh an sich bemerkt. Die vielen Geschichten, die er sich zu Schulzeiten in seinem zugerümpelten Kinderzimmer hatte einfallen lassen, zwischen all dem Krempel, dem Bügeleisen und dem Staubsauger, sie huldigten ausnahmslos den Frauen. Wenn mal ausnahmsweise ein Mann oder Knabe darin vorkam, wurden sie von ihm stets aufs Körperliche reduziert und recht plump hochsexualisiert. Erstaunlich, dass die Lehrerinnen nie etwas gesagt hatten. »Frau Rudoch, Ihr Kind hat einen Vaterkomplex und dadurch ein übersexualisiertes sowie emotional verstörtes Verhältnis zur Männerwelt. Wir empfehlen zwei Löffel Lebertran pro Tag – ach, und heterosexuelle Pornohefte natürlich.«

Während der Turner mit seinem angeblich zweiundzwanzigjährigen Körper und größtem Eifer Rudochs mehr als drei Jahrzehnte älteren, doch sehr müden Leib bearbeitete, waren dessen Gedanken ganz woanders. Das Drehbuch musste bis Dienstag fertig sein, zumindest in einer konferenztauglichen Erstfassung. Das war gelinde gesagt: fucking unmöglich. Er würde einen Aufschub beantragen müssen. Denn Tag und Nacht durchzuschreiben, das konnten sie sich abschminken. Seine Faulheit würde wie gewohnt über seine Ambition siegen. Gut, dass er Talent hatte. So kam er mit solchen Dingen irgendwie durch. Der Mensch hatte sowieso immer nur eins von beidem: entweder Talent oder Arbeitseifer. Talent nämlich machte faul, was ja wohl hinlänglich bekannt war. Er hatte all seine Projekte immer halbherzig bearbeitet, und trotzdem waren teilweise gigantische Erfolge dabei herumgekommen. Nur er fand sie schrecklich, alle anderen priesen auch den unausgegorensten Mist mit Lobeshymnen. Wie gut zum Beispiel *Die Planer* hätte werden können, hätte er beim Schreiben und Drehen nur ein kleines bisschen Fleiß an den Tag gelegt. Aber auch so wurde der Film als Meisterwerk bezeichnet, und das, obwohl der Planer der *Planer* nichts als ein bequemer Sack gewesen war. Doch warum mehr tun, wenn es auch so reichte. Oder *Grüne Hunde*. Faule Hunde hätte es besser getroffen. Alles lebte von der Idee, nichts von der Umsetzung. Leider, leider reichte das. In dem traurigen Bewusstsein, dass dem so war, wurde auch das letzte bisschen Arbeitsethos im Keim erstickt. Sein Talent erzeugte die Idee, sein Fleiß hätte für eine geradezu perfekte Umsetzung sorgen können. Doch es gab ihn schlicht nicht. So blieben am Ende Filme, die ihr Potenzial nicht mal im Ansatz ausgeschöpft hatten. Im Gegensatz zu diesem brünetten Jungturner hier. Sein kleiner Arsch bearbeitete Rudoch wie eine Maschine, bambambam, immer im selben Rhythmus, und das seit bestimmt schon zehn Minuten. Ein Uhrwerk, eine gut geölte Maschine. Arbeitseifer, das war es, der Junge hatte Arbeitseifer. Doch nicht mal das erregte Rudoch, so wie ihn nichts auf dieser Welt noch erregte. Einzig als logische Folge der dauerhaft gleich ausgeführten Penetration kam er letztlich. Dabei machte er nicht das geringste Geräusch. Mal wieder war es ein freudloser Akt gewesen, alles rein technisch, auch das Ende. Und der arme Kerl bemerkte es nicht mal, sondern hampelte einfach weiter auf ihm

herum. Ein Fließbandarbeiter, der aus Gewohnheit die immer gleichen Bewegungen einfach weitermachte, obwohl er bereits Feierabend hatte, das Band längst abgeschaltet war.

»Verdammte Scheiße«, entfuhr es Rudoch, als er den Sexarbeiter
von sich schubste. »Ich bin nur von fucking Werktätigen umgeben.
Keine Spur von Inspiration, nichts. Keine Künstler, alles ein Haufen
verdammter Handwerker.«

49.

Adam konnte nur hoffen, dass ihn die Erschöpfung der anderen retten würde. Schließlich verausgabten sie sich da oben gerade bis aufs Letzte. Wie schlimm genau die Stimmung war, ließ sich ohnehin nur erahnen. Sara würdigte ihn keines Blickes. Auch Picasso gab höchstens die eine oder andere kühl herausgepresste Anweisung von sich und sah dabei nur flüchtig in Adams Richtung. Nach einer Weile arbeiteten sie schweigend, die nach unten gerichteten Aufrufe zur Mitarbeit hatten von Anfang an nichts gebracht. Unbeweglich hing Adam im Seil. Einen jungen, sportlichen Menschen an einem Strick hochzuziehen war bereits fast unmöglich, das hier hingegen glich der Bergung einer Leiche. Wobei sogar Tote schon nach kurzer Zeit Körperspannung entwickelten und in einen starren Zustand übergingen. Ihm hingegen gelang nicht mal das. Kraftlos saß er in dem Klettergeschirr und wartete darauf, vom einzigen Aufzug des Hauses zurück aufs Dach befördert zu werden. Die beiden zogen ihn mit jedem Schritt ein kleines Stückchen höher, anschließend hielt Picasso ihn in Position, und Sara wickelte das Seil um genau diese gewonnene Länge um das Geländer. Dann positionierte sie den Karabinerhaken neu. Das bedeutete zwangsläufig, dass Adam immer wieder für kurze Augenblicke einigermaßen ungesichert über dem Abgrund hing und auf die improvisierte Technik des Bergungsteams vertrauen musste. Blieb zu hoffen, dass auf wütende Freunde genauso Verlass war wie auf wohlgesinnte. Je näher sie dem Dach kamen, umso weniger traute Adam sich, hinzusehen, zu sehr schämte er sich für die Bredouille, in die er alle Beteiligten gebracht hatte. Und die Bestrafung dafür befand sich bereits in Stellung. Immer wieder erwischten ihn die Schweißtropfen der beiden, mal im Gesicht, meist auf der Jacke. Dabei bildete das flüssige Karma lediglich die Vorhut und war sicher angenehmer als das auf ihn wartende verbale Inferno, das höchstens noch Zentimeter entfernt sein konnte.

Es dauerte noch ein wenig länger, als er gedacht hatte, irgendwann aber war es dann geschafft. Sobald er ausreichend nah an der untersten Sprosse angekommen war, um diese zu ergreifen, verabschiedete sich Sara mit einem gut vernehmbaren Stöhnen und ging. Adam ergriff die Brüstung und überstieg sie mit Picassos Hilfe, der ebenfalls keinen Ton sagte, sondern noch im selben Moment vor Erschöpfung zusammensackte. Sara lag einige Meter entfernt auf dem Rücken. Erst als Adam endlich wieder sicheren Boden unter den Füßen hatte, merkte er, wie erschöpft auch er war. Mühsam entledigte er sich seines Klettergeschirrs und setzte sich schließlich auf den Boden. Was für eine großartige Idee die ganze Sache doch mal wieder gewesen war, schüttelte er über sich selbst den Kopf. Es war eine Sache, im Leben dämliche Entscheidungen zu treffen, aber nun wirklich nicht nötig, andere Leute mit hineinzuziehen. Vor allem die wenigen, die man mochte. Er nahm sich fest vor, in Zukunft nur noch Menschen mit in den Abgrund zu reißen, die er nicht ausstehen konnte. Doch zunächst würde er sich einen Weg einfallen lassen müssen, Sara und Picasso um Verzeihung zu bitten, wobei das wohl mal wieder der dritte Schritt vor dem zweiten war. Zunächst kam stets die Tat, dann die Erklärung und erst ganz am Schluss die Entschuldigung, und erklärt war hier noch gar nichts. Außerdem besagte die Erfahrung, dass der zweite Schritt den schwierigsten Teil darstellte. Vor allem bei einer solch sinnlosen Aktion wie dieser. Wie nur sollte man so etwas erklären und anschließend erwarten, noch einigermaßen für voll genommen zu werden? Er würde sich wie immer an die Wahrheit halten. Es war einfach ein kleines bisschen weniger schmerzhaft, ein Idiot zu sein, als ein Lügner.

»Was?«, zischte Sara, als Adam sich neben sie setzte. »Komm, lass es. Wirklich.«

Er war überfordert. Natürlich hatte er mit genau so einer Reaktion gerechnet, doch das machte es keineswegs einfacher. Was tun? Eine große Bedürftigkeit trat an die Stelle, an der bis eben sein Verstand gewesen war. Obwohl er sich regelrecht zwang, nachzudenken, wollte kein klarer Gedanke gelingen, nicht einmal ein Satz kam heraus. Er sah Sara einfach nur an und wollte, dass sie ihn wieder mochte. Warum funktionierte so etwas nur, wenn Babys es taten? Was war bloß deren Geheimnis? Er unterdrückte das Bedürfnis, sie in den Arm zu nehmen. So etwas ging immer schief, denn es war ja nicht sie, die die Umarmung brauchte.

»Es …«

»Ich meine es ernst«, sagte Sara. »Ich will es nicht hören.«

»Aber …«

»Kein Aber. So was tut man Menschen nicht an, vor allem nicht, wenn sie einen für den besten Freund halten.«

Das saß. In dem Satz war alles drin. Und was machte er?

»Weg!«, fuhr ihn Sara an und boxte ihm gegen die Schulter.

Ihm war tatsächlich nichts Besseres eingefallen, als sie doch zu umarmen. Genauso gut hätte er noch mal springen können.

»Was ziehst du hier ab?«, fragte sie. Aufgebracht war sie jetzt nicht mehr, viel schlimmer: Sie klang befremdet.

»Ich habe den Verstand verloren, ganz offensichtlich«, erklärte Adam. »Ich schäme mich dafür. Es tut mir einfach nur unendlich leid, unendlich.«

Sara atmete schwer aus. Sie griff nach der Packung und steckte sich eine Zigarette an. Ganz sicher war sich Adam nicht, aber es machte den Anschein, als drehte sich Sara noch ein wenig weiter von ihm weg, sofern das überhaupt möglich war.

»Wo hast du das Geschirr und das Seil her?«, wollte sie wissen.

»Das lag direkt am Geländer. Wohl von den Fassadenreinigern.«

»Natürlich! Und dann hast du gedacht: Wie überaus praktisch, dann spring ich doch einfach mal.«

Adams Blick senkte sich in Richtung Boden. Jetzt, da er es jemanden aussprechen hörte, klang es noch bescheuerter. Obendrein fühlte sich die Aktion an wie Verrat. Sara war schließlich mit aufs Dach gekommen, sie wollten doch gemeinsam der Sache nachgehen und eben auch gemeinsam eine Nahtoderfahrung simulieren. Er hatte es versaut, auf mehreren Ebenen.

»Und, hat sich's wenigstens gelohnt?« Sie klang jetzt ein ganzes Stück versöhnlicher. »Bist du aufgewacht?«

Um ein Haar hätte Adam gelacht, besann sich aber gerade noch eines Besseren. Stattdessen schüttelte er den Kopf. »Also, *mein* Traum ist es schon mal nicht.«

»Gut, dann springe ich als Nächste.«

Adam lehnte sich vor. Er versuchte, Saras Miene zu lesen.

»Adam, du hättest abstürzen können. Für so einen Schwachsinn!«

»Na ja, ein Stockwerk tiefer hing der Außenaufzug der Fensterputzer«, sagte er. »Ganz so tief wäre ich nicht …«

Ihr strenger Blick unterbrach ihn. Sofort korrigierte er sich: »Du hast natürlich vollkommen recht, es war saudämlich und vor allem leichtsinnig.«

»Wieso hat eigentlich eine unfertige Baustelle Einrichtungen für Fensterputzer?«, fragte sie.

»Nun, nichts bei einem Milliardengrab ist so wichtig wie die Fassade.«

»Moment«, sagte Sara, hob den Zeigefinger und hielt kurz inne. Dann erwischte sie Adam mit einer schallenden Ohrfeige. »Damit ist das Thema erledigt. Jetzt darf auch gerne wieder gescherzt werden.«

Adam hielt sich perplex die Wange. Er war seit der Schulzeit nicht mehr geschlagen worden. Andererseits war er auch seit der Schulzeit nicht mehr von Dächern gesprungen. Wahrscheinlich war Saras Maßregelung tatsächlich angemessen. Er hatte ihr mit seinem Sprung so große Angst eingejagt, dass es körperliche Schmerzen bei ihr ausgelöst hatte. Da war eine Backpfeife als Strafmaß eher noch untertrieben.

Direkt im Anschluss suchte sie endlich die Umarmung. Lange hatte sich für Adam nichts mehr so heilsam angefühlt. Picasso, der Feingefühl bewiesen hatte, näherte sich erst jetzt den beiden. Auch er schüttelte den Kopf, schmunzelte jedoch dabei.

Sara stellte eine Forderung. Sie wollte, wenn Adam schon so einen Mist gebaut hatte, zumindest eine gute Geschichte daraus gestrickt bekommen. Das war die Art Friedensangebot, mit der Adam gut leben konnte. Erleichtert berichtete er von seinem Experiment und der Idee dahinter. Davon, wie er, als Sara eine kleine Ewigkeit lang auf dem Dach stehend den Pinguinen nachgeträumt hatte, die Kletterausrüstung entdeckt hatte. Ohne groß nachzudenken, hatte er sich das Ding angelegt, was erstaunlich einfach vonstattengegangen war. Spätestens als dann noch Picasso dazugekommen war, hatte es sich nicht mehr angefühlt wie ein Experiment, jetzt war es eine Show vor Publikum gewesen, ein Stunt. Daher hatte er sich entschlossen, erst im perfekten Moment des Gesprächs zu springen. Ein Sprung wie eine Pointe. Es war eindeutig, sein Ego hatte ihm einen Streich gespielt. Sara und Picasso schüttelten über seine Ausführungen den Kopf, Adam pflichtete ihnen bei und nickte. Im Moment des Sprungs dann, berichtete er weiter, hatte er den nächsten Fehler gemacht. Er war genau über dem Außenfahrstuhl abgesprungen, aus Angst. Jetzt bereute er diese feige Übervorsicht, die massive Auswirkungen auf den Ausgang des Experiments gehabt hatte. Vermutlich war er nur deswegen nicht aufgewacht. Er hatte ja gewusst, dass er nie wirklich in Gefahr war, dass es sich auf keinen Fall um eine echte Nahtoderfahrung handelte. So typisch war das mal wieder, seine Angst hatte das gesamte Experiment sabotiert.

»Und das ausgerechnet, indem sie mir die für das Aufwachen nötige Angst genommen hat.«

»Auf manche Dinge ist eben doch noch Verlass«, ergänzte Picasso leise.

Die Bilanz war eindeutig, das Experiment war krachend gescheitert.

Adam sinnierte: »Vielleicht passiert das also doch alles wirklich.«

»Im Grunde genommen ist es sowieso egal«, sagte Sara und stand auf. »Vielleicht tut uns das allen ja ganz gut. Wenn die Welt so voller Chaos und Wahnsinn ist, werden wir endlich mal von uns selbst abgelenkt. Ich jedenfalls habe schon lange nicht mehr an Schreibblockaden oder Steuererklärungen gedacht.«

»Gar keine dumme Theorie«, sagte Adam. »Das erklärt vieles. Vielleicht hatte Hitler auch einfach keine Lust mehr auf all die eigenen Ängste und Sorgen und hat daher die Welt angezündet. Oder Nero Rom.«

»Mal im Ernst …« Picasso bremste ihn aus. »Sara hat doch recht. Wenn etwas von den eigenen kleinen Sorgen ablenkt, dann doch wohl die noch viel größeren Sorgen um einen herum. Wie hast du gesagt – Chaos und Wahnsinn. Im Krieg jedenfalls haben die Therapeuten Pause.«

»Das habe ich gesagt?«

Picasso hob ruckartig die Hand. »Ha!« Ungeduldig trat er dabei von einem Fuß auf den anderen, war von jetzt auf gleich wie elektrisiert.

»Ja, ja, ja. Zählt eure Finger. Laut!«, forderte er.

Sara und Adam verstanden kein Wort.

»Es gibt da noch einen Weg, herauszufinden, ob man träumt oder nicht«, erklärte Picasso euphorisch. Er habe das mal im Psychologiemagazin gelesen.

»Einfach Finger zählen«, wiederholte er.

»Sag mal, was wollen wir denn hier ermitteln?«, fragte Sara. »Einen Traum oder Inzest?«

Picasso ignorierte die Bemerkung und sah auffordernd zu Adam, der froh war über jede Ablenkung von seinen Schuldgefühlen.

»Eins, zwei, drei, vier.« Er tat Picasso den Gefallen und begann die Inventur seiner linken Hand. »Mit Daumen oder ohne?«

»Mit natürlich.«

»Fünf. Und rechts. Eins, zwei, drei, vier. Auch fünf. Jetzt du, Sara.«

»Einszweidreivierfünf, einszweidreivierfünf.« Pflichtschuldig zählte sie im Schnelldurchlauf. »Wie überraschend, fünf pro Seite.«

Auch Picassos Ergebnis wich nicht vom Erwartungswert ab.

»Und die Zehen?«, fragte Sara. »Vielleicht ist's ja ein Traum unterhalb der Gürtellinie.«

Für einen Moment herrschte Schweigen.

»Liege ich richtig, wenn ich vermute, wir können uns darauf einigen, dass hier niemand träumt?«, sprach Picasso auf kompliziertem Wege das aus, was alle befürchteten.

»Es ist das Ende der Welt«, sagte er und klang nun wieder defätistisch. »Und aus irgendeinem unerfindlichen Grund scheinen wir zu den wenigen Überlebenden zu zählen. Wie ich gesagt habe, wir sind die Auserwählten. Also, ihr seid die Auserwählten. Die Akademie! Ich bin nicht mehr als ein Trittbrettfahrer, ein Zufallsopfer.«

Adam schnaufte laut durch die Nasenlöcher. Er blickte nach oben, hob die Hände und rief: »Es reicht! Ich möchte sofort mit dem Kundendienst sprechen. Hier muss ein Fehler vorliegen. Ich habe kein ewiges Leben bestellt. Bitte! Nur weil ich ein bisschen Klavier spielen kann …«

Auch Picasso und Sara blickten in den Himmel.

»Im Moment sind alle Mitarbeiter im Gespräch. Bitte bleiben Sie in der Leitung«, sagte Sara. »Sie sind auf Warteposition sieben Milliarden.«

50.

A dam«, fragte Picasso. »Willst du nicht rangehen? Ich glaube, Gott ruft zurück.« Er zeigte auf das Handy, das neben der großen Wasserflasche auf dem Boden lag. »Im Ernst jetzt, das Ding klingelt seit einer gefühlten Minute.«

»Bisschen überraschend«, antwortete Adam. »Ich dachte, alle Leute, die meine Nummer haben, sind hier.«

Das Display leuchtete noch einen Moment lang, ehe es in seinen dunklen Ausgangszustand zurückkehrte.

Sara griff sich reflexartig an die eigene Gesäßtasche. »Moment, ich glaube, bei mir vibriert's auch.«

Sie entsperrte den Bildschirm, während das Telefon weiterhin summte. Komisch, trotz des mehrfachen Vibrationsgeräusches hatte sie nur eine neue Textnachricht.

Auch der Absender der Mitteilung war seltsam: *1 neue Nachricht von 101.* Adam zuckte mit den Schultern. »Werbung?«

Picasso blickte ernst. Auch er hatte jetzt sein Smartphone in der Hand.

»Hier dasselbe. *1 neue Nachricht von 101.*«

Beide schienen keine Anstalten zu machen, die Mitteilung öffnen zu wollen. Picasso steckte sein Telefon sogar hektisch wieder ein.

»Bei allen gleichzeitig«, sagte Adam. »Keine simple Werbung also, sondern gleich eine Kampagne. Vielleicht ja was Missionarisches. Prassniks neueste Pressemitteilung!«

Sara und Picasso hörten ihm nicht zu, noch dazu rührten sie sich nicht. Ein Anblick, der Adam faszinierte. Er dachte an Madame Tussauds und warum es sich bestimmt nicht lohnte, dort hinzugehen. Jetzt natürlich noch weniger.

Saras Zögern war Teil ihrer Vorbereitung. Ihr war klar, dass das Öffnen der Nachricht nichts Gutes mit sich bringen würde. Andererseits brachte es auch nichts, sich wie ein Kleinkind die Augen zuzuhalten, denn möglicherweise könnte die Mitteilung ja die Frage beantworten, was hier vor sich ging. Und das tat es schließlich so oder so, egal wer welche Nachricht öffnete. Sie würde es also wagen, der Entschluss stand. Was auch immer dabei herauskäme, sie würde keine Gegenwehr leisten, nahm sich im Gegenteil fest vor, das Beste daraus zu machen und die Sache im Idealfall sogar zu genießen. Paula hatte es immer wieder genau so gepredigt, wenn sie gemeinsam gekifft oder einmal MDMA ausprobiert hatten. Du darfst gegen die Droge nicht ankämpfen, lautete ihr Mantra, du musst dich auf sie einlassen. Es war wie beim Judo, wo der gute Judoka selbst kaum Kraft aufbrachte, stattdessen den Schwung des Gegners nutzte und umleitete. Gleiches galt für den Verstand. Gerade in Extremsituationen musste der Geist Judoka sein, auf keinen Fall Boxer. Es galt, den Eigenschwung der Katastrophe zu nutzen. Paula hatte immer wieder vom Bild der Welle gesprochen, nämlich dass jeder Rausch geritten werden wollte wie beim Surfen. Und was waren Albträume und die Apokalypse, wenn nicht ein gewaltiger Rausch.

Sara rieb sich nachdenklich die Wange. Wenn sie der Wahrheit ins Gesicht sah, war die jüngste Entwicklung mit all den Toten in den Straßen doch alles andere als eine Überraschung. Die Welt hatte sich so dramatisch verändert in letzter Zeit, da lag es auf der Hand, dass das dicke Ende noch kommen musste. Die Dinge waren schlicht zu glatt gelaufen. Wie aus dem Nichts hatte es so ausgesehen, als hätten endlich mal die Richtigen gewonnen: die Künstler, die Kreativen, Adam – und eben auch sie selbst. Der Sieg der Kultur über das Kapital, alles hatte sich zu ihren Gunsten verschoben. Dabei waren sie einfach weiter auf ihrem Irrpfad umhergelaufen, während sich um sie herum die ganze Welt neu ordnete und sie dadurch auf den Idealweg brachte. Seien wir mal ehrlich, so etwas passierte nicht einfach. Wie so oft, wenn etwas zu schön erschien, um wahr zu sein, dann war es das auch.

Mit dem Ende der Welt war zwar nicht gleich zu rechnen gewesen. Aber dass es sich bei ihrem Erfolg nur um eine schiere Illusion handeln konnte, war ihr praktisch von Anfang an klar gewesen. Die Dinge gingen nicht einfach so gut aus. Interessanterweise hatte sich die Definition von »gut ausgehen« ohnehin verschoben. Bis gestern hätte das bedeutet, dass die aktuelle Wahrnehmung sich als Wirklichkeit herausstellte. Dann wäre sie eine erfolgreiche Autorin, und es gäbe so gut wie keine Nachteile. Jetzt jedoch ging die Menschheit vor die Hunde, und, wie es aussah, auch zu Ende. Sollte sich das als Realität entpuppen, wäre sie bald eine der wenigen Überlebenden in einer ansonsten ausgestorbenen Welt. Eine Schriftstellerin ohne Verlag, und vor allem ohne Leser. Tote kauften vermutlich nicht mehr so viele Bücher. Sie waren, so stand zu befürchten, auch nicht in der Lage, Brot zu backen oder Gemüse anzubauen, geschweige denn mögliche Krankheiten zu behandeln oder mal mit einem zu knutschen. Und, noch ein Problem, wo bekäme sie ihre Zigaretten her? Wenn Picassos These stimmte, war alles, was von der dominanten Spezies auf diesem Planeten übrig blieb, ein Haufen weltweit verstreuter Künstler. Das konnte ja was werden. Das Einzige, was sie sich schrecklicher vorstellte als eine Welt ohne Künstler, war eine Welt *nur* mit Künstlern.

Andererseits wäre dann diese erfolgreiche Episode ihres Lebens wenigstens Realität gewesen. Sie hätte es tatsächlich erlebt, wie es sich anfühlt, eine echte Schriftstellerin zu sein, eine, auf deren neueste Projekte nicht nur die Schublade wartete, sondern eine real existierende Leserschaft. Genau das war schließlich immer ihr größter Traum gewesen. Ein so überlebensgroßer, dass der Weltuntergang vielleicht ein angemessener Preis dafür war.

Sie tippte auf die Nachricht, während Adam und Picasso sie gebannt anstarrten.

»101 – Die Nummer für Überlebende.« Sie las es vor und musste schlucken. Mehr stand dort nicht.

Keiner sagte einen Ton. Als sie erneut aufs Handy sah und anschließend wieder aufblickte, hatten sich ihr beide um einen Schritt genähert.

»Die Nummer für Überlebende.« Picasso schien nicht zu bemerken, dass er es leise wiederholte.

»Und, was schreiben sie?«, fragte Adam. »Haben wir überlebt?«

»Haha.« Sara klang sarkastisch.

»Nun mach schon«, sagte Picasso. »Was steht drin?«

Während auf Adams Gesicht ein breites Grinsen thronte, strahlte Picasso eine bemühte Sachlichkeit aus. Sara entging das nicht, denn beide zeigten in diesem Moment den Kern ihrer Persönlichkeiten. Adam, das Kind, das immer dann sorglos und ausgelassen war, wenn es nicht um ihn ging. Dazu Picasso, der Routinemensch, der sich nach nichts so sehr sehnte wie nach Stabilität. So belastend die äußeren Umstände auch waren, sie war froh und dankbar, sie in dieser Besetzung zu erleben. Sie waren einfach ein gutes Team.

Wohl genau deshalb empfand sie den momentanen Zustand maximaler Ungewissheit als nur wenig beunruhigend. Im Gegenteil, der Schwebezustand zwischen Realität und Traum, zwischen Leben und Tod, zwischen der alten Welt und der neuen, entpuppte sich als Ort großer Zufriedenheit. Aber einmal scrollen, um den Rest der Nachricht anzuzeigen, und es wäre vorbei mit der wohligen Ungewissheit. Unwiederbringlich zerstört.

»Vielleicht ist es ja auch ein Code«, sagte Adam. »In Binärzahlen bedeutet eins-null-eins nichts anderes als fünf. Vielleicht will uns der Absender der Nachricht nur mitteilen, dass auch er fünf Finger hat – und nicht träumt.«

»So ein Quatsch jetzt. Nun mach halt auf, die Nachricht!« Picasso verließ endgültig die Geduld. Er half nach, indem er Saras Hand leicht anstieß. Sie gab ihm das Telefon. Sollte er doch selbst gucken, wenn er es nicht erwarten konnte, sie hatte es sich sowieso anders überlegt. Adam hingegen war von Anfang an egal gewesen, was darin stand. Es würde ja ohnehin nichts ändern. Wissen brachte hier nichts, das Ganze war eine Glaubensfrage. Daran würde keine Textmitteilung der Welt etwas ändern.

Picasso las die bildschirmfüllende Nachricht laut vor: »*Dies ist kein Probealarm. Die Regierung des Vereinigten Königreichs hat den Katastrophenalarm ausgerufen. Es hat einen massiven Angriff auf unser Wassersystem gegeben. Dringender Aufruf: Vermeiden Sie Kontakt mit Leitungswasser! Dies beinhaltet das Trinken, Duschen, Händewaschen etc. Vermeiden Sie jeden Kontakt Ihres Körpers mit Wasser aus der zentralen Versorgung. Leitungswasser tötet! Weitere Meldung in Kürze.*«

Noch bevor Picasso den letzten Satz vorlesen konnte, unterbrach ihn Adams schallendes Lachen.

»Vermeiden Sie jeden Kontakt mit Wasser«, rief er und drehte sich amüsiert weg. »Und wer sind die einzig Überlebenden? Man kann es sich nicht ausdenken! Willkommen bei den Obdachlosen!«

PHASE FÜNF: AKZEPTANZ

51.

Gleich drei obszön überdimensionierte Fernsehgeräte strahlten um die Wette. Der mittlere der Bildschirme war groß wie eine Tür, die beiden äußeren, nur minimal kleineren, flankierten ihn hochformatig. Die Lichter dieser nervösen Videoinstallation verliehen Potkulcs' Büro die Lebhaftigkeit eines Kleinstadt-Jahrmarkts. Drei der bedeutendsten Nachrichtenkanäle aus aller Welt summierten sich zu diesem bunten Rauschen. Die Revolution wurde entgegen allen Prognosen also doch im Fernsehen übertragen, wenn auch kaum jemand übrig war, um zuzusehen. Potkulcs gehörte zwar zu den Überlebenden, doch deswegen nahm er noch lange keine Notiz von der Berichterstattung. Warum auch? Hysterisch verstiegen sich die Sprecherinnen und Reporter in Abgesänge und sprachen davon, wie unübersichtlich die Lage sei und dass niemand wisse, was hier passiere. Bedeutend wichtiger als der millionenfache Tod schien ihnen die Tatsache, dass es auch die Präsidentin der Vereinigten Staaten erwischt hatte. Das Wort Notfallregierung fiel wieder und wieder, während von bereits fast einer Milliarde Toten die Rede war. Und die Zahlen stiegen weiter. Was auch immer all diese Menschen aus dem Leben riss, überstieg ganz eindeutig die Vorstellungskraft der Übriggebliebenen.

Anwesende ausgeschlossen, denn Potkulcs zeichnete seelenruhig weiter an der Skizze, die er bereits vor Tagen begonnen hatte. Noch immer hatte er nicht abschließend entschieden, ob er sie schlussendlich mit Farbe füllen würde. Wahrscheinlich würde er es bei einer Bleistiftzeichnung belassen. Alle paar Minuten steckte er den Stift in den Anspitzer, was seine jüngste Neurose war. Der Stift musste stets spitz sein, als käme er frisch aus der Fabrik. Nur so ermöglichte er einen gleichmäßigen Strich.

Doch all das war vor allem Ablenkung, denn die wahren Probleme lagen ganz woanders. Das bisher Gezeichnete sah beileibe nicht aus wie das ihm zugrunde liegende, vorher entstandene geistige Bild. Er musste es sich eingestehen, er konnte nicht zeichnen. Andererseits war auch das wiederum kein Grund zur Sorge, denn es spielte schlicht keine Rolle mehr. Er entwarf hier schließlich nichts, er dokumentierte nur. Das Projekt war längst abgeschlossen, jetzt galt es lediglich, es festzuhalten. Begonnen nämlich hatte die ganze Sache mit genau diesem Bild, nur eben in seinem Kopf. Er hatte eine Erscheinung gehabt, eine Offenbarung. Früher hätte er es einen Plan oder eine Idee genannt. Aber jetzt ging es nicht mehr um Geschäfte, sondern um Kunstwerke. Also musste eine neue Terminologie her.

Mit spitzer Mine zeichnete er die Ornamente des Brunnens, der penibel genau das Zentrum des Motivs bildete. Möglichst exakt setzte Potkulcs das Bild so um, wie es ihm als Vision erschienen war. Dafür hatte er zunächst ein Raster zu Papier gebracht, eine der uralten Zeichentechniken, die ihm in den letzten Wochen an seiner Privatakademie vermittelt worden waren. Jedes der Felder dieses Koordinatensystems bekam zwei Zahlen zugewiesen, eine für die x- und die zweite für die y-Achse. Angeblich arbeiteten viele Künstler so, meist allerdings mit Zahlen und Buchstaben, dem klassischen Schachbrettprinzip. Potkulcs hingegen brachte dafür von Haus aus nicht genügend Interesse an Buchstaben mit, er bevorzugte ein reines Zahlenraster. Mit Genugtuung dachte er an den Spruch der Philosophin, die er in Frankreich aufgesucht hatte. Malen nach Zahlen, hatte sie gesagt, das wäre doch was für ihn. Gelacht hatte sie. Eins stand fest, jetzt lachte sie nicht mehr.

52.

Saras Augen waren fest geschlossen, während sie sich auf nichts als die Atmung konzentrierte. Beim Einatmen zählte sie bis fünf, anschließend hielt sie ebenso lange die Luft an. In den nächsten fünf Sekunden wiederum presste sie die gesamte Luft aus ihrem Körper hinaus. Es folgte eine erneute Pause, bis fünf zählen, und von vorn. Kein anderer Gedanke, nur das Zählen der Atemzüge und der Pausen dazwischen. Diese selbst erzeugte inhaltliche Leere war das Einzige, was in Stresssituationen half. Irgendwann, nach vielleicht zwei Minuten, wandelte sich das Chaos in ihrem Kopf in eine große schwarze Masse, es funktionierte immer. Prompt war das ganze Thema weg und mit ihm die Überforderung. Bedächtig atmete sie weiter und genoss die geistige Ruhe sowie die Tatsache, dass sie sich aus der sie umgebenden Situation herausgenommen hatte.

Adam und Picasso hingegen waren noch mittendrin, standen nur wenige Meter entfernt an der Brüstung und sahen hinab. In den Straßen bewegte sich rein gar nichts mehr. Die Welt machte Pause – oder war am Ende, dieses kleine Detail war noch nicht ganz klar. Zu unterscheiden war das von hier oben ohnehin nicht, denn abgesehen von der Rastlosigkeit, die Picasso ausstrahlte, war weit und breit keine Bewegung auszumachen. Ständig verlagerte er das Gewicht von einem Fuß auf den anderen, während auch seine Hände am Gitter auf und ab rutschten. Offenbar beunruhigte ihn die Lage enorm, was Adam übertrieben fand nach allem, was bisher geschehen war. So etwas konnte man doch längst nicht mehr ernst nehmen. Er beschloss, ihn ein wenig aufzuheitern.

»Guck mal«, sagte er und blickte dabei weit hinaus in die Leere der Stadt. »Bis vor ein paar Wochen noch war ich obdachlos, wie der ganze Laden hier. Kein Zuhause, die ganze Stadt völlig überteuert. Einfach kein Platz für uns. Und jetzt? Man muss das mal positiv sehen.« Er blickte ihn an und lächelte. »So viel Leerstand wie nie.«

Es funktionierte nicht, Picasso reagierte nicht im Geringsten.

Adam hatte mal einen Artikel über das Zusammenspiel des körperlichen, seelischen und kognitiven Zustands von Unfallzeugen gelesen, die aufgrund ihrer soeben gemachten Erfahrung nicht sie selbst waren. Alles in Kopf, Blut und Körper drehte in dem Moment durch. Picassos Anblick fasste die in dem Artikel erwähnten Schocksymptome gut zusammen, er war völlig weggetreten. Aber das musste nichts Schlechtes sein und ließ sich so oder so als weiteres Zeichen deuten. Denn unter den Menschen, die in Adams Träumen vorkamen, waren Unzugänglichkeit, Verstocktheit und übertriebener Ernst sehr beliebt. Komik entstand in dieser Traumwelt immer nur durch die Absurdität der Situation oder durch das Verhalten der Anwesenden, nie jedoch durch das Gesagte. Erstaunlich, dass ihm das vorher nie aufgefallen war. Woran es wohl lag, dass seine Träume solch biedere Menschen anlockten und noch dazu deren langweiligste Seiten abriefen? Dabei wäre doch so viel möglich. Träume waren Spielwiesen, in denen die Regeln der wachen Welt nicht galten. Was aber machte sein Unterbewusstsein aus all dem unbegrenzten Potenzial? Andererseits, Sara brachte ihn definitiv zum Lachen. Das wiederum sprach eindeutig gegen seine Theorie. Ganz zu schweigen von diesem elenden Gegrübel samt übersteigertem Selbstbezug, beides eher Zeichen für Normalität und Wachzustand.

»Das ist doch Unsinn, ergibt vorne und hinten keinen Sinn.« Seine Überlegungen wurden unterbrochen. Sara blickte zum ersten Mal seit Minuten von ihrem Handy auf, saß dabei nach wie vor mit angewinkelten Beinen auf dem Boden. Während sie sich vorlehnte, entbeulte sich die Blechabdeckung der Lüftung, gegen die sie sich gelehnt hatte, mit dem Geräusch eines großen Wassertropfens. Dabei signalisierte ihre Stirn verkrampfte Konzentration, während ihre Augen weit entfernt in den Wolken nach einer Erklärung suchten. Adam lächelte ihr zu und schob Picasso ein Stück weit in ihre Richtung. Dieser körperliche Reiz schien ihn zurückgeholt zu haben. Er war wieder da und ging prompt zu Sara hinüber.

»Und«, fragte Adam, als auch er neben ihr stand. »Gibt's was Neues aus der Rechercheabteilung?«

»Hier steht, dass das Leitungswasser tötet. Aber das kann nicht sein, wir waren doch auch in Kontakt damit. Ich meine, ich arbeite in einem Café. Da war ich den ganzen Vormittag in Kontakt mit Wasser. Und ihr? Ihr wascht euch doch hoffentlich auch mal?«

»Man sollte nur Fragen stellen, auf die man auch die Antwort hören möchte«, erwiderte Adam.

»Sag mal!« Picasso hob Zeigefinger und Augenbrauen zugleich. »Du trägst doch bei der Arbeit diese Einmalhandschuhe, oder?«

»Ja.« Sara wirkte von ihrer eigenen Antwort überrascht. »Das ist Vorschrift, und wer hätt's gedacht, trotzdem trage ich die Dinger. Meistens zumindest.«

»Und heute?«

Sie roch an ihren Fingern: »Latex. Und Sex hatte ich, soweit ich mich erinnern kann, heute noch keinen. Werden also wohl die Handschuhe gewesen sein.«

Sie hielt kurz inne. »Du meinst?«

»Tja«, erwiderte Picasso, »die Dinger können eben Leben retten.«

Sara ging den Vormittag in Gedanken noch einmal durch. Hatte sie denn gar nichts getrunken? Keinen Kaffee und auch kein Wasser? Das war doch unmöglich. Wobei, Kaffee konnte sie ausschließen, da sie damit meist wartete, bis Adam auftauchte. Und der war erst gekommen, als die Katastrophe längst im Gange war. Aber was war mit dem Wasser? Den ganzen Vormittag keinen Schluck? Dann fiel es ihr plötzlich wieder ein. Klar, der Saft, aus der Kiste mit den Getränkeflaschen, die letzten Monat abgelaufen waren. Was war das denn bitte für ein Zufall, dass sie ausgerechnet heute O-Saft statt Wasser getrunken hatte, zum ersten Mal seit Wochen. Das konnte doch alles gar nicht mehr sein. Sie steckte ihr Telefon ein und stand auf.

Picasso lehnte sich an die Brüstung, fasste sich an den Kopf und rief völlig unvermittelt: »Nein!«

Mehr kam nicht. Doch das eine Wort reichte, um Adam gehörig zu nerven. Seine Mutter hatte viele schreckliche Angewohnheiten gehabt, aber das, was Picasso hier tat, entsprach ihrer schlimmsten. Einfach so hatte sie, stets hoch-theatralisch, plötzlich einen Schrei ausgestoßen! Jahrzehntelang hatte sie ihn damit gequält. Ständig waren solche verbalen Leuchtraketen abgefeuert worden, um die Aufmerksamkeit aller Anwesenden auf sich zu lenken. Darauf war gewöhnlich ein Satz gefolgt, dessen Gewicht in keinerlei Verhältnis zu der Dimension seiner Ankündigung gestanden hatte. Ein riesiges Brimborium als Ankündigung von: nichts.

Auch Picasso tat enorm wichtig und winkte beide näher zu sich. Dabei waren sie höchstens vier Schritte entfernt. Sie taten ihm den Gefallen. Kaum standen sie neben ihm, redete er betont ruhig auf sie ein. Adam sah ihn irritiert an. Noch vor zwei Minuten hatte Picasso panisch zappelnd ins Leere gestarrt, und jetzt sollte er auf einmal die Ruhe selbst sein? Für solch ein Verhalten gab es Diagnosen. Der Tonfall, seine ganze Art, all das wirkte mehr als aufgesetzt. Andererseits, und das galt es bei jeder Diagnose zu berücksichtigen, war er ja sonst nicht so. Vielleicht könnte das bedeuten, dass er im Gegensatz zu Adams Mutter wirklich etwas zu sagen hatte.

»Du erinnerst dich an den Tag, als wir fließend Wasser bekamen?«

»Jetzt wird's biblisch«, antwortete Adam. »Und am fünften Tage schuf der Herr die Fische.«

»Ich hatte damals versprochen, das Gebäude schnellstmöglich mit Wasser zu versorgen. Doch das stellte sich als schwieriger heraus als zunächst gedacht. Der Zugang zum öffentlichen Wassernetz war noch nicht fertiggestellt, und man kann so etwas nicht einfach selbst legen, haben wir schnell gemerkt. Wir mussten also improvisieren. Es gibt hier in der Gegend eine uralte Notwasseranlage, die vor ewigen Zeiten für das Pflegeheim nebenan eingerichtet wurde, als das noch ein Krankenhaus war. Ein großes Glück. Dort konnten unsere Arbeiter uns problemlos einklinken. Nur, ganz legal war das eben nicht.«

Picasso erklärte, was hinter der uralten Wasseranlage steckte. Um im Falle eines Zusammenbruchs des öffentlichen Systems eine Versorgung der Klinik zu gewährleisten, war die Anlage komplett autark. Sie speiste sich aus frischem Grundwasser und eben nicht aus dem üblichen, wiederaufbereiteten Nutzwasser. Was im Übrigen auch die zunächst aufgetretene bräunliche Färbung des Wassers erklärte. Adam und Sara blickten ihn gebannt an.

»Wir sind also nicht nur Akademie und Obdachlosenheim – sondern auch noch eine Klinik?«, fragte Adam. »Ich muss sagen, wenn ich mir einige Mitbewohner so ansehe … Richtig überrascht bin ich nicht.«

»Manchen hier scheint auch das vermeintlich saubere Wasser nicht gutzutun«, erwiderte Sara.

Picasso drehte sich um. Er verschränkte die Hände hinter dem Rücken, blickte in die Ferne und sagte bedeutungsschwer: »Wir haben wohl einfach sehr großes Glück gehabt. Die allermeisten da draußen hatten keine Chance.«

Sara stieß Adam mit dem Ellbogen in die Seite. Er griff in seine Jackentasche und holte zwei Haferriegel hervor. Mit dem routinierten Handgriff eines Kettenrauchers entfernte er die Folie. Sara nahm ihren Riegel, nickte und erklärte, sie müsse an Eva denken, die Friseurin, die immer gewusst hatte, dass das Ende der Welt kommen werde. Wieder und wieder hatte sie gepredigt: »Die tun uns was ins Wasser! Die wollen uns manipulieren.« Doch auf Eva hatte ja niemand gehört. Ob auch sie zu den Toten zählte? Oder hatte sie vorgesorgt und sich ebenfalls vom öffentlichen Wassernetz abgekoppelt? Abwegig war der Gedanke nicht. Es wäre nicht das einzige Gefüge, aus dem sie sich ausgeklinkt hatte. »Lotto«, sagte Sara und schüttelte den Kopf.

»Hmm?«, fragte Adam wortlos, während er auf dem Haferriegel kaute.

»Das ist doch alles langsam etwas zu albern. Ein Sechser im Lotto ist ja wahrscheinlicher als das, was hier abgeht. Die Handschuhe, der O-Saft und jetzt auch noch dieses Notwasser-Dingsbums. Dazu der Buchvertrag. Nur weil angeblich Paula meine Texte eingereicht hat. Und Paula ist zum Dank dafür jetzt tot, oder was? Und alle anderen auch. Die ganze Menschheit hat einfach Pech – ciao. Wir aber natürlich nicht. Denn alles Glück der Erde konzentriert sich auf einen Haufen dahergelaufener Idioten. Klar, wir sind schließlich etwas ganz Besonderes.« Sie schlug Adam ausgelassen auf die Schulter.

»Springen müssen wir nicht mehr«, sagte sie. »Spätestens jetzt ist der Fall ja wohl klar. Wir können es einfach aussitzen, irgendwann werden wir, oder wer auch immer hier träumt, sowieso wach.«

Adam war nicht ganz klar, ob Sara sich aus Angst in den Sarkasmus flüchtete oder ob auch sie die Situation tatsächlich nicht mehr ernst nahm. Sie war schließlich – welch Glück! – nicht wie er. Seine Grundeinstellung war schon immer geprägt gewesen von einer spielerischen Ergebenheit. Er war der rangniedrige Hund, der sich auf den Rücken legte und dem Schicksal die Kehle darbot. Irgendwer, irgendwo, machte sowieso, was er oder sie wollte. Ob das jetzt ein Gott war, eine Göttin, ein Immobilieninvestor, seine Mutter oder sonst wer. Was konnte er schon daran ändern. Dann war es besser, das Spiel anzunehmen. Dass er selbst auf gar keinen Fall der Spielleiter war, hatte sich eben schon erfreulich früh in seinem Leben herauskristallisiert. Eine Erkenntnis, die ihm viele vergebliche Mühen ersparte. Sara hingegen war eindeutig anders. Sie ging davon aus, ihr Schicksal selbst schmieden zu können. So wie die meisten anderen auch glaubte sie nicht an Determinismus und höhere Gewalt. Die Tatsache, dass auch sie sich nun ergab, verhieß nichts Gutes. Besonders ihr nervöses Lachen bereitete Adam Sorge.

»Sag mal, hast du was zu trinken?«, fragte Sara. »Ich bin total dehydriert.«

»Sei froh!«, antwortete Adam. »Das rettet Leben!«

Ein guter Indikator dafür, dass Sara eindeutig wieder ruhiger wurde, war ihr absichtlich übertriebenes Augenrollen. Aus den Tiefen seiner Manteltasche holte Adam ein Päckchen Saft für sie hervor. Er war selbst erstaunt, wie viel Stauraum sein Mantel doch bot. Das Ding war erst in zweiter Linie ein Kleidungsstück, im Grunde trug er einen Vorratsschrank.

»Das heißt also, dass wir buchstäblich in einem Parallelsystem gelebt haben, oder?«, fragte Adam.

»Absolut«, erklärte Picasso, während er weiter in die Ferne blickte. »Jetzt ist die Frage nur, wie viele andere Parallelsysteme es da draußen gibt.«

Im Internet waren auf allen Seiten nur die immer gleichen Informationstafeln der Regierung zu sehen. Selbst in den sozialen Medien herrschte beängstigende Stille. Einige Überlebende schien es zu geben, besonders viele jedoch waren es wohl nicht. Aber wer sollte das schon genau wissen nach so kurzer Zeit.

»Ich möchte ja glauben, dass wir die Einzigen sind«, sagte Adam. »Und der Neuaufbau der Zivilisation ruht allein auf unseren Schultern. Nur wir. Endlich mal eine Aufgabe ganz ohne Druck von außen.«

Picasso ermahnte die beiden zu angemessener Ernsthaftigkeit: »Euch ist schon klar, dass es gerade so aussieht, als hätte jemand – oder etwas, wer weiß das schon – die Menschheit, nun ja, ausradiert?«

»Das ist uns sogar sehr klar«, antwortete Adam. »Aber wenn wir es schon nicht ändern können, dann lasst uns die Geschichte wenigstens noch ein bisschen genießen. Bisher ist es doch ganz unterhaltsam. Ich meine, ich bin vom Obdachlosen zum Dekan aufgestiegen und dachte schon so: Wow! Und dann kommt es noch dicker, und ich bin einer der letzten Menschen. Und somit gleichzeitig einer der ersten.«

Picasso atmete schwer aus, holte sein Telefon hervor und tippte darauf herum. Im dritten Versuch gelang es ihm endlich, das Gerät zu entsperren, woraufhin er die beiden Nachrichtenseiten aufrief, die er immer nutzte. Beim *Guardian:* nichts. Auch hier nur die Informationstafel der Regierung. Dann die BBC. Picasso wurde blass und zeigte beiden das Display mit der wohlbekannten staatlichen Infografik.

»Zumindest bei der Regierung scheint jemand überlebt zu haben.«

»Schade«, erwiderte Adam. »Ich als ältester Überlebender wäre sonst automatisch Staatsoberhaupt geworden«.

»Gott bewahre«, sagte Picasso und steckte das Telefon wieder ein. »Wir haben alle schon genug mitgemacht.« Adam kannte das gut, wirklich Spaß machte ein Spiel nur, wenn sich alle Beteiligten einig waren, dass es eben genau das war: ein Spiel. Es reichte, wenn einer in der Gruppe die Dinge zu ernst nahm, schon wurde allen die Freude genommen. Umso besser, dass auch Picasso an Bord war, und er schien etwas vorzuhaben. Mit dem Kopf deutete er in Richtung der

Treppenhaustür und ging, ohne groß zu zögern, sofort los. Damit hatte Adam nicht gerechnet. Keine Ahnung, was Picasso plante, doch es beinhaltete offenbar schnelles Vorankommen. Längst war er vom Gebäudeinneren geschluckt worden und eilte vermutlich bereits die Treppe hinunter, als Sara aufsprang und Adam mit großer Geste die Tür aufhielt.

»Ich bewundere deinen Optimismus«, rief er. »Ich melde mich dann in den kommenden Tagen bei Ihnen. Lauf du mal hinterher und guck, was er vorhat. In den ersten vierundzwanzig Stunden sind die Chancen, jemanden zu finden, am größten.«

Sara ließ sich nicht zweimal bitten. Ihre Neugierde war zu groß. Schnellen Schrittes lief sie die Treppe hinab und verschwand ein halbes Stockwerk tiefer um die Ecke. Adam war die Situation ganz recht. So hatte er Zeit, seine Gedanken zu sortieren. Für einen Moment spielte er mit der Idee, wirklich vom Dach zu springen, ganz ohne Sicherung. Dann hätte die Sache endlich ein Ende. Denn unanstrengend war das alles beileibe nicht. Jetzt ein weiteres Mal Treppen steigen, seine Knie brachten ihn noch um. Andererseits war das noch lange kein Grund, dasselbe zu tun.

Was ihn bedrückte, war nicht die Situation an sich, denn die war ja – ob Picasso nun zufällig fünf oder sechs Finger pro Hand hatte – nicht real. Vielmehr bereitete ihm die Möglichkeit große Sorge, dass der Traum, in dem er sich befand, nicht sein eigener war und auch nicht der seiner Mutter. Ein nur schwer zu ertragender Gedanke, der bedeuten würde, dass er selbst nicht real wäre, genau wie all seine Erinnerungen, seine Gedanken, ja: sein Leben. Ihm wurde schwindlig. Er suchte Halt am Geländer, holte tief Luft und setzte sich auf die oberste Stufe. Seine Nasenlöcher weiteten sich, er nahm die Schultern zurück, drückte den Rücken durch und hielt die Luft in der Lunge. Seine Brust war eng, so als wäre aus dem Spiel jäher Ernst geworden. Es war eindeutig der Tod, der hier anklopfte. Selbst wenn es nur der Tod im Traum eines Fremden sein sollte. Schon seit er ein Kind war, ging ihm das so. Immer mal wieder, einfach so aus heiterem Himmel, kam ihm der Gedanke an das große schwarze Nichts. Stets in einem Moment, der nicht im Entferntesten mit dem Sterben zu tun hatte. Er band sich gerade die Schuhe zu oder legte im Supermarkt die Waren aufs Band, da klopfte er unangemeldet an. Der Gedanke an das große Ende, an die Leere, an das Vorbeisein und die Endlichkeit, von einer Sekunde auf die andere füllte er seinen gesamten Kopf und kurz darauf auch die Brust. Alles in ihm wurde eng und hart. So mussten sich Bäume fühlen, wenn ein Blitz sie durchfuhr. Nur dass sein Blitz nirgendwo aus dem Körper austrat, es gab keine Erdung. Die gesamte Energie staute sich in der Enge seiner Brust. Bis, ja bis sie auf einmal genauso schnell wieder verschwand, wie sie erschienen war – und er räumte einfach den nächsten Artikel auf das Kassenband, ganz so als wäre nichts passiert. Der Tod, eine gut gehende Ware im Sortiment. Wird immer gern genommen. Sammeln Sie Punkte?

»Adam? A-dam?«, hörte er von irgendwo.

Die einengend düsteren Gedanken wurden abgelöst von Sara, die die Treppe hinaufkam und um die Ecke bog.

»Adam, was ist? Die Knie?«, fragte sie. Sie merkte, was los war, und unterbrach sich umgehend. »Es wäre schön, wenn es nur die Knie wären, richtig?«

Er nickte, umklammerte die Knie und legte das Kinn darauf ab. Zwar ging es ihm wieder gut, aber die kleine Episode hallte nach. Sie hatte Erinnerungen wachgerufen an die Zeit vor der Akademie. Eine Zeit, in der ihn die Perspektivlosigkeit so oft wie nie mit diesen düsteren Gedanken konfrontiert hatte. Er hatte sich dann wertlos und klein gefühlt, ein Mensch ohne Ziele, ohne Geld, ohne Familie. Wie ein sechzig Jahre altes Waisenkind hatte er sich selbst wahrgenommen, gerade in den ersten Wochen auf der Straße. Offiziell gab es zwar keine obdachlosen Kinder in England. Doch das war nichts als eine beruhigende Lüge. Denn die Straße machte noch jeden zum Kind, nur sah das natürlich niemand. Und wer lange genug Kleinkind war, dem wuchs halt irgendwann ein grauer Bart.

Sara setzte sich neben ihn.

»Ist schon okay«, sagte Adam. Das war es wirklich. Er war ja nicht länger ohne Familie, und Geld spielte ohnehin keine Rolle mehr. Sogar ein Ziel hatte er. Er wollte den Traum noch eine Weile genießen und dann aufwachen. Vorher aber galt es, herauszufinden, was Picasso im Schilde führte.

»Was macht er denn?«, fragte er.

»Wer? Ach, Picasso. Der bringt die Band wieder zusammen.«

Adam hatte keine Ahnung, wovon sie sprach.

»Na, der klappert alle Hausbewohner ab und kündigt eine Versammlung an. In einer Stunde in der Lobby. Mich wundert, dass der Dekan dieser Einrichtung über so etwas nicht informiert ist.«

Adam lächelte. Er war einfach unendlich froh, dass Sara da war.

53.

Vor der Versammlung hatte sie noch etwas zu erledigen. Während Adam sich nach dem mühsamen Abstieg in seinem Apartment ausruhte, lief Sara hastigen Schrittes die Straße entlang. Alles um sie herum war ausgeblendet, ein Tunnel. Exakt so, wie sie es sich vorgenommen hatte. Es war ein einfacher psychologischer Trick, der ihr schon in mancherlei Lage treue Dienste erwiesen hatte, die gute alte Selbstmanipulation. Wie die kühl-souveräne Sprecherin eines Dokumentarfilms hatte sie sich vor Betreten der apokalyptischen Außenwelt, noch in der Lobby stehend, eine alternative Ausgangslage vorgetragen: Das da draußen war nicht real, vielmehr etwas Künstliches, ein großes Schauspiel. In diesem Theater ging sie der Spielbetrieb nichts an, sie war nur die Hausmeisterin. Zwar lief sie mitten hindurch, doch ob hier ein Drama, eine Komödie oder ein Märchen aufgeführt wurde, konnte ihr herzlich egal sein. Denn das Theater hätte genauso gut ein Amtsgebäude sein können oder eine Nervenheilanstalt. Für eine Hausmeisterin änderte die inhaltliche Nutzung des Hauses, das sie meisterte, nichts an ihrem Job. Joggend lief sie durch die Kulisse und war erstaunt, wie gut der Selbstbetrug mal wieder funktionierte. In solchen Momenten hatte sie mit der Welt, die sie umgab, nichts mehr zu tun. Einmal hatte sie am Flughafen Ezeiza in Buenos Aires gestanden, noch am Schalter mit all ihrem Gepäck. Die Schlange vor ihr war so lang wie drei Flugzeuge. Wie groß war bitte die Maschine, in die all diese Menschen hineinpassen sollten? Sara war in ihr Buch vertieft, als in Schalternähe eine heftige Diskussion losbrach, die sich schnell hochschaukelte. Immer aufgebrachter begannen die Menschen ihren Unmut zu äußern, einige telefonierten hektisch. Die Unruhe breitete sich vom Kopf der Schlange her aus, immer weiter ihren Körper entlang. In peristaltischen Bewegungen zuckte sie, denn jeder Teil ihres langen Körpers wollte sehen, was der Kopf anstellte. Es dauerte nicht lange, und die Schlange hatte das Thema verdaut, der Grund des Streits war bis zu Sara vorgedrungen.

Wie sich herausstellte, ging es keineswegs um eine Lappalie. Es hieß, die Fluggesellschaft habe vor circa einer Viertelstunde offiziell Pleite gemacht, und hier sei nun Schluss. Ende der Reise. Alle Angestellten des Unternehmens seien ab sofort freigestellt. Mitarbeiter des Flughafens hatten den Schalter übernommen. Wenig überraschend, kam diese Art von Kundenservice nicht sonderlich gut an. Die Szene schwoll an zu einem ausgewachsenen Tumult. Eine staatliche Fluglinie könne gar nicht pleitegehen, rief jemand. So was gebe es nur in Argentinien, meinte eine andere. Wenn der Staat pleite ist, sind wir alle pleite, rief ein Dritter. Was denn mit denen sei, die jetzt noch in der Luft wären, fragte ein Junge. Notlanden, schlug jemand vor. Der Pilot wäre schließlich jetzt auch freigestellt und somit privat unterwegs.

Der gesamte Pulk der verhinderten Reisenden redete sich in Rage. Und was machte Sara? Sie wurde ruhig. Im Flüsterton gab sie sich ihre bewährte Gebrauchsanweisung für Situationen wie diese an die Hand: Eine Buchszene, sagte sie leise, nichts anderes war es. Sie befand sich in der Eröffnungsszene eines Romans, aus Italien vermutlich. Sizilien, entschied sie. Das Chaos am Flughafen war also nicht echt, sondern entstammte der Vorstellung einer berühmten Autorin. Sie, Sara, war die weltflüchtige Protagonistin, die unbeteiligt im Chaos stand, und wie immer funktionierte es. Während die Masse um sie herum sich mit hochroten Köpfen in eine kollektive Stresserfahrung hineinsteigerte, blieb sie gelassen und las in aller Ruhe weiter in dem Buch. Auch Stunden später regten sich noch immer alle auf, sie jedoch war längst auf ihrem Gepäcktrolley eingeschlafen, ehe sie irgendwann ein freundlicher Mitarbeiter des Flughafens mit einem Taxigutschein in der Hand weckte. Am Ende wurde sie genauso nach Hause gebracht wie alle anderen auch, den stressigen Teil des Tages aber hatte sie ihnen überlassen.

Auch jetzt wieder war sie erfüllt von derselben inneren Ruhe wie damals. Der erhöhte Puls war lediglich den schnellen Schritten geschuldet, klammerte man das Körperliche aus, war sie tiefenentspannt. Alles verschwamm, denn je schneller ein Mensch lief, umso leichter war das. Für diesen Tunnelblick war es außerdem dringend nötig, ein klares Ziel zu haben. An den Komponisten hatte sie zum ersten Mal in dem Moment denken müssen, als sie die Regierungsnachricht auf dem Handy gelesen hatte. Spätestens als dann Picasso die Sache mit dem Notwassernetz erwähnt hatte, hatte es sie zu ihm gezogen. Dabei konnte sie nicht mal sagen, warum. Erst ein Gespräch mit ihm würde Klarheit bringen. Seine Rolle in diesem Traum war schließlich die des alten weisen Mannes.

Die gut drei Meilen lange Strecke kannte sie wie ihre Westentasche. Unzählige Male schon war sie sie gelaufen. Auch jetzt, in diesem hohen Tempo, tat sie ohne hinzusehen an jedem Bordstein den richtigen Tritt. Die gewaltige High Road, für deren Länge ein Bus früher in der Rushhour gerne mal vierzig Minuten gebraucht hatte, schrumpfte auf Seitenstraßenformat. Als sie rechts in die kleine Wohnsiedlung einbog, tauchte schon das Grün des Brockwell Park vor ihr auf. Auch die Bodenwellen der Spielstraße konnten sie nicht ausbremsen. Erst als sie das Eingangstor des Parks hinter sich gelassen und den Hügel zu dem kleinen Kiosk bewältigt hatte, wurde sie langsamer. Die nächsten Schritte ging sie und holte tief Luft. Prüfend strich sie sich über Stirn und Nacken. Trotz der körperlichen Anstrengung schwitzte sie kein bisschen. Sie fuhr mit der Hand unter ihr Shirt, auch Bauch und Rücken waren komplett trocken. Schon seltsam. Das kam wohl davon, wenn man sich einredete, dass nichts real war. Offensichtlich hatte sie nicht nur ihren Verstand, sondern auch ihre Schweißdrüsen überzeugt. Langsamen Schrittes ging sie weiter. Ihr Blick weitete sich, und zum ersten Mal seit sie die Akademie verlassen hatte, nahm sie wahr, was um sie herum passierte. Auch hier lagen leblose Menschen. Jegliche Bewegung war verschwunden aus der Welt. Dann, ganz ohne Vorankündigung, wachten ihre Schweißdrüsen auf. Das Wasser trat ihr auf die Stirn. Es folgten der Nacken, der Rücken und der Vollständigkeit halber ihr gesamter Körper. Sosehr sie sich eben noch über ihre Trockenheit gewundert hatte, umso mehr verblüffte sie dieser abrupte Dammbruch. Heftig atmend zog sie die Jacke aus und warf sie ins Gras. Sie würde sie einfach später wieder abholen. Geklaut werden würde sie schon nicht. Von wem auch? Vorsorglich nahm sie dennoch ihre Wertgegenstände in Form von Zigaretten und Feuerzeug aus der Tasche. Nachdem sie dem Weg um die Kurve gefolgt war, bot sich endlich freie Sicht auf die große Rasenfläche des Parks. An deren Ende erschien der Komponist. Wie immer saß er auf dem kleinen Hocker direkt unter seinem Baum. Mit tief gekrümmtem Rücken beäugte er hoch konzentriert das aufgeklappte Heft auf seinem Schoß. Bequem sah das nicht aus. Sara beschloss, direkt auf ihn zuzugehen. Etwas, was sie noch nie getan hatte. Doch er rührte sich nicht. Normalerweise bemerkten seine feinen Sensoren blind, wenn sie sich näherte. Heute aber schien sein sechster Sinn abgemeldet, und das, obwohl Sara keine fünfzig Meter mehr entfernt war. Sie spürte das Bedürfnis, ihn zu rufen. Nur, dafür hätte sie seinen Namen kennen müssen. Doch alle nannten ihn ja einfach nur »der Komponist«. Nicht zuletzt er selbst, wenn er sich nicht gerade als Graupapagei vorstellte. In Saras Buch hieß er Tata. Auch das konnte sie unmöglich rufen. Oder etwa doch?

Nun waren es vielleicht noch zehn Meter, und er rührte sich noch immer nicht. Doch beunruhigend fand Sara das nicht im Geringsten. Der Komponist gehörte zu den Überlebenden, das war klar. Ein paar Schritte später stand sie endlich vor ihm, heftig atmend und noch heftiger schwitzend. Der Komponist hob den Kopf und strahlte sie an.

»Sara«, sagte er euphorisch. »Ich hatte diese Dinger hier …«

Eine kreisende Nackenbewegung befreite ihn von den Kopfhörern.

»Sara«, wiederholte er. »Ich wusste es!« Sie hatten offenbar einen ähnlichen Instinkt.

Der Komponist stand auf und machte einen Schritt auf sie zu. Sie kam ihm entgegen, umarmte ihn für höchstens eine Sekunde und machte einen übertrieben großen Schritt zurück. Die Umarmung hatte sie überrascht, im gleichen Zuge empfand sie sie als heilsam und definitiv als angemessen.

»Wie weit bist du mit dem Roman?«, fragte er. Kein Wort zu den Toten, so als wäre ihr Buch wichtiger.

Jetzt war sie froh über das starke Schwitzen, es kaschierte die

Verlegenheitsröte. Das war so bescheuert, dachte sie. Immer wenn sie irgendwer nach ihren Schreibfortschritten fragte, genierte sie sich und verlor prompt die Kontrolle über ihren Körper. Es übernahm irgendein boshafter Kontrolleur, der tief im Maschinenraum ihres Nervensystems angestellt war. Seine erste Amtshandlung war stets die gleiche, er öffnete die Schleusen, woraufhin Sara nichts anderes übrig blieb, als sich mit der Wärme abzufinden, die in ihre Wangen schoss. Sie räusperte sich und entschied sich zur Gegenwehr.

»Fertig«, sagte sie mit Bestimmtheit. »Also, ein Buch ist ja niemals fertig. Aber meine Arbeit daran ist beendet.«

Der Komponist gratulierte ihr. Ob sie denn mit der Geschichte zufrieden sei, wollte er wissen. Denn auch mit ihm als Protagonist?

»Zu Frage eins: jein. Und zu Frage zwei: ja«, antwortete sie und steckte sich eine Zigarette an. »An Ihnen lag es also nicht.«

Der Komponist lächelte milde, wodurch in seinem weißgrauen Bart erstaunlich kleine Zähne erschienen, die ihr erst jetzt auffielen. Stumpf und matt versteckten sie sich dort leicht verschämt und ließen sich nur selten blicken. Seine Augen hingegen strahlten umso selbstbewusster, eingerahmt von den vielen Fältchen waren sie voller Wärme und Güte. Musik und frische Luft, dachte Sara, vielleicht war das das Geheimnis für gutes Altern.

»Darauf kannst du stolz sein«, sprach der Komponist leise und nickte. »Auch wenn du das jetzt abtun wirst. Ich bin es in jedem Fall.«

Sie sagte nichts, setzte sich ins Gras und zog an ihrer Zigarette. Schmallippig und mit viel Druck blies sie den Rauch aus. Der Kessel ließ – längst überfällig – ein wenig Dampf ab.

»Wir sind noch hier«, sagte sie mit ruhiger Stimme.

»Nun, es sieht so aus.«

»Glauben Sie, wir sind die Auserwählten? Ich meine, glauben Sie, nur die Kreativen haben überlebt?« Sara zog erneut an der Zigarette und ergänzte: »Parkwächter sehe ich jedenfalls keine mehr.«

»Da hast du wohl recht. Wobei, wenn ich überlege, wen die alles abgeschleppt haben, da kann ich denen ein gewisses Maß an Kreativität nicht absprechen.«

Es war nicht wirklich so, dass der Komponist Witz hatte. Vielmehr entstand der aus dem Kontrast zwischen seiner auf den ersten Blick unendlichen Menschenliebe und den ab und an aufblitzenden Spitzen gegen bestimmte Ausnahmen davon. Allen voran natürlich denen, die andere abschleppen ließen.

»Nun, ich bin zwar kein Parkwächter, aber als Kreativer würde ich mich auch nicht unbedingt bezeichnen. Ich sehe mich eher als Handwerker.«

»Das eine schließt das andere ja nicht aus. Michelangelo war auch Handwerker.«

Der Komponist lachte kurz auf und verschluckte sich.

»Ambitionierter Vergleich.«

»Na ja«, sagte Sara. »Als Michelangelo gefragt wurde, wie das mit der Bildhauerei funktioniert, soll er gesagt haben: Ganz einfach. Ich erschaffe eine Version von David in meinem Kopf und schlage dann alles weg, was nicht nach David aussieht.«

Der Komponist tat das, was er immer tat, wenn ihm etwas besonders gefiel. Er applaudierte drei Mal leise.

»Feinster Handwerkerhumor«, ergänzte Sara, um kurz darauf wieder nachdenklicher zu werden. »Ich weiß nicht, was hier passiert. Aber es sieht aus wie der Weltuntergang. Und aus irgendeinem mir völlig schleierhaften Grund sind ausgerechnet wir übrig geblieben. Doch das Seltsamste ist …« Sie hielt kurz inne. »Ich hatte sofort den Drang, hierherzukommen. In der Gewissheit, Sie hier quicklebendig anzutreffen. Und exakt so ist es gekommen.«

Der Komponist hörte aufmerksam zu und lehnte die Zigarette, die Sara ihm hinhielt, mit angedeuteter Geste ab.

»Ich weiß«, sagte er mit nachdenklichem Gesichtsausdruck. »Ich kann es mir auch nicht erklären. Heute Morgen war noch alles wie immer. Doch dann, so gegen Mittag, fielen auf einmal die Menschen um. Erst eine alte Dame. Wir haben ihr natürlich sofort geholfen. Ein paar Passanten und ich. Aber dann brachen auch die zusammen, wie vom Blitz getroffen. Irgendwann lag der Park voller Körper. Der Notruf war nicht mehr erreichbar. Tja, und dann kam diese Nachricht. Die Sache mit dem Wasser. Ich habe in dem Moment beschlossen, mich hinzusetzen und Musik zu hören. Prokofjew, *Tanz der Ritter*. In Dauerschleife, das ist meine Weltflucht. Ich habe dann die Partitur vollgekritzelt und nichts mehr von dem Chaos hier im Park gesehen. Irgendwie wusste auch ich die ganze Zeit, dass du vorbeikommen würdest. Merkwürdig, nicht wahr?«

Sara hörte zwar zu, tat dies aber auch gleichzeitig nicht. Denn sie hatte schon, bevor er angefangen hatte zu reden, gewusst, was er sagen würde. Sie hätte es mitsprechen können. Wieder so ein Déjà-vu, bei dem nicht klar war, ob es wirklich eins war. Sie ging davon aus, dass auch er wusste, was sie jetzt sagen würde. So oder so musste sie die Katze aus dem Sack lassen.

»Ein Traum«, sagte sie kryptisch.

Der Komponist sah sie an und runzelte die Stirn. Offensichtlich kannte er doch nicht all ihre Worte im Voraus.

»Ich meine, es ist doch am wahrscheinlichsten, dass die ganze Sache ein Traum ist?«, fragte sie. »Sie, ich, all das hier. Es passiert nicht wirklich.«

Er machte eine fordernde Bewegung mit Zeige- und Mittelfinger. Der eine eben früher, der andere später. Sara reichte ihm die Zigarette.

»Ja«, sagte er, während er sie ansteckte. »Wahrscheinlich. Das ist auch meine Hoffnung und einzige Erklärung. Die Frage ist nur …«

»… wessen Traum.« Sara brachte seinen Satz zu Ende.

Er presste die Lippen zusammen und nickte.

»Vielleicht träumt ja Singu, diese angebliche Göttin. Sie ist doch gelangweilt, hat dieser Prassnik behauptet. Jetzt sorgt sie durch den Traum eben für Unterhaltung. Sie tötet alles Publikum dieser Welt und lässt die Kunstschaffenden übrig. Das ist doch lustig.«

»Na ja, ich weiß nicht«, sagte Sara. »Ich find's ganz schön platt.«

»Moment«, erwiderte der Komponist. »Weißt du, wie viele Künstler ich erst durch ihren Tod entdeckt habe? Immer wenn ich in der Zeitung von einer verstorbenen Musikerin oder einem Maler lese, fange ich an, mich für ihre Kunst zu interessieren. Wären sie nicht gestorben, hätte ich niemals etwas von ihnen erfahren. Der Tod des Künstlers ist sein bester Verleger. Na ja, und jetzt ist es eben andersherum. Dieses Mal ist es das Publikum, das stirbt und auf sich aufmerksam macht.«

Sara hatte in ihrem Leben so viele konventionell denkende Menschen kennengelernt und sich dadurch nie verstanden gefühlt. Die Sehnsucht nach Zugehörigkeit hatte sie immer begleitet – und oft verzweifeln lassen. Paula war bis zu einem gewissen Grad so, ja. Aber erst Adam und der Komponist gaben ihr das Gefühl, genauso mutig außerhalb der Norm zu denken, wie sie es an sich selbst beobachtete. Es war schon verrückt, dass sie beide innerhalb weniger Wochen kennengelernt hatte. Das alte Bushaltestellen-Prinzip. Eine halbe Stunde lang kein Doppeldeckerbus in Sicht, und auf einmal, zack!, zwei hintereinander. Am meisten imponierte ihr, dass beide nicht nur abseits der Norm dachten, sondern auch lebten. Es war die Rückkehr der alten Frage. Fiel der Mensch aus dem System, weil er anders dachte, oder dachte er anders, weil er aus dem System gefallen war?

Für eine Weile saßen sie einander gegenüber im Gras und redeten über die Möglichkeit eines Traums. Ganz offensichtlich liebte auch der Komponist Gedankenspiele.

»Wie waschen Sie sich eigentlich?«, fragte Sara irgendwann und war von sich selbst amüsiert ob der fehlenden Einleitung.

»Wie bitte?«, fragte der Komponist, ehe er lachend begriff. »Ach so.« Er hob den Zeigefinger. »Halten Sie sich vom Leitungswasser fern!«

Auffordernd hob Sara die Augenbrauen.

»Nun, ich bin wohl durch und durch Hippie«, erklärte er und zeigte auf seine unbekleideten Füße. »In meinem Häuschen – also, im Prinzip ist es eher ein Bauwagen, aber ich nenne ihn mein Haus – kommt alles aus der Natur. Sonnenenergie und Regenwasser. Ich verbrauche nur, was der Himmel uns schenkt.«

»Ach, dann essen Sie wohl vor allem Vögel?«

»Richtig«, sagte er, »Vögel und Fallschirmspringer.«

Sara stand auf. Der Small Talk war zwar unterhaltsam und lenkte sie davon ab, über die Wasserproblematik nachzudenken. Dennoch rotierte es in ihrem Kopf. Konnte das mit dem Wasser echt sein? Oder das mit den überlebenden Künstlern? War überhaupt irgendetwas echt? Die Sache wurde ihr zu viel. Sie würde sich weiter ablenken müssen. Einfach etwas tun, das Nachdenken löste gar nichts. Ohne es vorher abzuwägen, fragte sie den Komponisten, ob er mitkommen wolle in die Akademie. Dankend lehnte er ab. Er sei ein Mensch der Routinen, und sein Platz sei eben hier. Aber er würde sich freuen, wenn sie morgen oder übermorgen wiederkäme. Vorausgesetzt natürlich, der Traum dauere noch so lange. Sara bedauerte seine Entscheidung, war aber gleichzeitig kein bisschen überrascht. Sicherheitshalber gab sie ihm dennoch die Adresse der Akademie. Für den Fall, dass ihm langweilig würde.

»Da habe ich eine bessere Idee«, sagte er. »Gibst du mir dein Buch zu lesen?«

»Prinzipiell gerne, ja. Nur, es erfüllt eindeutig nicht Ihre Kriterien«, erwiderte sie. »Es ist nämlich nicht vom Himmel gefallen.«

»Ich denke«, sagte der Komponist freundlich lächelnd, »wir können da mal eine Ausnahme machen.«

54.

So spitz war die Mine, dass jede ihrer Bewegungen auf dem Papier von einem kratzenden Geräusch untermalt wurde. Das Bild wurde nicht gezeichnet, es wurde graviert. Dadurch bekam der Prozess eine Brutalität, die Potkulcs ein wenig Befriedigung bescherte. Zwar war noch eine gewisse Restwut über das gescheiterte Bauvorhaben der Kathedrale dabei, doch geprägt war das übertriebene Aufdrücken des Stifts in erster Linie von einem ungeheuren Triumphgefühl, dem Empfinden von Macht. Allmacht, um präzise zu sein. Denn was war schon der Bau einer noch so prunkvollen Kathedrale gegen das Materialisieren einer biblischen Untergangsszene. Wahrscheinlich hatte die Idee von der Kathedrale erst scheitern müssen, um ihn überhaupt zur eigentlichen Idee gelangen zu lassen. Alles hatte damit begonnen, dass Potkulcs sich die vorläufige Niederlage zunächst einmal eingestehen musste. Er, der es gewohnt war, stets zu siegen – und sei es, indem er den anderen zu Niederlagen verhalf –, hatte versagt.

Das größte je von einem menschlichen Geist erdachte Kunstwerk hatte er erschaffen wollen. Bald jedoch war ihm klar geworden, dass er dazu schlicht nicht in der Lage war. Er konnte noch so viele Experten, Wissenschaftlerinnen und Künstler um sich scharen, aus einem hochbegabten Mathematiker wurde kein Kunstschaffender. Seine Eintrittskarte ins ewige Leben wurde zum entwürdigenden Rohrkrepierer. Noch schlimmer, sie bewirkte das exakte Gegenteil vom beabsichtigten Effekt: Er fühlte sich sterblicher als je zuvor. Drei Tage lang hatte er gelitten und erstmalig seit Langem an die Möglichkeit der eigenen Endlichkeit gedacht. Doch in jenem Augenblick tiefer Dunkelheit wurde ihm die nicht mehr erwartete Erleuchtung zuteil. Ganz ohne Berechnung, ohne Logik und sogar ohne die Hilfe seiner Kreativkommission erlebte er zum ersten Mal in seinem Leben einen Moment künstlerischer Inspiration. Vor seinem geistigen Auge erschien ein Gemälde, glasklar und in all seinen Details. Ob es an den unzähligen Vorträgen lag, die ihm in seiner Privatakademie gehalten wurden, oder eben doch ein unerklärlicher Zufall vorlag, das Bild sah aus wie ein Triptychon von Hieronymus Bosch. Eine Endzeitszene. Auf dem linken Flügel tranken Jünglinge aus Brunnen, junge Mädchen badeten sich in Steinbecken und Teichen. Alte Männer tranken aus Fässern und Schläuchen. Jeder Mensch, die Pflanzen, sämtliche Tiere waren belebt vom Wasser, ein Paradies. Ganz anders der Mittelteil des Gemäldes. Dort stand ein grauhaariger Mann hoch oben auf einer Wolke. Mit einem diabolischen Grinsen schüttete er aus einem Tonkrug eine signalgrüne Flüssigkeit hinab. Sie ergoss sich in einen Brunnen. Es war derselbe Brunnen, an dem sich auf dem linken Bildflügel eine Gruppe Knaben erfrischte. Zu den Füßen des Wolkenmannes warteten unzählige weitere Tonkrüge darauf, an der Reihe zu sein. Die Flüsse tief unter ihm waren bereits zu einem großen Teil leuchtend grün eingefärbt, genau wie die Brunnen und Trinkgefäße. Keine Menschenseele weit und breit. Einzig der Mann mit den Krügen prangte in der Bildmitte und ließ das Grün auf die Welt hinabregnen. Im rechten Bildflügel dann das Ergebnis. Das Motiv entsprach dem Flügel zur Linken. Nur hätte diese Version düsterer kaum sein können. Hier regierte der Tod, überall lagen Leichen. Es waren die leblosen Körper der Jünglinge und Mädchen, der Alten und Gesunden. Grüner Schaum quoll aus ihren Mündern.

Das Bild war Potkulcs so klar vor Augen erschienen, dass er es, einem Museumsbesucher gleich, in Ruhe betrachten konnte. Jedes Detail war abrufbar, auch Stunden später noch. Das war es! So mussten sich diese Maler gefühlt haben, all die Großmeister, Rembrandt, van Gogh, da Vinci. Wieder und wieder hatte er die Dozenten gefragt, woher die Künstler ihre Motive nahmen. Immer war genau das die Antwort gewesen: Es waren Eingebungen, Visionen, Erscheinungen. Der Mensch brauchte kein körperliches Auge, wenn das geistige funktionierte, hatte eine gesagt. Angeblich war einer der berühmtesten Komponisten aller Zeiten sogar taub gewesen. Potkulcs hielt das für Unsinn. Als ihm jedoch das Bild der Brunnenvergiftung erschien, machte es klick. Er verstand endlich, was sie gemeint hatten. Das Bild entsprang keiner Erinnerung, es war auch keine Überlegung. Es war aufgetaucht, einfach so. Inspiration hatte es der Italiener genannt, der ihn über den Bau von Opernhäusern unterrichtet hatte. Inspiration, so hatte er ausgeführt, wolle nicht verstanden werden, sondern umgesetzt. Zu dem Zeitpunkt noch hatte Potkulcs all diese Dinge nicht mal im Ansatz begriffen. Erst im Moment der Erscheinung änderte sich das. Ein Mensch musste manche Dinge erst selbst erleben, um sie begreifen zu können. Das war der Augenblick, in dem er beschloss, dem Willen seiner Eingebung zu folgen. Es bedurfte schließlich auch keines überbordenden Genies, die Zeichen in dem Bild als mit dem Zaunpfahl winkende Handlungsaufforderung zu verstehen. Der Mann, der in der Mitte des Gemäldes die Welt vergiftete, war eindeutig erkennbar: Es war er selbst.

55.

Die wackeligen Stühle waren bis auf den letzten Platz besetzt.
Adam erinnerte sich nicht, nach dem Gründungsabend der
Akademie je wieder einen solchen Andrang erlebt zu haben. Hätte es
für die Dringlichkeit der Lage noch eines Indizes bedurft, die Vollzähligkeit war dazu gut geeignet. Alternativ genügte ein Blick auf die
Leichen vor der Tür. Adam hatte ohnehin keine Ahnung, was Picasso
überhaupt berichten wollte. Die Sache mit der Wasseranlage hatte
sich auch so bereits herumgesprochen, denn natürlich hatte er es bei
seinem Rundgang nicht für sich behalten können. Anschließend hatte er allen gesagt, das Treffen sei »trotzdem wichtig«, war jetzt aber
nirgends zu sehen. Stattdessen regelte wie immer Simon den Einlass
und spielte den Platzanweiser. Die Aufgabenteilung hatte sich be-
währt: Picasso leitete die Sitzungen, Simon kümmerte sich um den
Ablauf, und Adam hielt sich raus. So spielte jeder der drei seine Stär-
ken aus. Früher als üblich hatten die meisten Mitbewohner ihre Plätze eingenommen, was jedoch keineswegs für Ordnung sorgte. Solch
ein Lärm in der Lobby war ungewöhnlich, und das Stimmengewirr
schwoll immer weiter an. Wirklich jeder schien etwas zu sagen zu
haben. Obwohl Adam wie immer wenig Interesse an den Gesprächen
anderer hatte, ließ es sich nicht vermeiden, den einen oder anderen
Satzfetzen aufzuschnappen. Glück gehabt, lautete die meistverbreite-
te Einschätzung. Alle tot, lag auf Platz zwei. Dicht gefolgt von: surreal, einfach surreal. Kurioserweise in exakt dieser Formulierung.
Wahrscheinlich hörten die Bewohner es unterbewusst in dem Wirr-
warr und wiederholten es einfach. Oft genug hatte Adam das an sich
selbst beobachtet. Es begann damit, dass er durch die Straßen ging
und irgendwo im Vorbeigehen eine Formulierung aufschnappte,
ganz ohne es in dem Moment mitzubekommen. Erst wenn er sie später, zum Beispiel im Gespräch mit Sara, wiederholte, wurde ihm klar,
dass dieser Satz nicht von ihm war. Wie ein Stück Toilettenpapier, das
unter der Schuhsohle haftete, hatte er ihn – Gott weiß, wo – einge-

sammelt und unabsichtlich ins Café getragen. Das Unterbewusstsein trug den Dreck ins Haus, was nicht zuletzt die vielen Altlasten aus längst vergangenen Tagen erklärte. Gerade als Kind trugen wir viel rein. Kein Wunder, dass es unmöglich war, den ganzen Mist weggeputzt zu bekommen. Vielleicht hatte er es ja auch deswegen als befreiend empfunden, auf der Straße zu leben. Endlich kein Dreck mehr im Haus.

Der Gedanke brachte ihn zum Schmunzeln, wobei er sich im selben Zuge ermahnte, die Dinge nicht wieder so zynisch zu sehen. Unter einer Schuhsohle musste ja nicht zwangsläufig Toilettenpapier oder Hundescheiße kleben, es könnte ja auch mal ein Geldschein sein, eine Theaterkarte oder die Telefonnummer einer tollen Frau. Auf der Stelle musste er laut lachen. Kein Grund, unrealistisch zu werden, es waren einfach immer Toilettenpapier und Hundescheiße.

Simon räusperte sich und machte eine Ansage. Picasso lasse ausrichten, die Sitzung fange gut zehn Minuten später an, er müsse noch etwas vorbereiten. Adam hörte gar nicht zu, was auch nicht nötig war, denn Simon kam alle naselang vorbei und erzählte irgendetwas Belangloses, wahrscheinlich um die eigene Nervosität zu befrieden. Dass zum Beispiel auch er nicht wisse, was genau Picasso sagen wolle; oder ob er, Adam, nicht auch reden wolle, er sei doch der Dekan; und dass genau so und so viele Mitbewohner da seien; dass das ja genau der Anzahl aller Mitbewohner entspreche; und dass die Situation ja wohl surreal sei, einfach surreal.

Adam nickte jedes Mal höflich und sagte, wie wichtig solche Sitzungen seien und es toll sei, dass Simon sie so gut organisiere. Der fasste in seiner Aufregung diese Aussagen offenbar als Lob auf. Endlich machten Adams sarkastische Bemerkungen mal beide Seiten glücklich.

Simon hatte sich am Empfangspult positioniert und sah konzentriert auf den Bildschirm, um kurz vor Beginn der Versammlung die obligatorische Einlassmusik abzuspielen. Normalerweise tat er das noch vor dem Öffnen der Türen, musste es heute aber vor lauter Stress vergessen haben. Adam sah erwartungsvoll hinüber, denn das

Tempo der Musik war ein guter Indikator für den Gemütszustand Simons, wobei beides in der Regel einen diametralen Gegensatz zueinander bildete. So nah, wie Simon heute einer Herzattacke schien, war mit Zen-Musik zu rechnen oder mit New-Age-Naturgeräuschen aus irgendeinem längst abgeholzten tropischen Regenwald. Simon jedoch steckte, wie so oft, voller Überraschungen. Zu hören war ein erstaunlich dramatisches Klassikstück. Die schnell einsetzende düstere Dynamik des Orchesters ließ alle Anwesenden aufhorchen. Selbst Adam brauchte eine Weile, um das Stück zu erkennen. Es war aus einem Ballett, das wusste er mit Sicherheit. Tschaikowsky, war sein erster Gedanke. Doch nach einigen Takten fiel dann der Groschen. Klar, der andere Russe: Prokofjew, *Tanz der Ritter* aus *Romeo und Julia*. Er hatte es ewig nicht gehört. Das Stück wurde, ganz zufällig, zu einer Art Einlaufmusik, denn wie aus dem Nichts war Sara in der Seitentür aufgetaucht und ging zielstrebig auf Adam zu. Ungeheuer erschöpft sah sie aus, gleichzeitig blass und angestrengt errötet. Sie setzte sich auf den Platz, den Adam ihr frei gehalten hatte. So verschwitzt hatte er sie noch nie gesehen, außerdem war sie völlig außer Atem, musste also eindeutig gerannt sein. Wahrscheinlich war sie am Café gewesen, was aber auch egal war, denn so oder so kam sie von draußen, und das versprach nichts Gutes. Es war besser, jetzt nichts zu sagen.

»Ich will nicht drüber sprechen.«

Adam nickte und sah wieder nach vorn. Nur so ging es. Die Menschen redeten ohnehin immer viel zu viel, gerade in schwierigen Situationen: Wir müssen reden; lass uns drüber reden. Das war doch keine Lösung. Es gab Dinge, die waren nicht mit Worten zu beschreiben.

»Komm, wir rauchen«, flüsterte er ihr zu.

»Was, hier drin?«, fragte sie. Eher der Vollständigkeit halber. Denn Adams Tonfall ließ keinen Zweifel daran, dass er es ernst meinte.

»Klar«, sagte er, »in Träumen geht so was.«

Sara war angetan vom sich komplett unvermutet einstellenden Abenteuersinn, der eindeutig kein typisches Adam-Verhalten war, tat er doch normalerweise alles, um nicht anzuecken. Ein wenig ärgerte sie sich, dass sie nicht selbst auf die Idee gekommen war, sich danebenzubenehmen. Die Sache mit dem Sprung vom Dach war schließlich der zweite Schritt vor dem ersten gewesen. Bevor so ein Traum beendet wurde, wollte er erst einmal mit Leben gefüllt werden – und das passte doch eindeutig eher zu ihr als zu Adam. Egal, die besten Abenteuer begannen mit einem unerwarteten Weckruf. Sie holte die Packung aus der Tasche, bot zunächst Adam eine Zigarette an und nahm sich dann selbst eine. Es war das erste Mal überhaupt, dass sie ihn mit einer Zigarette sah, und dafür machte er sich überraschend gut. Die meisten Nichtraucher sahen beim Versuch zu rauchen aus wie Laienschauspieler. Adam aber hatte allem Anschein nach heimlich geübt. Ihr Feuerzeug hingegen gab sich sperriger, war noch dazu regelhöriger als seine Besitzerin. Es zierte sich, hier drinnen zu funktionieren. Nach mehrfachem Schütteln gab es den Widerstand auf. Beide taten den ersten Zug in perfekter Synchronität. Adam war sich sicher, dass es Simon sein würde, der sich als Erster berufen fühlte, ihnen das Rauchen zu untersagen. Auch Sara rechnete mit Protesten aus allen Richtungen. Doch an die Stelle von Empörung und Untersagung trat eine überwältigende Zustimmung, und die beiden Osteuropäer, die schräg vor ihnen saßen, trugen das Feuer als Erste weiter. Andere folgten, bis sich sogar Simon eine Zigarette geben ließ mit den Worten: »Ach komm, jetzt ist auch egal.«

Kurz darauf betrat auch Picasso das Foyer, das mittlerweile ziemlich verraucht war. Er blieb stehen, wie ein Wanderer, vor dem unerwartet eine Lichtung auftauchte. Die Hände in die Hüfte gestellt, verschaffte er sich einen Überblick und somit ein wenig Zeit, um zu entscheiden, wie er reagieren sollte. Er hatte, wenn er sich recht erinnerte, eine Versammlung einberufen und keine Tabakverkostung. Dann jedoch quittierte auch er die Szene mit einem zustimmenden Lächeln und suchte den Blickkontakt mit Adam, der triumphierend nickte. Besondere Zeiten schienen tatsächlich besondere Sichtweisen zu erfordern. Ohne zu zögern, griff Picasso nach der Zigarette, die Sara ihm anbot.

»Und der Brandschutz?«, rief jemand irgendwo in der ersten Reihe.

»Keine Sorge!« Die Replik kam wie ein Bumerang. »Ist schnell gelöscht. Wir haben doch ein hauseigenes Wassersystem!«

Die Stimmung im Saal erinnerte Adam an früher, an die Zeiten, als in den Jazz- und Comedyclubs noch geraucht wurde. Dadurch stellte sich eine nie wieder erreichte Geselligkeit ein. Offenbar ging nur eines, entweder war die Luft gut oder die Atmosphäre. Während des Weltuntergangs fiel die Entscheidung nicht schwer, noch dazu in einem Traum.

»Kommst du mit nach vorne und sagst ein paar Worte?«, fragte Picasso.

»Es mag zwar vieles anders sein, und es mag sogar wieder drinnen geraucht werden. Aber, um mich zu einem Wortbeitrag bei einer Sitzung zu bringen, muss schon mehr passieren als ein Weltuntergang.«

Picassos Reaktion machte klar, dass er auf genau diese Art von Antwort gehofft hatte. Er wirkte immer dann besonders zufrieden, wenn es ihm gelang, Adam eine Steilvorlage zu liefern. Entsprechend selig schritt er nach vorne und begann die Konferenz, während Simon die Musik kurz anschwellen ließ, um sie dann abrupt enden zu lassen. Picassos lockerer und gewitzter Tonfall tat der Veranstaltung gut, zumal das sonst überhaupt nicht seine Art war. Doch hier und jetzt half es, den doch düsteren Inhalt seines Vortrags ein wenig zu wattieren. Denn natürlich ging es um Tod und Verderben. Zudem wiederholte Picasso das Bild von der Arche Noah für Obdachlose und betonte erneut das unendliche Glück, das die hauseigene Wasserversorgung mit sich gebracht hatte. Das war wohl das Schöne an dem Verhalten von Menschen, die mit etwas abgeschlossen hatten: der Mitarbeiter, nachdem er der Chefin die Kündigung zugestellt hatte, oder die Schülerin an den wenigen Tagen zwischen Zeugnisübergabe und Sommerferien. Picasso hatte, wie alle im Saal, innerlich gekündigt. Auch wenn es, genauer gesagt, das Schicksal war, das *ihnen* gekündigt hatte, und zwar kollektiv. Im Ergebnis musste niemand mehr seine alte Rolle erfüllen. Sie alle waren frei. Und exakt diese Energie transportierte seine Rede, war dabei geprägt von der ausgelassenen Lockerheit eines Abschlussballs.

»Es ist«, sagte er, »doch verrückt. Die meisten hier kannten sich noch gar nicht vor wenigen Monaten. Dann geht alles Schlag auf Schlag, und schon landen wir gemeinsam in ein und demselben Rettungsboot.«

Picasso ging vor der ersten Sitzreihe auf und ab. Üblicherweise war ihm bei dieser Art von Veranstaltung anzusehen, dass sein natürlicher Lebensraum die Buchhaltung war. Nicht so heute. Souverän durchschritt er den Raum, behielt dabei sogar eine Hand in der Hosentasche. Die andere unterstrich seine Worte mit markanten, aber nicht übertrieben wirkenden Gesten. Wäre zufällig eine Gruppe Passanten in die Lobby spaziert, alle hätten ihn für den Vorbesitzer dieses Gebäudes gehalten, ein Großinvestor durch und durch. Adam stellte sich die Szene bildlich vor. Schade nur, dass es keine Passanten mehr gab.

»Wir sind überlebensfähig!«, sagte Picasso nachdrücklich. »Wir haben hier alles, was wir brauchen: Wasser, Strom, und nicht zuletzt eine funktionierende Gemeinschaft.«

»Und vier Schachbretter mit Figuren!«, rief eine ältere Stimme von rechts.

»Ach, und die sind essbar?«, erwiderte einer der Jüngeren.

Die Antwort kam prompt: »Ja, aber nur die schwarzen!« Die kollektive Heiterkeit hielt nicht lange an.

»Das Essensthema«, sagte Picasso ernst. »Die Läden nebenan haben allesamt gut gefüllte Lager. Auch die großen Supermärkte sind sicher noch voll. Geplündert werden kann ja nichts. Von wem auch? Spielen Sie den Einstieg rabiater!«

Er räusperte sich und sprach nun eindringlicher: »Die Tuba, spielen Sie es plötzlicher. Und die Posaunen, was ist denn da los bei den Posaunen, meine Herren?«

Völlig unvermittelt begann er, zügig auf und ab zu laufen. Er zuckte dabei mit der rechten Schulter, redete immer lauter und hob den Zeigefinger. Dann sprang er kurz in die Höhe und ging anschließend in eine Art Hopserlauf über.

Umfassendes Gelächter erfüllte den Raum. Auch Sara und Adam sahen einander amüsiert, wenn auch ein wenig irritiert an.

»Forte, meine Lieben, forte! Es muss brachialer, lauter klingen! Ich bitte darum, forte!«

Picasso ging hinter den Schreibtisch, zog den Stift aus seiner Brusttasche, hielt ihn mit spitzen Fingern und klopfte damit mehrfach auf das Holz.

»Kurze Frage: Siehst du das auch?« Saras Stirn lag in Falten.

»Ich weiß gar nicht, wovon du redest«, erwiderte Adam grinsend und hob die Schultern.

»Was will uns der Künstler damit sagen?«

»Das ist es!«, sagte Adam. »Damit ist auch der letzte verbliebene Nichtkünstler hier im Haus konvertiert.«

Picasso setzte unterdessen vollkommen unbeirrt seine merkwürdige Dirigentenparodie fort. Dabei machte er keinerlei Anstalten, die Situation in irgendeiner Weise aufzulösen. Entsprechend wich das Gelächter im Saal nach und nach einer raumgreifenden Anspannung. Picasso warf den Stock weg und rannte nun die gesamte Länge der Lobby auf und ab. Was, um alles in der Welt, veranstaltete er hier? Für einen rhetorischen Kniff ging das jetzt alles schon ein ganzes Weilchen zu lange. Und was bitte sollte das für ein rhetorischer Kniff sein?

»Ich glaube, er hat einen Schlaganfall«, sagte Sara.

Meinte sie das etwa ernst? Adam vergewisserte sich in ihrem Blick. Ganz auszuschließen war es bei Picassos Bewegungen wohl nicht.

»Die rechte Körperhälfte ist völlig außer Kontrolle.«

»Meinst du, er ist …«« Schlagartig einsetzende laute Musik unterbrach Adams Frage und ließ sie unbeantwortet. Wieder war es dasselbe klassische Stück, der *Tanz der Ritter*, diesmal noch lauter. Picasso hatte noch lange nicht genug. Er streifte sich die Schuhe ab und griff nach seiner Gürtelschnalle. Das war zu viel, Sara hielt sich die Augen zu und vergrub ihr Gesicht an Adams Schulter.

»Bitte nicht!«, hörte er sie in sein Sweatshirt flehen.

»Wie es aussieht, ist der Schlaganfall gewandert«, sagte Adam. »Es ist jetzt nicht mehr die rechte Körperhälfte, sondern die untere.«

Sara schlug ihm gegen das Bein. Aufzublicken traute sie sich nicht.

»Bitte sag mir, dass er nicht …«

»O doch«, rief Picasso, öffnete den Gürtel und ließ die Hose hinabgleiten. Adam konnte nicht wegsehen. Und es schien sich zu lohnen, denn die überraschenden Wendungen hörten nicht auf. Zum Vorschein kamen nicht etwa eine Wirtschaftsprüferunterhose und dem Klischee entsprechende kalkweiße Beine. Der Anblick war wesentlich verträglicher: Picasso trug eine jagdgrüne Strumpfhose, die er mit Stolz präsentierte. Die Menge schien auf solch ein Zeichen gewartet zu haben. Nun wirkte niemand mehr ängstlich oder irritiert. Unter großem Applaus und Gejohle hüpfte Picasso hinüber zum Haupteingang. Adam tippte Sara an die Schulter.

»So, die Lage ist sicher, alles unter Kontrolle. Picasso hat aufgehört, sich auszuziehen.« Vorsichtig hob sie den Blick und riss sofort die Augen auf.

»Sicher?«, fragte sie. »Unter Kontrolle? Da würde ich gerne noch mal drüber reden.«

Simon war einer der wenigen in der Lobby, der der Situation nichts Lustiges abgewinnen konnte. Er wirkte wahrlich beunruhigt. Es war auch nicht so, dass Picasso nicht nach wie vor allen Grund dafür böte. Er war zum langen Quergriff der Eingangstür gehoppelt und nahm dort Aufstellung. Jeden Muskel in seinem Körper spannte er dabei an, stellte sich am Ende einer betont langsamen Bewegung auf die Zehenspitzen und ließ den Kopf bedeutungsvoll in den Nacken sinken. In dieser theatralischen Pose harrte er aus, ohne den Hauch einer Bewegung. Seine statuenhafte Ruhe war ansteckend, die ersten Hausbewohner setzten sich wieder auf ihre Stühle, von denen sie sich ausgelassen erhoben hatten. Auch die Musik verklang. Es dauerte nicht lange, und im Foyer herrschte absolute Stille.

»Der Dirigent!«, brüllte Picasso brüsk. »Ist ein Versager! Er ist kein Dirigent! Bestenfalls ein Dirigentendarsteller!«

Vereinzelte Lacher waren zu hören. Einige klangen nach Unsicherheit, andere nach der Vorgabe, die Intention des Künstlers durchschaut zu haben. Auch Adam, dem sich zwar der Sinn der Darbietung noch immer nicht erschloss, der sich aber immerhin wohlwollend und neugierig auf die Situation einließ, kam nicht mehr mit.

Allein schon rein semantisch. War Picasso nicht selbst der Dirigent? Warum hatte er sich von einem Moment zum anderen verwandelt in einen Balletttänzer? Vielleicht konnte ein Schlaganfall ja neben den bekannten Folgen wie Lähmung und Schwindel auch rasant wechselnde Künstlerlaufbahnen auslösen.

»Ich fühle mich, wie wenn ich so einen übertrieben kompliziert gestrickten Thriller gucke. Keine Ahnung, wer wer ist und was der ganze Zirkus soll«, sagte Sara.

Adam guckte zwar keine Thriller, ihm ging es aber ständig haargenau so, nur eben im wahren Leben.

»Das Schlimmste ist, ich mache mir mal wieder Vorwürfe«, sagte er leise.

»Wieso das denn?«

»Na ja, früher war er einfach nur ein Wirtschaftsprüfer. Und es ging ihm doch gut damit, hat er selbst gesagt. Aber dann kamen Prassnik und Singu und der ganze Kram. Ja, und auf einmal reichte Wirtschaftsprüfer sein nicht mehr. Also hat er versucht, zu malen und seine Bilder zu verkaufen. Wäre alles normal verlaufen, hätte sich das nach spätestens drei Tagen wieder erledigt. Ich meine, nichts gegen seine Bilder, aber es ist wohl eine gute Sache, dass es nicht für alles einen Markt gibt. Mit dem Bilderverkaufen wäre es also schnell vorbei gewesen, und er hätte einfach wieder in seine alte Welt zurückgekonnt. Aber ich musste ihn ja Picasso nennen und auf einen Kaffee einladen.«

»Moment, der Kaffee ging auf mich. Ich trage also zumindest eine Teilschuld.«

»Na ja, auf jeden Fall fing damit die Verwirrung an. Wirtschaftsprüfer, Picasso, Akademievorstand, und das alles innerhalb kürzester Zeit«, sagte Adam. »Kein Wunder, dass ein Mensch von so etwas Identitätsprobleme bekommt und sich plötzlich für einen Dirigenten oder einen Meistertänzer hält. Und all das meinetwegen.« Er machte eine Kopfbewegung in Picassos Richtung. Das war zu viel, Sara prustete laut los. Denn das Timing hätte passender nicht sein können, Picasso war im Spagat angekommen. Er stützte die Ellbogen auf den Boden, das Kinn auf die Handflächen und lächelte lasziv. Aus der geplanten Hausversammlung war spätestens jetzt eine veritable Show geworden.

»Tja«, sagte Sara. »Ich würde mal sagen, die Akademie hat uns verändert. Talent jedenfalls hat er.«

»Zumindest als Tänzer«, antwortete Adam. »Wer hätt's gedacht? Wie es aussieht, hat Picasso ausgerechnet beim Malen aufs falsche Pferd gesetzt.«

56.

Leise knisternd flackerte die Neonröhre auf. Wie so vieles in dieser Einrichtung folgte auch sie einem strengen Zeitplan und meldete sich exakt alle sechzig Sekunden, immer nur für einen kurzen Moment. Unwahrscheinlich, dass jemals eine Mitarbeiterin diese kleine Fehlfunktion an der Decke der Cafeteria bemerken und die Röhre daraufhin austauschen lassen würde. Zu eng war der Arbeitstag getaktet. Er erlaubte es gerade einmal, den allerwichtigsten Aufgaben nachzukommen – die Leuchtstoffröhren gehörten nicht dazu. Bemerkt wurden die immer erst, wenn sie ihr Leben ausgehaucht hatten.

Der Kopf des alten Mannes, der unter der Neonröhre saß, leuchtete auf. Es war ein warmes Weiß, das in Wahrheit eher wie ein kaltes Gelb daherkam. Nicht ganz unschuldig daran war sein hellbrauner Bademantel, möglicherweise lag es aber auch an den senffarbenen Vorhängen neben ihm. Der Mann nahm das Flackern regungslos hin, wie alles. Er war heute der Erste im Saal. Die kleine, recht muskulöse Pflegerin kämmte ihm den Bart. Paula hieß sie, was ihr Namensschild bestätigte, und kam aus Spanien. Gemeinsam mit ihrem nordenglischen Kollegen Sheraz bildete sie die heutige Frühschicht. Keine halbe Stunde hatten sie gebraucht, die insgesamt vierzehn Bewohner aus ihren Zimmern in die Cafeteria zu verfrachten. Eine erstaunlich gute Zeit, denn in der Regel kam mindestens ein Notfall dazwischen. Heute glücklicherweise mal nicht. Paula war mit dem Bart des schlaffen alten Mannes fertig und bürstete jetzt sein langes Haar, das nach wie vor, von wenigen grauen Strähnen abgesehen, in sattem Schwarz erstrahlte. Diese jugendliche Erscheinung ließ die Lage des Mannes noch dramatischer und unpassender erscheinen, als das bei allen anderen Bewohnern der Fall war. Regungslos saß er da, mit gesenktem Kopf, und sah aus wie ein gesunder Mensch, der einfach kurz eine Pause machte. Nur dass seine Pause mittlerweile schon mehr als vier Jahre dauerte. Paula strich ihm liebevoll durchs

Haar, überzeugt davon, dass ihm das guttat. Für so etwas brauchte es keine Rückmeldung. So trist seine Lage auch war, heute würde er einen schönen Tag haben, denn es war der zweite Samstag im Monat. In Großbuchstaben prangte sein Name daher auf dem heutigen Blatt des Pflegekalenders. Alle zwei Wochen bekam er Besuch von seiner jugendlichen Enkelin. Wie bei den meisten anderen auch ließ sich der Großteil der Familie so gut wie nie blicken. Wenn der Sohn oder die Cousinen des Mannes dann doch mal vorbeikamen, verschwanden sie in der Regel genauso schnell wieder.

Sie rechtfertigten sich dann bereits beim Gehen: »Es ist so traurig. Er kriegt ja einfach nichts mehr mit.« Das war der Klassiker.

»Nun, wir wissen nicht, wie viel er mitbekommt. Aber wir haben den Eindruck, dass es viel mehr ist, als wir denken«, erwiderten die Pflegerinnen jedes Mal.

So etwas jedoch wollte niemand hören. Menschen ließen sich eindeutig ruhigeren Gewissens abschieben, wenn die Abgeschobenen davon nichts mehr mitbekamen.

»Wir haben's doch nur gut gemeint«, hörte sie die Angehörigen dann zueinander sagen.

Die Enkelin war anders. Sie besuchte ihren Opa gern. Stets nahm sie sich zwei oder drei Stunden Zeit, in denen sie ihm etwas bot, das den meisten Bewohnern des Hospizes verwehrt blieb: Sie beschäftigte sich mit ihm. Paula sah auf die Uhr. In einer halben Stunde begann die Besuchszeit, und das Mädchen war immer pünktlich. Glücklicherweise lag Paula so weit voll im Plan. Gelegenheit, durchzuatmen. Solch ein zeitlicher Puffer war ein seltenes Gut.

Sie legte Kamm und Bürste auf das Regal und betrachtete die darüberhängende, postergroße Luftaufnahme des Hauses. *Prassnik House Care Home – Aerial View,* verriet die Beschreibung. Zum ersten Mal überhaupt sah sie sich das Bild länger an. Das königliche Wappen in der unteren Ecke zog all ihre Aufmerksamkeit auf sich. Ein Löwe und ein Einhorn. Sie musste schmunzeln, zwei sehr britische Tiere. Das Emblem war wohl ein Zeichen der staatlichen Trägerschaft des Hauses. Die Einrichtung ermöglichte auch finanziell weniger privilegierten Familien, eine, wie es in der Broschüre hieß, *ad-*

äquate Unterbringung für ihre Verwandten zu finden. Fragte man das Personal, wurden Zweifel laut an dieser Formulierung. Wie hatte eine ihrer Kolleginnen neulich gesagt, als wieder einmal Kürzungen angekündigt wurden: »Adäquat ist dieser Ort vor allem, wenn man sich an seinen Verwandten für irgendetwas rächen will.«

Die Besuchszeiten folgten, wie das gesamte Leben im Heim, festen Abläufen, anders war das Arbeitspensum nicht zu schaffen. Aber auch für die Demenzpatienten waren die Routinen unerlässlich. Sie sorgten für Ruhe im Kopf. Denn dort lag das Problem, mitten im Schaltzentrum, das sich weigerte, wie gewohnt zu funktionieren. Die Tage begannen in einem großen Stuhlkreis in der Cafeteria, wobei die meisten recht reglos in ihren Rollstühlen hockten. Diese schlichten Metallgefährte sahen alle gleich aus und waren doch dem jeweiligen Besitzer zuzuordnen, weil der von morgens bis abends darinsaß. Einzig der Ort, an dem sich der Rollstuhl befand, änderte sich. Mal war es das eigene Zimmer, dann wieder der Speisesaal, der eher ein Aufenthaltsraum war, denn gegessen wurde ausnahmslos einzeln auf den Zimmern. Um die Stille im Saal erträglicher zu machen, lief der Fernseher auf voller Lautstärke, und zwar rund um die Uhr, was dazu geführt hatte, dass sich das Logo der BBC mit der Zeit in die linke obere Ecke der Mattscheibe eingebrannt hatte. Das Gerät war die dritte Mitarbeiterin in jeder Schicht und hatte als einzige unbegrenzt viel Zeit, sich mit den Bewohnern zu beschäftigen. Es liefen die letzten Minuten von *Homes Under the Hammer*, einer Sendung, in der Paare aus der britischen Mittelschicht, die schon ein tolles Haus hatten, auf der Suche waren nach einem Haus, das noch viel toller war. Paula schaltete von BBC One auf BBC Two. Viel schien nicht passiert zu sein in der Welt, die Sprecherin der Zehn-Uhr-Nachrichten begann die Sendung mit der Meldung, dass neuesten Hochrechnungen zufolge die Weltbevölkerung schon im Jahr 2036, und damit drei Jahre eher als bisher angenommen, zwei Milliarden Menschen erreichen würde. Paula stellte die Lautstärke auf die niedrigste Stufe, gleich war Besuchszeit, zog einen kleinen Zettel aus der Hosentasche und verglich ihre Notizen mit der Anordnung der Rollstühle. Zum Glück stimmte alles. Wie immer hatte sie diejenigen Bewohner, für die sich

Besuch angekündigt hatte, zuerst in den Saal geschoben. Das half den Kranken, mindestens eine halbe Stunde lang in dem neuen Umfeld anzukommen, bevor sie jemanden empfingen. Auch wenn sie die Cafeteria von ihren täglichen Besuchen her kannten, tat es dem Kopf gut, wenn sich vor der nächsten Aufregung die Wogen glätteten.

Um Punkt 10.15 Uhr stand das Mädchen im Saal. Sie war längst eine Jugendliche, schon fünfzehn Jahre alt, doch die Pflegerinnen kannten sie seit einigen Jahren. Sie blieb also für immer: das Mädchen. Wie gewohnt betrat sie das Hospiz mit einem Baumwollbeutel in der Hand, wurde herzlich von Paula begrüßt und in die entfernte Ecke des Saals geführt. Ihre schwarzen Locken ließen keinen Zweifel, zu welchem der Patienten sie gehörte. Kurz vor Erreichen des Rollstuhls bat Paula sie, wie üblich stehen zu bleiben und einen Moment zu warten. Die junge Besucherin, die mit dem Ablauf wohlvertraut war, stellte sich geduldig einige Schritte entfernt hin, während Paula ihr einen Stuhl zurechtrückte und sich zu dem alten Herrn herunterbeugte, um ihm den Besuch anzukündigen. Obwohl sie sich vorhin schon um ihn gekümmert hatte, begann sie bei null. Sie flüsterte erneut seinen Namen, rieb ihm dazu liebevoll über den Unterarm, nannte schließlich ein weiteres Mal seinen Namen. Dann fuhr sie sanft fort: »Heute ist Samstag. Das heißt, es ist Wochenende. Und das bedeutet, dass Sie heute Besuch bekommen von Ihrer Enkelin. Beim letzten Mal haben Sie mit ihr Schach gespielt.«

Zwar scherzten die Pflegerinnen gerne mal mit den Bewohnern, denn so krank konnte ja wohl niemand sein, als dass ein bisschen Humor nicht noch angebracht gewesen wäre. Der Schach-Kommentar aber entsprach tatsächlich der Wahrheit. Das Mädchen hatte mit ihrem Opa Schach gespielt. Mit dem Mann, der wirkte, als wäre er nicht einmal in der Lage, zu sagen, in welcher Stadt er sich befand. Denn viel mehr war sie als nur eine Besucherin. Sie hatte Zugang zu ihm. Die Art von Zugang, die ihn mit auf die Reise nahm. Auf die Reise in Zeiten, in denen sein Gehirn nicht schwer war wie Blei, sondern leicht wie eine Feder, dazu messerscharf. Noch aber blickte der Mann nicht auf. Immerhin meinte Paula, bei ihrem letzten Satz den Anflug eines zufriedenen Lächelns auf seinem Gesicht erkannt zu haben. Sie stand auf und überließ dem Mädchen das Feld. Im Vorbeigehen flüsterte sie ihr, von einem Augenzwinkern begleitet, zu: »Dieses Mal lässt du ihn aber nicht wieder gewinnen, okay?«

Das Mädchen lächelte und setzte sich neben den Großvater. Auch sie berührte seinen Arm und streichelte ihn zärtlich.

»Opa, ich bin's, deine Lieblingsenkelin – und gleichzeitig die, die du von allen am wenigsten ausstehen kannst.«

Prompt hoben sich, wenn auch nur schwach, seine Mundwinkel. Als Allererstes erklärte das Mädchen ihm, dass die Behauptung, die beiden hätten Schach gespielt, natürlich ein Scherz der Pflegerin gewesen war. Eine wichtige Notlüge! Denn ihr Opa würde sich an das Schachspiel nicht erinnern können, und so etwas machte ihn nervös. Sie konnte mit ihm über Dinge reden, die weit zurücklagen, oder noch vor ihnen, Kurzzeiterinnerungen jedoch verursachten nur Stress und wollten ihm auch unter großen Anstrengungen nicht gelingen. Es war Zeit für den ersten Schritt ihrer Routine. Sie griff in den Beutel und holte die Kopfhörer hervor, die sie ihrem Großvater vorsichtig aufsetzte, um dann ihr Handy aus der Tasche zu ziehen.

»Bist du bereit? Komm, wir hören erst mal ein bisschen Musik.« Wie gewohnt erklärte sie ihm den Ablauf.

Auf ihrem Handy gab es eine spezielle Playlist namens *Das Portal,* und dieses Portal führte ihn zurück. Zurück in eine Zeit, in der er ein ausgesprochen erfolgreicher Balletttänzer gewesen war. Dazu in seine zweite Lebenshälfte, die er als gut gebuchter Jazzmusiker verbracht hatte. Sein ganzes Leben hatte aus Musik bestanden, bis er krank geworden war. Quasi von einem Tag auf den anderen war Schluss damit gewesen. Kein Wunder, dass es steil bergab gegangen war mit ihm. Erst hatten seine Knie ihn als Tänzer erledigt, später dann seine Demenzerkrankung als Musiker. Letztlich gab ihm der Musikentzug den Rest und erledigte ihn als Mensch.

Schon bei ihrem ersten Besuch, der bald vier Jahre zurücklag, hatte das Mädchen bemerkt, dass ihr Opa ohne Musik nicht ihr Opa war. Sobald er jedoch Jazz hörte oder klassische Musik, leuchteten seine Augen. Dass da vor ihr niemand draufgekommen war! Niemand hatte ihm Musik vorgespielt, alle hatten immer nur versucht, mit ihm zu reden. Dabei hatte er das schon früher gehasst. Seine Sprache war die Musik. Seitdem sie in einem Buch über Demenz gelesen hatte, wie wichtig wiederkehrende Abläufe und Routinen für die Erkrankten waren, legte sie Wert darauf, die Musik in der immer gleichen Reihenfolge abzuspielen. Das erste Stück war auch heute *Tanz der Ritter* von Prokofjew. Hunderte von Aufführungen einer bejubelten *Romeo-und-Julia*-Inszenierung hatte ihr Opa damals mit dem English National Ballet gegeben. Er war zu der Zeit erst Anfang zwanzig gewesen, also gar nicht so viel älter als sie. Und seine Bewegungen waren überirdisch gewesen. Die Videoaufnahmen standen bis heute im Internet. Kaum etwas in diesem Universum demonstrierte die außergewöhnlichen Fähigkeiten des Menschen so sehr wie die Bewegungen eines Meistertänzers, und der beste unter ihnen war ihr Opa. Die Ästhetik, die Feinmotorik, die Konzentration, das Verschmelzen mit der Musik, all das war nichts Geringeres als ein Wunder. Ein Computer mochte in der Lage sein, einen Menschen in Schach oder Go zu schlagen, aber er war gewiss nicht dazu fähig, zum Meistertänzer oder zur Primaballerina zu werden. So etwas vermochte allein das menschliche Gehirn. Man musste sich nur die alten Aufnahmen ihres Opas ansehen. Gleichzeitig machte sie dieses Wunder unendlich traurig. Denn jetzt lag derselbe Mensch hier und war nicht mehr in der Lage, zu sagen, wer er war und ob er sich möglicherweise gerade in die Hose gemacht hatte. Vielleicht hat er sein Gehirn ja überfordert, fragte sie sich manchmal, es überreizt. Folglich schwang das Pendel, das zu sehr in die eine Richtung gezogen worden war, jetzt zurück. Sie verdrängte solche Gedanken dann gleich wieder. Sie waren nichts weiter als Teil dieser schrecklichen religiösen Sichtweise, die ihr als Kind eingebläut worden war. Längst hatte sie beschlossen, sie hinter sich zu lassen. Ab und an jedoch ließ es sich nicht vermeiden, von ihr wieder eingeholt zu werden. Einer ihrer Religionslehrer hatte mal gesagt, Schlaganfälle und Demenzerkrankungen seien eine Strafe Gottes. Glücklicherweise war sie für solch kindliche Weltanschauungen nicht mehr empfänglich, sie war schließlich schon fünfzehn.

Schon bei den ersten Noten des Stückes hob ihr Opa den Kopf, und seine matten Augen wandelten sich zu seinem eigentlichen, diesem glänzenden Blick.

»Sara«, flüsterte er ihren Namen. Danach blieb sein Mund wieder stumm, und das Sprechen wurde übernommen vom Rest seines Körpers. Der hatte offenbar viel zu sagen und erzählte von einer freudigen Erinnerung. Er richtete sich auf, weit mehr, als dies in einem Rollstuhl möglich schien. Den eben noch schlaff im Sitz hängenden Leib durchfuhr eine jugendliche Spannung. Dabei hob er die Schultern, streckte die Arme und begann fließende Bewegungen mit ihnen auszuführen, dirigierte zunächst das Stück, um dann in tänzerischer Pose die Arme weit über den Kopf zu heben, bis sich die Handflächen dort oben berührten.

Sara drehte sich nach links, wo am anderen Ende des Saals Paula und Sheraz am Geschirrwagen standen. Sie staunten. Ihre Arbeit hatten sie längst unterbrochen. Eigentlich war es Sara unangenehm, in diesen intimen Momenten Publikum zu haben, zugleich war sie mächtig stolz. Stolz nicht etwa auf sich selbst, sondern auf ihren Opa. Denn sie empfand es einzig und allein als seine Leistung. Sie schaltete ja lediglich die Musik ein, mehr war es nicht. Schon oft hatte sie sich gefragt, warum das bei den anderen niemand versuchte. Nicht unbedingt Musik. Aber jeder hier im Haus musste doch solch einen Knopf haben, der ihn auf eine gewisse Weise zurück ins Leben holte. Dieser Gedanke verfolgte sie, auch wenn sie nicht hier war. Überhaupt war Sara oft nachdenklich. Durch die Besuche bei ihrem geliebten Opa war sie viel schneller erwachsen geworden als ihre Mitschülerinnen. Sie empfand das eher als etwas Gutes, unterstrich es doch die enge Verbindung, die sie miteinander hatten. Als es ihrem Opa noch besser gegangen war, hatte er sie vorgewarnt: »Durch meine Krankheit entwickle ich mich zurück. Ich biete dir daher einen Tausch an. Während ich an deiner Seite Schritt für Schritt wieder zum Kleinkind werde, wirst du im Gegenzug neben mir extraschnell erwachsen. Du übernimmst meine Lebenserfahrung einfach mit, ich gebe sie dir ab. So musst du nicht alle Fehler selbst machen. Ich sag dir, mein Engel, das ist ein guter Deal. Nimm ihn besser an. Davon abgesehen ist bei einem Jazzmusiker nämlich nicht viel zu erben.«

57.

Adam war schwindlig.

»Sara?«, fragte er leise.

Der Raum vor seinen Augen verschwamm immer stärker. Ihm war, als wäre er aus einem kurzen Nickerchen erwacht. Es war einer dieser Momente, in denen nicht klar war, ob man wirklich geschlafen hatte oder nur kurz davor gewesen war. In solchen Situationen funktionierten die Sinne nicht richtig, so auch jetzt. Dort, wo eben noch Picasso getanzt hatte, war nun nichts als eine Nebelbank. Sämtliche Geräusche klangen wie unter Wasser. Er griff in die Richtung, in der er Saras Hand vermutete, bekam sie aber nicht zu fassen. Erst als er eine Weile in der Luft gesucht hatte, ergriff sie schließlich seine Hand und legte sie auf seinem Bein ab.

»Ich bin hier, Adam«, hörte er sie leise sagen, und noch einmal: »Ich bin hier.«

Die Orientierung kehrte nur langsam zurück. Immerhin, die Tatsache, dass sie noch neben ihm saß, beruhigte ihn. Schemenhaft meldete sich auch der Rest des Saals zurück. Den tanzenden Picasso konnte er nicht ausmachen, doch zumindest die großen Fenster zeichneten sich ab. Von den Bewohnern dagegen keine Spur. Sie konnten doch nicht alle verschwunden sein. Es wurde noch eigenartiger, der Saal schien nicht mal mehr bestuhlt zu sein. All die Reihen, die gut hundert Sitzplätze, einfach weg. Die Großversammlung konnte unmöglich so schnell aufgelöst worden sein. Er war schließlich nur kurz eingenickt. Angestrengt kniff er die Augen zusammen und rieb rabiat seine Lider, was die Sache eher verschlechterte. Auch die Fenster waren nun wieder verschwommen. Er drehte sich zu Sara. Erst jetzt fiel ihm die Schnur auf. Eine Schnur, durch die er, wie es aussah, mit ihr verbunden war. Mit den Augen wanderte er an ihr entlang. Sie führte geradewegs in Saras Schoß. Konzentrier dich!, ermahnte er sich. Doch sosehr er sich auch anstrengte, sein Kopf gehorchte nicht.

»Bist du bereit?«, fragte sie und packte einen Haferriegel aus.

Was hatte sie gesagt? Er sah und hörte sie noch immer quälend unscharf.

»Komm, wir hören erst mal ein bisschen Musik.«

Ein Gewitter durchfuhr seinen Kopf und brachte alles durcheinander. Schon im nächsten Augenblick aber wich es einer geradezu absoluten Ordnung. Die gesamte Umgebung stellte sich scharf, alles war jetzt eindeutig zu erkennen: die imposante Lobby mit den anderen Bewohnern, die senfgelben Vorhänge, Paula und Sheraz am anderen Ende des Saals, der gerahmte Kunstdruck des großen Potkulcs-Triptychons. Auch die Klänge, die in der Luft lagen, ergaben endlich wieder einen Sinn. Prokofjew, der *Tanz der Ritter*. Das Portal öffnete sich, und wie von selbst wanderte sein linker Arm in die Luft. Keine Spur mehr von der verkrampften Faust. Die gesamte Handfläche zeigte sich und ging über in die zärtliche Bewegung eines übervorsichtigen Apfelpflückers: öffnen, ausstrecken, greifen, drehen, ablegen. Die filigrane Erinnerung einer geschulten Hand, getrieben von einer magischen Kraft. Adam selbst steuerte nicht den geringsten Befehl bei. Sämtliche Bewegungen waren einprogrammiert worden, weit weg in einer fernen Vergangenheit. Jetzt und hier auf Sisyphos-2 reichte ein Knopfdruck, und sie wurden abgerufen. Er wusste nicht, wer oder was dieser Knopf gewesen war, hatte jedoch eine Vermutung. Von Glück erfüllt, sah er Sara an, während seine Hände geschmeidig weitertanzten. Sie würde nur einen Durchlauf brauchen, das war klar. Tief blickte er ihr in die Augen, die gewohnt hellwach glänzten. Es waren die Augen eines klugen Menschen. Voller Zukunft, voller Musik, und wie jung sie doch aussah.

»Du könntest meine Enkelin sein«, sprach er leise und lächelte selig.

ENDE

DANK

*»Hunde machten das genauso, hatte er mal gehört. Wenn sie nach ei-
nem langen Spaziergang keine Lust mehr hatten, täuschten sie eine
Verletzung vor und begannen zu humpeln. Den Rest der Strecke wurden sie dann getragen.«*

Mich, der immer mal wieder humpelte, trugen Teresa Depenau, Es-
teban de Alcázar und Alexandra Schlump. Meine *partners in crime*,
ohne die es dieses Buch so nicht gäbe. Grenzenloser Dank, euch!

Prägende Mitverantwortung trägt der kritisch-ehrliche Erstlese-
zirkel, bestehend aus Helene, Iris, Ulli und Sebastian. Erst durch euch
habe ich Sara, Adam und Potkulcs wirklich kennengelernt. Glücklich, wer mit klugen Freunden gesegnet ist. Für die Ermutigung und
Inspiration, aus einer Idee (und der daraus resultierenden jahrelan-
gen Zettelsammlung) eine Geschichte zu machen, danke ich Sabela
Torres Eiroa. Außerdem danke ich meiner Familie.

All das führte irgendwann zum Entwurf eines Manuskripts. Doch
nur durch das Vertrauen des Droemer Knaur Verlags konnte daraus
ein Buch werden. Dafür danke ich allen voran Steffen Haselbach. Das
Wort »Debütroman« mag bei der Leserschaft Interesse wecken, für
Verlage bedeutet es zunächst einmal ein enormes Risiko. Umso mehr
weiß ich diesen Mut zu schätzen. Obwohl, wer weiß, vielleicht war es
ja auch die schiere verlegerische Angst, auf Sisyphos-2 zu landen.

Großer Dank gebührt Angela Kuepper für ein äußerst akribisches
und hilfreiches Schlusslektorat. Last, but not least bedanke ich mich
geradezu euphorisch bei Johanna Bedenk. Ich könnte mir keine bessere Lektorin, Beraterin, Fürsprecherin und Mitstreiterin vorstellen.

Für die Unterstützung in Form eines Stipendiums danke ich der
VG Wort. Man hat dort im Grunde schon vor Jahren die Geschichte
dieses Romans vorweggenommen und Kultur zur Währung gemacht.

So, und jetzt: Buch weglegen und kreativ werden! Man weiß ja
nie …